이병주 소설과 역사 횡단하기

손혜숙

　얼마 전 강의 시간에 '역사교육 선택인가, 필수인가'라는 논제로 토론을 진행한 적이 있다. '토론'을 실습해 본다는 데에 주목적이 있었지만 한편으로는 20대들의 생각을 엿보고 싶은 생각도 없지 않았다. 의외로 토론은 활기를 띠었고, 토론자뿐만 아니라 청중으로 참여한 대다수의 학생들은 '역사교육은 필수여야 한다'는 쪽으로 의견을 모았다. 학생들 스스로 역사를 우리 민족의 뿌리라 인식하고 있었으며 우리 뿌리에 대해 무지해져 가고 있는 세대들에 대한 우려의 목소리가 컸다. 역사교육을 둘러싸고 있는 복잡다단한 여러 상황들을 배제하고 단순히 '역사교육'에 대한 필요성만을 생각한 순간 짧은 안도의 한숨이 새어 나왔다. 그 때 왜 이병주 선생이 생각났을까?

　이병주 소설을 읽고 있노라면 "역사의 의무는 진실과 허위, 확실과 불확실, 의문과 부인(否認)을 분명히 구별하는 것"이라던 괴테의 말이 들려오는 듯하다. 역사의 의무를 대신 자처하고 나섰던 이병주. 역사 교과서의 왜곡문제가 대두되고 역사교육 자체가 흔들이고 있는 시점에서 소설을 통해 역사적 진실을 밝혀내려 했던 그의 기나긴 여정을 되밟아보는 일은 어떤 의미로 다가갈 수 있을까?

이 책은 필자의 박사학위 논문을 수정·보완한 것으로 100년의 한국 현대사가 관통하고 있는 이병주 소설에 주목한다. 총 5장으로 구성된 이 책은 먼저 이병주 소설이 문학적 성취에 비해 문단이나 학계의 주목을 받지 못했던 이유를 짚어 보고, 이병주 소설에 대한 연구의 필요성을 상정하였다. 2장에서는 파란만장한 역사적 현장에 있었던 이병주의 역사체험에 대해 추적해 보았다. 이를 통해 이병주가 역사의 뒤안길에서 생략되어 버린 인물이나 사건에 천착하는 이유와 그의 세계관 및 창작관에 대해 살펴보았다.

3장과 4장에서는 역사적 '사실'을 전면화하고 있는 작품과 '픽션'을 전면화 한 작품으로 양분해 이병주의 역사체험에서 형성된 작가의식이 문학적으로 어떻게 형상화되고 있는지에 대해 논하였다. 3장은 다양한 역사적 사료와 자신의 역사체험 기억을 병행하고 있는 이병주의 글쓰기 방식과 역사인식 태도에 대한 고찰로 채워져 있다. 아울러 작품 분석을 통해 역사의 행간에 묻힌 채 망각되어 왔던 인물들에 대한 애도와 그들의 복원을 통해 공적인 역사의 틈을 메우고자 했던 이병주의 작가의식도 살펴보았다. 4장에서는 우회적인 방식으로 당대의 문제를 지적하고 그것을 역사로 기술하는 이병주의 글쓰기 방식과 그의 현실인식 태도를 고찰하였다.

이병주는 공적인 역사에서 배제되어 왔던 사적인 역사를 통해 공적인 역사에 균열을 내고 역사를 새롭게 재구축하려 시도한다. 이러한 작가의식은 당대의 일상사로 그 범위를 확대해 나갔고, 이것은 다시 당대 역사의 한 부분으로 기록되고 있다. 즉 그는 공적인 역사에서 배제되어 왔던 인물들의 일상을 통해 과거 역사를 재평가 하고 의도적인 배제와 생략이 존재하지 않는 새로운 역사를 구축하고 있다. 이러한 점에 착안해 이 책은 미시적인 측면을 포함하여 역사의 대상과 범위를 확대시키고 역사의 행간에 묻힌 인물들을 복원해 내어 역사적 진실을 밝혀내고자 하는 이병주 소설 세계를 조감하는데 주력했다.

연구의 대상범위와 방법의 폭을 확장시켜 이병주 소설 세계 전반에 대한 조망을 시도한 이 글이 단초로 작용하여 이병주 문학에 대한 연구에 활력을 불어넣기를 조심스레 기대해 본다. 더불어 향후 활발한 논의를 통해 소설 미학적인 측면에서의 분석이 정치하게 이루어지지 못한 이 연구의 한계가 극복되기를 바래본다.

감사할 분이 너무 많다. 항상 든든한 버팀목이 되어 주시는 하나님. 존재만으로도 힘이 되는 어머니. 세상 누구보다 딸을 아껴주셨던 아버지와 어떤 상황에서든 누나를 지지해 주었던 동생에게 감사한다. 진정한 학문의 길이 무엇인지 몸소 보여주신 지도교수님과 임헌영 선생님께 다시 한 번 감사드린다. 이 외에도 감사할 분이 너무 많지만 이분들에 대한 고마움은 학문을 통해 보답하고자 한다. 덧붙여 책 출간에 도움을 주신 강진구 선생님, 출간을 기꺼이 맡아주신 지식과 교양 출판사 윤석원 대표님, 꼼꼼히 편집과 교정을 해 준 윤예미님에게도 감사를 선한다.

진정한 보수,
진짜 우파가 되려면 먼저 이병주의 역사소설을 읽어라

임헌영

작가 이병주는 생존 시에 5.16과 5.18 쿠데타 세력의 서자로, 그 지성적인 옹호자로 어용문학의 대명사처럼 사갈시당해서 한국 정통문단에서는 비평의 사정권 안에 넣어주지도 않았다. 그러나 그의 민족 현대사를 관통하는 거시적인 입담과 혜안은 독자대중과 직거래하면서 엄청난 인기를 누렸다. 나는 이병주가 근대문학사 이래 드문 이야기꾼이자 민족사와 권력의 담론가로 재평가 받아야 한다는 굳은 신념을 가지고 있다. 특히 일부 세력들이 추앙해 마지않는 이승만. 박정희에 대한 신앙적인 맹목 현상을 볼 때마다 이병주문학의 필요성을 절감한다.

이병주를 오늘의 독자들에게 소개, 재현시키는 적업은 젊은 연구자들의 긴요한 몫인데, 후학 손혜숙이 이 역할을 흔쾌히 맡아서 수행해 주었다. 박사학위 논문이었던 '이병주 소설의 역사인식 연구'가 이제 서재에서 대중 앞에 소개되어 널리 알려지기를 기대한다. 손혜숙은 이 연구를 통하여 이병주의 역사관을 철저히 파헤쳐 줌과 동시에 한국 현대사의 민족사적인 의미를 점검해준다. 이 연구서가 한국의 보수 우파들에게 이병주 문학을 필독하는 계기가 되기를 빈다. 진정한 우파, 진짜 보수파란 적어도 이병주의 역사관은 지켜야 할 것이다.

목차

머리말　　3
추천사　　6

1장 **서론**　　9

　1. 문단의 이단아, 왜 다시 이병주인가　　11
　2. 이병주 소설을 바라보는 방식　　17
　3. 기억과 역사의 연대　　28

2장 **이병주의 역사체험과 작가 의식**　　45

　1. 문학청년에서 청춘을 잃은 학병으로　　48
　2. 조국 없는 산하에서 '회색인'으로 살아남기　　60
　3. 투옥, 역사를 기록하는 소설가 되기　　70

3장 **원체험과 공적 역사의 서사적 결합**　　81

　1. 역사적 변증으로서의 과거 호출　　84
　　1) 식민지 기억의 상징, '관부연락선'　　85
　　2) 역사의 방관자에서 망명인으로　　100
　　3) 잊혀진 자들에 대한 애도와 복원　　113

2. 기록과 사적(私的) 기억을 통한 역사의 재해석　124

　1) 학병세대가 본 식민풍경　125

　2) 패자의 역사 다시보기　136

　　(1) 공산주의의 이념과 실천방식의 간극　136

　　(2) 파르티잔을 통해 본 해방정국과 한국전쟁　158

3. 사료(史料)의 재검증과 역사적 논평　174

　1) 허구적 서사로 역사 검증하기　176

　2) 논평적 담론을 통한 지배서사의 균열　197

　3) 체험의 증언, 기록자로서의 소명의식　215

4장　당대 현실의 서사화와 시대 의식　237

1. 과거와 연루된 현재의 일상 탐색　240

　1) 가족의 해체, 무기력한 가장으로 살아가기　241

　2) 상품화된 여성의 인간회복의 길　253

2. 기업생태 비판과 현실인식　262

　1) 경제성장 신화의 베일 벗기기　262

　2) 물신의 절대성과 타락한 사회윤리　270

3. 지식인의 시대 응시와 역사 쓰기　284

　1) 정치현실의 퇴행적 복고, 과거사 청산 문제　285

　2) 불가항력의 체제 모순과 아래로부터의 역사구현　302

5장　이병주 소설의 특징과 문학적 의의　333

참고문헌　343

부록　353

이병주 소설 목록　357

찾아보기　361

1장
서론

1장 서론

1. 문단의 이단아, 왜 다시 이병주인가

나림 이병주(那林 李炳注:1921.3·1992.4)는 마흔이 넘은 나이에 창작활동을 시작해 타계하기 전까지 약 80편이 넘는 중·장편을 발표했다. 그는 사회와 역사적 진실을 담아내는 데 문학적 목적을 두고 꾸준히 창작활동을 했다. 실로 그의 작품에는 구한말의 의병운동부터 일제 식민지 시기 학병세대와 지식인의 문제, 해방 이후 이념 갈등, 한국전쟁, 4·19혁명, 5·16 군사 정변과 유신체제 등 지난했던 우리 한국역사의 자취가 고스란히 담겨 있다.

여기서 주목할 사실은 이병주가 역사를 서사화하는 방식이다. 그는 자신의 역사체험 기억을 소환해 내어 집단기억에 의해 정전화된 공적인 역사와 원체험에 근거한 사적 기억 사이의 괴리를 보여준다. 나아가 역사의 행간에 묻힌 인물들을 서사의 중심에 배치하여 공적인 역사가 망각해 왔던 역사적 사실을 형상화한다. 이렇듯 기억과 망각의 변증법을 통해 배제되고 탈각된 역사를 복원시키고자 하는 이병주의 '역사의식'은 과거의 해명, 현재, 그리고 미래에 대한 전망간의 연관 속에서 나타난다. 이때 기억은 과거, 현재, 미래를 매개하는 도구로 유용하게 사용된다.

집단적인 성향이 강한 일반적 기억들과는 달리 문학에서의 기억은 대개 개인의 특수한 체험을 서사화한다.[1] 그리고 서사양식은 현재의 시점에서 망각된 과거를 소환하여 작가의 상상력으로 재구성하는 창조적 기억과 밀접한 관계가 있다.[2] 이렇듯 개별적 체험을 통해 과거사를 복원, 재현하고 당대사를 기록하는 서사적 글쓰기의 본질적인 특성은 이병주 소설에서도 창작의 근본적인 뿌리로 작용하고 있다. 때문에 이병주 소설을 통한 역사탐색은 역사에 대한 인식론적 질문을 던지면서 과거에 대한 공적인 담론의 허구성을 인식할 수 있게 한다. 동시에 100년의 한국 현대사와 그와 관련된 현실 문제를 인지하는 데 효과적이다. 특히, 일부 소설에 국한되어 있기는 하지만 현대 소설사의 공백기인 1940년대를 중점적으로 다루고 있는 그의 작품은 한국 현대사를 아우르는 교두보 역할을 한다.

이병주의 문학적 성취가 인정받기 시작한 것은 1992년 그가 타계한

---

1 발터 벤야민은 서사 양식이 기억에 의존하여 이루어진 예술임을 언급한 바 있다. 그는 이야기체 형식이 경험의 소통이라 지칭하면서 이때 듣는 이에게 중요한 점은 들은 이야기를 다시 재현할 수 있다는 가능성에 대한 자기 확신이며, 이를 기억이라 규정한다.(Walter Benjamin, 『문예비평과 이론』, 이태동 역, 문예출판사, 1987, 100~132쪽 참조)

2 기억하는 사람의 현재 의식 속에 떠오르는 과거는 원래의 감각, 지각했던 체험 그대로가 아니라 새로운 의미를 획득하게 되는데 루카치는 이를 '창조적 기억'이라 명명한다.

이후부터이다. 그의 문학에 대한 소논문들이 발표되면서 2002년 이병주 기념 사업회 설립을 시작으로 '이병주 전집 발간', '이병주 문학관 설립', '이병주 문학제', '이병주 국제 문학상 제정' 등 이병주 문학에 대한 복원 사업이 진행되었고 동시에 이병주 문학에 대한 재조명의 움직임이 서서히 일기 시작했다.

한국 문단에서 이병주 문학에 대한 본격적인 연구가 소홀해 왔던 것은 주지의 사실이다. 생존해 있을 때는 정당한 평가를 받지 못하다가 타계 후 돌연 재평가의 대상으로 주목받는 현상에는 근본적인 원인이 있을 것이다. 이를 해명하기 위해서는 먼저 문단의 주목을 받지 못했던 이유로 언급되는 사항들을 점검해 볼 필요가 있다.

우선 정식 등단 절차 없이 문단에 데뷔해 독자적인 노선을 지켜왔다는 점은 가장 많이 언급되는 원인 중 하나이다. 실제로 이병주는 해인대학 교수 시절 우연한 기회에 소설 연재 제의를 받아 창작활동을 시작해, 이후 추천인 없이 「소설·알렉산드리아」을 『세대』에 발표하면서 본격적인 작품 활동을 시작한다. 여기서 그의 작품 발표 지면을 주목해 볼 필요가 있는데, 주지하다시피 『세대』지는 문예지가 아닌 종합지이다. 우리나라에서 정식 등단 절차라 함은 일반적으로 말해 신춘문예 등단, 추천이나 신인상을 통한 문예지 등단, 작품집 출간 및 최근의 추세인 신문사의 장편소설 공모 등을 의미한다. 이병주의 처녀작과 데뷔작은 앞에서 언급한 정식 등단 절차 중 어느 한 부분에도 속하지 않는다. 뿐만 아니라 데뷔작 이후 발표 지면을 보더라도 문예지가 아닌 종합지가 대부분이다. 이러한 이유로 이병주는 이른바 '순수문학'의 마당에 끝내 서지 못해 조명 받지 못했다고 보는 견해가 있다.[3]

---

3 김윤식, 『일제말기 한국인 학병세대의 체험적 글쓰기론』, 서울대출판부, 2007, 159쪽 참조.

아울러 '한일관계에 대한 이병주의 독특한 시각과 반공주의적 태도' 또한 문단의 관심에서 멀어진 이유로 언급되는 원인 중 하나이다. 이 병주는 민족주의라는 당위에 흔들리지 않고 냉정하게 한일관계와 해방 후의 정국을 서술하려 했는데, 민족주의적 시각에서 보면 작가의 이러한 태도가 식민사관의 결과물로 파악되어 반공 이데올로기에 편승한 관제작가라는 인상을 부여했을지 모른다는 견해이다.[4]

나아가 권력과의 친분관계를 언급하는 논자들이 있다. 권력과 폭력에 대한 비판을 주제로 창작활동을 한 이병주 자신은 정작 권력과 타협하며 권력의 빛 아래 살아 왔기에 작품의 진실성을 의심받아 왔다는 견해이다.[5] 이와 유사한 논지로 안경환은 이병주가 박정희 이래 역대 대통령을 비롯해 유력 정치인, 고위관료, 부유층 인사들과 친분을 유지했다는 점과 특히 전두환 전 대통령에 대한 이병주의 이례적인 긍정적 평가를 작가로서 그의 입지를 크게 약화시킨 원인으로 지적했다.[6]

그리고 일부 대중적인 작품들이 문학작품이 지켜야 할 기본적인 양식을 무너뜨렸다는 점[7]과 이중게재, 제목의 변경, 작품의 일부를 별도로 발표하는 중복 간행 등 문단에 확립된 전통과 윤리를 벗어난 출판 행태[8]도 이병주가 작가로서 주목받지 못한 요인으로 언급되고 있다.

이병주 문학에 대한 연구가 저조한 원인으로 지적된 여러 제반 사

---

4 강심호, 「이병주 소설 연구 – 학병세대의 내면의식을 중심으로」, 『관악어문학』 27, 서울대학교 국어국문학과, 2002, 188쪽 참조.

5 朴潤圭, 張伯逸의 평, 「나는 빨치산이었다」, 『월간조선』, 조선일보사, 1994. 6, 159쪽.

6 안경환, 「이병주와 그의 시대」, 『2009 이병주 하동 국제 문학제 자료집』, 이병주 기념사업회, 2009, 36쪽 참조.

7 김종회, 「이야기성의 회복과 이병주 문학의 재발견」, 『문학사상』, 문학사상사, 2006. 4, 244쪽.

8 안경환, 「이병주와 그의 시대」, 앞의 글, 36쪽.

항들은 일정부분 타당성이 있다. 그러나 한 작가의 문학 전체를 권력과의 인간관계를 잣대로 재단한다든지, 일부 대중적인 작품들이 순수 문학의 기본적 양식에서 벗어났다고 해서 그의 문학 전체를 평가절하한다는 것은 편협한 시선이며, 그의 문학적 성취를 간과하는 해석이 된다. 아울러 이병주를 반공 이데올로기에 편승한 관제작가라고 보는 태도는 일부 작품만을 기준으로 평가한 지엽적인 시각에서 연유한 것이거나, 일부 오독의 가능성도 배제할 수 없다. 이병주 문학에 대한 편견이나 그에 따르는 오독의 가능성에서 자유로워지기 위해서는 이병주 문학의 사상적 배경이 되는 '회색의 사상'에 대한 이해가 선행되어야 한다.

이병주는 소설이라는 것은 "여러 가지 복합적인 요소와 많은 사명을 지니고 있"지만 그 중 가장 큰 비중을 차지하는 "역사의식이 반드시 역사 그 자체를 옳게 전하지는 못하는 면이 많다."며 소설에서 역사를 '지도자' 혹은 '정권' 중심의 '영웅주의적'으로 서사화하는 것을 경계한다. 그런 후 소설이란 "역사의 뒤안길에서 생략되어버린 인간의 슬픔, 인생의 실상, 민족의 애환 등을 표현하는 것"이며, "승리와 패배의 기록만으로 점철되어 가는" "역사의 이면을 추구해야겠다는 뜻에서 회색의 군상으로 눈을 돌렸다."고 말한다. 그리고 자신이 추구하는 회색의 사상이란 한마디로 "융통성 있는 사고방식"[9]이라고 첨언한다. 이처럼 이병주는 '흑과 백으로 나누어지지 않는' 잉여 부분의 가치를 추구하는 것과 동시에 휴머니즘 사상에 입각해 그것을 소설로 서사화한다. 때문에 역사상 '반인간적인 조건이나 상황, 제약'에 대해서는 철저히 비판적인 입장을 취하는데, 이러한 부분이 결국 일부 반공주의

---

9 이병주, 남재희 대담, 「灰色群像의 論理」, 『세대』, 1974. 5, 242쪽.

로 표면화되는 원인이 되었다. 하지만 그가 말하는 반공주의는 어떤 사상에 대한 맹목적인 비판이거나 사상 자체에 대한 부정이 아니라는 점을 간과해서는 안 될 것이다. 어떠한 섹트나 사상에도 치우치지 않고, 객관적인 시각으로 모든 현상을 바라보려 했던 이러한 '회색의 사상'은 그의 작품 곳곳에서 중립적 입장을 띤 작가의 분신을 통해 자주 나타난다. 그리고 그 분신들의 시각은 독자들에게 모든 현상을 바라보는 객관성과 판단의 주체성을 요구한다.

이처럼 이병주가 거론한 '회색의 사상'에 대한 논리는 사고방식에 탄력성과 융통성을 제공한다. 그리고 그것은 그의 파란만장한 역사체험에 대한 사적 기억의 재생을 통해, 공적인 역사에 의해 은폐되고 망각되었던 사실의 복원을 통해 드러난다. 체험은 과거의 일이고, 과거는 기억이라는 프리즘을 통해 재생될 수 있기에 어쩔 수 없는 간극과 분리를 전제로 한다. 때문에 이 과정에는 선택과 배제라는 이중의 작업 활동이 존재한다. 과거에 대한 기억은 대부분 주관적이고 현재의 관심사에 의해 형성되기에 항상 선택적일 수밖에 없는 것이다. 이는 곧 기억이란 과거 요소들의 특정한 구성이고, 그 구성의 과정 속에서 어떤 것은 망각된다는 것을 의미한다. 이병주 소설에서 사적인 기억은 선택과 조합의 과정을 거쳐 역사를 기록하고 재현하는 수단이 된다. 동시에 공적인 역사에서 배제된 희생자들에 대한 망각에 이의를 제기하고 이를 통해 주변의 현실 상황 탐색도 가능하게 한다. 이렇게 공적인 역사의 선택과 배제를 뛰어넘어 재구축된 이병주의 역사인식은 그것이 지닌 현실의 적극적 의미를 탐색하고, 나아가 당대를 역사로 기록하는 토대가 된다.

따라서 이 연구는 기억과 망각이라는 개념을 통해 역사인식과 현실인식의 상관성, 그리고 그 양상을 검토함으로써 이병주 소설 세계에

대한 전체적 조망을 실현하고자 한다. 이 연구가 이러한 논의에 의거
하는 것은 이병주 소설을 역사소설로 유형화하기 위해서가 아니라 이
병주 소설의 정신적 뿌리인 역사인식이 소설 속에서 어떻게 표현되고
있는지를 규명하기 위해서이다.

2. 이병주 소설을 바라보는 방식

　주지하다시피 한국 학계에서 이병주 문학에 대한 연구는 저조한 실
정이다. 아울러 기존 논의에 대한 종합적이고 세밀한 검토 또한 이루
어지고 있지 못하다. 따라서 이 절에서는 이병주 문학에 대한 그간의
연구사를 정리한 후 문제점을 짚어보고자 한다.
　일부 작품 해설이나 단평 수준의 논의[10]를 제외한 초기의 연구로는

---

10 김주연, 「敗北한 知識人의 冠」, 한국문인협회, 『한국단편문학대계』, 삼성출판
　사, 1976.
　이광훈, 「歷史와 紀錄과 文學과」, 『韓國現代文學全集』, 삼성출판사, 1979.
　______, 「多樣한 素材, 多樣한 構成」, 『韓國短篇文學- 作品解說』, 金星出版
　社, 1990.
　______, 「행간에 묻힌 해방공간의 조명」, 『산하』, 한길사, 2006.
　임헌영, 「李炳注의 作品世界」, 강명채, 『한국문학전집』, 삼중당, 1996.
　______, 「기전체 수법으로 접근한 박정희 정권 18년사」, 『그해 5월』, 한길사,
　2006.
　李炯基, 「이야기의 재미와 휴머니즘-李炳注의 작품세계」, 『李炳注대표 중·단
　편선집』, 책세상, 1998.
　조남현, 「이데올로그 비판과 담론확대 그리고 주체성」, 『소설·알렉산드리아』,
　한길사, 2006.
　정호웅, 「망명의 사상」, 『마술사』, 한길사, 2006.
　김인환, 「천재들의 합창」, 『그 테러리스트를 위한 만사』, 한길사, 2006.

김주연, 이보영, 송하섭, 송재영, 김윤식, 이형기의 논의가 전부라 할수 있다. 하지만 이러한 논의조차도 일부 작품에 한정되어 있다.

먼저 김주연[11], 이보영[12], 송하섭[13], 송재영[14]은 '역사'라는 키워드로 이병주 문학에 접근하는데, 김주연은 이병주 문학관이 여실히 드러나 있는 「辨明」이라는 작품을 통해 문학과 역사와의 관계에 주목한다. 흔히 역사와 문학은 일치되기 어려운 상대적인 것으로 인식되어 왔지만 「辨明」은 "'역사는 오직 확증된 事實의 집성'이라는 규정에서 벗어나려 하고, 문학은 그 '역사의 파동에서 익사하는' 한 사람의 생명에까지 손을 뻗으려 하"는 이른바 문학과 역사의 상관관계를 표현하고 있는 작품이라는데 의미를 둔다.

이보영은 같은 맥락으로 좀 더 다양한 텍스트 분석을 통해 이병주 문학에 접근한다. 당대의 논의가 한 두 작품에만 한정되어 있었다는 사실을 감안해 볼 때 이보영의 논의는 이병주 문학에 대한 총체적 접근의 시작이라는 점에서 의의가 있다. 이보영은 「쥘부채」, 「예낭풍물지」, 「낙엽」, 「關釜連絡船」, 「소설·알렉산드리아」, 「辨明」, 「겨울밤」을 대상 텍스트로 하여 이병주 문학을 비판적인 역사의식과 부정정신을 원동력으로 한 '청산문학'[15]이라 평하고, 「예낭풍물지」, 「낙엽」

김종회, 「근대사의 굴곡과 문학적 인식의 만남」, 『관부연락선』, 한길사, 2006.
김윤식, 「지리산의 사상과 『지리산』의 사상」, 『지리산』, 한길사, 2006.
최혜실, 「한국지식인 소설의 계보와 『행복어사전』」, 『행복어사전』, 한길사, 2006.
11 김주연, 「歷史와 文學 – 李炳注의 「辨明」이 뜻하는 것」, 『문학과 지성』 봄호, 문학과 지성사, 1973.
12 李甫永, 「歷史的 狀況과 論理」 上, 下, 『현대문학』, 현대문학사, 1977. 2.
13 송하섭, 「이병주 소설 연구 – 사회의식의 형상화를 중심으로」, 『진주산업대학교 논문집』 4, 대전간호전문대학, 1978.
14 송재영, 「이병주론 – 시대증언의 문학」, 『현대문학의 옹호』, 문학과지성사, 1979.
15 "이병주문학의 독자성은 그것이 주로 소시민의 자질구레한 일상세계에서만 맴돌지 않고 지식인의 당면문제, 가령 인격적 자아의 회복과 행사를 위한 고통스러운

등의 작품을 근거로 최근 들어 그의 교양주의에 의해 비판적인 역사의식이 무뎌지고 있다는 점을 한계로 지적한다.

송하섭은 초기 중·단편의 분석을 통해 정치, 사회와 이병주 소설의 관계를 밝힌 후 '현실인식'이 이병주 소설의 공통적 기반으로 자리하고 있고, 휴머니즘이 이러한 현실인식의 토대가 된다고 결론 내린다. 다양한 텍스트를 대상으로 이병주의 창작관을 밝히고자 한 시도는 주목할 만하지만 각 작품에 대한 세밀한 분석이 이루어지고 있지 않다는 점이 아쉬움으로 남는다. 송재영 역시 초기 작품을 중심으로 이병주 소설의 기본 테마를 '개인 → 사회 → 역사 → 정치'로 보고, 이병주 문학을 원체험에 근거한 '시대증언의 문학'이라고 언급한다.

한편, 김윤식은 「지리산」의 표제 '실록대하소설'에서 '실록'이라는 한정어에 주목하여 작품을 분석해 나가는데 특히, '학병세대'의 내면 풍경과 근대성과의 상관성에 대해 설명하는 부분은 이후 「지리산」 연구의 초석으로 작용하고 있다는 점에서 눈여겨 볼 만하다.[16] 이형기는 「관부연락선」을 1940년대를 아우르는 지식인 소설이라 평한 후 이병주 작품을 관통하고 있는 휴머니즘은 좌·우의 정치적 대립을 초월하고자 했던 작가 의식의 발로라고 첨언한다.[17]

노력 같은 문제를 추구하되, 일제시대의 체험과 해방 후 좌우익상쟁의 체험에까지 거슬러 올라가 봄으로써 그 추구를 보다 근원적으로 철저히 하려고 한 점에 있고, 그런 문제의 취급에서도 곧잘 작품을 무의미하고 지루하게 만들기 쉬운 기록적인 리얼리즘만 의존하지 않고 시적 상상의 방법을 겸용한 점에 있으며, 실험적 방법도 그 겸용의 결과이다. 이병주문학은 제1차적으로는 청산문학이다."(李甫永, 「歷史的 狀況과 論理」, 앞의 글, 312쪽)

16 김윤식, 「지리산의 사상 – 이병주의 『지리산』론」, 『한국문학의 근대성과 이데올로기 비판』, 서울대학교출판부, 1987.

17 이형기, 「소설 『관부연락선』과 40년대 현대사의 재조명」, 권영민, 『한국현대작가연구』, 문학사상사, 1991.

이상 초기의 논의는 원체험에 근거한 이병주의 창작 방법론과 이병주의 작품을 관통하고 있는 역사의식 또는 현실인식의 문제를 중심에 두고 있다. 물론 이병주 문학의 특징에 대한 이들의 분석 결과는 일부 타당성이 있고 이 연구의 기본 전제와 상통한다. 하지만, 초기의 논의들은 대상 텍스트가 일부 작품에만 한정되어 있을 뿐더러 역사의식과 현실인식이 소설 형식에 관여하는 방식이나 역사와 현실문제의 상관성을 밝히는 데까지 확장되지 못했다는 점에서 한계를 갖는다.

이병주 문학에 대한 기존 논의는 초기에는 작품 해설이나 평론적 성격의 접근이 주를 이루다가 타계 이후 추모 관련 글을 비롯해 이병주 문학에 대한 연구논문들이 속출하기 시작했다. 작품 해설이나 평론의 경우, 대부분 「지리산」과 「관부연락선」에 편중되어 있으며, 그렇지 않은 경우에도 개별적인 작품론에 해당하는 경우가 대부분이라서 포괄적인 작가론은 전무한 실정이다. 또한 다수의 논의들은 과거의 평론들이 거둔 내용 비평의 성과들을 대부분 그대로 수용하여, 주제나 방법론에 부합하는 몇몇 작품만을 편의에 따라 임의적으로 다룸으로써, 이병주 소설세계에 대한 전체적인 조망에는 미치지 못하였다.

타계 이후 이병주 문학에 대한 논의는 크게 창작방법론과 작가의식에 초점을 둔 작가론 그리고 「소설 · 알렉산드리아」을 포함한 초기 중 · 단편이나 「지리산」, 「관부연락선」 등의 장편소설을 분석한 작품론으로 나뉜다. 먼저 용정훈[18], 한수영[19], 고인환[20]은 텍스트 분석을 통해

---

18 용정훈, 「이병주론 – 계몽주의적 성향에 대한 비판적 고찰」, 중앙대 석사학위논문, 2001.
19 한수영, 「소설 · 역사 · 인간」, 『지역문학연구』 제12호, 남부산지역문학회, 2005.
20 고인환, 「이병주 중 · 단편 소설에 나타난 현식인식 변모 양상 – 정치현실에 응전하는 작가의식을 중심으로」, 『국제어문학회 학술대회 자료집』, 국제어문학회, 2009.

이병주 문학의 특성을 규명하고, 작가의식 및 창작 방법론에 대해 논하고 있다.

용정훈의 경우, 이병주 문학에 대한 최초의 학위 논문인 만큼 다른 연구들에 비해 많은 작품들을 다루고 있다는 점이 우선 눈에 띤다. 하지만 논문에서 다루고 있는 대상 텍스트의 선별 기준이 모호하다는 데 1차적인 문제가 있다. 그는 '신역사주의 방법론'을 기본적인 틀로 하고 필요에 따라 다양한 이론들을 활용하여 이병주 소설의 특징과 작가적 면모를 밝히려 하였다. 이 부분 또한 작품에 대한 편의적 재단과 적용만 있을 뿐, 그러한 방법론들이 이병주 문학세계를 해명하는 데 얼마나 유용하고 의미가 있는지에 대해서는 충분히 드러내지 못했다. 그리고 분석 결과로 '지식인 소설의 특성'으로 계몽주의를 언급하면서, 이병주 소설의 계몽주의적 특징으로 '서구 편향성과 자국의 역사에 대한 부정과 경멸의 태도', '식민사관의 논리' 수용, '군사정권의 조작된 냉전·안보 이데올로기'의 맹목적 수용 등을 지적한다. 연구대상을 비판적인 시각에서 바라보려는 시도는 타당하지만, 일부 작품만을 가지고 한 작가의 작품세계 전체를 특징짓는다는 점은 다소 무리가 있다. 또한 견해의 차이일지 모르나 일부 오독의 여지가 있는 분석은 논리의 설득력을 떨어뜨린다.

한수영의 논의는 초기 이보영의 논의와 궤를 같이 하는데, 변별점이 있다면 기존 논의들이 거의 다루고 있지 않은 「여사록」, 「이사벨라의 행방」, 「중량교」 등의 작품 분석 시도와 연배는 전후세대이면서 문단 활동은 4.19 세대들과 했다는 점에 착안해 작가의식의 형성과 변천과정을 밝히려 했던 부분이다. 세대와 관련한 이병주의 문단이력은 이병주의 문학세계를 조망하는 데 있어 당연히 선행되어야 할 의문임에도 불구하고 기존 논의들에서는 간과되어 왔다. 시대와 문학과의 상관성, 시대별로 다르게 특징지어지는 문단 풍토를 감안해 볼 때, 이러한 문제의식은 한 작가의 문학세계를 총체적으로 규명하는 데 있어 근본적인 출발점이 된다. 이런 맥락에서 한수영이 제기한 문제는 타당성이 있다. 그러나 이병주의 특이한 이력이 작가의식 형성에 어떤 영향을 주었는지에 대한 해명이 시대와의 유기적 관계 속에서 이루어지지 못하는 한계를 노정한다. 고인환은 이병주의 중·단편 소설 중 일부는 이병주의 정치관 혹은 세계관이 소설양식에 대한 자의식으로 구조화되고 있다는 전제하에 현실정치에 응전하는 작가의식의 변모 과정에 대해 고찰한다.

이병주의 데뷔작이라 알려져 있는 「소설·알렉산드리아」 및 초기 중·단편을 중심으로 한 김영화[21]와 김종회[22]의 논의는 이병주의 첫 소설로서 「소설·알렉산드리아」의 의미와 원체험에 근거한 이병주의 증언적 글쓰기에 주목하고 있다는 데 공통점이 있다. 그러나 작품 분석을 통해 추출해 낸 이병주 소설 세계의 특징적인 면모들에 대해서는 인식의 차이를 보이며, 기본적으로 이병주 소설 작법에 대한 평가 또한 상반된 양상을 띤다.

김영화는 '논설이나 수필 또는 斷想을 쓰듯 거침없이 써 내려간 작

---

21 김영화, 「이병주의 세계 — 「소설 알렉산드리아」을 중심으로」, 『인문학연구』 5집, 제주대학교 인문과학연구소, 1999.

22 김종회, 「근대사회 격량을 읽는 문학의 시각」, 『나림 이병주 선생 10주기 기념 추모선집』, 나림 이병주선생 기념사업회, 2002.
_______, 「이야기성의 회복과 이병주 문학의 재발견」, 『문학사상』, 문학사상사, 2006. 4.
_______, 「한 운명론자의 두 얼굴—이병주의 「소설 알렉산드리아」에 대하여」, 『디아스포라를 넘어서』, 민음사, 2007.
_______, 「이병주의 「소설·알렉산드리아」 고찰」, 『비교한국학』 16권, 비교한국학회, 2008.

품들이 이병주 소설의 대부분'이라는 점에서 작가의식이 부족하고, 거기에서 파생된 소설 작법 또한 문제가 있다는 부정적 인식에서 출발한다. 그리고 작품 분석을 통해 이 소설의 특징을 다음과 같이 정리한다. 첫째, 에세이 형식에 많이 의존하고 있다. 둘째, 자아가 강하고 메시지를 전달하려는 의욕이 많아 부인물이 등장해서 주인공을 이야기하는 관점을 많이 채용하고 있다. 셋째, 같은 소재, 같은 이야기의 반복이 주제를 심화시키는 반면 진부한 느낌을 준다. 넷째, 소설적 공간의 배경이 넓은 것은 작가의 시각이 넓다는 것을 의미한다. 김영화의 지적은 일부 타당성이 있으나 특징 첫째, 둘째의 경우 작품 자체에 대한 독법이라기보다 작가의 에세이 또는 작품 해설에 의탁한 분석이라는 데 문제가 있다.

반면, 김종회의 경우 '고독한 囚人의 자가 발전적 철학의 세계, 범주가 넓고 내용이 드라마틱한 이야기를 끌고 나가는 특별한 인물들, 시대사와 사회사를 읽고 평가하며 설명하는 기록자의 존재, 인생의 운명을 소설의 발화방식에 기대어 표현하는 결정론적 시각, 우리 근현대사의 불합리를 추출하면서 역사와 문학의 상관성을 드러내는 방식' 등을 「소설 · 알렉산드리아」의 특징적 면모로 꼽는다. 이러한 평가는 이병주 문학에 대한 김종회의 초기 논의에서부터 일관되게 이어져 왔으며, 이병주 문학연구의 필연성을 부여함과 동시에 이병주 문학의 특징을 규명하는데 단초역할을 한다.

한편, 김외곤[23], 조갑상[24], 강심호[25], 강경선[26], 정호웅[27]은 장편

---

[23] 김외곤, 「격동기 지식인의 초상 – 이병주의 《관부연락선》」, 『소설과 사상』, 고려원, 1995.

[24] 조갑상, 「이병주의 《관부연락선》 연구」, 『현대소설연구』 11권, 한국현대소설학회, 1999.

[25] 강심호, 「이병주 소설 연구 – 학병세대의 내면의식을 중심으로」, 『관악어문연구』

「관부연락선」을 대상 텍스트로 학병세대의 의식구조를 밝히는 데 초점을 두고 있다. 강경선을 제외한 나머지 연구자들은 「관부연락선」은 한국문학사의 공백이나 다름없는 1940년대의 시대상황과 지식인의 고뇌를 총체적으로 형상화해 내고 있는 작품이기에 소설사적으로 의미가 있다는 전제에서 출발한다. 이 가운데 서술방식과 시·공간 구조 등의 형식 그리고 내용의 상관관계를 짚어가는 조갑상의 논의나 기록자로서의 소설관의 근원을 학병세대의 자의식에서 찾고 있는 강심호의 논의는 눈길을 끈다.

조갑상은 일기, 취조 문서 등 작품에서 사용되는 양식들을 언급하면서 「관부연락선」을 '소설양식이 수용할 수 있는 모든 양식의 집합체'라 보고 있다. 또한, '관부연락선'을 '한일관계를 설명할 수 있는 구체적 증거물'로 보고 관부연락선의 취항시기와 관부연락선의 이동경로(부산과 시모노세끼 부두라는 공간)가 갖는 함의들을 풀어내고 있다. 이러한 조갑상의 연구는 소설의 형식적 측면에 접근하여 '관부연락선'의 역사성을 밝혀내려고 했다는 데에서 그 새로운 의미를 찾을 수 있다. 강심호는 학병세대의 내면의식에 주목해 '학병'에 자발적으로 끌려갔던 학병세대의 자의식이 이병주 소설에 어떤 식으로 관여하고 있는지에 대해 정치하게 분석하고 있다.

한편, 강경선은 「관부연락선」의 소설 미학적 특성들을 통해 이 작품의 소설사적 의미를 찾는 데 목적을 두고 작품을 분석해 나간다. 형식적 측면에서의 접근이 미비한 기존 논의의 실정을 감안해 본다면

27권, 서울대학교 국어국문학과, 2002.

26 강경선, 「이병주의 《관부연락선연구》」, 경성대 교육대학원 석사학위논문, 2005.

27 정호웅, 「해방 전후 지식인의 행로와 그 의미」, 『현대소설연구』24집, 현대소설학회, 2004.

______, 「父性의 서사─ 이병주의 〈관부연락선〉」, 『경남의 작가들』, 박이정, 2006.

소설의 서사 양식 연구는 의미 있는 시도이다. 하지만 서사양식과 소설사적 의미와의 상관성이 제대로 해명되지 못했고 서사 양식의 분석 결과도 기존의 연구 성과들을 그대로 답습하고 있을 뿐 진전된 논의는 찾아볼 수 없다는 한계를 노정한다.

　이병주의 대표작이면서 이병주 소설에서 가장 활발한 연구 성과들을 보유하고 있는 작품은 「지리산」이다. 임헌영[28], 정호웅[29], 장세진[30], 이동재[31], 박중렬[32], 정찬영[33], 김복순[34]은 분단 문학과의 연관 속에서 작품 「지리산」을 평가하는데, 연구자들마다 상반된 견해를 보인다. 정호웅은 「지리산」의 등장인물을 통해 '기록과 증언', '구체적 현실의 개념화'라는 이병주의 창작방법론의 핵심을 도출하는 데 주력한다. 그러나 이규와 박태영을 작품의 주인공으로 명명한 후 두 인물을 분석하고 작품의 한계, 더 나아가 한국 역사소설의 한계를 지적하는 부분은 그 적절함에 대한 논란의 여지를 남긴다. 임헌영은 「지리산」은 '우리 소설 문학에서 도식적으로 적용해 오던 반공소설의 벽을 허물어 뜨'렸고 '역사를 보다 근본적으로 파헤치는 계기'가 된 작품이라며 긍정적인 평가를 내린다. 또한, 작품 속에서 보이는 다각적인 폭동

---

28 임헌영, 「현대소설과 이념문제」, 『분단시대의 문학』, 태학사, 1992.

29 정호웅, 「『智異山』론」, 『1970년대 문학연구』, 예하, 1994.

30 장세진, 「분단문학 극복의 한 양상 -『지리산』론」, 『한국대하역사소설연구』, 훈민, 1998.

31 이동재, 「분단시대의 휴머니즘과 문학론 - 이병주의 『지리산』」, 『현대소설연구』 24권, 한국현대소설학회, 2004.

32 박중렬, 「실록소설로서의 이병주의 『지리산』론」, 『현대문학이론연구』 29권, 현대문학이론학회, 2006.

33 정찬영, 「역사적 사실과 문학적 진실 -『지리산』론」, 『문창어문논집』 36집, 문창어문학회, 1999.

34 김복순, 「지식인 '빨치산' 계보와 『지리산』」, 『인문과학연구논총』, 명지대학교 인문과학연구소, 2000.

과 혁명 방법론에 대한 작가의 천착을 호평하며, 작품에 내재해 있는 작가의 관점이나 역사적 평가의 옳고 그름을 떠나 본격적인 이념투쟁 소설에서 그 핵심을 건드린 진지성으로 평가해야 한다고 언급한다. 장세진 역시 「지리산」은 분단문학의 벽을 허물려는 한 시도이며 민족 동질성 회복의 총체성을 꾀한다는 점에서 주목할 만한 작품이라 평가 한다.

이와는 상반된 견해를 보이는 이동재는 작품의 인물분석을 통해 작 품에 내재해 있는 '개인주의적(부르조아) 휴머니즘'은 '현실 추구적이 고 자기 보존적인 방관자적 휴머니즘으로서 해방 이후 순수문학을 주 창해온 문협 정통파의 문학관과 맥락을 같이 하고 있다'고 평가한다. 그리고 이러한 지점이 '60년대 이후 반공문학의 수준에서 벗어나 남 과 북, 좌와 우의 문제를 객관적으로 보기 시작한 분단문학의 성과를 퇴보시켰다는 평가를 받는 요인'이라 지적한다. 물론 「지리산」이 당 대의 역사적 현실을 다각도로 조명하고, 인간의 내면세계를 생생하게 재현해 내고 있기에 연구 가치가 있다고 보는 부분은 다른 연구자들 과 의견을 같이 한다. 그러나 작품 안에서 구현되고 있는 '휴머니즘'의 성격을 규정하는 부분에서는 차이를 보인다.

김윤식[35]은 다른 연구자들에 비해 이병주 소설과 관련된 많은 연구 성과들을 내고 있는데, 먼저 「지리산」을 대상 텍스트로 '인민전선에

---

35 김윤식, 「작가 이병주의 작품세계」, 『문학사상』, 문학사상사, 1992. 5
_____, 「학병세대 글쓰기의 유형과 범주: 이병주의 놓인 자리」, 『한국문학』, 한 국문학사, 2006
_____, 「'위신을 위한 투쟁'에서 '혁명의 열정'에로 이른 과정」, 『한국문학평론』, 범우사, 2007
_____, 「이병주의 단편 3부작론」, 『한국문학』, 한국문학사, 2007. 겨울.
_____, 「이병주의 처녀작 「내일 없는 그날」과 데뷔작 「소설·알렉산드리아」사 이의 거리재기」, 『한국문학평론』, 2008. 상반기.

서 체득한 학병세대의 사상'을 이병주가 자인한 '회색의 사상'과 동궤로 놓고, 학병세대와 근대성과의 관계, 그리고 학병세대 지식인의 내면세계를 읽어낸다. 이를 필두로 이후 이병주 소설에서 맥락을 함께하고 있는 작품들을 묶어 '3부작론'에 착안해 논의를 확대해 나간다. 우선 이병주의 처녀작이라 할 수 있는 「내일 없는 그날」에 주목해 이병주 문학 세계의 특징적 징후들을 포착해 낸 후 그 징후들이 「소설·알렉산드리아」, 「겨울밤」, 「그 테러리스트를 위한 輓詞」에서 어떤 식으로 형상화되고 있는지에 대해 분석한다. 그리고 학병세대의 자의식으로 형성된 '주인·노예의 변증법'으로 이 3부작에 관통하고 있는 '용병의 위신 찾기'에 주목한다. 학병세대 글쓰기에 대한 천착은 이후 「관부연락선」, 「지리산」, 「별이 차가운 밤이면」의 3부작론에서도 지속된다. 김윤식은 이 세 작품은 운명론적 사상으로 학병세대를 다루고 있다는 점에서 3부작의 자격을 갖추었지만, 그 운명의 방향성과 작용범주가 다르다는 문제의식에서 논의를 시작한다. 「관부연락선」이 순수 학병체험을 다룬 것이라면 이에 비해 「지리산」은 간접적인 학병 거부자의 체험을 다루었고, 나이가 「별이 차가운 밤이면」은 순수 학병체험에서 멀어져 있다는 점에 착안해 학병세대 자의식의 변모양상을 밝혀내고 있다. 이렇듯 이병주 문학에 지속적인 관심을 보이고 있는 김윤식의 연구 성과들은 이병주 문학세계를 총체적으로 조망하는 시발점으로서 의미를 가진다.

이병주 문학에 대한 형식적 접근의 논의로는 이재선[36], 김병로[37], 김기용[38]의 연구들이 있다. 이재선의 논의는 단평에 머물고 있지만 이

---

36 이재선, 「이병주의 「알렉산드리아」과 「겨울밤」」, 『현대 한국소설사』, 민음사, 1991.
37 김병로, 「多聲的 서사담론에 나타나는 현실인식의 확장성 연구 −이병주의〈소설·알렉산드리아〉를 중심으로」, 『韓國言語文學』 36호, 한국 언어문학회, 1996.

병주 소설에 대해 형식적으로 접근한 최초의 시도로 '혼성화된 서술방법'과 배경공간에 착안해 작품을 분석하고 있다는 점이 새롭다. 이재선의 논의를 심화시켜 놓은 형태가 김병로의 논의라 볼 수 있는데, 김병로는 후기 구조주의적 방법론에 입각해 「소설 · 알렉산드리아」의 다성적 서사담론 구조와 이것이 현실인식 태도에 어떻게 연계되어 있는지에 대해 밝히고 있다. 한편, 최근 연구인 김기용의 학위 논문은 이병주 소설의 초기 중 · 단편을 대상으로 작품의 서사구조를 분석하고 있다는 점에서 새롭다. 그러나 플롯과 인물만을 가지고 이병주 소설에 나타난 서사구조의 특징을 도출해 낸다는 것은 설득력이 부족하다.

살펴보았듯이 근래에 와서 이병주에 대한 논의가 활기를 띠기 시작했음에도 불구하고 통합적이고 학제적인 연구 성과는 여전히 부족한 실정이다. 이 연구는 선행 연구의 의의와 한계를 염두에 두고, 다각적인 시각으로 이병주 소설세계에 대해 살펴볼 것이다. 이를 위해 다음 절에서는 이 연구의 분석틀이 될 방법론에 대해 언급할 것이다.

3. 기억과 역사의 연대

이병주 소설의 주된 테마는 '역사'이다. 그러나 '역사소설'의 자장 안에서 그의 작품들이 논의된 경우는 드물다. 물론 일반적으로 언급되는 역사소설의 특징 안에서 논의되는 경우는 있으나 '역사소설'과 '역사적인 소설', '역사'의 경계를 구분하거나, 이병주 소설을 역사소설이

---

38 김기용, 「이병주 중 · 단편 소설 연구」, 원광대 석사학위논문, 2010.

라고 명명한 경우는 찾아보기 힘들다. 대부분의 작품들이 '역사'를 소재로 하거나 역사와 관련된 인물이 등장하거나, 또는 시·공간이 역사적인 배경으로 설정되어 있다는 점을 생각해 볼 때, 이병주의 소설과 작가의식이 어떤 식으로든 '역사'와 맞닿아 있다는 것은 부인할 수 없는 사실이다. 그리고 그는 소설 창작에 임하는 자세에 있어 본인 스스로를 '역사가'로 자처하는데, 실제로 여러 작품 속에서 "현재를 이해하고 고찰하기 위해서, 또 미래를 향한 새로운 방향 설정을 도와주기 위해서 과거의 힘(시각, 비판, 의식, 기억 그리고 상상력)을 일깨우는 비판자"[39]로 위치하고 있는 모습을 종종 발견할 수 있다.

여기서 과거의 힘은 시각, 비판, 의식, 기억, 상상력으로 구성되는데, 각각의 구성요소들이 가진 의미는 다음과 같다. 시각(Perspective)이란 현재 존재하는 사물이 예전에도 항상 그런 식으로 존재했었던 것이 아닌 것처럼, 앞으로도 현재와 같을 수밖에 없는 것은 아니라는 점을 깨닫는 인식을 뜻한다. 달리 말하면 역사적 시각으로 "그것은 사회가 어떻게 변화하며 상황이 언제 변하고 변하지 않는지를 본질적으로 파악할 수 있는 능력이다." 비판은 "현재의 사회적 기원의 폭로를 뜻하며, 특히 무엇보다도 자연스럽고 불가피한 것으로 제시·간주되고 있는 권력·착취·억압의 구조와 관계들의 사회적 기원을 폭로하는 것을 의미한다."[40]

또한 의식은 역사 만들기에 대한 보다 충실한 이해와 관련이 있는 것으로서 그람시가 표현한 "운동과 변화를 이해하고, 현재가 과거에 요구했고 미래가 현재에게 요구하는 모든 노력과 희생을 올바로 통찰

---

39 Harvey J. Kaye, 『과거의 힘 – 역사의식, 기억과 상상력』, 오인영 역, 삼인, 2004, 219~227쪽.
40 위의 책, 219~221쪽.

하며, 현대 세계를 모든 과거 세대들의 총체로서 인식하고, 그 인식 자체를 미래로 투사하는" '역사적인 변증법적 세계관'의 발전 과정을 가르치려는 열망을 의미한다.[41] 그리고 기억이란 "비록 과거는 현재 존재하지 않지만, 과거야말로 우리가 행동하기 위해서 끌어내야 하는 결론들의 원천임을 인정하는 것"[42]이며, 상상력이란 "현재는 역사이지 역사의 종말이나 역사 이후가 아니라는 점을 이해하는 것이다. 그러므로 상상력은 현대사의 구조·운동·가능성을 고찰하라고 요구한다."[43] 이병주에게 있어 이러한 '과거의 힘'은 "실제로 패배와 비극을, 나아가서는 공포까지도 연대기적으로 기록하는 작업"과 더불어 시작된다. 여기서 기억은 고통 받은 사람들과 자신을 변호하거나 변호할 수 없었던 사람들에 관하여 "기꺼이 증언하려는 의지"[44]이다.

'역사소설'이라는 장르론적 특성에 대한 논의가 여전히 진행형에 머물러 있다는 점을 감안해 볼 때, '역사소설'의 유형 안에서 이병주 소설을 논의한다는 것은 정치하고 복잡한 전제 작업을 요한다. 또한 역사소설 유형이라는 틀이 이병주 작품의 특질과 성격을 효과적으로 이해하는 방법론적 통로인지에 대한 근본적인 질문도 병행되어야 한다.

이 연구가 이병주 소설의 역사인식을 밝히는 데 일차적인 목적을 두고 있는 만큼, 역사소설이라는 장르론적 틀 안에서 논의를 이끌어가기엔 명백한 한계가 있다. 오히려 기존의 표준화된 '역사소설'과 '역사'보다는 '소설'에 더 비중을 두는 '역사적인 소설' 양자를 아우르는

---

41 Antonio Gramsci, *Selections from the Prison Notebooks*, London, 1971, 52~55쪽, 196쪽, 200쪽. (위의 책, 222쪽에서 재인용)
42 John Berger, 『어떻게 볼 것인가』, 하태진 역, 현대미학사, 1995, 12쪽.
43 Harvey J. Kaye, 『과거의 힘―역사의식, 기억과 상상력』, 앞의 책, 227쪽.
44 위의 책, 224쪽.

큰 범주 안에서 논의하는 게 적절할 것이다. 일부 작품들에서만 전통적인 '역사소설'의 특징적인 면을 보이며, 대부분의 작품들에서 '역사'는 모티브로 작용할 뿐 역사적 상상력에 기반을 둔 글쓰기가 이병주 소설의 주를 이루기 때문이다. 이 지점에서 '역사소설'의 장르론적 특성과 '역사적인 소설'과의 경계 구분에 대한 선행 작업이 요구된다.

역사소설은 보통 과거를 배경으로 역사적인 사건을 다루며 허구적 인물들 사이에 실재인물을 포함하여 서사화된다. 이때 과거라 함은 두 세대, 즉 40~60년을 상정하며, 플롯으로서의 역사적인 사건은 정치·경제적 변화 등 인물의 개인적 운명에 영향을 주는 공적인 영역이 포함되어야 한다.[45]

플래쉬먼이 역사소설의 범주를 설정하는 데 반해 터너나 웨슬링, 쇼우 등의 학자들은 역사소설의 유형화 작업을 시도한다. 먼저, 터너는 역사소설을 기록적 역사소설(documented historical novel), 위장된 역사소설(disguised historical novel), 창안된 역사소설(invented historical novel)로 구분하는데[46], 서사적인 역사(narrative history)와 역사소설 사이의 경계에 해당하는 기록적인 역사소설의 특징적인 면모는 이병주의 초기 소설들에서 보이는 역사인식 태도와 상통한다.

한편, 엘리자베스 웨슬링은 고전적 역사소설이 이전의 역사물과 다

---

45 Avrom Fleishman, *The English Historial Novel*, Blatimore and London: The Johns Hopkins Press, 1971, 3~4쪽 참조.

46 Joseph W. Turner, *The Kinds of Historical Fiction*, Genre Norman: University of Oklahoma, 1979, 336~337쪽. (터너는 기록적인 역사소설에서 사건을 위장하거나 창조하는 것보다 기록된 역사에서 이끌어냄으로써 소설가는 특정한 텍스트적 리얼리티를 재창조하기 위해 역사가처럼 행동한다고 언급한다. 이처럼 기록적인 역사소설 유형은 기록된 역사와의 직접적인 연관성을 강조한다는 점에서 과거 '역사'를 다룰 때 실제기록을 중심으로 하고 있는 이병주의 창작관과 일정부분 일치한다.)

른 점을 역사소재, 시대배경, 사건의 세 층위에서 설명한다.[47] 그리고 집단적 과거보다는 개인적 과거에 관심을 보이며 회고록 형식의 소설에 초점을 둔 소위 모더니즘적 역사소설의 서술기법을 역사기록에 대한 인식으로 치환한다. 즉 모더니즘적 역사소설에서는 과거가 회상되는 방식에 주목하여 서술에 자기성찰을 부여하며 주된 서술 층위가 현재에 위치하고 있기 때문에 과거는 늘 현재의 입장에서 조망된다는 것이다.[48] 고전적 역사소설과 모더니즘적 역사소설의 특징과 한계를 지적한 후 그녀의 논의는 탐색 서사를 가지고 있는 탐정소설과 고전적 역사소설을 결합한 형태인 포스트모더니즘적 역사소설로 확장된다.[49]

웨슬링과 터너의 논의는 역사소설의 장르론적 규정을 떠나 역사소설의 방법론적 틀과 변화 양상을 제시하고 있다는 점에서 '역사'를 주된 테마로 소설 쓰기에 임했던 이병주의 소설세계를 살펴보는 데 적지 않은 시사점을 제공한다. 물론 웨슬링의 경우 '고전적 모델의 패러디'로 상정되는 포스트모더니즘적 역사소설에 주력하고 있다는 점에서는 시각의 차이를 보이지만, 역사소설의 다양한 변형과 혁신을 포괄하려는 지점에서는 본 연구의 시각과 상통한다.

---

[47] 먼저, 소재 면에서 이전의 역사물이 핍진성의 효과를 위해 역사적 소재를 사용하는데 반해 고전적 역사소설은 역사에 대한 이해를 목적으로 한다. 또한 전통적인 역사물은 고대를 배경으로 그 시대의 인물을 등장시키는 데 반해 고전적 역사소설에서는 비교적 최근의 역사적 시대를 배경으로 설정하여 소설에서 일어나는 사건이나 등장인물의 사실성 여부에 대해 판별할 수 있게 한다고 본다. (Elisabeth Wesseling, *Writing History As a Prophet: Postmodernist Innovation of the Historical Novel*, Amsterdam/Philadelphia: John Benjamins Publishing. Company, 1991, 34~46쪽.)

[48] 위의 책, 84~85쪽.

[49] 웨슬링은 이러한 인식의 틀을 바탕으로 역사소설을 '고전적 모델', '고전적 모델의 모방', '고전적 모델의 패러디'라는 세 단계로 유형화한다.

역사소설에 대한 국내의 수많은 논의들50 중 이재선의 논의는 서구의 이론들을 집약하여 국내 소설들과의 접목 속에서 역사소설 유형의 다각화를 꾀하고 있다는 측면에서 주목할 필요가 있다. 이재선은 역사적 전거성(典據性)과의 밀착 정도 문제 혹은 과거 또는 역사가 어떻게 고용되고 있는가의 정도에 따라 히스토리오그래피(historiography)와의 관계를 고려하여 한국의 역사소설을 두 방향으로 분류한다. '공적 역사나 기록적인 사실성(事實性)에 의존하거나 밀착되는 역사실록소설 및 외전적(外典的), 야사적 사실성에 근거한 야담소설'이 한 유형이라면, '역사적인 사실에의 충실도와 함께 사적인 역사 및 허구적인 측면'이 '융합된 합성형 역사소설'이 다른 한 유형이다.51 역사소설에 대한 이재선의 논의는 무비판적으로 서구 이론을 추수하여 서구의 역사소설을 전범으로 삼기보다 한국소설과의 접목 안에서 이루어지고 있다는 점에서 시사하는 바가 크다.

지금까지 역사소설의 개념과 유형에 대한 서구와 국내의 이론을 개괄적으로 살펴보았다. 이 연구는 역사소설의 장르론적 특성에 대한 웨슬링과 이재선의 논의를 수용해 이병주 소설이 일부 역사소설의 특

---

50 역사소설의 유형에 대해 대표적으로 많이 회자되는 논의는 다음과 같다.
  강영주, 『한국 역사소설의 재인식』, 창작과비평사, 1991.(강영주는 역사소설의 본질규정에 의거해서 낭만주의적 역사소설과 사실주의적 역사소설로 분류한 후 루카치의 견해에 기대어 각각의 특성에 관해 기술한다.)
  김윤식, 「역사소설의 네 가지 형식」, 『한국 근대소설사 연구』, 을유문화사, 1986. (김윤식은 작가 의식의 각도를 준거 틀로 이념형, 의식형, 중간형으로 역사소설을 분류하고 이 기준과는 별도로 야담형 역사소설을 추가하여 네 가지 유형으로 역사소설을 분류한다.)
  공임순, 『우리 역사소설은 이론과 논쟁이 필요하다』, 책세상, 2000. (공임순은 웨슬링, 터너, 쇼, 루의 이론을 종합해 기록적(공적 역사), 가장적(역사) 환상), 창안적(역사<환상), 환상적(환상) 역사소설로 분류한다.)
51 이재선, 「역사적 경험의 미적 형태」, 『현대한국소설사』, 민음사, 1991, 327~328쪽.

징적인 면모를 보이고 있다는 전제 하에서 논의를 시작할 것이다. 그러나 이병주 작품 세계 전반을 이해하고 해명하는 데 있어서 '역사소설'이라는 한정적인 준거틀은 시각의 다각화에 제약을 가한다. 따라서 이병주 소설이 역사소설의 장르론적 특징들을 내포하고 있다는 점은 인정하되, 역사를 주관적으로 전유하는 방식인 역사의식과 구별되는 역사인식이라는 관점으로 접근할 것이다.[52] 여기서 역사인식이란 민족주의 이념과 같은 외부 담론으로부터 자유로운 역사 이해 방식임을 밝혀둔다. 이는 이병주 소설에 대한 독해가 '역사의식'이라는 매개를 통한 사실 확인 절차에 머무르는 것을 지양하고 역사에 대한 인식의 지형도를 그리는 행위로 나아가기 위해서이다. 아울러 작가가 과거의 의미를 이해하고 창조하는 과정에서 보여주는 '진지함'을 검토하고 평가하는 일이 더 가치 있을 것이라는 판단에서이다.[53]

필자는 역사인식과 현실인식의 양상을 해명하기 위한 분석틀로 '기억' 이론을 적용할 것이다. 이병주 소설들 대부분이 어떤 식으로든 '과거'와 연루된 역사를 대상으로 하고 있다는 점을 감안해 볼 때, '기억' 이론은 이병주 소설 세계 전체를 관통하는 분석틀로 유용하게 적용되리라 판단된다. 또, 사료에 의존하는 역사기술은 자료와 문학을 집필하는 저자의 관점을 반영하기 쉽다는 특성을 지니기 때문에 '공적인

---

52 "주어진 사료 가운데 무엇을 선택하여 어떻게 해석하는가 하는 선택과 해석의 정신작용으로서의 역사의식"(이주형, 「한국 역사소설의 성취와 한계」, 유종호 외, 『현대 한국문학 100년』, 민음사, 1999, 201쪽)을 역사소설가의 인식론적 요건으로 상정하는 시각이나 '현재의 구체적 전제조건으로서의 역사의식'이라는 관점은 '역사'와 '소설'의 경계에서 '역사'에 주안점을 두는 것이다. 이처럼 전거성에 기준을 두고 있는 대부분의 역사 소설의 장르론적 논의는 공적인 역사의 우위를 인정하고 있다는 점에서 문제가 되기 때문에 역사소설의 유형론적 자장 안에서 벗어나 논의를 진행시키고자 한다.

53 Tessa Morris-Suzuki, 『우리 안의 과거』, 김경원 역, 휴머니스트, 2006, 46~47쪽.

역사'[54]보다는 '기억'에 초점을 두는 접근방식이 보다 설득력을 갖게 될 것이라 판단된다. 이때 기억은 기억 그 자체가 중요한 것이 아니라 그 당시 어떤 연유로 그것을 기억하는가에 목적이 있다.

'기억'에 관한 담론 특히, '문화적 기억'에 관한 논의는 독일어권에서 문학연구의 직접적인 범주로서보다는 역사학이나 심리학, 철학, 정신분석학, 문화학 등의 영역에서 활발히 다루어져 온 게 사실이다. 하지만 문학과 기억과의 불가분성을 생각해 본다면 '문화적 기억'에서 다루는 매체나 문화를 문학 텍스트로 확장하여 다루는 것도 무리는 아닐 것이라 생각한다. 이러한 대표적인 시도의 결과가 독문학자들에 의해 저술된 『기억과 망각 – 문학과 문화학의 교차점』[55]이라는 연구물일 것이다. 이 책의 저자들은 서두에서 기억과 망각이라는 문화학적 주제를 인문학적 차원에서 파악해 보려는 시도로서 다양한 시각으로 기억과 망각의 의미를 살펴보는 것이 이 책의 궁극적인 목적이라 밝힌다. 그리고 다양한 텍스트를 대상으로 기억과 망각에 대해 언급하는데, 그 가운데 몇몇의 논의는 이 연구의 방법론적인 부분의 지평을 열어주는 단초로 작용했다.

기억에 대한 본격적인 논의는 독일어권에서 시작되었다. 그 중 모리스 알박스의 『집단기억(The Collective Memory)』은 기억 연구의 이론적 토대로 불려진다. 포괄적인 기억이론을 정립하기 위해서는 개인

---

54 벤야민은 과거의 소환에서부터 충만한 현재를 만들 수 있다고 주장하며, 지배적인 사회집단의 개입으로 인해 공적인 역사가 이미 도구화되었거나 장차 도구화될 가능성이 있다고 지적한다. (Walter Benjamin, 「역사철학테제」, 『발터 벤야민의 문예이론』, 반성완 편 역, 민음사, 1983, 345~346쪽) 때문에 사적인 기억이 과거를 말하는 방식을 함께 살펴 볼 때, 온전한 역사인식의 성립이 가능해질 것이라 본다.

55 최문규 외, 『기억과 망각』, 책세상, 2003.

의 기억보다는 그것이 매개되는 사회적 장(場)에 주목할 필요가 있다. 알박스가 바로 기억의 구성에 있어서 사회적 차원에서 이루어지는 소통의 중요성을 제기하고 있다. 그는 "과거는 객관적으로 인식될 수 있는 것이 아니라 구성원들 간의 의사소통과 상호작용, 즉 '사회적 구성틀'을 매개로 기억"[56]된다고 주장한다. 그리고 주관적이고 특수한 개인의 기억과 광범위하고 보편을 지향하는 역사의 중간지점이자 대안으로 '집단기억'이란 용어를 사용한다. 이때 집단기억은 개인적으로 경험했던 과거 사건의 기억인 '자전적(autobiographical) 기억'과 문서나 사진 등의 기록에 의해 형성되고 그것들을 통해 전달되는 '역사적 기억'으로 나뉜다.[57] '역사적 기억'은 과거가 사회제도들에 의해 보전되고 해석되며, 과거를 압축적이고 도식적으로 표상하곤 하는 반면, '자전적 기억'은 역사적 기억을 활용하면서 더 큰 연속성으로 풍부한 초상을 제시해 준다.

이 외에도 피에르 노라(Pierre Nora, 『기억의 터(lieux de mémoire)』), 하랄드 바인리히(Harald Weinrich), 알라이다 아스만(Aleida Assmann), 얀 아스만(Jan Assmann) 등 기억에 관한 이론적 연구가 지속되어 왔는데, 이 중 필자는 알라이다 아스만의 논의를 기본으로 삼았다.

아스만은 "문화적 기억"이란 용어로 문학 작품을 비롯한 각종 텍스트, 문서보관소, 기념물 및 기념 장소 등 다양한 문화적 매체를 통해

---

56 전진성, 「기억의 정치학을 넘어 기억의 문화사로」, 『역사비평』, 역사문제연구소, 2006, 472쪽.

57 알박스는 이 용어를 사적 기억/ 사회적 기억, 내적 기억/ 외적 기억 등의 용어 등으로 대치해서 사용하기도 한다.(Halbwachs Maurice, The Collective Memory, tr. by Francis J. Ditter, jr. and Vida Yazbi Ditter, New York: Harper&Row, 52쪽. /김영범, 「알박스의 기억사회학 연구」, 『사회과학 연구』, 대구대학교 사회과학연구소, 1999, 557~558쪽에서 재인용)

기억이 제도적으로 공고화되고 조직적으로 전승되는 형식을 규명한
다. 그리고 집단기억을 역사와 대치시키고 있는 니체나 알박스, 노라
와는 달리 활성적 기억과 비활성적 기억의 관계를 회상기억의 두 가
지 상보적 양태로 파악하는 과정을 통해 역사를 기억의 큰 틀 안으로
통합시킨다. 여기서 활성기억과 비활성기억은 기억과 역사를 양극으
로 보느냐 동일시하느냐의 문제를 구체화하고 해결하기 위한 준거틀
로 작용하는데 그녀는 활성적 기억을 '기능기억'이라 명명하고 비활성
적 기억을 '저장기억'이라 명명한다. 이때 '기능기억'은 집단 관련성,
선택, 관련 가치, 목적의식 등을 특징으로 갖는 데 반해 '저장기억'은
역사학문으로서 기능기억에 비하면 이차적 질서의 기억, 즉 현재와의
활성적 관계를 상실한 것을 기록한 기억들이다. 저장기억이 기능기억
을 입증하고 교정하는 만큼, 기능기억은 저장기억에 방향을 제시하고
동기를 유발한다. 이 두 가지는 하나이면서 "서로 내적 차이의 다양성
을 추구하며 외부로 발현하는" 다양한 문화현상이 된다. 결국 아스만
은 역사와 기억을 상호 간에 배제하지도, 억압하지도 않아야 할 기억
의 두 양태로 규정하고 있는 것이다.[58]

또한 아스만은 기억과 불가분의 관계에 있는 망각의 개념에 대해서
도 설명한다. 기억은 일반적으로 소통 속에서 유지되는데, 소통이란
기억의 대상이 되는 사건들이 지속적으로 수정·보완되는 가운데 그
의미 평가가 이루어진다는 의미를 내포하고 있다. 이때 기억에 현실
성을 부여하는 사회적 의미들이 변형되거나 소거되었을 때 형성되는
것이 망각이라고 한다. 망각된 사건들은 기억공동체 속에서 정치적인
또는 이데올로기적인 이유로 공론화될 수 없는 성질을 갖는다.[59] 이

---

58 Aleida Assmann, 『기억의 공간』, 변학수 외 역, 경북대학교출판부, 2003, 90~99쪽,
169쪽.

러한 부분, 즉 공론화되지 못한 망각된 사건들에 이병주는 끊임없이 천착한다. 그리고 망각된 사건들을 소환하여 사회적 의미들을 부여하고 다시금 소통을 시도한다. 작품을 창작하는 행위가 작가의 내면을 재구성하는 작업이라고 할 때, 한 작가가 지속적으로 어떤 문제에 관심을 두고 있다면 그것은 그가 지닌 트라우마의 한 증거이며, 나아가 작가의식이라 할 수 있다. 이런 면에서 기억이란 개념은 이병주 소설세계에 나타난 현실인식과 역사인식, 그리고 작품 전체를 관통하고 있는 작가의식을 밝히는 데 유용한 키워드가 된다. 또한, 기억은 다분히 자성적인 성격을 갖기 때문에 역사보다 폭넓고 심도 있게 과거와 대면하며 "우리의 생과 역사, 실천과 사유, 인식주체와 인식대상, 그리고 현재와 과거를 매개할 수 있는 최적의 카테고리"[60]라 할 수 있다.

기억 이론의 개념은 기존의 역사 개념과 대비해 볼 때 더욱 극명히 드러난다. 다음은 전진성이 제시한 기억과 역사의 비교이다.[61]

---

59 푸코는 이를 '대항기억(counter- memory)'이라 칭하는데 이것은 국가가 공식적으로 표명한 역사와 다른 과거를 의미한다. 대항기억은 공론화될 수는 없었지만 수면 아래에서 유지되어 오거나, 문학이나 이미지를 통해 간접적으로 표현되어 오거나, 통제 밖의 사회에서 표출되기도 한다.(Foucalt Michel, *Donald Bouchard (ed), Language, Counter-Memory, Practice: Selected Essays and Interview,* New York: Cornell University press, 1977. (권기숙, 『기억의 정치』, 문학과지성사, 2006, 23쪽에서 재인용)

60 Stefan Haas, "Philosophie der Erinnerung. Kategoriale Voraussetzungen einermnemisti schen Geschichtsbetrachtung", ed. by Clemens Wischermann, Die Legitimität der Erinne rung und die Geschichtswissenschaft, Stuttgart, 1996, p.48 (전진성, 『역사가 기억을 말하다』, 휴머니스트, 2005, 81쪽에서 재인용)

61 위의 책, 78쪽.

구 분	기 억	역 사
내 용	개인이나 집단의 체험	기념비적 사건 또는 구조의 전개
형 식	이미지: 본원적, 자발적, 주관적, 비정형적, 복수적, 구체적, 감상적, 일상적	지식: 인위적, 강제적, 객관적, 체계적, 단일적, 추상적, 지성적, 전문적
매 체	말, 문자, 활자, 전자매체, 여타의 문화적 행위(예술, 축제 등)	책(활자), 공공기관(박물관), 부분적으로는 전자매체
재현방법	상상력(기억술), 기념	증거의 분석, 비판, 논증
구성원리	공간 스키마의 반복적 재생	시간 스키마의 창조
시간구조	지속성(무시간성)	연속성(균질성), 역사성(시간의 절대화)
지향점	전통(과거의 신성화)	진리(과거의 탈주술화)
담지자	개인이나 특정집단	보편집단(민족, 계급, 인류)

　　표에서 보는 바와 같이 "역사란 기억을 대상화하여 비판적으로 재구성해낸 가공물이다." "역사는 자발적인 기억행위와 거리를 둔 채 신뢰성에 의문을 제기하고 본원적 기억을 변형시킨다."[62] 이 연구에서는 전진성이 대비해 놓은 기억과 역사의 특징 및 변별점을 수용하되, 기억, 특히 문학적 기억이 지향하고 있는 바를 달리 본다. 위의 표에서의 기억과 역사는 역사학이나 역사철학에서 바라보는 관점이다. 문학에서의 기억은 과거를 신성화하기 위해서라기보다는 자기반성 내지는 트라우마 극복, 또는 망각된 기억의 복원 및 잊혀진 자들에 대한 애도를 향하고 있다. 이를 '사적 기억' 또는 '자전적 기억', '회상적 기억'이라 할 수 있는데, 이 형식들은 서로 다양한 모습을 보여준다.

　　역사와 기억은 일부 차이점을 보이기도 하지만 근본적으로 상보적

---

62 위의 책, 77~78쪽.

관계에 놓여 있다고 할 수 있다. 아스만은 저장기억(역사)은 다양한 기능기억(기억)의 콘텍스트로서 그것의 외적 지평을 형성하는데, 그런 지평에서부터 과거에 대한 협소한 관점들이 상대화되고 비판되며 변화될 수 있다. 때문에 기능기억과 저장기억 중 어느 것 하나만을 강조하는 것은 의미가 없다고 주장한다.[63] 이 글은 이러한 아스만의 주장에 근거하여 역사를 기억의 큰 틀 안으로 통합시켜 논의를 이끌어 갈 것이다.

기억이 현재의 관점에서 재구성된 과거라고 한다면, 이때 기억을 관장하는 것은 현실인식이라고 할 수 있다. 역사체험 기억을 중요한 모티브로 다루어 온 작가에게 기억의 재현 방식은 중요한 변수가 되었을 것이다. 따라서 이 연구는 작가의 원체험에 근거한 과거(역사) 기억을 모티브로 삼고 있는 작품들을 대상으로 이병주 소설의 역사인식과 현실인식의 양상을 분석함으로써 이병주 문학세계를 규명해 보고자 한다. 이병주 소설에서 「바람과 구름과 비」나 그의 유고작(遺稿作) 「별이 차가운 밤이면」 등은 이 연구에서 주안점을 두고 있는 '과거' 혹은 '역사'를 모티브로 한 작품들이다. 그럼에도 불구하고 이조 말을 배경으로 하고 있는 「바람과 구름과 비」는 이 연구에서 다루는 작품들의 시간적 배경의 범위(식민지 시기부터 1970년대까지)에서 벗어나 있다는 점에서, 「별이 차가운 밤이면」은 이 연구에서 기준으로 삼은 시대적 배경이나 모티브에 준하는 작품이지만 미완결 작품이라는 점에서 부득이하게 연구대상에서 제외시켰음을 밝혀둔다.

우선, 2장에서는 이병주 소설이 대부분 원체험에 근거하고 있다는 점을 감안해 이병주 소설의 근원이 되는 역사체험에 대해 개괄적으로

---

63 Aleida Assmann, 『기억의 공간』, 앞의 책, 178쪽.

살펴볼 것이다. 초기 작품의 주 테마로, 작품 곳곳에서 지속되고 있는 학병체험, 좌·우 이데올로기 대립 속에서 탈출구로 작용했던 회색의 사상, 회색의 사상과 객관적 정세 파악에서 나온 「조국의 부재」논설과 이로 인한 옥고 체험 등은 그에게 역사적 사명감을 고취시키는 요인으로 작용한다. 동시에 이러한 체험들은 현실과 역사를 인식할 수 있는 원근법적 시각을 형성하는 계기가 되기도 한다.

3장에서는 역사적 사실을 전면에 내세우고 있는 작품들(「關釜連絡船」, 「八月의 思想」, 「세우지 않은 碑銘」, 「마술사」, 「辨明」, 「智異山」, 「南勞黨」, 「山河」, 「그해5월」, 「소설·알렉산드리아」, 「겨울밤」)을 중심으로 작가의 원체험과 공적 역사의 서사적 결합 양상에 대해 살펴볼 것이다. 이병주는 자신의 원체험적 증언을 통해 과거를 호출하고, 그 과거 안에서 자신을 반추한다. 이때 호출된 과거는 주로 그의 학병체험과 관련이 있으며, 어쩔 수 없는 상황에서의 강제에 의한 선택이었지만, 그 선택은 죄의식이 되어 그림자처럼 작가 주변을 유영한다. 그리고 이러한 죄의식은 작가에게 객관적인 역사 쓰기에 대한 사명감을 부여한다. 때문에 이병주는 역사의 행간에 묻혀 있는 자들에게 눈을 돌리며 객관적이고도 유연한 방식으로 그들의 삶을 복원해 낸다. 이는 공적인 기억과 지배적인 기억이 배제시킨 망각된 기억을 재생시킴으로써 가능해지는데, 이때 복원적 서사는 체제를 폭로하고 공적인 기억에 균열을 내는 데 중요한 역할을 한다.

이병주의 소설은 대부분 다층적인 액자구조의 형식을 취하고 있다. 일반적으로 액자소설의 서술형식은 중심이야기 외부에 수준을 달리하는 또 하나의 목소리가 있다는 특징을 갖고 있다. 이러한 다층적인 서사구조는 보다 객관적인 입장에서 왜곡된 현실을 해석하는 데 유용하게 사용된다. 과거를 온전한 역사로 재구성하고, 당대를 역사로 기록하기 위해 이병주는 다층적인 서사구조 외에도 중간자적 인물을 내세워 다른 등장인물들과의 논평적 담론 과정을 드러내기도 하며, 시, 신문, 뉴스, 일기 등의 기록 또는 장르를 그대로 소설 속에 배치하기도 한다. 이때 혼재된 양식들은 부조리한 현실을 비판하고 그 원인으로 잘못된 역사의식을 지적하는 내용을 가지면서 소설과 알레고리를 형성한다. 이러한 다양한 형식적 기법의 시도는 과거를 이야기 형식이 아닌 역사처럼 객관적으로 복원하려는 의도로 보이며, 선택과 배제에 의해 왜곡되지 않은 실제 역사를 재구축하려는 노력의 일환으로 볼 수 있다.

4장에서는 '픽션'적 요소가 강한 작품들(「내일 없는 그날」, 「花園의 사상」, 「예낭 풍물지」, 「여인의 백야」, 『그들의 饗宴』, 「배신의 강」, 「무지개 연구」, 「황백의 문」, 「패자의 冠」, 「내 마음은 돌이 아니다」, 「삐에로와 국화」, 「허상과 장미」, 「그 테러리스트를 위한 輓詞」, 「행복어 사전」, 『悲愴』, 「그를 버린 여인」)을 중심으로 당대를 역사화 하는 방식에 대해 살펴볼 것이다. 4장에서 다루는 작품의 시간적 배경은 대부분 작품 발표 시기와 겹치거나 가깝다. 때문에 작가가 당대의 문제를 다루는 데 있어 자유롭지 못했을 것이다. 이병주는 이러한 제약을 극복하기 위해 '사실'보다는 '픽션'에 중심을 두어 '당대'의 문제를 다룬다. 일부 작품 속에서 드러나는 멜로적 특성이나 도식성 등 대중소설적 성향도 이런 맥락에서 이병주의 글쓰기 전략으로 이해할 수 있다.

이 장에서 다룰 작품들은 장르론적으로 봤을 때, 대부분 소위 대중소설이라는 이유로 그간 논의에서 다루어지지 않은 텍스트들이다. 그러나 각 작품들은 당대 권력 획득과 신분상승의 통로로서 강조되고 있는 물신의 절대성, 부를 획득·유지하기 위한 수단과 방법을 가리지 않는 '결과론적 목적 지향'주의의 팽배, 도덕성 마비로 인한 가족의 해체 및 인간의 파멸 등 다양한 사회 현상들을 내포하고 있다. 때문에 4장의 대상 텍스트들은 이병주의 언급대로 당대의 거시적인 문제들뿐만 아니라 당대를 살아가고 있는 미시적인 인간생활까지 읽어내는 데 용이하다. 이러한 일상사들은 과거를 매개로 형성되고 있다는 점에서 작가의 현실인식의 양상뿐만 아니라 역사인식과의 상관성까지 드러내고 있다. 그리고 이병주의 역사인식과 현실인식을 통한 소설쓰기는 과거의 역사를 재구축할 뿐만 아니라 당대를 역사로 기록하여 현실의 사회적 상황을 '당대사'로 구축하는 데까지 나아가고 있다.

특히, 장르론적으로 규정된 바는 없지만 소위 기업소설의 형태를 띠고 있는 작품들은 기존의 소설에서 찾아보기 드문 경우로, 당대 사회 문제를 다룬 기존의 다른 소설들과 변별된다. 때문에 당대의 문제를 다른 각도에서 바라볼 수 있다는 점에서 기존의 연구들에 새로운 시각을 부여할 수 있는 가능성을 타진한다. 이 연구가 그동안 기존의 논의에서 주목받지 못한, 나아가 문단의 인색한 평가를 받았던 원인으로 회자되었던 작품들도 대상텍스트로 선정한 것에는 이병주 소설세계 진반을 규명하는 것에 일차적인 목적을 둔 까닭도 있었다. 하지만 기존의 편견과 왜곡에서 벗어나 이병주 문학과 대중소설을 새로운 시각으로 바라보는 토대를 마련하기 위한 시도이기도 하다.

2장
이병주의 역사체험과 작가 의식

 이병주 소설과 역사 횡단하기

2장 이병주의 역사체험과 작가 의식

대부분의 허구적 서사 양식은 기본적으로 작가의 체험을 중심으로 구축되는데, 이병주의 소설은 특히 자전적 성향이 강하다. 과거의 역사를 다룬 소설부터 당대 사회의 풍속사를 기록하고 있는 소설까지 대다수의 작품들이 작가의 체험에 근거하고 있다. 이병주는 파란만장했던 역사의 파고 속에서 때론 피해자로 혹은 목격자로 존립해왔던 스스로를 증언자로 자처하며 문학적 글쓰기에 임해 왔다. 그럼에도 불구하고 이병주 문학에 대한 연구 성과가 미흡했던 만큼 그의 전기나 연보에 대한 명확한 정리 또한 전무했던 게 사실이다.[1] 따라서 이 장에서는 이병주의 개인적 체험을 시대와의 연관 속에서 탐색하여 그

---

1 최근 2009년 11월 정범준이란 한 논픽션 작가에 의해 이병주의 연보가 비교적 자세히 서술된 『작가의 탄생』이라는 단행본이 출간되었다. 기행문 형식으로 기술된 이 책은 그간의 연보 상 일부 오류들을 바로잡고, 이병주의 자전적 소설들을 바탕으로 연보의 공백 부분을 추측해 보기도 하는 등 다각도로 이병주 생애를 구축하려는 시도를 보이고 있다.

가 왜 그토록 기록에 천착하고, 역사와 시대에 민감하게 반응했는지
에 대해 해명해 보고자 한다.

1. 문학청년에서 청춘을 잃은 학병으로

나림 이병주는 1921년 3월 16일 경남 하동군 북천면에서 출생했다.
그는 1927년 당시 4년제였던 북천공립보통학교를 거쳐 1933년 양보
공립보통학교를 졸업했다. 양보공립보통학교 시절 이병주는 우연히
자아, 세계 그리고 문학에 대해 인식하게 되는 기회를 갖게 된다.

여름방학이 시작될 무렵이었는데 일본에 있는 친정엘 갔다가 돌아왔
다는 교장 부인이 내게 한 권의 책을 선사하면서 방학 동안에 읽어보라
는 것이었다. 그 책명이 정확하게 무엇이었던가는 기억할 수 없으나『소
년소녀문학전집』같은 것은 아니었던가 한다.

그 책 속에 있었던 것이 알퐁스 도데의 「마지막 수업」이다. 물론 그
때 알퐁스 도데라는 이름을 의식했을 까닭이 없다. 그러나 그 작품은 내
게 있어서 심각한 충격이었다. (중략)

열두 살의 소년인 나는 그 소설에서 받은 충격으로 그때까지 전혀 해
보지도 않은 생각에 차례차례로 말려들었다. 첫째 생각한 것은 알사스
와 로렌이 어쩌면 우리나라와 비슷한 처지에 놓여 있는 곳은 아닐까 하
는 것이었다. 우리나라도 알사스와 로렌처럼 슬픈 곳이 아닐까 하는 생
각이 뒤따랐다.

"국어를 지키고만 있으면 스스로의 손에 감옥의 열쇠를 쥐고 있는 거

나 다를 바가 없다.”고 했는데, 지금 국어라고 하며 배우고 있는 일본어가 우리에게 국어가 되는 것일까. 그럼 조선어라고 배우고 있는 것은 뭐가 되는 것일까.(중략)

그러나 국어의 문제에 관한 부인의 말은 아직도 그 기억이 생생하다. 일본어와 조선어를 똑같이 소중히 해야 한다는 말이었던 것이다. 두 가지 말을 지탱하는 것은 고통스러울지 몰라도 잘 익혀만 놓으면 서로가 서로를 보충해서 훌륭한 문학자를 가꿀 소지가 될 것이란 뜻이었고, 조선어도 역사를 지닌 말이니 그것을 등한히 해선 안 된다는 뜻이었다. 이렇게 「마지막 수업」은 내게 있어서 문학에의 개안(開眼)과 동시에 세계에의 개안, 자기에의 개안의 결정적인 계기가 된 것이다.[2]

이 일은 이병주에게 있어 문학과 자아, 세계에 대해 개안하는 결정적 계기이기도 했지만, 동시에 식민지 상황에서 일본인을 객관적으로 바라볼 수 있게 해준 원인이 되기도 했다. 이후 이병주의 유고작(遺稿作)이자 미완성 작품인 「별이 차가운 밤이면」[3]에서도 이 사건은 허구적 상상력을 바탕으로 재구성되어 다루어지기도 한다.

양보공립보통학교를 졸업한 후 이병주는 몇 년을 방황하다가 1936년 진주공립농업학교에 입학했다.[4] 농업학교에 가기를 원하지 않았던 그는 진주농고 4학년 때 일본인 교사와의 사건으로 퇴학을 당하고 ‘일

---

2 이병주,『동서양 고전탐사』1권, 생각의 나무, 2002, 14~18쪽.
3 이 작품은『민족과 문학』에 1989년 겨울부터 1992년 6월까지 총 10회 연재되다가 이병주의 타계로 완성되지 못한 소설이다.
4 이병주는 보통학교 졸업 후 진주중, 광주일중 등 인문계학교 시험을 보았는데 그의 아버지가 인문계에 가면 사상운동이나 독립운동에 빠져 집안에 폐를 끼칠 수 있다는 이유로 보내주지 않아 몇 년을 방황했다고 한다.(2008. 3. 8 이병주의 장남인 이권기 교수의 연구실에서 인터뷰)

본 경도로 가서 검정시험을 치르고서야 겨우 중등학교 졸업자격을 얻는다.'[5] 이후 검정시험과 입학시험을 통과해 "이 학교 저 학교 들락거리다가, 1941년 메이지(明治) 대학 문예과"[6]에 입학한다. 메이지 대학 시절 이병주는 독서 활동을 통해 그의 문학적 스승이 되는 여러 사상가나 철학자, 문학가들(니체, 도스토예프스키, 정약용, 루쉰 등)과 조우한다. 그리고 그는 자신이 섭렵한 문학과 철학에 대한 독서노트를 작성하기도 하는데, 이것은 이후 『용서합시다』, 『허망과 진실』 등의 에세이집으로 출간된다. 이병주는 독서를 통해 그의 작품 속에서 꾸준히 회자되고 있는 스페인 내란에 대해 인지하고 그것에 대해 지속적인 관심을 갖게 된다. 뿐만 아니라 독서는 이병주만의 철학과 사상을 정립하는 초석으로 작용하기도 한다.

당시의 나의 견식으로는 프랑코는 악(惡)이고 인민전선파는 선(善)이었다. 그런데 1939년 3월 27일, 프랑코 장군의 반란군은 마드리드에 입성하고 4월 1일 스페인의 인민전선 정부는 붕괴되고 말았다. 악이 선을 압도한 것이다. 나는 우리나라의 3·1운동에 결부시켜 보았다. 독립을 외친 우리는 선이었고 그것을 탄압한 일본은 악이었다. 중국을 침략하는 일본은 악이고, 항거하는 중국인은 선이다. 그런데 이제 악이 선에 대해 연전연승하고 있는 것이다.

역사는 과연 정의 편인가. 그렇다면 우리의 처지나 스페인의 처지나 중국에서 전개되고 있는 양상은 부조리한 것이 아닌가. 원래 역사가 부조리하고 세상이 부조리한 것이라면 그 부조리를 그냥 받아들일 수밖에 없는 것이 아닌가. 이런 때문만은 아니었지만 나는 어느덧 기를 쓰고 독

---

5 이병주, 『사랑을 위한 독백』, 회현사, 1975, 27쪽.
6 송우혜 인터뷰, 「이병주가 본 이후락」, 『마당』, 1984, 58쪽.

립운동을 해야 한다고 서두는 친구들을 멀리하고 사상운동을 하려는 친구들과도 거리를 두었다. 그렇다고 해서 도스토예프스키를 읽고, 니체를 읽고 하이네를 읽은 청년이 일본에 아부하여 출세하길 바라는 길을 택할 수는 없는 일이다.

나는 코스모폴리턴을 자처하고 나면서부터 망명자라는 감상(感傷)을 즐겼다. 보기에 따라선 이건 비겁자의 자기변명, 또는 자기 합리화로 될 것이지만 내겐 그 길밖에 없는 것 같았다. 스페인 내란의 충격은 이와 같은 나의 경향을 더욱 굳게 한 것이 아닌가 한다.[7]

위 인용문에서 드러나는 바와 같이 이병주는 세상의 순리를 '선악인과론'에서 찾고 있다. 그리고 이러한 '선악인과론'은 이후 그의 문학작품에서 휴머니즘 사상과 함께 일관되게 형상화된다.

이처럼 '선악인과론'을 사상적 기반으로 삼고 있었던 이병주는 스페인 내란에 대해 어떤 식으로든 행동을 취하는 세계적인 작가들과 작품을 통해 세계의 사조(思潮)에는 좌우익의 흐름이 있고, 그 중에서도 좌익에는 여러 각도의 흐름이 내재하고 있다는 것을 인식했다고 한다. 즉 스페인의 인민전선 구성은 기존(旣存)의 가치체계에 여러 갈래의 방향이 있다는 인식과 더불어 가치관의 혼란을 가져왔으며[8] 이병주 자신을 '코스모폴리탄' 혹은 '망명자'로 자처하게 만드는 계기로 작용한다. 동시에 '회색의 사상'이 다져지는 시초가 되기도 하는데, 이 사상은 훗날 '흑백의 논리' 혹은 '승리와 패배의 기록만으로 점철되어 가는 역사 이면을 추구하겠다.'는 그의 문학관으로 정립된다.

한편, 이병주의 학창시절은 일제 식민지라는 역사적 슬픔이 묻어 있

---

7 이병주, 『잃어버린 시간을 위한 문학적 기행』, 서당, 1988, 99쪽.
8 이병주, 남재희 대담, 「灰色群像의 論理」, 『세대』, 1974. 5, 240쪽.

는 시기였다. 1930년 이후부터 1940년 중반에 해당하는 그의 학창시절은 학교교육에서의 조선어 폐지, 창씨개명(創氏改名) 단행, 신사참배 강요 등의 황국신민화(皇國臣民化) 정책. 이른바 조선 민족성 말살 정책이 본격화되던 시기였다. 황국신민의 서사를 외우면서 학창시절을 보낸 이병주에게 식민지라는 시대적 특수성은 조선 문학에 대한 자각을 갖지 못하게 했다. 조선 문학을 접하긴 했으나 나쓰메 소오세끼(夏目漱石), 야꾸가다와 류우노스께(芥川龍之介), 모리 오오가이(森鷗外) 등의 작품이 그의 주변에 더 가까이 있었기 때문이다. 이러한 상황에서 그는 '조선 문학과 일본 문학의 질적(質的)인 차이를 느끼게 되었고, 우리 문학이 뒤떨어져서는 안 되겠다는 생각'을 하며 성장했다. 정세를 인지할 수 있는 시각이 생기면서 이병주는 일본인 교사 혹은 학생들과 맞서기도 했지만, 스페인 내란을 비롯해 당대의 상황들이 선악인과론에서 벗어나는 결과에 이르는 것을 간접 체득한 이후부터는 학문적 소양을 쌓는 데 몰두한다. '정의의 편이 아닌 부조리한 역사' 앞에서 지식인 청년이 취할 수 있는 행동이란 증언자 혹은 목격자로서 역사에 대한 학문적 소양을 쌓으며 기록하는 것이 전부였다. 당시 이병주가 처해 있던 일본이라는 공간과 지식인이라는 위치는 일반 대중들의 상황에 비해 시대적인 압박과 탄압으로부터 어느 정도 거리가 있었기 때문에 가능했을 것이다.

랭보나 말라르메 등 프랑스 상징주의 문학에 빠져 있던 이병주는 1941년 말 우연히 『루쉰 선집』을 읽게 된다. 루쉰의 글들을 통해 '진정한 문학이란 무엇인가'에 대해 깨달음을 얻은 이병주는 이후 루쉰에 몰두하게 된다.

해방 후의 혼란은 루우신과 같은 스승을 가장 필요로 하는 시기이기도 했다. 나는 그의 눈을 통해 이른바 우익(右翼)을 보았다. 인습과 사감(私感)에 사로잡힌 반동들의 무리도 보았다. 민주주의에 대한 지향이 없다고는 할 수 없었으나 불순한 권모술수가 너무나 두드러지게 나타나 있었다.

나는 또한 루우신의 눈을 통해 좌익(左翼)을 보았다. 그것은 인민의 이익에 빙자해서 인민을 노예화하려는 인면수심(人面獸心)의 집단으로 보였다. 그곳에서의 권모술수는 우익을 훨씬 상회하는 것이었다. 인민을 선도하는 데 목적이 있는 것이 아니고 모스크바의 상전에 보이기 위한 연극에 열중해 있는 꼬락서니였다. 이러한 관찰을 익히고 보니 나는 어느덧 우익으로부터 용공분자(容共分子)로 몰리고, 좌익으로부턴 악질적인 반공분자로 몰렸다. 가장 너그러운 평가란 것이 회색분자란 낙인이었다.[9]

위 인용에서 명시되고 있듯이 이병주는 루쉰을 통해 좌·우익 사상에 대한 한계와 모순을 인지하게 되었다. 또한 명치대하 시절 사숙(私淑)이었던 고바야시 히데오(小林秀雄)의 영향으로 좌익에 대한 근본적인 회의 또한 갖고 있었다. 때문에 그는 어떠한 사상에도 동조하지 않는 중립적인 위치에 서려 했고, 이것은 이른바 '회색의 사상'으로 고착된다. 해방 이후 극심한 이념 대립 속에서 그가 취한 행동과 여러 작품들에 빠짐없이 등장하는 '중립적 지식인'이라는 인물 유형은 이런 맥락에서 기인한 것으로 볼 수 있다.

이처럼 독서를 통해 식민지 시기를 버티던 그도 학병징집에서는 자

---

9 이병주,『虛妄과 眞實 – 나의 文學的 遍歷』下, 麒麟苑, 1979, 13~14쪽.

유로울 수 없었다. 1938년 '지원병의 형태로 조선청년을 전쟁에 동원하기로 한' 육군특별지원병령(陸軍特別志願兵令)이 공포되고 이후 태평양전쟁이 막바지에 다다르자 1943년 10월 이것이 징병제로 바뀌어 공포된다.10 당시 기존의 조선인 육군특별지원병의 경우 대개 6개월 간 조선총독부 육군병지원자훈련소의 과정을 거치도록 되어 있었으나 조선인 학도지원병에게는 훈련과정이 생략되어 있었다. 처음엔 강제성이 없다고 선전하였으나 점차 적격자 100% 지원이라는 구호를 내걸고 각종 선전 및 회유, 종용 등의 방법을 동원하여 강행한 결과 조선 내에서 96% 지원하였고, 일본 및 만주·중국에 유학하고 있던 유학생들도 학도지원병으로 지원하게 되었다. 일제는 조선인 재학생들에게 1943년 10월 25일부터 11월 20일까지 지원서를 접수하게 하고, 12월에 징병검사를 실시하였으며, 1944년 1월 20일 일제히 일본군대로 동원하였다. 1943년 9월 메이지 대학을 졸업한 이병주도 같은 해 10월 반강제적으로 학병에 지원하게 된다.11 『每日新報』에 "半島學徒에 特別志願兵制"12라는 표제를 달고 있지만, 사실상 이는 선택의 여지가 없는 반강제적인 것이었다고 한다. 그러나 이병주는 다음의

---

10 강만길, 『고쳐 쓴 한국현대사』, 창작과비평사, 1994, 34쪽.
11 기존 연보에서는 이병주가 1941년 메이지 대학 졸업 후 와세다 대학 불문과에 재학 중이다가 학병에 동원된 것으로 표기되어 있다. 그러나 그의 진주농고 학적부에 의하면 1940년 3월 31일에 퇴학을 당한 것으로 되어 있다. 1940년 진주농고 퇴학 후 이병주는 일본으로 건너가 검정시험에 응시해 합격했다. 이런 정황으로 보아 1941년에 이병주가 메이지 대학을 졸업했다는 것은 신빙성이 떨어진다. 또한 이병주가 메이지 대학을 졸업한 날짜가 1943년 9월 25일이고, 학병으로 동원되어 연성훈련을 받은 것이 12월이라는 시간적 간극을 감안해 본다면 와세다 대학에 다녔다고 보기는 어렵다. 단지 여러 인터뷰나 에세이에서 이병주 스스로 와세다 대학 시절에 대해 언급하는 것으로 보아 와세다 대학에 합격만 했거나, 입학만 했을 것으로 추정된다.
12 『每日新報』, 1943. 10. 21.

글에서 반강제에 의한 어쩔 수 없는 지원이라기보다 '민족의식, 세계관, 역사관'이 부족했기에 끝까지 저항할 수 없었다며 지각이 없던 나약한 자신에 대한 자괴감을 드러낸다.

일본의 학도병이라는 명칭으로 그것도 지원이란 명분으로서 끌려나갔다. 거부할 수 있는 여유가 없지는 않았다. 지원의 명분을 없앤 징용에 끌려갈 용의만 있었으면 되었던 것이다. 원하지도 않은 곳에 원한 것처럼 끌려간 꼴을 지금 회상하면 똥을 싼 바지를 똥을 쌌다고 핀잔을 받을까 보아 그냥 입고 돌아다닌 꼬락서니 그대로가 아닌가.13

"내가 지금도 항상 고민하고 후회하고 있는 점은 그 당시 아무리 경찰서장이나 형사들이 압박을 가해 왔더라도 절대로 학병을 안 갔어야 하는 건데… 하는 것입니다. 그때는 민족의식, 세계관, 역사관이 빈약했었다고 할 수밖에 없을 것 같아요. 사실 학병을 가라고 할 무렵에 '카이로 선언'이 발동했었거든요. '카이로 선언'에서 전후 처리에 대한 비전을 제시하고 전쟁이 끝나면 한국을 독립시켜 준다고 국제적 약속 문서가 발표됐는데도 학병으로 간 것은 바로 우리를 독립시켜 준다는 것에 반대를 한 것이니까 지각이 없었던 것이고 용서할 수 없는 역사적 과오를 저지른 것 아니겠어요?"14

1943년 11월 28일 조선총독은 당시 조선인 학병지원 거부자에게 징용명령을 내리고, 徵用令書를 보내기도 했다.15 그리고 125명으로

---

13 이병주, 『백지의 유혹』, 남강출판사, 1973, 39~40쪽.
14 송우혜 인터뷰, 「이병주가 본 이후락」, 앞의 글, 58쪽.
15 「未志願者의 徵用」, 『每日新報』, 1943. 12. 4.

산정되어 있던 지원 거부자들을 조선총독부 제1육군병지원자훈련소
에 수용하여 1943년 12월 5일부터 2주간의 연성 과정을 거친 후 이른
바 '산업전사'로 조선에 있는 중요 공장에 취로시켰다.[16] 강제 징용된
학병 거부자들은 가혹한 작업환경과 견디기 힘든 강제노동으로 혹사
당했다. 이런 상황을 봤을 때, 학병지원을 그의 말처럼 단순히 민족의
식이나 역사관에 대한 지각 부족으로만 볼 수 없다. 오히려 극한 상황
에서 살아남기 위한 어쩔 수 없는, 피할 수 없는 선택이었다는 편이 더
타당할 것이다.

이병주는 지원 후 신체검사와 연성훈련을 거쳐 1944년 1월 20일
대구의 제20사단 제80연대의 통신대에 배치된다. 입대 당일 신체검
사에서 몇 사람이 불합격 판정을 받고 집으로 돌아가는 모습을 보며
이병주는 '건강하다는 사실이 저주스럽게 느껴질 정도'로 학병지원에
대해 자책한다. 그리고 며칠 후 '시장으로 팔려나가기 위해 일시 우리
에 갇힌 소나 돼지나 다를 바'[17] 없는 모습으로 어디로 가는지 모른
채 대구역에서 기차에 오른다. 이병주가 탄 기차는 압록강과 만리장
성이 있는 산해관(山海關)을 지나 서주에 도착하는데, 평양에서 탄 학
병들(장준하, 김준엽, 장도영, 최석 등)[18]이 내리고, 얼마 후 제남(濟南)

---

16 民族問題研究所, 「昭和19年 第86回 帝國議會 說明資料」, 『日帝下 戰時體制
期 政策史料叢書』, 第22卷, 한국학술정보주식회사, 2000, 160~161쪽. / 「應徵學徒의
入所」, 『每日新報』, 1943. 12. 7.

17 이병주, 「잃어버린 時間을 위한 메모 − 1944~1945년 蘇州·上海(上)」, 『문학정
신』, 1989. 4, 264쪽.

18 이 부분에 대해 이병주는 다음과 같이 회고한다.
　"뒤에야 안 일이지만, 서주에서 내린 그 집단에 장준하(張俊河), 김준엽(金俊
燁), 장도영(張道暎), 최석(崔錫)등이 섞여 있었던 것이다. 장준하, 김준엽은 얼
마 후 중경으로 탈출했다. 장준하는 『사상계』란 잡지를 창간하고 한때 정치의
일선에 서기도 했었지만 이미 고인이 되었고, 김준엽은 고려대학 총장을 지낸 바
가 있지만, 그보다는 『장정(長征)』의 저자로서 귀중한 존재이다. 장도영과 최석

에서 학병 1대가 또 하차한다. 이병주는 소주(蘇州)로 가는 도중 보았던 만리장성을 통해 역사에 개안했던 것이 아닌가 하는 생각이 들었다고 한다.

> 지금 정리해 보는 것이지만 만리장성을 보았을 순간 나는 역사에 개안(開眼)한 것이 아닌가 싶다. 만리장성은 진시황(秦始皇)의 혹독한 정치 아래에서만 비로소 가능했다. 로마의 성벽이 폭군의 위령하에서 가능했듯이. 만리장성을 만들기 위해 백성들의 고통이 어떠했는가. 한시대 중국의 시는 대부분 만리장성을 쌓기 위해 징용되어가는 지아비와 아내의 눈물을 주제로 한 것이었다. 장성을 쌓기 위한 돌 하나마다에 백성의 생명 하나씩이 값으로 치뤄졌다고 한다. 만리장성의 돌을 헤아리면 그 장성을 만들기 위해 희생된 인명의 수가 나타난다는 것이다. (중략)
> 만리장성은 중국의 자랑이 되었다. 독재가 나쁜 것이고, 착취가 죄악이라면 만리장성과 로마의 성벽은 저주의 대상으로서, 가능하다면 흔적을 남기지 않도록 파괴해 버려야만 옳다. 그런데도 로마의 시민은 로마의 성벽을 자랑하고 중국인은 만리장성을 자랑하고 있지 않는가. 그런 까닭에 역사는 현실의 차원에서 논할 문제가 아닌 것이다.[19]

과거의 사건이나 업적들은 장소와 사료를 통한 고증이 필요한데, 기념비적 유물들은 역사적 사건들을 현재와 연결지어주는 역할을 한다. 즉 기념비들은 망각의 심연을 넘는 가교이면서 동시에 망각의 심연이 있음을 나타내준다. 이런 의미에서 이병주는 진시황의 혹독한 정치와 백성들의 고통이 응축되어 있는 만리장성을 보며 역사에 대한 상념에

은 그 후 내가 속한 부대로 전속왔었다."(위의 글, 273쪽.)
19 위의 글, 271~272쪽.

빠졌을 것이다.

양자강을 건너 남경(南京)을 지난 기차는 1944년 2월 5일 소주(蘇州)역에 도착한다. 그리고 이병주는 소주(蘇州)의 제60사단 치중대(輜重隊)로 최종 배치를 받는다. 육체적으로나 정신적으로나 혼돈과 고난의 시기였음에도 불구하고 이병주는 변함없이 독서력을 쌓아간다. 그는 일본 용병(傭兵)으로서의 고통을 도스토예프스키의 「죽음의 집의 기록」을 읽으며 견디어 냈다고 한다.[20]

소주(蘇州)에서 '오욕의 생활'을 하고 있던 1945년 7월 30일 이병주 중대는 소주로부터 100리쯤 남방에 떨어져 있는 상열(常熱)이란 소도시의 교외에 파견되어 나간다. 당시 수영을 할 줄 모르던 이병주는 이곳에서 물에 빠져 익사할 뻔 하다가 중국인 소년에 의해 구출된다. 이것이 인연이 되어 그 소년과의 친분이 돈독해졌으며 이후 작품 곳곳에서 이 이야기를 다루기도 한다. 소년을 만난 지 5일 뒤 이병주의 부대는 사단 사령부로 차출되고, 이후 해방이 되어 1945년 9월 1일 현지에서 제대하여 상해로 간다. 그리고 6개월 동안 상해에서 머물다가 1946년 3월 귀국해 고향으로 돌아간다. 상해에 있을 당시 그의 눈에

---

20 "일제 말기, 이른바 일본의 학도병으로 중국 대륙의 한구석에서 나는 일본 용병(傭兵)으로서의 고통을 그의 『죽음의 집의 기록』을 읽은 기억으로써 견디어냈다. (중략) 도스토예프스키는 무거운 수가(手枷)와 족가(足枷)를 차고 감시인의 잔인한 학대를 받으며 4년이란 세월을 지냈다. 그곳은 바로 지옥일 것이었다. 그런데도 그는 그 고통에서 살아남아 "이 감옥의 벽 속에서 얼마나 많은 청춘이 무위(無爲) 속에 망했을까. 얼마나 위대한 힘이 터무니 없이 망했을까. 솔직하게 말해 그들은 모두 주목할 만한 사람들이었다. 가장 재능이 있고 용기가 있는 사람들이었을지도 모른다. 그런데 그 위대한 능력들이 망쳐지고 있다. 부자연하게 불법(不法)하게 돌이킬 방도도 없이 망쳐져가고 있다. 누가 나쁜가. 그렇다. 누가 나쁜가 말이다" 고 외친 것이다. 『죽음의 집의 기록』의 이 마지막 부분을 나는 염불 외듯 하며 지냈다." (이병주, 『동서양 고전탐사』 1권, 앞의 책, 227~228쪽.)

들어온 상해의 모습은 이후 「소설 · 알렉산드리아」의 배경 묘사에 이용되기도 한다.

이병주는 상해에서 머무를 때 「유맹(流氓) - 나라를 잃은 사람들」이라는 3막 4장의 희곡을 쓴다. 이 희곡은 1959년 『문학』 11월호에 발표되는데,[21] 작품에서 이병주는 러시아 혁명과 관련하여 백계로인의 다양한 군상들을 그리고 있다. 장르 구분 없이 문학 전반에서 본다면 이 희곡이 그의 첫 번째 작품이라 할 수 있다. 작품의 배경이 이국이고, 등장인물 또한 이국 사람들이지만 역사의 이면에 있는 다양한 군상들에게 관심과 초점을 두고 있는 점은 이후 그의 작품들과 맥을 같이 한다. 또한 이 희곡에서 다루어지고 있는 '나라를 잃은 사람들'의 모습은 식민지 시기 우리 민족의 군상들과도 유사하다. 이런 점에서 희곡 「유맹(流氓) - 나라를 잃은 사람들」을 그의 문학관이 처음으로 실현되고 있는 작품이라 보아도 무방할 것이다.

지금까지 추적해 본 이병주의 학병체험은 이후 그의 소설을 통해 더 자세하게 형상화되는데, 특히 「관부연락선」의 경우 '유태림'이라는 이병주의 분신을 통해 당시의 내면을 섬세하게 기술하고 있다. 그리고 중심 서사로 다루고 있지는 않더라도 학병체험 모티브는 이병주의 대부분 소설에서 어떤 방식으로든 빠지지 않고 등장한다. 이처럼 이병주에게 있어 이 시기는 평생의 트라우마로 각인되어 이후 많은 작품의 주된 테마로 승화되기도 하지만 죄의식으로 작용하여 늘 그림자처럼 이병주를 따라다니기도 한다.

---

21 그는 희곡 서두에 "解放直後 上海에서 쓴 作品인데 그대로 버리기엔 아깝다는 親舊의 勸에 의하여 發表한다"고 명기하고 있다.(이병주, 「유맹(流氓)上-나라를 잃은 사람들」, 『문학』, 1959. 11, 54쪽)

2. 조국 없는 산하에서 '회색인'으로 살아남기

해방 후 이병주는 현지에서 제대하여 상해에 체류하다가 1946년 부산으로 귀국한다. 그리고 같은 해 9월부터 진주농업학교에서 영어를 가르친다. 해방 직후였던 시대적 상황을 감안해 볼 때, 이병주의 교직 생활도 평탄하지 않았으리라 짐작된다. 실제로 당시 이병주가 재직하고 있던 학교에서도 좌우 이데올로기 대립이 첨예했다. 학생들이 학동(학생동맹)과 학연(학생연맹)으로 나뉘어졌음은 물론이거니와 교사들도 이념 대립에 합류했다. 이때부터 그는 진주농림중학교 교사직과 진주농과대학(현 경상대)의 강사직을 겸하는 등 교사생활을 시작한다. 극심했던 좌우 이념 대립으로 인해 평탄하지 않은 교직 생활 속에서 그는 어느 쪽에도 서지 않았다. 일찍부터 체험과 독서를 통해 회색의 사상을 선취하고 있었던 그에게 어떠한 사상을 선택해 옹호한다는 것은 무모한 일이었기 때문이다.

해방 후 한때 정치의 혼란 속에 나는 말려들었다. 그러나 나는 그 혼란을 몸소 겪는 와중에 있었으면서도 내 성격엔 어울리지 않게 신중할 수가 있었다. 그것은 그의『악령』을 속독했기 때문이다.

이 작품을 나는 내 나름대로 이해하고 있었다. 내세워 놓은 주의와 주장이 핵심적인 문제가 아니라는 것, 어느 때에 정당한 것이 다른 때는 정당하지 않게 되는 경우가 있다는 것, 갑이 하는 말을 을이 할 땐 선이 악으로 변하는 것처럼 변용될 수가 있다는 것, 어떤 조직이 조직으로서 커 나가기 위해선 그 조직이 내세운 명분을 배신할 뿐 아니라 비인간적인 처사를 예사로 한다는 것, 마지막 위급한 단계에 이르면 예외 없이

이기본능(利己本能)에 사로잡혀 못 할 짓이 없게 된다는 것, 지하 단체
는 지하 단체란 그 조건 때문에 인간성을 말살하는 행위가 자행될 수 있
다는 것, 현실과의 괴리(乖離)가 심한 이상(理想)이 그 주장을 고집하는
건 그 자체 엄청난 과오가 된다는 것, 직업 혁명가는 자기의 체면과 생
명을 유지하기 위해 못 할 짓이 없다는 것.

　이러한 교훈을 『악령』을 통해서 파악하고 있던 나에겐 이른바 정치
활동가들의 광분이, 그 술책이 너무나 명명백백하게 보였던 것이다.
(중략)

　도스토예프스키라는 교사 겸 우인(友人)을 가졌다는 것을 나는 다시
없는 다행으로 안다.[22]

위 인용에서 언급되고 있듯이 이병주는 『악령』이란 작품을 통해 사
상운동에 대한 나름의 판단기준을 정립할 수 있었다고 한다. 그리고
이러한 독서력은 당시 같은 내무반에 있던 안영달(安永達)이란 인물
이 사상운동에 동조할 것을 제안했을 때, 단호하게 거부하는 판단의
기반으로 작용한다. 그가 읽은 작품과 영향 받은 자가, 그리고 독서
체험을 통해 정립한 생각이나 가치관은 그의 문학적 뿌리가 되는 '회
색의 사상'과 관련이 있음을 추측할 수 있다.

그는 그저 좌익학생들의 횡포가 심했을 때는 우익계 학생들을 감쌌
고, 우익학생들의 횡포가 심해졌을 땐 좌익계 학생들을 비호하는 입
장에 섰다. 이러한 행동들은 그에게 '반동교사'라는 낙인을 찍히게 했
고, 이병주에 대한 인상을 회색화하는 원인이 되기도 했다.[23] 하지만
해방 공간에서의 이러한 행동의 근원에는 일관적으로 인간중심의 '휴

---

22 이병주, 『동서양 고전탐사』 1권, 앞의 책, 229쪽.
23 이병주, 「추풍사」, 『한국문학』, 한국문학사, 1978.

머니즘' 사상이 내재하고 있다는 사실을 간과해서는 안 될 것이다.

진주농업학교에서 교사로 재직하던 그는 1948년 대학으로 승격된 진주농대에서 영어와 프랑스어, 철학개론을 강의하기 시작한다. 그는 실력과 인기를 모두 갖추고 있었다는 주변의 말과는 달리 자신의 교사로서의 자질에 대해 다음과 같이 언급한다.

> 1951년 5월 경남 대학의 전신인 해인대학(海印大學)으로 옮겼다. 통산 10년 남짓한 교원 생활에서 나는 영어, 프랑스어, 철학을 가르쳤다. 가르쳤다고 하니 그럴싸하게 들리지만 짧은 영어, 모자라는 프랑스어, 자신도 뭐가 뭔지 모르는 철학을 가르친 순전히 엉터리 교사였다. 게다가 일제 용병이었다는 회한이 콤플렉스로 되어 한 번도 교사다운 위신을 떨쳐 보지 못했다.
>
> 학생들이 못마땅한 짓을 거듭하고 있어도 기껏 해 본다는 소리가 '너희들 어찌 그럴 수가 있느냐'는 정도. 그런 주제에 10년 동안이나 교단을 더럽힐 수 있었다는 건 해방 후 얼마나 인재가 모자랐던가의 증거가 된다.[24]

학병체험에 대한 죄의식은 그를 떳떳하고 당당한 교사일 수 없게 했고, 살아가는 내내 콤플렉스가 되어 이병주 자신의 목소리를 불식시키는 원인으로 작용했다. 이 무렵 이병주는 좌익으로 몰려 경찰에 체포되었다가 반공가(反共歌)를 짓고 풀려난다. 건국준비위원회와 인민공화국이 만들어졌던 당시 "경남위원장인가 무슨 간부인가를 맡은" 그의 친구가 찾아와 술대접을 했던 것이 빌미가 되어 체포되었던 것

---

24 이병주, 「失格敎師에서 作家까지」, 『이병주 칼럼 1979』, 세운문화사, 1978, 147~151쪽.

이다.[25] 이병주가 좌익으로 몰려 고초를 당한 것은 비단 이때 뿐만은 아니었다. 이후 언급하겠지만 전시 상황, 전쟁 직후를 비롯해 신문사 주필시절 이후까지 사실과 무관한 좌익(빨치산)이라는 꼬리표는 늘 이병주를 따라다닌다. 때문에 그는 이런 오해에서 벗어나기 위해 반공 이데올로기를 표명하기도 하지만, 사실상 그는 중립에 가까웠다.[26] 이러한 상황을 거치면서 이병주는 결국 좌우 양쪽에서 모두 공격을 받기도 했고, '우리 사회의 좌와 우, 진보와 보수 모두에서 금기가 돼 있다'는 평가를 받기도 했다.

이후, 1950년 6월 25일 한국전쟁이 발발해 그해 7월 29일 이병주는 아내와 아들, 딸, 그리고 심부름하던 소녀를 데리고 처가가 있는 고성으로 피난을 떠난다. 피난길 절망과 불안 속에서 그는 스페인 내란을 연상한다.

> 삼천포, 부산, 마산으로 가는 大路는 붐비고 있어 나는 文山에서 산길을 택해 고성읍 쪽으로 빠질 작정을 했다. 그늘진 곳을 찾아 쉬어 가며 걸어가는데 내 마음은 착잡했다. 그런 가운데서 연상한 것은 스페인 內亂이다. 스페인 내란은 1936년부터 1939년까지 계속된 골육상쟁의 전쟁이다. 청년 시절 나는 그 전쟁의 보도를 읽고, '세상에 저런 일이 있을 수 있을까?'하고 개탄했었다.
>
> 무슨 까닭으로 동족끼리 죽이고 죽고 하는지 이해할 수 없었다. 그 스페인에 비교하면 일본의 압제 하에 있을망정 조선의 형편이 나은 편이

---

25 李政勳, 「그는 빨치산이 아니었다.」, 『월간조선』, 1994. 7, 379쪽.
26 이병주는 자신의 사상이념으로서 절대적인 사상은 있을 수 없으며 두 이념 모두 병폐를 가지고 있다고 생각했기에 어느 쪽 하나를 선택하라는 강요를 받았을 때 그는 최소한도 중립을 지키려고 노력했다고 한다. (이권기 교수와의 인터뷰)

아닐까 하는 생각도 했었다. 그런 생각으로 나는 스페인을 세계에서 가장 불행한 나라로 치고 있었던 것이다. 그런데 지금 우리나라의 꼴이 그렇게 되었다고 생각하니 절망 직전의 한숨이 저절로 났다.[27]

위 인용문에서는 직접적으로 드러나 있지 않지만 한 에세이에서 이병주는 당시 조국의 부재를 느꼈다고 한다.[28] 고성에 도착한 이병주는 그곳에서 머물다가 8월 중순 정치공작대가 들이닥치자 모두 적지가 된 바에야 부모님 곁에 있어야 한다는 생각으로 '여행증'을 얻어 사촌처남이자 제자인 이창수와 고향으로 향한다. 우여곡절 끝에 진주에 도착한 이병주는 폐허가 된 자신의 집에서 하룻밤을 거처한 후 위험을 느끼고 서둘러 하동의 고향집으로 발길을 옮긴다. 그러던 중 서장대(西將臺) 밑에서 세 청년에 의해 내무서로 잡혀가게 된다. 그들은 내무서장에게 이병주를 '호국단의 부단장을 한 우익의 거물'[29] 이라고 소개한다. 이병주는 내무서 책임자와 문답이 있은 후 안면이 있는 사람의 도움으로 그곳을 나와 정기영의 집으로 간다. 그러나 정기영의

---

27 이병주, 「나의 6.25 體驗」, 『군사/국방군사연구소』제9호, 국방군사연구소, 1984. 12, 155쪽.

28 "우리에겐 희망도 없고, 장래도 없는 것이란 비애가 솟구쳐 올랐다. 이런 엄청난 죄, 이런 흉폭한 짓을 과거에 깔아 놓고 그 민족이 무엇을 믿고 무엇을 하자고 살아갈 수 있단 말인가. 전쟁에서 국민을 보호하지 못한 것도 나라의 대죄(大罪)인데 무저항한 국민을 이처럼 학살하고 배겨낼 수 있는 일일까. 나는 심각하게 조국의 부재(不在)를 느꼈다."(이병주, 『잃어버린 시간을 위한 문학적 기행』, 앞의 책, 158쪽.)

29 "우익의 거물이란 표현은 지나쳤지만, 내가 진주 지구 학도 호국단의 부단장인 것은 틀림없는 사실이었다. 그러나 그 직책도 따지고 보면 별게 아니다. 당시 진주의 최고 학부는 농과 대학이었으며, 진주에서 연합 학도 호국단을 결성하려면 농과 대학의 학장이 단장으로 될 수밖에 없었다. 그런데 사무적 편리를 보아 단장이 나온 학교의 교수가 부단장을 하는 것이 좋겠다고 해서 내가 부단장으로 선출된 것이었다."(이병주, 「나의 6 · 25 體驗」, 앞의 글, 164쪽.)

집도 폭격으로부터 안전한 곳이 되진 못했다. 이튿날 이병주는 느닷없이 나타난 두 청년에 의해 '정치보위부'로 잡혀가 유치장에 구금된다. 유치장에서 한나절을 보낸 그는 이윽고 정치보위부장실로 불려가는데, 그곳에서 '시 인민 위원회의 문화부장을 한다는 강달현'과 '괴뢰군 소좌(少領)'이자 이병주와 함께 학병을 갔다가 해방 직전 연안으로 탈출한 '구호택'이란 사람을 만난다. 이병주의 신변확보를 비롯해 모든 책임을 지겠다는 강달현과 구호택의 서약서 덕택에 이병주는 위기를 모면하고 집현면의 피신처에 머물게 된다.[30]

9월 초순 이병주는 그곳에서 문화단체를 만들라는 지시에 따라 문학동맹, 음악동맹, 연극동맹, 도립극장, 이동연극단을 만드는데, 모두 서면상 조작에 불과할 뿐 실제로 만든 것은 없었다고 한다.[31] 그리고 그는 은밀히 들은 라디오를 통해 '낙동강 전선 교착과 유엔군의 증강을 알았기에 눈가림 작업만으로 지연작전을 하고 있었다'고 한다. 9월 20일 이병주는 의용군으로 끌려온 대학생에게 인천상륙작전의 성공 소식을 듣고 그곳을 빠져 나와야겠다는 생각을 한다. 그리곤 강달현에게 함께 이동할 것을 제안하지만 강달현은 거절과 동시에 이병주의 이동을 암묵적으로 승낙한다. 이에 이병주는 '이동 연극단'을 편성한

---

30 이처럼 피난과 알 수 없는 연행을 겪으면서 이병주는 이후 문제의 논설이 된 조국의 부재를 절감한다. 당시 이병주가 느낀 조국의 부재에 대해 그의 장남 이권기 교수는 다음과 같이 대변한다. "조국이라 하면 국민을 지켜줘야 하는데 전쟁시에 정부가 피난을 해버렸다 이거야. 그러면 그 치하에 남아있는 대중들은 어떻게 살아야 하나. 즉 정부가 지켜주지 않았기 때문에 당신이 살아갈 길은 그것밖에 없었다는 거지. 죄를 묻는다고 한다면 왜 그때 안 죽었느냐 라는 죄를 묻는 것이다. 정부가 지켜주지도 않고 개인이 살아갈 권리까지 박탈할 의무가 어디 있느냐. 인민군은 인민군대로 반동분자라고 죽이고, 국군은 국군대로 부역했다고 죽이고." (이권기 교수와의 인터뷰.)

31 이병주, 「나의 6.25 體驗」, 앞의 글, 169쪽.

다는 구실을 내세워 17명의 단원들을 데리고 9월 26일 추석날 고향인 하동으로 향한다. 그리고 9월 28일 길을 가던 도중 함께 길을 나선 사람들에게 "절대로 산으로 가지 말라. 기술껏 친척과 아는 사람을 찾아가 안전하다는 확신이 있을 때까지 꼭꼭 숨어 있거라."라는 말과 함께 해산명령을 내린다.[32]

이후 이병주는 고향인 북천면에 기거하다가 부산에 내려가는데 그곳에서 '부역했다'는 이유로 체포되지만 진주경찰서장과 배홍균의 도움으로 한 달도 채 안 돼 풀려나게 된다. 진주에서 풀려난 이병주는 두 달 후쯤 부산에서 또 다시 미군 CIC(방첩대) 광복동분실 정보원에게 연행되어 부산경찰서에 수감된다. 이때도 역시 '적 치하에 부역한 것'이 문제가 된 것이었는데 "진주경찰서에서랑 와서 '감투만 컸지 실제로 한 게 없다'고 증언해 줘서" 불기소처분으로 풀려나온다. 이병주는 당시의 상황을 소설 「관부연락선」에서 유태림이라는 인물을 통해 묘사하고, '국민에게만 의무가 있는 것이 아니라 정부에게도 국민의 생명과 재산을 보전할 의무가 있는데 정부는 국민에 대한 의무를 포기하고 도망쳐 버렸다.'며 조국의 부재에 대해 언술한다. 빨치산이라는 오명 아래 이루어진 이러한 일련의 체포 경험은 이후 이병주를 '빨치산 콤플렉스'에 시달리게 했고, 그의 글쓰기 방향에도 일정 부분 영향을 끼친다.

---

32 이 부분에 대해 언급한 글들은 대부분 자전적 성향이 강한 「관부연락선」을 근거로 "연극동맹을 만들자 이동연극을 하라는 명령이 떨어져서 스탈린을 주제로 한 연극 연습을 한 후" 9월 26일 이동 연극단 27명을 인솔해 집현면의 피신처를 나왔으며, "진주로 갈 것인지, 지리산으로 갈 것인지에 대한 의견 합일을 이루지 못해 해산하기로 결정했다"고 서술하고 있다. 그러나 「관부연락선」은 자전적 성향이 강하고 실제 이병주의 행적과 일치하는 부분이 많다 하더라도 허구가 가미된 '소설'이다. 때문에 본고는 이병주가 자신의 목소리로 6.25체험에 대해 서술하고 있는 「나의 6.25 體驗」에 의거해 그의 행보를 추적해 보았다.

내겐 이광학(李光學)이란 친구가 있었다. (중략) 6·25 당시 진주가 실함(失陷)되자 그는 좌익계 학생들에게 붙들려 드디어는 괴뢰군에 의해 학살되고 말았다. (중략) 내가 공산당의 생리와 병리에 각별한 관심을 갖게 된 동기가 바로 여기에 있다. (중략) 소수독재의 권익과 야심을 위해선 동족상잔의 전쟁마저 불사할 정도로 수단과 방법을 가리지 않는 집단이란 공산당의 실상을 인식했다. (중략) 어느 평자는 나의 문학을 회색의 군상을 대변하는 문학이라고 했다. 나는 반공이 직업이 될 수 있고 훈장에 통할 수 있는 풍토에서 너무나 안이한 반공주의에 반발한 나머지 진정한 휴머니즘에 입각한 대결을 시도했고, 앞으로도 그럴 작정인데, 보다 진실한 것에의 몸부림이 회색을 빚게 했다는 뜻으로 그 평자의 회색 이론을 감수한다.[33]

상기 언술에서 이병주의 '회색의 사상'에 대한 시발점 및 형성과정을 짐작할 수 있다. 그는 소중한 지기를 잃고, 여러 차례 부당한 체포과정을 겪으면서 불가피하게 공산주의에 대한 거부감을 갖게 된 것이다. 하지만 공산주의 사상에 대한 그의 거부감은 좌·우 이분법에 의거한 맹목적인 반공에 그치지 않는다. 객관적인 입장에서 좌·우 이데올로기의 문제점을 파악하고 그것을 기록하면서 이데올로기를 바라보는 시각의 저변을 확대시키는 방향으로까지 나아간다.

한편, 남서경찰서에서 풀려난 이병주는 하동의 생가로 가서 가업인 양조장 일을 거들다가 1951년 5월 해인사로 들어간다.

(전략) 학자로서의 실력과 교육자로서의 결의를 가꾸려고 한 즈음에

---

[33] 이병주, 『美와 眞實의 그림자』, 명문당, 1988, 250~252쪽.

6·25동란이 터졌다. 나의 꿈 나의 희망은 산산조각이 났다. 뿐만 아니라 내게 있어서 가장 소중한 친구를 잃었다. 역사도 믿을 것이 못 되고 인생조차도 믿을 것이 안 되며 이 세상은 기를 쓰고 살아볼 만한 곳이 못 된다고 느꼈다.

1951년 5월 伽倻山 海印寺로 들어가 姜高峰이란 스님을 導師로 하여 出家할 의향을 비쳤다.

『佛法에 이르는 길은 한가지만이 아니다. 꼭 출가할 생각이면 1년만 기다려라』고 高峰 스님은 응낙하지 않았다.

高峰스님은 나의 제안이 친구를 잃은 충격에서 비롯된 일시적인 충동의 탓이라고 言破한 것이다. 그래도 나는 해인사에서 살 작정을 했다. 상처 입은 마음에 있어서 그 이상의 환경을 상상할 수가 없었다.[34]

위 인용에서 드러나듯이 그는 삶과 역사에 회의를 느껴 출가하려 해인사로 들어갔지만 스님의 만류에 출가는 하지 못한 채 그곳에서 지내게 된다. 그러던 중 7월 12일 밤 해인사는 '공산빨치산'의 습격을 받는다. 습격한 빨치산은 삼엄한 경비를 뚫고 '의용 경찰대원 3명과 헌병장교를 사살하고 육십여 명을 납치해 갔다'고 한다. 이때 이병주는 납치 위기에 봉착하는데 '빨치산 중 와세다 대학에 다녔던 사람이 도와줘서 순간을 모면할 수 있었다.'[35] 이후 이병주는 둘째 동생과 함께 해인사를 빠져나와 해인대학에서 강의를 시작한다. 그리고 1954년 제3대 국회의원 선거에 하동군 무소속으로 출마한다. 그는 "민주적인 정당 하나를 만들어 정치방향은 제퍼슨과 링컨, 경제방향은 새로운 건축법을 통한 백토(고령토) 이용 주택정책을 펼칠 포부"를 가지고 있

---

34 이병주, 「나의 30代」, 『동아일보』, 1984. 3. 14.
35 송우혜 인터뷰, 「이병주가 본 이후락」, 앞의 글, 59쪽.

었다. 그러나 이병주는 이 선거에서 3위로 낙선하고 만다. 낙선 이유
에 대해 그는 다음과 같이 언급한다.

> 답: 이러니까 나중에 표를 뒤바꿔 놓은 건 말할 것도 없고, 내 운동자
> 7백명이 하동 경찰서에 갇혔는데, 유치장이 모자라니까 농협 창
> 고에 갖다가 넣은 거야. 내 차가 진주서 온다 하면 붙잡았는데,
> 압수당한 게 7대야. 심지어는 그것도 모자라 가지고 하동 전 군에
> 다가, '이병주 동무를 국회에 보내자. 제3빨치산 일동. 김일성' 이
> 런 걸 창호지 쪼가리에다 찍어 가지고 쫙 돌린 거야. (중략) '이
> 부락에 빨치산이 있다'해서 산과 연결되었다면서 내 운동자들을
> 모두 잡아들인 거지. 당시 우리 친척 영감들은 나한테 표 찍지 말
> 라고 다녔다니까.
>
> 문: 왜요?
>
> 답: 내가 죽을 거 같거던. 나중에 안 일이지만 당시 명령이 내려오길 수
> 단 방법을 가리지 말고 제거하라고 했다는 거야. 당시 진주 지청에
> 있던 나 검사가 내 친구였는데, 유치장 순시 명목으로 하동에 와선
> 경찰서장에게 무릎을 꿇고 '제발 죽이지만 말아 달라'고 빌었다는
> 거야.
>
> (중략)
>
> 문: 그 때 3위를 하셨습니까.
>
> 답: 그랬지. 7천여 표를 받았었지. 1위는 8천여 표였고….[36]

위 인터뷰 내용에 의하면 이병주는 당시 1위는 8천여 표였고, 본인

---

36 위의 글, 60쪽.

은 7천여 표를 받았다고 언술하고 있지만 실제 조사 자료에 의하면 당시 강봉옥이 9384표로 당선되었고, 이병주는 5836표를 획득했다. 이병주는 낙선의 패배를 겪었을 뿐 아니라 선거 과정을 통해 빨치산이라는 낙인이 찍히게 된 것이다. 낙선 후 그는 해인대학 이전에 따라 거주지를 진주에서 마산으로 옮기고, 교수로서의 입지를 굳혀 간다.

　이병주는 해방직후 좌우 이념 대립 속에서 철저히 중립적인 입장에 서려했다. 유학생활과 독서체험을 통해 좌우 이념의 한계를 인지하고 있었기 때문에 그에게 어느 한쪽을 선택하는 일이란 있을 수 없는 것이었다. 이러한 사고방식으로 인해 그는 교직에 있을 당시 학내의 이념 대립 속에서 어느 쪽으로도 기울지 않았다. 단지 교사로서, 인간으로서 열세에 몰리는 쪽을 보듬어 주는 역할만 했을 뿐이다. 이러한 과정 속에서 이병주는 당시 교사들과 학생들 사이에서 '회색분자'라는 낙인이 찍혔다. 그는 '회색분자'라는 낙인을 담담히 받아들였다. 그리고 이념 대립이 한국 전쟁 당시 두 번의 체포와 민의원 선거에서 패배의 원인으로 작용하면서 회색의 사상은 그의 삶에 고착된다. 이때부터 그에게 회색이란 철저히 중립적인 입장을 고수한다는 의미가 되었고, 역사나 인생의 뒤안길에서 사라져가는 것에 대한 관심을 유도하는 근원으로 작용한다. 그리고 이병주는 이것을 이른바 '회색의 사상'이라 명명하면서 이후 창작활동의 기본자세로 삼는다.

3. 투옥, 역사를 기록하는 소설가 되기

　해인대학에 재직하고 있던 1957년 '습작(習作)을 해본 경험도 없는'

이병주는 부산일보에 「내일 없는 그날」이라는 장편소설을 연재하기 시작한다.[37] 그는 이 소설을 쓰게 된 경위에 대해 우연히 부산에 놀러 갔다가 술자리에서 당시 부산일보 편집국장이었던 이상우와 황용주의 제의를 받아 '술에 취한 어리벙벙한 기분'으로 승낙했다고 설명한다.[38] 그의 첫 번째 소설이라 할 수 있는 이 작품은 이후 1959년 단행본으로 출간되고, 같은 해 원작을 각색한 영화로 제작되기도 하였다.

1958년 11월 이병주는 부산 국제신보의 논설위원으로 초빙되고,[39] 1년 후인 1959년 국제신보 주필 발령과 함께 한 달 후 편집국장을 겸하게 된다. 그리고 이때부터 "大說, 中說에 해당되는 사설 또는 칼럼을 매일처럼 쓰며"[40] 언론인으로서 왕성한 활동을 해 나간다.

한편, 이병주는 성격이나 직업상 인간관계가 넓고 두터웠는데, 그것

---

37 이병주는 단행본『내일 없는 그날』의 서두에서 1953년에 이 소설을 연재했다고 밝히고 있다. 그리고 김윤식은 이 소설의 연재일을 1957년 8월 1일~1958년 2월 28일(김윤식, 『이병주와 지리산』, 국학자료원, 2010, 79쪽)로 밝히고 있다. 그러나 확인해 본 결과 문헌상 정확한 연재기간은 1957년 8월 1일부터 1958년 2월 25일 임을 밝혀둔다.

38 이병주, 『내일 없는 그날』, 문이당, 1989, 9쪽.

39 이병주는 모 인터뷰에서 본인의 국제신보 논설위원 취임 날짜를 1955년으로 언급하고, 여타 기존의 다른 문헌들도 이병주의 언술에 의거해 1955년으로 기록하고 있다. 이에 대해 최근 이병주의 삶의 행보를 추적하는 기행문 형식의 글을 펴낸 『작가의 탄생』의 필자는 다음의 몇 가지 근거를 들면서 이의를 제기한다. 첫째, 당시 국제신보와 부산일보는 라이벌 구도였는데, 1955년부터 국제신보에 있으면서 1957년부터 경쟁지인 부산일보에 장편소설을 연재했다는 것은 어폐가 있다. 둘째, 국제신보에 1958년 11월 5일 이병주의 입사를 알리는 사고(社告)가 실렸다. 셋째, 김형두가 국제신보 사장으로 취임한 것이 1957년 9월 7일, 그리고 황용주가 국제신보 주필로 역임한 기간이 1958년 1월부터 9월인데 황용주가 떠난 직후 이병주를 국제신보 주필로 모셔왔다는 김형두의 언술이 있다.(정범준, 『작가의 탄생』, 실크캐슬, 2009, 254~257쪽.) 여러 정황들의 사실 여부를 확인, 판단한 결과 이 연구는『작가의 탄생』의 필자의 의견에 동조하며, 이러한 점을 수렴해 이병주의 연보를 수정하고자 한다.

40 이병주, 『이병주 칼럼: 1979』, 앞의 책, 150쪽.

이 득이 되는 부분도 있었지만 때론 해가 되기도 했다. 1958년 진보당 정치자금 사건에 휘말린 사건이 해가 된 대표적인 경우라 할 수 있다. 이병주는 1955년 서울에서 평소 친분이 있던 황석우를 만나 우연히 조봉암과 첫 대면을 한다. 그러나 당시 조봉암의 정치노선에 동조할 수 없었던 이병주는 조봉암과 깊은 친분관계를 맺지는 못한 채 헤어진다. 그리고 이듬해 대통령 선거가 가까웠을 무렵 어떤 사람이 '선거 때문에 내려가니 편리를 봐 달라'는 조봉암의 서신을 가지고 이병주를 찾아온다. 이에 이병주는 당시 대학교수라는 신분상 선거운동을 할 수 없다며 거절하고는 정치자금이 아닌 용돈으로 쓰라는 말과 함께 3만 환을 그 청년에게 주어 돌려보낸다. 그러나 이것 때문에 이병주는 진보당에 정치자금을 낸 비밀당원이라는 낙인이 찍혀 곤경에 빠지기도 한다. 그리고 이 낙인은 후에 그가 필화 사건으로 실형을 언도받을 때에도 크게 작용한다.

1960년 4·19가 일어난 후 전국에 교원노조가 만들어졌다. 이 때 경남지역 위원장에 이종석이 취임을 했는데 이종석은 이병주의 「내일 없는 그날」에 감명을 받아 1958년쯤부터 그와 가까이 교류했다고 한다. 그러나 1961년 군사쿠데타 발발 이후 만들어진 혁명검찰부는 교원노조를 좌익이라 보고 경남 위원장인 이종석을 비롯해 간부들을 구속한다. 이때 이병주도 교원노조의 고문이라는 이유로 구속되는데 실상은 그가 발표했던 두 편의 논설 때문이라고 할 수 있다.

조국이 없다. 산하가 있을 뿐이다. 이 산하는 삼천리강산이란 시적 표현을 가지고 있다. 삼천리강산에 삼천만의 생명이 혹자는 계산하면서 혹자는 계산할 겨를도 없이 스스로의 운명대로 살다가 죽는다.
조국은 또한 향수에도 없다. 기억 속의 조국은 일제의 지배 밑에 신음

하는 산하와 민중, 해방과 이에 뒤이은 혼란을 고민하는 산하와 민중, 그리고는 형언하기도 벅찬 이정권(李政權)의 12년이다.

역사 속의 조국은 신라와 고려의 명장(名匠)들의 업적으로 아직껏 빛나고 있지만 이건 전통으로서 생명을 잇지 못하고 단절된 한때의 기적으로서 안타까울 뿐이다.

진정 조국의 이름을 부르고 싶을 때가 있었다. 8·15의 해방. 지난 4·19의 그날. 이를 기점으로 우리는 조국을 건설할 수가 있었다. 그 이름 밑에서 자랑스럽고 그 이름으로 인해서 흔연(欣然) 죽을 수 있는 그러한 조국을 만들어 나갈 수가 있었다. 그러나 이조(李朝) 이래의 추세는 점신(漸新)한 의욕을 꺾었다. 예나 다름없는 무거운 공기, 회색 짙은 산하, 조국이 부재한 조국. 이것이 오늘날 우리들의 조국의 그 정체다. 다시 말하면 조국은 언제나 미래에 있다. 희망 속에 있다. 그러면 어떠한 힘이 조국을 만들어낼 것인가. 이 회색의 대중 속에서 어떠한 부류가 조국건설의 기사(技師)를 자처하고 벅찬 의욕과 실천력으로써 등장할 것인가.[41]

1960년 이병주는 당시 『새벽』의 주간을 맡고 있던 신동문에게 논설 청탁을 받는다. 신동문은 「조국을 말한다」라는 특집 제목을 놓고 "숨어있는 논객들의 새롭고 개성 있는 의견을 잡지에 반영하고" 싶어 하던 차에 이병주의 진주농림중학교 제자였던 김재섭에게 이병주를 추천받았다고 한다. 이러한 경위를 거쳐 1960년 12월호 『새벽』에 「조국의 부재(不在)」 논설이 실리게 된다. 그리고 뒤이어 1961년 1월 1일 국제신보에 '통일에 민족역량을 총집결하자'라는 연두사도 실린

---

41 이병주, 「조국의 부재」, 『새벽』, 1960. 12, 32쪽.

다. 위 인용에서 언급되고 있듯이 이병주는 역사의 굴곡을 겪으면서 조국의 부재를 실감했지만 그의 희망 속에는 민중을 위한 조국이 여전히 존재하고 있다는 것을 알 수 있다.

혁명검찰부는 당초 이병주가 진보당 고문이었음을 내세워 좌익으로 몰아 체포했다. 그러나 이병주가 진보당 고문이라는 확실한 근거가 나오지 않자 죄목의 중점을 두 논설로 돌린다. 이를테면 「조국의 부재」 논설에서 "조국이 없다. 산하가 있을 뿐이다"라는 부분이 조국을 부정하는 반국가적 언술이라며 문제 삼고, '통일에 민족역량을 총집결하자'라는 연두사에서 대한민국과 북한을 동등시하고 있다면서 용공으로 몰아간 것이다. 그러나 이 부분에 대해 이병주는 "우리가 애착할 수 있는 조국을 만들어야겠다는 결론을 내리기 위해" "조국은 없다. 산하만 있을 뿐이다."라는 표현을 했다고 밝힌다. 그리고 "통일의 방식 중에 '이남의 이북화'는 최악이고 '이북의 이남화'는 최선의 통일인데 이 사이에 중립통일론은 차선의 방법이 될 수 있다. 중립통일론은 위험하다고 해서 그냥 억누르는 것은 옳지 않다."고 쓴 것을 가지고 용공으로 몰았다는 것은 말도 안 된다고 해명한다. 두 논설의 내용을 봤을 때, 혁명검찰부가 주장하는 반국가적 언술이라든가 용공의 색채는 찾아볼 수 없었다.

혁명검찰부에 송치된 이병주는 같은 해 6월 22일 공포된 '특수범죄 처벌에 관한 특수법'에 의거해 재판을 받고 실형을 언도받는다. 이 법에 의해 이병주 소설에 자주 등장하는 조용수는 사형을 당하고, 같은 해 말 이병주는 징역 15년의 구형을 받아 감옥생활을 시작한다.[42] 그는 옥중에서도 끊임없이 독서력을 키워나가는데, 이 때 『사기(史記)』

---

42 『조선일보』, 1961. 11. 30.

를 읽으며 사마천의 역사관을 습득하고, 기록을 중심에 둔 자신만의
문학관을 정립한다.

결정적으로 내가 사기를 읽게 된 데는 일인(日人) 다께다가 쓴 「사기
(史記)의 세계(世界)」를 읽은 충격과 뜻하지 않게 영어(囹圄)의 신세가
된 나의 운명이 탓이었다. (중략) 억울하게 궁형까지 받은 운명의 인간
이 쓴 책을 억울하게 10년형을 받은 인간이 읽고 있다는 상황엔 천년의
세월을 넘어 공감하는 바탕이 마련된다. 인사(人事)와 세사(世事)엔 계
절도 지방도 없다는 인식, 현대나 한대(漢代)나 중요한 문제는 똑같이
중요하다는 인식은 역사란 것에 대한 나름대로의 개안(開眼)을 있게 했
다. 동시에 기록자란 것의 중요성, 기록자로서의 각오가 얼마나 엄격한
가도 배웠다. 그리고 얼마나 어려운 시련이라도 견디어 내야 한다는 각
오도 배웠다. (중략) 문학도 또한 기록이라고 생각할 때 나는 사마천의
'분(憤)'을 배워야 한다고 생각했고 그 각오를 배워야 한다고 생각했고
그 기록자의 정신을 우리의 정신으로 해야 한다고 생각했다. (중략) 사
마천은 역사를 움직이는 것은 정치적 인간이라고 파악하고, 그러나 그
인간이 결국 심리적 인간이란 것에 마음을 썼을 것이다. (중략) 정치적
인간으로 화함으로써 인간은 피도 눈물도 없는 비정의 존재로 되는 것
이다. 사마천은 이러한 사정까지 포함한 인간의 역사를 쓰려고 했던 것
이 분명하다.[43]

작가는 제1의적으로 역사의 기록자임을 자부해야 하고 그 속에서 인
간의 드라머를 탐구하고 요약하고 재현하는 역할에 있어서 역사가를 능

---

43 이병주, 『허망과 진실―나의 문학적 편력』 下, 앞의 책, 109~136쪽.

가해야만 한다. 분석자이며 동시에 기록자라야 하고, 스스로 배우면서 연출자이기도 해야 하는 것이 창작인으로서의 작가의 면목이다.[44]

이병주는 체포된 지 2년 7개월만인 1963년 12월 16일 부산교도소에서 출감한다. 그는 출옥 당시의 심정에 대해 이후 시인 김규태와의 대화에서 옥중에서 잃은 것보다 얻은 것이 더 많다며 "소설을 통하여 우리 현대사의 전통과 역사가 기록하지 않은, 또는 할 수 없는 그 함정들을 메우는 작업을 해야겠다는 일념을 가졌다"[45]는 뜻을 밝힌다. 이러한 부분을 이병주는 모 인터뷰에서도 밝힌 바 있다.[46] 이처럼 이병주는 여러 지면을 통해 문학 활동의 목적과 계기에 대해 밝히고 있는데, 다음의 인용은 그의 문학관에 대한 집약적 언술이다.

사실 소설이라고 하는 것은 여러 가지 복합적(複合的)인 요소가 많고 또 많은 사명을 지니고 있겠지만 그중 가장 큰 것인 흔히 쓰이는 오소독스한 역사의식(歷史意識)이 반드시 역사 그 자체를 옳게 전하지는 못하

---

44 이병주, 「고통스런 暗中摸索」, 『소설문학』, 1980, 41쪽.
45 『국제신문』, 2006. 4. 23.
46 "잘 보셨어요. 5·16이후 2년 7개월의 감방생활을 했습니다. 아마 이때 감옥에 들어가지 않았더라면 나는 영원히 소설을 쓰지 않았을는지 모릅니다. 감옥은 내게 決定的인 인생의 傳記일 뿐 아니라, 문학의 큰 모티브가 된 셈입니다. 이 감방에서 작은 發見이나마 삶의 뜻을 발견했기 때문에 나는 감방에 상당한 애착을 느낍니다." (金柱演, 「政治的 敗北와 人間補償」, 『서울평론』73호, 1975. 4, 28쪽) 이병주는 그의 문학적 모티브가 되는 감옥과 역사의 관계에 대해 다음과 같이 언급한다. "역사는 보통 지배자의 열전(列傳) 형식으로 기록된다. 그러나 그 기록만으론 양지(陽地)의 경색(景色)은 알 수 있어도 음지(陰識)의 사정(事情)은 알 길이 없다. 시대상황에 관한 이해를 갖자면 음지의 역사도 성립되어야 할 것이다. 그런 뜻에서 나는 감옥을 통해 흐른 역사의 기록에 사가들의 관심이 좀더 강하게 쏠렸으면 한다. 일례를 들면 일제의 역사는 총독부의 공문서에 의해서 보다 감옥의 기록을 통해서 실상에 다가설 수 있을 것 아닌가."(이병주, 『백지의 유혹』, 앞의 책, 124쪽.)

는 면이 많다는 겁니다. 말하자면 지도자 중심이거나 혹은 정권 중심으로 내려간다든지 또는 영웅주의적(英雄主義的)인 것으로 나타난다고 해도 그 사이에 여러 가지 배치(背馳)되는 요소가 있고, 지식인의 고민이 있고, 서민의 애환이 있고, 하는 게 아닙니까? 우리가 역사 그 자체를 배경으로 볼 때 그것은 추상화(抽象化)된, 정리된 일종의 문서(文書)로서 생생한 민족의 슬픔이라든지 인간의 애환이나 기쁨 등등을 알뜰하게 표현할 수는 없는 것입니다. 그런데 소설은 그런 역사의 뒤에서 생략되어버린 인간의 슬픔, 인생의 실상(實像), 민족의 애환 등을 그려서 나타내주는 것이 그것의 큰 역할이라 하겠습니다.[47]

위 인용은 이병주 문학의 핵심 뼈대가 되는 기록과 체험의 역학관계를 알 수 있는 부분이다. 그가 말하는 기록이란 역사 문헌뿐만 아니라 자신을 비롯해 역사의 현장에 있었던 자들의 체험의 기록까지도 포함한다. 역사 문헌에 기록되지 못한 무고한 희생자들에 대한 기록까지 포함될 때에야 비로소 온전한 역사가 되는 것이고, 문학이 그 온진한 역사를 구축하는 역할을 담당해야만 한다는 것이 그의 문학적 사명인 것이다.

소설에 적을 두고 출옥한 그는 서울로 올라가 여러 지인들의 도움으로 사업을 하면서 1965년부터 1년 동안은 국제신보에 논설위원으로 재직한다. 이 시기 이병주는 사업을 시작하기도 하는데, 경험이 전무했던 터라 얼마 지나지 않아 실패하고 지기인 신동문의 권유로 소설을 쓰기 시작한다. 그리고 이것을 1965년 6월 『세대』지에 발표한다. 당시 『세대』지의 편집장이었던 이광훈은 중앙문단에 정식으로 데

---

47 이병주, 남재희 대담, 「灰色群像의 論理」, 앞의 글, 237쪽.

뷔하지 않은 무명작가의 작품을 위해 지면의 4분의 1을 할애한다는 것은 큰 결단을 필요로 했었다고 회고한다. 이광훈의 결단은 이병주의 작품을 읽은 후 주저 없이 이루어졌다. 이렇게 발표된 작품이 「소설·알렉산드리아」란 중편 소설이다. 이 작품이 좋은 반응을 얻자 이병주는 다음해 3월 『신동아』에 「매화나무 인과」을 발표하지만 「소설·알렉산드리아」만큼의 반응은 얻지 못했다. 그리고는 2년 동안 작품 활동보다는 사업에 전념하지만 또다시 실패하여 많은 빚을 지고 숨어 살면서 세 번째 소설 「마술사」를 집필한다. 공립보통학교 동기인 송낙규(宋洛圭)를 모델로 한 이 작품은 1968년 8월 『현대문학』 8월호에 발표된다. 그리고 같은 해 4월부터 이병주는 『월간중앙』에 소설 「관부연락선」을 연재하기 시작한다. 세 편의 소설을 발표한 이병주는 스스로 '아폴로'라는 출판사를 내어 「소설·알렉산드리아」, 「매화나무 인과」, 「마술사」를 엮어 『마술사』라는 소설집을 출간한다.

이를 필두로 이병주는 쉴 틈 없이 작품을 생산해 낸다. 물론 제목만 바꾸어 중복 게재하거나 잡지나 신문에 발표했던 것을 단행본으로 발표하기도 하지만, 그러면서도 '격동의 현대사에 대한 소설적 복원 작업'은 계속된다.[48] 일일이 다 열거할 수 없을 만큼 방대한 양의 소설을

---

[48] "사실 우리 민족이 겪은 경험의 총량(總量)이란 굉장한 것입니다. 2차대전 중 태평양의 수많은 섬마다 우리 민족이 죽지 않은 곳이 있습니까? 일전에 전몰자(戰沒者) 명단을 보니까 그것이 여실히 증명되더군요. 그 뿐인가요? 시베리아에서 죽고 중국에서 죽고 했으니…… 그래서 평생의 제 소원이 그런 우리 민족이 겪은 경험의 총량을 밀도(密度)있는 문학 작품으로 형상화 해가지고 우리 국민 전부 앞에 감동적으로 전달할 수 있었으면 하는 것입니다."(위의 글, 240쪽.) 시대의 질곡을 몸으로 체험한 이병주는 남재희와의 대담에서 우리 민족의 수난사를 문학작품으로 형상화해 후대에 전달하는 것이 평생의 소원이라 밝히고 있다. 이러한 목적에는 단순히 역사를 기록하고 전달하는 것만이 아니라 역사의 파고 속에서 희생된 민족의 아픔을 잊지 않게 하기 위함도 포함된다.

양산하던 그는 1975년 「花園의 사상」(『낙엽』)으로 한국문학작가상을[49], 1977년 「망명의 늪」으로 한국창작문학상을, 1984년 「和의 의미」(『悲愴』)으로 한국펜문학상을 수상한다. 이병주는 창작 활동을 하면서도 문단의 교류 없이 정치·재계 인물들과 어울리며 친분을 쌓아갔기에 필화 사건 이후 창작활동 기간엔 특별히 언급할 만한 사건이 없다.[50] 이후 1990년 그는 신경남일보의 명예주필 겸 뉴욕지사장의 직함을 받고 돌연 미국으로 떠난다. 그리고 그곳에서 『민족과 문학』에 「별이 차가운 밤이면」을 연재하며, 역사실명 소설 「제 5공화국」을 집필하다 폐암 선고를 받고 1992년 타계한다.

살펴보았듯이 이병주는 파란만장했던 역사 속에서 역사의 질곡을 직접 체득한 작가였다. 그에게 식민지 시기의 '독서'와 일본 유학생활은 '회색의 사상'이 생성되는 초석으로 작용했고, 강제학병 동원은 역사의 행간에 묻힌 자들에 대해 인식하는 계기이자 글쓰기의 원동력이

---

49 기존 연보에는 1977년에 한국문학작가상을 수상한 것으로 명시되어 있다. 그러나 당시 신문을 찾아 확인해 본 결과 「花園의 사상」(=『낙엽』)으로 한국문학작가상 수상자로 선정된 것이 1975년이었다. 1975년 10월 13일 수록기사에 의하면 한국문학작가상 수상자로 이병주가 선정되었으며, 시상식은 12월 안으로 있게 될 예정이라 밝히고 있다.(『동아일보』, 1975.10.13./『경향신문』, 1975.10.13/『매일경제』, 1975.10.15)

50 리영희의 기억에 의하면 이병주는 당시 박정희와 군부 쿠데타 세력의 죄악상을 나치정권 권력자들에 비유하는 대하소설을 쓰기 위해 히틀러와 나치 전범재판의 방대한 기록을 수집했다고 한다. 그러나 1975년 '사상전향'을 기점으로 이병주가 박정희와 군부세력에 급속도로 접근했고, 급기야는 유신헌법이 선포된 어느 날 박정희의 자서전을 쓰겠다고 말했다고 한다. (리영희·임헌영 대담, 『대화─한 지식인의 삶과 사상』, 한길사, 2005, 390~391쪽) 1975년부터 박정희가 서거한 1979년 사이 발표된 이병주의 작품에는 시대적인 외압 때문인지 리영희의 기억대로 박정희와의 친분 때문인지 당대 정권에 대한 모티브는 없다. 한 세대 전 정권에 대한 비판(「산하」)이거나 대중적인 소설이 대부분이었다. 그러나 박정희 서거 이후 이병주는 「그해 5월」, 「그를 버린 여인」등 박 정권을 모티브로 한 소설들을 발표한다.

되었다. 해방 후 좌우 이념 대립과 한국전쟁 당시 두 번의 체포 경험은 그의 삶에 사상에 대한 중립적 입장을 고착시켰다. 독서와 역사체험을 통해 선취한 중립적 시각은 신문사설, 논설, 칼럼 등 이른바 대설로 지칭되는 글쓰기 행위의 구심점으로 작용했다. 그러나 저널리즘에서의 글쓰기는 시대와 매체의 특성상 일정한 제약을 가져왔는데, 그것이 극단적으로 표면화된 것이 5·16 필화 사건이었다. 역사의 고빗길마다 된서리를 맞았던 이병주는 자신의 억울함을 호소하고 그와 관련된 시대와 역사의 문제를 자유롭게 파헤치기 위해 현실적 글쓰기에서 허구적 글쓰기로 선회한다. 그리곤 '사랑을 통한 인식, 정리(情理)를 통한 인식, 비판을 통한 인식, 생활 속에서 드라마를 발견해 내는 인식, 기록을 통한 인식' 등 이 다섯 가지 인식의 문학을 실천해 내는 데 주력한다.[51]

---

[51] "내 문학관은 이러해. 문학이란, 첫째, 사랑을 통한 인식이다. 둘째, 정리(情理)를 통한 인식이다. 셋째, 비판을 통한 인식이다. 넷째, 생활 속에서 드라마를 발견해 내는 인식이다(드라마를 발견해내지 못하면 그건 수필밖에 못 되는 거지.) 다섯째, 기록을 통한 인식이다. 이 5가지 인식의 문학이라고 생각한다. 그런데 따져 보자. 첫째, 내 문학이 과연 사랑을 통한 인식으로 해서 얼마만큼 독자를 사랑의 깊이로 인도하는 인식이었는가 할 때, 윌리엄 사로얀 같은 작가의 문학에 비견할 수 없다. 둘째, 정리를 통한 인식이라 할 때, 정리적으로 보면 서울 시민이 8백만 명이라 하면 각자 8백만 개의 서울이 있는 것이다. 이런 정리를 통한 인식을 철저하게 해서 독자들에게 공감을 느끼게 한다는 점으로 보면, 내 문학은 체홉 같은 작가에 아득히 못 미친다. 셋째, 비판을 통한 인식이란 점에서는 샤르트르를 따라가지 못 한다. 넷째, 드라마의 발견이란 점에서는 내 나름으로 어느 정도 하고 있다 싶지만, 발작과 같은 드라마틱한 세계를 재현하지 못했다. 다섯째의 기록이란 건, 좋으나 궂으나 현재 쓰고 있는 기본 행위이니 더 말할 것 없고."(송우혜 인터뷰, 「이병주가 본 이후락」, 앞의 글, 57쪽)

3장

원체험과 공적 역사의 서사적 결합

이병주 소설과 역사 횡단하기

3장 원체험과 공적 역사의 서사적 결합

　이병주는 자신의 원체험에서 비롯된 증언을 통해 과거를 호출하고, 그 과거 안에서 자신을 반추한다. 이때 호출된 과거는 주로 그의 학병 체험과 관련이 있으며, 어쩔 수 없는 상황에서의 강제에 의한 선택이었지만, 그 선택은 죄의식이 되어 그림자처럼 작가 주변을 유영한다. 이러한 죄의식은 작가에게 객관적인 역사 쓰기에 대한 사명감을 부여한다. 때문에 이병주는 역사의 행간에 묻혀 있는 자들에게 눈을 돌리며 객관적이고도 유연한 방식으로 그들의 삶을 복원해 낸다. 이는 공적인 기억과 지배적인 기억이 배제시킨 망각된 기억을 재생시킴으로써 가능해지는데, 이때 복원적 서사는 체제를 폭로하고 공적인 기억에 균열을 내는 데 중요한 역할을 한다. 따라서 이 장에서는 망각에 의해 봉합될 수도 있었던 과거의 기억을 현재의 시간 위에 호출하여 작가가 자신의 환부를 여실이 드러내고 있는 이유와 그것이 어떤 방식으로 작가의식에 영향을 주고 있는지에 대해 규명해 보고자 한다.

아울러 역사적 가치판단을 유보한 채 가공되지 않은 사료들을 그대로 공개하는 작가의 서술방식에 주목하고자 한다. 이러한 일련의 과정들은 공적인 기억의 억압과 배제로 인해 소거되었던 개별적 체험을 통해 관제적으로 구축된 기억들을 재배치하고, 학습된 역사를 체험의 역사로 다시 기술하고자 하는 작가의식을 밝히는 데 목적이 있다.

1. 역사적 변증으로서의 과거 호출

이병주의 글쓰기는 다양한 기록과 역사체험 기억의 조화 속에서 이루어지고 있다. 그리고 이러한 창작방법을 토대로 한국 현대사의 문제와 모순을 지적하고, 나아가 역사 다시 쓰기를 시도하고 있다. 실제 기록에 의거한 작품들이 대부분 한국 현대사의 문제이다보니 공적인 역사의 중심에 있었던 핵심 인물 및 사상에 상당 부분 무게를 둘 수밖에 없었음은 자명한 사실이다. 그렇다고 해서 실제 기록에 의거한 작품들이 영웅 혹은 공적인 역사 속 핵심인물 중심의 기술이라고 볼 수는 없을 것이다. 어떤 작품에서든지 이병주의 서사엔 항상 망각되고 배제되어 왔던 인물들이 끊임없이 출몰하고 있기 때문이다.

한 국가의 정체성 또는 민족의 역사의식은 선별되어 해석된 사건들이 기억되고 학습된 것이다. 지배 계급의 이데올로기가 지배 이데올로기가 되고 지배 담론이 모든 개별적·사적 기억들을 동질적 집단기억으로 통합해 내는 것은 자명하다. 이에 따라 개별적 기억들은 고립되고 파편화되어 집단기억의 일부가 되든지 주변부로 밀려난 채 침묵을 강요당하든지 한다. 이때 생존을 위해 또는 사회적 삶을 위해 지배적인 기억에 스스로를 일치시키고자 하는 욕망이 작동하며 권력에 의해 선별된 기억들이 자발적으로 기억되고 학습된다.[1] 따라서 구성적인 차원을 지닌 기억으로서의 역사/이야기는 과거의 변형과 굴절인 동시에 그 이외의 부분의 배제이므로 역사/이야기에는 필연적으로 망각이 함께 작용한다.[2] 이러한 지점이 바로 역사에 의해 희생되었지만 정작 공적인 역사에서는 침묵되어왔던 인물들에게 이병주가 천착하는 이유가 된다. 즉 작가 이병주는 역사에 의해 희생당한 존재들을 다시 불러와 "과거의 기억이 망각되지 않게 글로써 기억을 저장하면서 그 당위성을 망각에서 이끌어 내오고 있"는 것이다. 왜냐하면 공적인 역사에서 배제되어 왔던 인물들이 공적인 역사와 함께 기술될 때 비로소 온전한 역사가 성립될 가능성이 배가되기 때문이다.

이 절에서 살펴볼 작품들은 공적인 역사에서 망각되고 배제되어 왔던, 역사에 의해 희생된 인물들의 서사를 공통으로 지니고 있다.

1) 식민지 기억의 상징, '관부연락선'

1943년 10월 20일 이른바 '반도청년에게 특별지원병제'가 실시되었다. 당시 메이지 대학에 재학 중이던 이병주 역시 열외일 수는 없었다. 강제적 선택에 의해 지원병 접수를 한 이병주는 신체검사와 연성훈련을 거쳐 1944년 대구의 일본 제20사단에 입대한다. 그는 당시의 학병시절을 다음과 같이 회고한다.

---

1 황병주, 「기억의 역사화·통합의 서사전략과 분열증적 기억들」, 『문학동네』, 2003. 봄, 339쪽.
  김현진, 「기억의 허구성과 서사적 진실」, 최문규 외, 『기억과 망각』, 책세상, 2003, 212쪽.
2 조경식, 「망각의 담론, 기능 그리고 역사」, 최문규 외, 위의 책, 302쪽.

나는 내 개인의 인생적 실패를 청춘의 부재에서 그 원인을 찾고 회한에 사로잡힌다. 자기주장에 앞서 타협을 배워버린 스스로의 비굴함을 일제의 그 가혹한 체제를 감안하더라도 나는 아직껏 용서할 수가 없다.

한편 우리의 세대가 얼마나 어려웠던가를 생각하고 자기 연민에 빠지는 경우도 있다. 우리는 역사의 고비마다에서 거센 바람을 맞았다. 3·1운동의 소용돌이를 전후해서 이 세상에 태어나선 일제의 대륙 침략의 회오리 속에서 소년기를 지나 황국신민(皇國臣民)의 서사(誓詞)를 외면서 청년 시절을 보냈다. 체제내적인 노력에 있어서도 위선을 배웠고 반체제적인 의욕을 가꾸면서도 위선을 배워야 했던 바로 그 사실에 우리 청춘의 불모성이 있었고, 누구를 위하고 누구를 적으로 할지도 모르는 용병이 될 수밖에 없었던 바탕이 있었던 것이다.[3]

이병주는 이후 당시의 상황과 이와 관련된 자신의 내면을 「關釜連絡船」, 「여사록」, 「세우지 않은 碑銘」, 「8월의 사상」 등의 작품을 통해 정치하게 그려낸다. "한일합방과 한국 독립운동에 관한 새로운 해석으로 이루"어진 「關釜連絡船」은 다양한 소설적 장치를 통해 일제 말기부터 전쟁 이후까지의 시기를 지식인의 입장에서 형상화하고 있다. 이 작품에서 주목할 부분은 일제 말기, 학병, 해방, 이데올로기 대립, 한국전쟁, 빨치산 문제 등의 굵직한 역사적 사건들을 통해 객관적이고 폭넓은 시선으로 우리 한국 근·현대사를 복원하고 있다는 점이다.

「關釜連絡船」[4]은 일본 유학생인 유태림이 '한반도와 일본과의 관

---

3 이병주, 「청춘을 창조하자 – 과거엔 우리는 젊음이 없었다.」, 『이병주 칼럼: 1979』, 세운문화사, 1978, 215~216쪽.

4 이 작품은 1968년 4월부터 1970년 3월까지 『월간중앙』에 연재되었고, 이후 1989년 12월부터 1991년 2월까지 『신경남일보』에 「아아! 그들의 청춘」으로 제목만 바뀌어 반복 연재되었다.

계를 파악하고 정리'하기 위해 '관부연락선'을 조사하면서 기록한 수기
와 해설자 이선생이 유태림의 삶을 서술하는 이원적 구조를 취하고
있다. 즉 해설자와 주인공을 모두 지식인으로 설정해 역사 현실에 대
한 심도 있는 성찰과 일제 말기 지식인의 내면을 그려내고 있다. 특히
시모노세키와 부산 사이를 오가던 '관부연락선'의 역사와 그와 관련된
인물들의 행적을 추적하면서 드러나는 학병세대의 역사의식 및 원죄
의식은 이 작품 전체를 관통하고 있는 핵심이라 할 수 있다. 작품에서
'관부연락선'은 단순한 이동수단이 아닌 많은 역사와 의미들이 함의된
상징물이다. 즉 그것은 1905년을 전후한 한·일 정세 및 당대를 기억
할 수 있게 하는 비유이다.[5] 여기서 비유는 잔여물의 성격, 곧 조명되
어 의미를 부여받는 것은 아니지만 그렇다고 망각이나 억압으로 인해
완전히 사라진 것도 아닌 저장기억의 성격을 띤다. 그리고 이것은 존
재하고는 있지만 거의 들여다보지 않는 다락의 잡동사니처럼 의식의
그늘에서 견고해진다.[6]

---

5 작가는 '관부연락선'이 담고 있는 상징적 의미들을 통해 말하고자 하는 바를 다음
과 같이 밝히고 있다. "해방 후 이 땅의 文學은 반드시 淸算文學의 단계를 겪어야
했었다. 自虐할 정도로 反省하고 自嘲할 정도로 自覺해야 했고 日帝에의 隷屬을
文學者 개인의 책임으로서 解剖하고 分析해서 그러한 淸算이 이루어진 끝에 새
로운 文學이 시작되어야 했었다고 생각한다. 그러나 겨를도 없이 文學者들은 對
立抗爭하기 시작했고 저마다의 주장만 앞세우고 나섰다. 다시 말하면 우리가 解
放을 맞이했을 때 과연 우리에게 解放의 기쁨에 感激할 수 있는 자격이 있느냐고
물어보기도 前에 感激해 버린 것이다. 이건 결코 文學者의 態度가 아니었다. 그
랬기 때문에 아직껏 이 나라의 文學은 이 나라의 精神을 主導하는 자리를 차지하
지 못하고 있는 것이다. 晚時의 嘆은 있지만 나는 이 作品에서 日帝의 時代부터
6.25動亂까지의 사이, 時代와 더불어 動搖한 知識人을 그림으로써 韓國의 近代
를 그 意味를 알아보고자 한다. 關釜連絡船은 그런 뜻에서 歷史的으로도 象徵的
으로도 빼놓을 수 없는 交通手段이며 舞臺다." (이병주, 「關釜連絡船」, 『월간중
앙』, 1968. 4, 427쪽)

6 Aleida Assmann, 『기억의 공간』, 변학수 외 역, 경북대학교출판부, 2003, 204쪽.

榮光과 屈辱의 通路

관부연락선이 바로 이런 명칭으로 처음에 취항하게 된 것은 1905년 9월 25일이다. 최초의 연락선의 이름은 이키마루(壹岐丸), 1천 6백 92톤의 신조선이다. 이어 11월 5일 1천 6백 91톤짜리 쓰시마마루(對馬丸)가 취항하고 매일 1회 부산, 시모노세키 양지에서 출항하게 되었다.

관부연락선이 처음으로 취항하게 된 1905년 전후의 시대 상황을 살펴보면 이 연락선의 영광적 의미와 굴욕적 의미를 알 수가 있다.

이해, 일본은 러시아와의 전쟁에서 승리를 거두어 9월 포츠머스에서 강화조약을 맺고 세계열강으로부터 한국에 대한 우월권(優越權)을 인정받았다. (중략)

그러니 관부연락선은 이 전승(戰勝)의 영광과 더불어 취항해선 일본의 대륙 경영에의 영광스러운 통로로서 등장하게 된 것이다. 이 통로를 통해서 많은 일본인이 한반도로 쏟아져 들어왔다.[7]

'일본 대륙 경영의 통로'로 구축된 '관부연락선'은 한일병합 이후 식민지 조선과 일본의 상황을 집약시켜 놓은 상징물이라 할 수 있다. 당시 "관부연락선을 타고 한국으로 건너가는 일본 사람들은 지배하기 위해서였고", "일본으로 건너오는 사람들은 호구지책으로 노예가 되기 위해서였다." 때문에 유태림은 "연락선이 한국 사람을 수인 취급한다는 건 지배자인 일본인이 피지배자인 한국인을 수인취급하고 있다는 집약적 표현일 따름"이라며 관부연락선을 수인선이라 치부한다. 실제로 관부연락선이 취항된 1905년에는 을사조약이 체결되어 국권을 박탈당했으며, 관부연락선의 이용도는 대륙진출을 꾀하는 일본인

---

7 이병주, 「關釜連絡船」, 앞의 책, 1968. 8, 426쪽. (이후 날짜와 쪽수만 표기)

들로 인해 급격한 증가를 가져왔다. 이를 시작으로 식민지 정책이 본격화되기에 이른다. 작품 속 유태림이 제시해 놓은 연도별 취항선의 상황이나 실제 관부연락선의 취항 자료를 보면 관부연락선의 취항 선박은 물론이고 승객이나 화물량도 급증하고 있음을 알 수 있다. 이는 작품 속에서 유태림이 언급하고 있는 바와 같이 "일본의 하류 계층이 한국이나 만주지역으로 진출하여 일제의 식민지 정책을 배경으로 새로운 생활 거점을 위해 대륙으로 밀려왔기 때문이다."[8]

이병주는 유태림이라는 분신을 통해 한반도와 일본 간의 상징적 통로인 '관부연락선'을 연구, 정리하여 보여준다. 유태림이 '관부연락선'을 기억하고 관심을 갖게 된 것은 '도버 칼레 간의 연락선 시걸호'에서였다. 그는 갑판 위 벤치에 앉아 자신이 머물렀던 영국과 프랑스의 자유를 생각하다가 '관부연락선'을 상기한다. 그가 기억하는 '관부연락선'의 3등 손님들은 갑판 위를 자유롭게 걸어 다니지 못할뿐더러 창고 같은 선저(船底)에 갇혔다가 목적지에 이르러서야 해방이 된다. 그리고 관부연락선을 탈 때나 내릴 때도 형사들 앞에서 극도로 조심을 해야 한다. 당시 관부연락선의 선실은 세 등급으로 나뉘어져 있었는데, 1등실은 고관이나 귀족들만 탈 수 있었으며 2등실은 누구나 사용가능했지만 배 삯이 비쌌다. 때문에 조선인들은 대부분 3등실을 이용했다.[9] 이처럼 관부연락선은 조선인들에게는 일제 식민지 수탈의 비애

---

8 김재승, 「關釜連絡船 40年 ③」, 『해사실록』, 한국해사문제연구소, 1982, 60~61쪽. ("1905년 韓日合邦이 되고 일제의 식민지 지배가 본격화되면서 관부연락선 항로의 이용도는 대륙으로 진출하고자 하는 일본인들로 인해 급격한 증가를 가져왔다. 1911년 연간 여객수가 17만 5천여 명에 달했던 것이 1912년에 들어와서 20만 명을 돌파했고, 화물의 수송량 역시 1911년 8만 2천여 톤에서 1912년에는 9만 2천여 톤, 1913년에는 12만 6천여 톤으로 현격한 증가추세를 나타냈다.")

9 이귀원, 『시민을 위한 부산의 역사』, 부산경남역사연구소, 늘함께, 1999, 256쪽.

가 서려 있는 트라우마의 공간이다. 반면, 일본인들에게는 지배를 통해 더 윤택한 삶을 살 수 있는 기회의 보고(寶庫)였다.

유태림은 이바라키(茨城新聞) 신문 기사를 발췌해 당시 조선과 조선인들에 대한 일본인들의 편견을 보여준다. 기사의 요점은 한국은 개발 또는 탈취할 자원이 많은 반면 한인들의 지능은 빈약해서 그것을 개발할 능력이 없다. 또한 빈약 무능한 한국인은 일본인을 사용할 수가 없고 되레 일본인이 한국인을 사용해야 한다. 그러니 돈, 건강, 각오를 가지고 한국으로 도항해서 수단과 방법을 가리지 말고 성공하라는 것이다. 이 기사를 통해 당시 일본인들은 자신들의 지배야욕을 합리화하기 위한 도구로서 조선과 조선인들을 제멋대로 유린하고 있었음을 인지할 수 있다.

결국 '관부연락선'은 일본인들로 하여금 우월/열등의 이분법적 사고를 각인시키고 식민화의 정당성을 공고히 할 수 있게 하는 매개체인 셈이다. 동시에 유태림, 나아가 작가가 기억을 확인하고 보존할 수 있는 공간이기도 하다.[10] 이때 기억은 이미지와 장소를 통해 이루어지는데 '이미지는 특정한 지식 내용의 감정적인 각인을, 그리고 장소는 각인된 기억의 배열과 기억의 재발견에 대한 것으로 이용된다.'[11] 이병주에게 혹은 유태림에게 관부연락선은 취항 목적 및 이용 승객의 실태를 통한 민족 차별이 각인된 이미지이다. 동시에 그들에게 '관부연락선'은 조선을 식민지화하는 데 일조했던 인물들을 다시 기억하게

---

10 기억하기란 특정한 장소들을 선택해서, 의식 속에 간직해 두려는 사물들에 대해 정신적인 이미지들을 만들어내고 그 이미지들을 예의 의식적 장소들로 결부시키는 절차로 이루어진다. (Jan Assmann, Das Kulturelle gedächtnis Verlag C.H.Beck München, 1992, 24쪽. (정주아, 「김원일 소설에 나타난 기억방식 연구」, 서울대 석사학위논문, 2005, 28쪽에서 재인용)

11 Aleida Assmann, 『기억의 공간』, 앞의 책, 391쪽.

하며 그로 인해 희생되었던 과거 인물들을 재발견하는 공간이 된다. 여기서 이병주는 기억의 문제를 상호 텍스트적 영역, 다시 말해 인물의 영역을 통해 표명한다. 즉 행위의 동기들, 인간적 의도의 동력들 그리고 인간의 판단의 한계성을 핵심적으로 다룬다.[12] 이를테면 이용구, 송병준, 이완용 등의 과거 인물을 소환해 한일병합과 관련해 철저한 분석과 비판을 시도하는 것이 그것이다.

> 송병준 같은 인물이 처음으로 취항했을 무렵 관부연락선의 일등 빈객으로서, 그것도 부산에서 시모노세키에로가 아니라 시모노세키에서 부산으로 건너왔다는 사실에 관부연락선의 상징적 의미가 있기도 한 것이다. (중략)
>
> 한일합방은 불가피한 일이었다. 그렇다손 치더라도 송병준 같은 인간의 활약으로 이루어졌다는 것은 한국으로서 치욕이며 일본을 위해서도 불행한 일이라고 생각한다. 이용구, 송병준, 이완용이 없었더라면 한일합방이 이루어지지 않았으리라곤 생각할 수 없다. 그러나 이런 분자가 없있더라면 이왕 합방이 되더라도 민족의 위신이 서는 방향으로 되지 않았을까 한다. (1968. 8, 430쪽.)

주지하다시피 유태림은 한일병합은 불가피한 것이었기에 이용구, 이완용, 송병준이 없었더라도 이루어졌을 것이라고 생각한다. 하지만 중요한 것은 이들 때문에 '민족의 위신이 서는 방향'으로 되지 않았다는 데 문제가 있다. 이에 대해서 유태림은 먼저 송병준과 이완용의 일화를 들어 그들의 인품에 대해 언급한다. 일본천황의 안위는 온몸으

---

12 알라이다 아스만은 셰익스피어의 사극을 분석하면서 기억의 문제를 상호텍스트적, 콘텍스트적 그리고 텍스트적 영역으로 구분한다. (위의 책, 105쪽)

로 걱정하면서 고종에게는 지나치게 무례하게 굴고, 나라의 명운에 대한 고민보다는 일신의 영달을 위해 수단과 방법을 가리지 않던 송병준의 국가에 대한 의식을 지적한다. 반면 이완용도 한일병합에 동조를 했다는 점에선 송병준과 같은 부류이지만 유태림은 그 동기와 배경에 있어서는 일정 부분 수긍을 하기도 한다. 유태림이 중요하게 생각하는 지점은 국가에 대한 진지한 고민이 있었는가의 여부이다. 그런 면에서 유태림이 보는 송병준은 자신의 영달 외에는 아무런 자각이 없는 사람일 따름이다. 이런 부분을 좀더 설득력 있게 증빙하기 위해 유태림은 당시 『대한매일신보』의 송병준 관련 기사 혹은 신문에 실린 송병준에 관한 풍자시를 삽입한다. 여기서 이병주가 역사의 중요한 장면을 기술하려 할 때 왜곡을 피하려는 방편으로 보도 자료를 그대로 인용한다는 점을 알 수 있다.

이러한 과정 중에 송병준을 주살하기 위해 1909년 관부연락선을 타고 일본에 도항하였다가 목적을 달성하지 못하고 자살한 '원주신'을 재발견하고, 그 인물에 대해 추적하기 시작한다. 원주신에 대한 재발견 및 추적은 역사의 행간에 묻힌 인물 혹은 사건을 소환해 내어 망각된 역사의 일부를 복원해 내려는 시도로 보인다.

1940년 당시 일본 유학생이었던 유태림은 일본인 친구 E와 함께 시모노세끼에서 원주신에 대해 조사하다가 아무런 소득이 없자 부산으로 향하는 관부연락선을 탄다. 그런데 둘은 '관부연락선'의 선표 문제를 가지고 옥신각신하게 된다. 일본인이면서 관부연락선을 처음 타 보는 E에게 관부연락선은 이동수단 외에 아무런 의미가 없지만, 유태림에게 있어 그것은 트라우마의 장소인 동시에 기억의 장소이다. 즉, 민족의 비굴과 비애가 봉합되지 않은 상흔으로 고착되어 있는 동시에 '식민지 시대'와 관련한 역사적 관심의 기초가 된 장소이다. 특히 이 소설에서 '관부연락선'이라는 장소는 기억의 기반을 확고히 하면서 동시에 기억을 명확하게 증명한다는 것 이상의 의미가 있다. 장소는 회상을 구체적으로 지상에 위치시키면서 그 회상을 공고히 하고 증거할 뿐 아니라 인공물로 구체화된 개인과 시대 그리고 문화의 다른 것에 비해 비교적 단기적인 기억을 능가하는 지속성을 구현한다.[13] 따라서 유태림은 특히 선표 문제에 있어 예민하게 3등표를 고집하는 E에 맞서 2등표를 고집하고 있는 것이다.

> 내가 2등표를 사자고 하는 데는 다음과 같은 이유가 있었다. 특고(特高)의 감시가 3등에 비해 2등이 훨씬 누그럽다. 3등을 탔다간 틀림없이 나는 특고의 명령으로 트렁크를 열어야 하고 몸수색을 당해야 하고 귀찮은 질문을 받아넘겨야 한다. 그렇게 되면 사람은 십상팔구 비굴한 몰골이 되는 것이다. 일본인인 E는 일본인이라는 신분만 제시하면 무난히 관문을 넘는다. 무난히 관문을 넘은 E가 잔뜩 부릅뜨고 있을 그 호기(好奇)의 눈앞에 내 비굴한 몰골을 드러내고 싶지 않았다. 그리고 또 하나의 이유는 일본인들도 3등객일 경우는 별수 없었겠지만 3등 선창(三等船艙), 그 창고 같은 선실에 짐짝처럼 실려 가는 동포의 누추한 꼴들을 E에게 보이기 싫었다는 데 있었다. (1968. 12. 358쪽)

유태림은 친구에게 조선 민족의 실상을 보여주고 싶지 않았다. 즉 조선 민족의 비굴한 모습과 일본 특고의 감시를 받는 자신의 모습을 통해 E와 자신과의 차이를 재확인시켜 주고 싶지 않았던 것이다. 조선인인 유태림의 입장에서 '관부연락선'은 민족의 치욕과 울분, 그리

---

13 위의 책, 392쪽.

고 역사에 대한 기억의 공간이다. 동시에 지식인의 입장에서 그곳은 '원주신'이라는 역사적 차원에서는 낯선 인물을 상기시켜 주는 장소이기도 하다.

이처럼 이병주는 유태림의 수기에서 빈번히 언급되고 있는 '관부연락선'이란 공간을 "과거의 말없는 증인으로 내세우고 이 장소에 잃어버린 목소리를 되찾게 해 주는" 작업을 시도한다. 이때 관부연락선은 이중기호로 작용하는데, 이 이중기호는 기억뿐만 아니라 망각도 코드화하고 있다. 그 기호들은 소실되고 망각된, 즉 역사의 차원에서 이미 낯설게 된 과거를 드러나게 해 준다. 즉 그것은 시대가 파기하고 파면시킨 것을 다시 이어주는 가교역할을 한다.[14]

긴 실랑이 끝에 2등 선실에 오르게 된 E와 유태림은 부산에 도착한다. 그들의 조국과 처지가 다른 것처럼 그들의 눈에 들어온 부산 부두의 모습도 판이하게 달랐다. E에게 부산 부두의 모습과 소리는 이국적 정서를 불러일으키는 것에 불과했지만, 유태림에게 그곳은 도항증 검사로 체증을 유발하는 암울한 곳이었다. 유태림이 이렇게 생각한 이유는 치열하고 복잡하게 도항증을 받아 일본으로 간 조선인들이 "이른 새벽 쓰레기통을 뒤지거나 지하 수백 미터의 굴에서 석탄을 파거나 소처럼 중노동을 견디"며 살고 있기 때문이다. 결국 부산은 차별대우와 황민화 작업에 길들여진 순응의 땅이 된 것이다. 이처럼 유태림은 관부연락선을 통해 식민지 본국인 일본과 식민지인 조선 사이의 식민 풍경을 횡단한다. 그리고 그로 인해 당시 역사의 중요한 사실들이 배면위로 떠오른다.

---

14 위의 책, 409~410쪽.

日露戰爭에 勝利한 그해 日本은 關釜連絡船을 始航하고 2次 大戰에 敗北한 해에 終航했다는 데 歷史로서의 또 다른 意味가 있기도 하다.

마지막 關釜連絡船이 떠난 지도 벌써 25年이 지났다. 25年이 지난 이 時間 속에서 關釜連絡船을 回想하려는 노릇은 산산이 부서진 유리 조각, 더러는 散失하고 없어진 것도 大部分인데 그것을 모아 그대로 瓶을 再構成하려는 노릇과 비슷하다. 하물며 이 배를 타고가고, 타고 온 數百萬 사람들의 感懷를 集約하고 反映할 수 있는 어떠한 手段도 없다.

그리고 바다의 無常엔 陸地의 無常이 겨눌 바가 못 된다. 陸地 위의 建物은 웬만하면 數百 年을 견딜 수가 있고 사람의 마음만 作用하면 廢墟를 通해 數千 年의 記憶을 간직할 수가 있다. 그러나 陸地의 建物을 標準으로 하면 數10層의 빌딩에 비교할 수 있는 豪華船도 1百 年의 세월을 견디기가 어렵고, 그만한 세월이 흐르고 나면 스크랩의 堆積으로 變해서 드디어 蒸發하듯 없어지고 만다.

(중략)

關釜連絡船으로서 就航했던 10數隻의 배들도 그 가운데 1,2隻을 除外하곤 이미 古鐵이 되었을 것이다. 그 배들에 對한 기억도 數百萬 乘客의 腦理에 雲散하고 세월과 더불어 霧消할 상황에 있다.

그런 이유로 作者는 자기가 나지도 않았던 時間의 일까지를 虛構하고, 他人의 感精을 模倣하며 가냘픈 經驗에서 眞實을 描出하는 等의 强行的 作業을 포기하고 柳泰林이란 非運의 靑年에다 關釜連絡船을 通路로 한 知識靑年의 一部를 代表하는 任務를 맡긴 것이다.

(중략)

末期世代의 悲劇

柳泰林의 悲劇은 6·25동란에 휩쓸려 犧牲된 수많은 사람들의 悲劇과 痛忿되는 部分도 있지만 日本에서 日本人의 敎育을 받은 植民地 靑年의 하나의 類型을 그에게서 發見할 수 있는 그만큼 關釜連絡船 末期世代에 屬하는 그의 悲劇에 對한 責任을 나눠 가져야 할 것이다.

學兵으로 지원하겠다는 각오를 쓴 그의 편지를 지금의 意識으로 읽어 볼 때 이것은 남의 일이 아니고 바로 나의 일이란 것을 알 수 있다.

가슴 속에 億萬의 말과 萬斛의 감정이 있으면서도 그렇게 더듬지 않을 수 없었던 그렇게 졸렬하게 表現할 수밖에 없었던 그 心情이 바로 地獄이었던 것이 아닐까.

그러나저러나 小說에서 볼 때 關釜連絡船은 다시, 달리 씌어져야 하는 것이다. (1970. 3, 436~437쪽)

위 인용은 관부연락선의 작자 부기이다. 다소 길지만 작가의 의도, 관부연락선의 의미, 그리고 공간을 통한 기억의 재구축 등 소설 「關釜連絡船」의 중요한 지점들이 이 대목에 집약되어 있다는 판단에서 인용해 보았다. 이 소설에서 러일전쟁에 승리한 해에 시항하여 2차 대전에 패배한 해에 종항했다는 '관부연락선'은 역사의 은유이며, 역사가 응축되어 있는 기억의 상징물로 형상화되어 있다.[15]

---

15 우리는 보통 일상생활에서 보게 되는 작고 평범하며 진부한 사물을 기억하지 못한다. 정신이 새롭고 근사한 어떤 것에 자극을 받지 못하기 때문이다. 그런데 특별히 저급하거나 비천한 것, 이상한 것, 위대한 것, 믿을 수 없는 것이나 우스꽝스러운 것은 우리의 기억에 오래 각인된다.(…)그러니 우리는 기억에 가장 오래 달라붙어 있을 이미지를 선택해야 할 것이다. 그러려면 가능한 한 눈에 띄는 비유를 찾아야만 한다. 즉 말 못하는 모호한 이미지가 아니라 능동적으로 작용하는 이미지를 선택해야만 한다. (Rhetorica Ad Herennium, III, X XII, hg. von Theoder Nü β lein, Zürich 1994, 174~177, vgl. Frances A. Yates, The Art of Memory, London 1992, 25~26.(Aleida Assmann, 『기억의 공간』, 위의 책,

부산에 도착한 유태림은 먼저 노다이 사건의 후문을 알아보기 위해 부산의 금융조합에 나가 있는 중학교 동기를 만난다. 이 만남을 통해 노다이 사건의 실상과 조선인과 일본인의 차별에 대해 실감한 후 씁쓸하게 여관으로 돌아온다. 그리고 E와 함께 고다 선생을 만나러 간다. 여기서 주목할 점은 한일병합을 둘러싼 당시의 정황을 서술하는 이병주의 역사기록 방식이다. 그는 한일관계의 문제가 상대성을 수반하고 있는 만큼 역사를 보는 시각을 확대하고자 일본인 지식인의 목소리를 통해 일본의 입장도 함께 제시한다. 역사의 한 부분을 복원하기 위해 길을 나선 것도 유태림이라는 조선인과 E라는 일본인이고, 그와 관련한 이야기를 듣는 상대도 조선인과 일본인 양자이다. 이병주는 작품에서 어느 한 쪽의 목소리에 힘을 싣기보다 양쪽 언술을 그대로 적시하는 방식을 취한다.

(가) 나는 되레 고오다 씨에게 조선에 와 있는 일본 지식인 가운데서는 일류에 속하는 식견을 발견했다. 나는 고오다 씨를 알게 된 것을 유익한 일이라고 생각했다. 그에게선 들을 만한 얘기가 많았다. <u>그렇다고 해서 그의 의견에 전적으로 동감했다는 뜻은 아니다.</u> (중략)

고오다 씨의 의견에 의하면 일한병합(日韓倂合)을 이룩하는 데 백 가지의 작용이 있었다면 그 중 80가지까지는 조선인이 책임을 져야 한다고 했다. 조선의 자립(自立)을 불가능하게 한 것도 조선인이고, 일본의 군대를 청한 것도 조선인이고, 병합운동을 유발한 것도 조선인이고, 반대의 방향으로 국론을 통일하지 못한 것도 조선인이고, 조선의 왕실을 협박(脅迫)했다고 하지만 그 협박의 각본(脚本)을 만든 사람도 조선인이

286쪽에서 재인용) 「關釜連絡船」에서 작가는 '관부연락선'을 오래 각인될 수 있는 능동적인 이미지로 형상화하고 있다.

고, 그 협박의 앞장을 선 사람도 조선인이라는 것이다.

나머지 20가지는 일본이 응당 책임을 져야 하는데 그것은 주로 도의(道義)의 문제다. (중략)

고오다 씨는 일한합방의 경위는 그렇다고 치더라도 일본이 조선을 경영하는 방법은 졸렬하다고 지적했다. (중략) 황국신민의 서사, 신사참배, 창씨개명(創氏改名), 언문탄압(言文彈壓) 이 모두는 장래에 화근을 남길 문제들이다. 이런 점으로 볼 때, 일본은 일한병합을 했기 때문에 죄인이 되는 것이 아니라 졸렬한 정책 때문에 죄인이 될 것이다. (밑줄은 필자) (1969. 4. 414~415쪽)

(나) 당시 제국주의의 여러 나라는 분쟁해결 수단으로서의 전쟁이나, 타민족 지배로서의 식민지지배를 정당시하고 있었다. 그들의 합의를 표현한 국제법·국제관습에 비추어 적법이라는 것에 불과하다. 일본은 그 적법의 실을 끌어당겨, 국제적 간섭을 피하면서 한국을 침략하고 조선민족을 지배하고, '조선 인민의 노예상태'(카이로선언)를 만들어 냈던 것이다. 우리들에게 있어서 생각해야 할 문제의 본질은, 병합을 이루는 과정의 합법성 여하가 아니라 이웃나라에 대한 일본과 일본인의 도의성 문제가 아닐까 하고 생각한다.[16]

한일병합의 책임이 우리에게 더 있다는 부분에서 유태림과 고다 선생의 의견은 일치한다. 그러나 유태림은 고다 선생의 이야기를 적시하기 전 위 인용의 밑줄 친 부분과 같이 "그의 의견에 전적으로 동감했다는 뜻은 아니다."라고 밝힌 후 이야기를 이어나간다. 즉 한일병합

---

16 海野福壽, 『韓國併合』, 岩波新書, 1995, 244~255쪽. (權錫永, 「'한일합방조약논쟁'에 대한 분석과 비판」, 『한국근현대사연구』10집, 1999, 412쪽에서 재인용)

에 대한 일본 지식인의 생각을 제시함으로써 다각적인 해석을 유도하고 있는 것이다.

(가) 인용문에서 고다는 20% 일본의 책임은 '도의성' 문제라 언급한다. 마찬가지로 거의 50년이 지난 후에도 일본의 일부 지식인들은 한일병합에 대한 일본의 책임을 '도의성' 문제에서 찾고 있음을 볼 수 있다. 물론 한일병합에 대한 원인 분석도 중요하지만 그보다 앞서 근본적으로 그에 대한 합법성 여부에 관한 문제가 선행되어야 할 것이다. 그러나 작가의 분신인 유태림도 한일병합의 합법성 문제보다 원인이나 책임의 문제를 중심에 두고 있다는 점에서 한일병합 자체를 인정하고 있다는 논리가 성립된다.

원주신에 관한 정보 수집에 소득이 없자 도쿄로 돌아온 유태림 일행은 중요한 편지 한 장을 받는다. 그 편지에 '원주신'이란 사람 이름이 아닌 비밀결사의 명칭일 것이며, 의병운동을 하던 할아버지와 친분이 두텁던 일본인 노인이 살아 있다는 내용이 적혀 있었다. 유태림 일행은 바로 그 노인을 찾아간다. 그들은 사무라이 노인으로부터 원주신은 의병운동의 비밀결사 명칭이며, 의병운동을 한 사람 중 이인영에 관한 이야기를 듣고 그에 대한 취조 문서를 보게 된다.

이병주는 작품 속에 취조 문서의 긴 내용을 그대로 옮겨 놓는다. 이러한 서술방식은 중학교의 역사책에 두세 줄의 행간에 응결되어 있는 수만 명의 고통과 역사의 무게를 말하기 위한 장치라 할 수 있다. 그가 문학을 통해 역사를 말하는 방식은 실질적인 자료와 기록을 제시하는 것이고, 공적인 역사에서 주목하고 있는 영웅보다는 배제된 인물을 기억하는 것이다. 이를 통해 패배의 기록이나 체험과의 끈을 놓지 않으면서, 권력과 맞서 싸우는 행동과 작용이 좌절되었다 하더라도 그런 결과를 낳게 된 과정에 관한 관심은 충분히 정당화될 수 있다는 것을 표명하기도 한다.[17] 그리고 이때 그가 작품 속에 담아 놓은 기억들은 원체험을 수반한 개인적이며 불연속적인 대항기억이며[18] 동시에 그것은 공식화된 기억들로 고착된 역사에 대한 비판적 전략으로 읽힌다. 공적인 역사에서 배제된 사건이나 인물을 선택해 역사의 자장 안에 재배치하는 행위는 작가의 '역사의식'과 관계가 있다. 반면 기록과 자료에 대한 작가의 목소리 혹은 해석을 유보한 채 그대로 명시하는 방식은 '역사인식'의 표출이다. 즉 이병주 소설에서 역사서술 동기인 '역사의식'과 그것을 기술하는 방식인 '역사인식'은 착종관계를 이룬다. 이러한 글쓰기 방식은 그의 역사기록 방식이 역사를 주관적으로 전유하는 역사의식의 한계를 극복하고 '역사인식'의 차원으로 확장되어 가고 있음을 의미한다.

2) 역사의 방관자에서 망명인으로

유태림의 수기는 실제 인물에 대한 역사적 사료 제시, 취조 문서 수록 등을 통해 한일병합 이후부터 1940년대 학병지원까지의 역사를 재복원하고 있다. 이에 비해 이선생의 서술은 해방 이후를 시간적 배경으로 유태림에 대한 기억을 통해 역사의 소용돌이 속에 선 지식인의

---

17 Harvey J. Kaye, 『과거의 힘』, 오인영 역, 삼인, 2004, 225쪽.

18 푸코는 우리에게 기억된 역사란 대부분 지배 권력의 담론이 구성한 승리자의 역사임을 주장하면서 '대항기억'이라는 개념을 통해 지배 권력의 기억된 역사를 재구성하고자 하였다. 여기서 '대항기억'이란 사회적 연속성의 기억에 맞서 오히려 우연적 요인들로 간주된 미세한 일탈들이 만들어내는 불연속적, 단층적 출발점들에 대한 기억이다. (Michel Foucault: Nietzsche, die Genealogie, die Historie. Von der Subversion des Wissens, Frankfurt/M. 1987. S. 69f. (김영목, 「역사적 기억과 망각된 역사」, 『뷔히너와 현대문학』 23호, 한국뷔히너 학회, 2004, 232쪽에서 재인용.)

고뇌에 초점을 두고 있다. 이선생의 서사는 어느 날 우연히 받은 E의 서신에서부터 시작한다. E는 A대학 전문부 문학과 시절 아르헨티나 유학생이었던 안드로스의 초대를 받아 유태림과 동행해야 할 일이 생겨 유태림의 소식에 대해 알고 싶다는 편지를 보낸다. 이에 이선생은 유태림이 한국전쟁 다음 해에 행방불명되었다는 답장을 보낸다. 유태림의 행방불명 소식을 접한 E는 이선생에게 유태림이 도쿄를 떠날 때 자신에게 맡겨두었던 '관부연락선'이란 원고뭉치를 수정·보완하여 이 원고의 의미를 조명하고 유태림이란 인물을 기념할 만한 책을 내려 한다는 뜻을 밝힌다. 그런 후 종전 직후부터 행방불명이 되었을 때까지 유태림의 동향을 알 수 없으니 도움을 달라는 부탁을 한다. 앞에서 원주신이란 단체의 소환을 통해 그것과 관련된 망각된 역사를 복원하고 공적인 역사의 틈을 메우려는 작가의 의도를 포착할 수 있었다. 마찬가지로 '유태림'이란 인물을 추모하고 기념하는 행위 역시 역사에서 생략되어버린 인물을 복원해 내려는 하나의 방식이 된다. 또한 이것은 역사의 행간에 묻힌 망자 추모의 의미를 넘어서 "역사가 아직도 이루지 못한 힘을 호소하는"[19] 자용을 한다.

이 선생은 유태림의 학병생활에 대해 언급하는 초두에 유태림에게서 직접 들은 사실들과 주변 사람들의 이야기, 그리고 '자신의 체험을 통해 추축한 것을 종합한 것'이라 밝힌 후 시점을 자유자재로 변화시켜 서사를 엮어 나간다. 이선생은 해방 후 학병에서 돌아온 유태림과 교사 생활을 함께 하면서 시국에 대한 이야기를 나눈다. 그리고 둘 사이에 오간 대화나 유태림에게서 들은 이야기가 서사의 대부분을 차지한다. 해방 전 유태림은 일본에서 혹은 소주(蘇州) 즉 타

---

19 Aleida Assmann, 『기억의 공간』, 앞의 책, 59쪽 참조.

향에서 이방인으로 존재했다. 식민지배가 본격화되던 1940년대에 유태림은 일본에서 일본 학생들과 똑같이 교육을 받은 지식인이었지만, 그렇다고 그들과 같아질 수도 동등하게 대우를 받지도 못했다. 오히려 같아지려 하는 조선인일수록 일부 기골 있는 일본인들의 비난을 사기가 일쑤였다.

어느 날 저녁식사를 그 가족과 함께 하고 있을 때 태림은 무심결에 당시 한반도를 휩쓸고 있던 창씨개명소동(創氏改名騒動)을 언급했다. 이 얘기를 듣자 여자대학에 다니고 있던 그 집의 큰딸이 "노예근성은 할 수가 없군. 조선인의 성명엔 그런대로 역사가 있고 전통이 있을 것이고 '유'라는 성만 해도 의젓하고 훌륭한데 손톱 끝만 한 자부심도 없는가부지. 누가 시킨다고 해서 호락호락 성을 고쳐? 그따위 민족이니까 일본 같은 섬나라에 깔려 사는 거지."하고 쏘아붙였다. (1968. 7. 428~429쪽)

하숙집 딸의 말에 유태림은 "홍분한 나머지 밥그릇을 던지고 소란을 피웠지만 냉정하게 생각하면 입이 백 개가 있어도 할 말이 없는 노릇"이었다고 술회한다. 일본의 황민화 정책이 본격화되던 시기 일본은 1940년 2월 11일부터 창씨개명을 시행했다. 조선인에게 일본인과 마찬가지로 氏를 사용하게 하면서 동시에 호적엔 조선인임을 알 수 있게 하는 표식을 남긴 것이다. 이것은 자신들과 같아질 것을 종용하면서, 동시에 같아질 수 없다는 '차이'를 은폐시켜 둔 정책으로 동일화와 차이의 원리, 즉 양가성을 내포하고 있다. 그러나 이병주는 일제의 식민 전략을 비판하거나 폭로하는 데 중점을 두기보다 소수의 일본인에 비친 한국인의 모습에 주목한다. 하숙집 딸과의 충돌 이후 유태림은 '기골있는 일본 사람'들이 한국인을 보는 눈초리를 알았다고 한다. 그리고 한국출신 학도병을 맞이하기 위해 장교들에게 배부된 '반도 출신 학도병을 취급하는 요령'[20]을 읽고 울분이 치밀었지만 "그러기에 더욱 일본 군대 내에서의 자신의 처신에 신경이 쓰"였다고 언술한다.

> "약육강식(弱肉强食)하는 생존경쟁의 마당에서 약한 자가 강한 자의 야망을 책하는 꼴보다 치사스러운 꼴이란 없다. 대국(大國)과 강국(强國)의 자의대로 세계의 지도가 시시각각으로 변하고 있는 상황 속에서 유독 일본에게만 도의(道義)와 인도주의(人道主義)를 요구한다는 건 도무지 우스운 얘기다. 한반도의 비극과 불행은 한국인의 책임으로 다루고 설명해야 할 문제이지 남을 탓할 성질의 것이 아니다. 그래 일본을 탓하는 것 같은 냄새가 있는 말을 절약해버린 것이었다." (1968. 11, 380쪽)

이러한 언술들을 볼 때 유태림은 '한반도의 비극과 불행' 즉 식민 상황을 한국인의 책임으로 생각하고 있음이 명확해진다. 그리고 이것은 우리의 과오에 대한 언급은 배제한 채 일본의 과오만을 표면화시켜 기록한 공적인 역사에 균열을 내는 데 일정 부분 작용한다. 물론 일본

---

20 '반도 출신 학도병을 취급하는 요령'에는 다음과 같은 내용이 적시되어 있다. "조선 사람은 비굴한 반면 교활하다. 그러나 비굴함을 이용하면 그들의 교활이 저지를 피해를 미연에 방지할 수 있다. 거짓말을 잘하니 조선인이 하는 말은 일단 의심을 하고 반드시 확인토록 할 것이며 어디까지나 그 말을 믿는 척해야 한다. 일대일로 조종하되 누구에게 대해서도 '조선인 가운데서는 너를 제일 신임하고 있다.'는 식으로 추어주어라. 그러면 그들 사이의 비밀을 쉽게 알아낼 수 있을 것이다."(이병주, 「關釜連絡船」, 앞의 책, 1968. 7, 429쪽.)

의 식민 침략은 어떤 식으로든 정당화될 수 없다. 하지만 그들의 교활함에 그대로 당하고 끌려갈 수밖에 없었던 당시 식민지 조선의 문제점도 은폐되어선 안 될 것이다. 때문에 이병주는 식민 침략 당시 조선 말의 국내 정세의 문제는 물론이고, 식민지 공간과 해방 공간에서의 교육 문제, 나아가 이념 대립에 관해 비교적 정치하게 짚어나간다.

> 해방의 소식을 들었을 때 학생 가운데는 '오이, 니혼가 마케타요(일본이 졌다).'고 하면서 울음을 터뜨린 학생까지 있었다고 들었다. 그 학생들에게 갑자기 불어 닥친 게 정치 바람이었다. 일본이 졌다고 해서 눈물까지 흘리는 의식수준에 있었던 그들은 반사작용도 거들어 민족의 해방과 조국의 독립이란 관념에 사로잡히게 되었다. 어제까진 일본의 졸병(卒兵)적인 교육을 받아왔던 아이들이 일약 독립의 투사로서의 대접을 받게 되었다. (1969. 6, 414쪽)

유태림은 교사 발령 후 학생들을 이끌어 갈 방법을 모색하기 위해 학생들의 상황을 분석하고 파악한다. "해방의 소식을 들었을 때 학생 가운데는 '오이, 니혼가 마케타요(일본이 졌다).'고 하면서 울음을 터뜨린 학생까지 있"을 정도로 식민지 공간에서 일본 교육을 받은 학생들에게 시대에 대한 인식은 전무했다. 그도 그럴 것이 연 평균 2백 50일의 수업일수 중 1백 50일은 '비행장 닦기, 방공호 파기'가 주된 일이었던 근로봉사 시간이 차지했기 때문이다. 게다가 그들이 학교교육을 통해 습득한 것이라곤 '군사교련의 지식, 일본 역사의 지식' 정도였기에 해방 공간에서의 그들의 수준은 중학 1, 2학년 정도에 불과했다.

이런 상황에서 교사와 교재도 부족했고, 읽을 만한 책도 거의 없었기에 일부 우수한 학생들은 '조잡하게 출판되어 나오는 팸플릿'을 읽는 것으로 그들의 지식욕을 충족시켜 갈 수밖에 없었다. 여기서 유태림이 문제 삼는 것은 해방 직후 출판되어 나온 팸플릿의 대부분이 좌익계열이 출판한 것이라는 점이다. 시대에 대한 인식이 부족했던 학생들이 편향된 이념이 내장되어 있는 서적을 읽었을 때 범하게 될 오류는 자명하다. 때문에 유태림은 좌우 어느 쪽에도 목소리를 싣지 않으면서 최대한 중간자적, 객관적 입장에 서려 한다. 유태림이 보기에 어느 쪽 사상에도 나름대로의 한계가 명백하기에 그저 교사로서 '학생으로서의 자각을 일깨워 주는 데' 목적을 두고 학생들을 지도할 뿐이다. 물론 정치·사회적으로 문제가 있을 때는 학생들과 거침없이 소통하지만 어느 것이 옳고 그른지에 대한 강요는 하지 않는다. 이에 대해 유태림은 당대는 "가치관이 혼란하고 있어 무엇이 선(善)인지 어떻게 하는 것이 정(正)인지 자신을 가지고 보편적 상황을 낼 수 없는 상황"이기에 자신의 역할을 '학문'을 가르치는 데 국한하고 싶다는 뜻을 표명한다. 이처럼 유태림은 시대에 대한 관심과 인식은 보유하고 있으면서도 확실한 노선에 편입되지 않은 채 어떠한 제스처도 취하지 않는다.

> 나는 언제나 방관자였다. 본의 아니게 좌우익의 투쟁에 말려들어 가기는 했어도 마음의 바닥엔 언제나 방관자로서의 의식이 작용하고 있었다. 하지만 이런 상황 속에서 사람이란 끝내 방관자 행세만을 하고 살아갈 수는 없는 것이 아닌가. (중략) 아까 말했지만 나는 학생 시절은 물론 그 뒤 병정생활, 지금의 생활을 통해서 조국이나 민족을 위해서 지푸라기 하나 들려고 하지 않았거든. 영리하게 구는 척 했지만 이건 영리한 것이 아니라 비굴한 것이었어. (중략) 설혹 냉정한 제3자가 볼 땐 어리석은 노릇이라고 해도 어떤 목적, 어떤 사명감으로 해서 스스로를 희생시킬 수 있는 각오와 실천이 있어야 될 것 같애. (1969. 11, 397쪽)

남한의 단독정부를 반대해야 한다는 유태림의 의견에 이선생은 방관적 태도를 가지길 권유한다. 이에 유태림은 위 인용처럼 역사의 현장에서 늘 방관자적 입장을 취해왔던 자신을 반성하면서 실천의 필요성을 피력한다. 하지만 이 역시 자기반성의 수준에 머물 뿐 단정 수립의 결과로 전쟁이 일어날 것이라 예측하면서도 어떠한 행동도 하지 못한다. 단지 유태림은 단독정부 수립 후 체제 밖에서 살아갈 뜻을 비치며 교사직을 그만두는 소극적인 움직임을 보일 뿐이다.

역사에 대한 통찰과 사회·정치에 대한 식견을 겸비한 유태림도 역사의 파고 속에선 어떠한 저항도 할 수 없었던 나약한 지식인에 불과했다. 그럼에도 불구하고 그는 작가 이병주가 그러했던 것처럼 역사의 고빗길마다 늘 고충을 피할 수 없었다. "정치의 시녀 노릇을 하기 위해 문화 활동을 한다는 건 문화에 대한 모독이고 문화인 스스로에 대한 모욕"이라며 문화단체 가입을 거절하던 유태림이 여순사건 이후 좌익단체(문화단체총연맹)의 구성원이라는 명목으로 체포되는 것, 실종되기 전 좌익기관에 검거되었다가 대한민국 기관에 체포되기도 하는 것이 그 단적인 예일 터이다. 유태림뿐만 아니라 함께 체포된 인물들도 모두 체포 이유와는 상관없는 무고한 피해자들이다. 이러한 일련의 과정을 통해 작가는 당대 지식인들이 피해갈 수 없었던 시대의 구조적 질곡을 핍진하게 보여준다.

이병주는 역사적 사건에 의해 희생된 영웅에 초점을 두기보다 주변의 부각되지 않은 희생자들에게 주목하고 있다. 즉 구성된 역사들 사이에 있는 틈새들을 성찰하는 데 주안점을 두고 있는 것이다. 이러한 글쓰기 방식은 "현재와 과거의 대화주체는 사회, 민족 혹은 계급과 같은 어느 하나의 거대담론이 아니라 이데올로기와 입장에 따라 달라지는 다원적 주체이기에 그들에 의해 구성된 역사는 하나가 아니라 복수일 수밖에 없다."는 '누구를 위한 역사인가'라는 역사인식론에서 출발하고 있다.[21] 때문에 이병주는 역사의 행간에 묻혀 있는 희생자들을 소환해 내어 기억하고자 하는 것이다. 동시에 그는 우리가 이미 기억하고 있는 역사적 사건이나 역사적 인물들의 재평가를 통해 우리 시대의 정치사나 역사에 새로운 개안을 가능하게 하기도 한다.

이를테면 여순사건을 "천인이 공노할 민족의 비극이긴 했지만, 대한민국이란 어린 정부가 살아남기 위해서는 꼭 필요했던 시련"이었다고 직접 작가 자신의 목소리를 드러내는 부분이나, 몽양의 죽음을 두고 "이 나라의 지도자를 잃었다"고 개탄하는 부분이 그것이다. 유태림의 논리에 의하면 "여순반란 사건이 계기가 되어 철저한 숙군(肅軍)이 있었고, 그 때문에 6·25동란 중에 국군 가운데서의 반란을 방지할 수 있었다." 그리고 여운형은 "역사의 방향을 바꿔 놓을" 만큼 지도자로서의 자질이 충분했고, 그런 카리스마 있는 지도자를 잃었기 때문에 그가 이끌던 공산주의도 사실상 끝이 났다는 것이다. 이러한 논리를 내세울 수 있다는 것은 여간한 확신과 지식이 없으면 불가능한 일일 것이다. 그리고 여순사건을 이처럼 평가할 수 있다는 것은 시대와 역사 앞에서 철저히 중립적이고자 했던 그의 역사관이 드러나는 지점이다.

한편, 이병주는 유태림을 통해 시대의 비극에 희생된 인물을 복원하여 기억하기를 종용한다. 여기서 유태림은 일본에서 식민지 교육을 받은 식민지 청년의 한 유형으로 "상황논리의 거대한 물결에 불가항력적으로 침몰할 수밖에 없는 인간의 모습"[22]을 상징한다. 그리고 학병지원을 포함한 상황 논리에 침몰할 수밖에 없었던 기억은 그에게

---

21 김기봉 외, 『포스트모더니즘과 역사학』, 푸른역사, 2002, 57쪽 참조.
22 김종회, 「근대사의 굴곡과 문학적 인식의 만남」, 『관부연락선』, 한길사, 2006, 374쪽.

죄의식의 동인으로 작용하고 있다.

앞서 살펴보았듯이 이병주는 시간이 흐름에 따라 관부연락선에 응축되어 있던 역사, 인물, 감정들이 사라져 감을 의식하고 과거 기억을 소환하여 역사를 재구성하려는 시도를 보인다. 그리고 다시 쓰인 역사의 재전유(再專有)를 통해 학병지원에 대한 자신의 비겁함을 자인하는 동시에 자신도 나약한 시대의 희생자 중 하나였다는 사실을 공고히 한다. 이것은 "피압박 민족으로서의 콤플렉스를 지니며 어두운 나날을 보내다가, 젊음의 절정을 일본군(日本軍)의 용병(傭兵) 신세로" 지내고 "좌우충돌(左右衝突)의 회오리 속에서 생사지간(生死之間)을 방황해야 했던"23 자신에게 청춘은 없었다는 일종의 피해의식의 표출이기도 하다.

주지하다시피 유태림이란 인물은 작가 이병주와 착종되어 있다. 식민지 시기 일본 유학 생활, 시대를 견디는 방식, 그리고 학병체험에 관한 부분까지 많은 부분이 서로 겹쳐진다. 때문에 유태림의 내면세계를 식민지 시기를 살았던 이병주의 내면 풍경과 동일선상에서 바라보아도 무방할 것이다. 수기에서 유태림은 자신을 '코스모폴리탄'이란 견식을 모방하며 민족과 조국의 절박한 문제를 회피한 '망명인'이라 자인한다.

에트랑제를 뽐내는 천박한 기분으로 안이하고 나태하고 비겁한 생활을 변명해왔다. 22세라는 젊음을 특권인 양 왕자(王子)를 잠칭하고 세상을 속였다.

파리의 벨라세즈의 묘지 벤치 위에서 폴란드의 어떤 망명인이 한 말

---

23 이병주, 「세우지 않은 碑銘 - 歷城의 風, 華山의 月」, 『한국문학』, 한국문학사, 1980. 6, 72쪽.

을 나는 기억한다.

"망명은 패배가 아니다. 망명은 용기가 있어야 하는 생활이다. 진공과 같은 고독 속에서, 고립무원한 상황 속에서 혼자서 조국을 대표하는 위신을 지녀 나가는 용기와 능력이 있어야 한다. 렌즈를 닦아 입벌이를 한 스피노자처럼 망명인은 스스로의 손끝으로 스스로의 발로 벌어먹으며 그 천업(賤業)에 오염되지 않게 조국과 동포의 명예를 스스로를 통해서 빛내야 하는 것이다. 망명인과 걸인(乞人)은 다르다." (1969. 9, 411~412쪽)

위 인용은 어느 날 갑자기 찾아온 일본 형사와의 대화 후 자신의 비굴한 모습을 자조하며 기억해 낸 폴란드의 한 망명가의 말이다. 유태림은 당시의 기억을 떠올리며 자신은 망명가가 될 자격도 없다는 자책을 한다. 이러한 자책은 식민지 시기 지식인들의 고뇌를 단적으로 표명하는 대목이며 죄의식이 형성되는 시원이 되기도 한다. 나아가 죄의식의 탈출구로서 역사를 재전유하려는 문학적 글쓰기의 동인이 된다.

시대의 파고 속에서 어떠한 제스처도 취할 수 없었던 유태림의 죄의식은 학병지원에서 한층 극대화되어 나타난다. 그는 "병정에라도 가지 않으면 할 일이 있을 것 같지 않아서" 학병에 지원했다고 언급하고, 자신이 학병에 가야 하는 이유를 여러 각도로 모색해 나간다. 그러나 유태림은 학병에 지원해야 할 그 어떤 이유도, 명분도 찾을 수 없었다. 그도 그럴 것이 말이 지원이지 당시의 '학병지원'은 강제에 의한 것이었기 때문이다. 이러한 심정을 비롯해 당시 학병으로 끌려갔던 조선인 젊은이들의 심경을 이병주는 "아침에 나갔던 청춘이 저녁에 청춘을 잃고 돌아온다."는 김광섭 시의 한 구절로 대유한다. 그리고 식민지 시기 시류에 편승한 채 에트랑제(étranger)로 자처하던 자신의 모습에 대한 자괴감은 학병지원을 통해 죄의식으로 확대되어 그의 삶에 고착되고 만다.

(가) 병정은 그저 병정이지 어느 나라를 위해, 어느 주의를 위한 병정이란 것은 없다. 병정은 죽기 위해 있는 것이다. 도구(道具)가 되기 위해 있는 것이다. 수단(手段)이 되기 위해 있는 것이다. 영광을 위한 재료가 되기 위해 있는 것이다. 무엇을 위해 죽느냐고 묻지 마라. 무슨 도구냐고도 묻지 말 것이며, 죽는 보람이 뭐냐고도 묻지 말아야 한다. 병정은 물을 수 없는 것이다. 물을 수 없으니까 병정이 된 것이며 스스로의 뜻을 없앨 수 있으니까 병정이 되는 것이다. (1970. 3, 364~365쪽)

(나) 내가 중국 소주에 있었을 때의, 그 이년간은 연령적으로 나의 청춘의 절정기(絕頂期)였다. 그 절정기에 나의 청춘은 철저하게 이지러졌다. 일제용병(日帝傭兵)에게 어떤 청춘이 허용되었을까. 용병은 곧 노예나 마찬가지다. 노예에게 어떠한 청춘이 허용되었을까. 육체의 고통은 차라리 참을 수가 있다. 세월이 흐르면 흘러간 물처럼 흔적이 없어지기 때문이다. 그러나 정신이 받은 상흔(傷痕)은 아물지를 않는다. 우선 그런 환경을 받아들인데 대해 스스로를 용서할 수 없기 때문이다. 그런데 일제 용병의 나날엔 육체적 정신적인 고통이 병행해서 작동하고 있었다. 일제 때 수인(囚人)들은 고통 속에서도 스스로를 일제의 적(敵)으로서 정립(定立)할 수는 있었다. 그런데 일제의 용병들은 일제의 적으로서도 동지로서도 어느 편으로도 정립할 수가 없었다. 강제의 성격을 띤 것이라곤 하지만 일제에게 팔렸다는 의식을 말쑥이 지워버릴 수 없었으니 말이다.[24]

　이병주는 「關釜連絡船」의 마지막을 E에게 보낸 유태림의 편지로 마무리하고 있다. (가)인용은 그 편지의 일부인데, 유태림은 학병에 지원한 자신을 도구나 수단이 되기 위한 병정으로 치부하며 그러한 자신에게는 스스로 죽음을 택할 권리마저 없다고 이야기한다. 에뜨랑제를 자처하며 비겁한 생활을 변명해 온 나약한 지식인의 최후는 나라나 민족 그리고 사상도 사장된 채 그저 죽기 위한 재료로써의 병정인 것이다. 그렇기에 그에겐 죽음조차 허락되질 않는다. 이러한 유태림의 자괴감은 '운명'이라는 허무주의로 귀결되고 있다. 「關釜連絡船」의 유태림을 통해 표출된 학병지원에 대한 죄의식은 「八月의 思想」의 일부인 (나)인용에 집약되어 있다.

　「八月의 思想」은 주인공 '나'와 함께 소주에서 학병 생활을 했던 사람들과 만든 '소주회(蘇州會)'라는 모임에 대한 이야기이다. 이 작품은 '소주회' 회장이었던 내가 금주를 결심한 날 '소주회' 간사에게 모임이 있다는 연락을 받은 후 자신의 학병 생활에 대해 회고하는 부분으로 시작된다. 그리고 주인공 '나'가 모임에 참석해 역사에 희생된 동기들이 아무런 보상 없이 시간 앞에서 사라져 가는 것에 대해 안타까워하는 것으로 마무리되고 있다. 주인공 '나'에게 학병 생활이란 '과거'는 망각하고 싶은 기억이다. 망각은 인상과 장면, 체험 등의 지식의 망각, 의도의 망각 등 다양한 형태로 개인의 일상행활 속에서 나타난다. 그리고 개인적 망각은 전염될 경우 집단 심리학의 한 현상인 '집단적' 망각으로 전이될 수 있다.[25] 그러나 이병주는 자신의 개인적 트라우마를 기꺼이 끄집어내어 그것을 매개로 역사적 사실에 대한 '사회적 망

24　이병주, 「八月의 思想」, 『한국문학』, 1980. 11, 113~114쪽. (이후 쪽수만 표기)
25　Sigmund Freud, 『일상생활의 병리학』, 이한우 역, 열린책들, 1998, 65쪽, 195쪽 참조.

각'을 방지한다. 오히려 그는 퇴행과 같은 상황에서 학병에 대한 기억을 재소환해 내어 기억해 주길 종용한다.[26] 자신의 학병체험에 관한 과거를 통해 역사의 고빗길에서 억울하게 죽은 원혼들을 위로하고 그들을 기억해 주길 바라는 것이다. 동시에 이것은 학병지원에 대한 자기반성의 한 방식이기도 하다. 다음의 인용 시는 이러한 자의식이 그의 작품 중에서 가장 잘 형상화되고 있는 부분이다.

> 그런데
>
> 너는 도대체 뭐냐.
>
> 용병을 자원(自願)한 사나이.
>
> 제값도 모르고 스스로를 팔아 버린
>
> 노예.
>
> (중략)
>
> 먼 훗날
>
> 살아서 너의 집으로 돌아갈 수 있더라도
>
> 사람으로서 행세할 생각은 말라.
>
> 돼지를 배워 살을 찌우고
>
> 개를 배워 개처럼 짖어라
>
> (중략)
>
> 헌데 네겐 죽음조차도 없다는 것은

---

26 Sigmund Freud, 『문명속의 불만』, 열린책들, 1997, 239쪽.("우리는 누구한테나 흔히 일어나는 망각이 기억 흔적의 파괴-즉 기억 흔적의 소멸-를 의미한다고 생각하는 잘못을 바로잡은 이후, 정신생활에서는 일단 형성된 것은 결코 사라질 수 없다는 정반대의 견해-모든 기억은 어떻게든 보존되고, 적절한 상황(예를 들면 퇴행이 충분히 이루어진 경우)에서는 그 기억을 다시 한 번 끌어낼 수 있다는 견해-를 채택하는 경향이 있었다.")

죽음은 사람에게만 있는 것이기 때문이다.

죽을 수 있는 것은 사람뿐이다.

그 밖의 모든 것, 동물과 식물, 그리고 너처럼

자기가 자기를 팔아먹은, 제값도 모르고 스스로를 팔아먹은,

노예 같지도 않은 노예들은 멸(滅)하여 썩어

없어질 뿐이다. (114~115쪽)

위 인용 시는 「八月의 思想」에 삽입되어 있는 이병주 자작시의 일부이다. 작가는 이 시를 통해 소설의 주제의식을 심화시키는 동시에 작가의식을 직접적으로 드러내고 있다. 소설이라는 서사에 감추어진 메시지를 시 장르라는 또 다른 형식적 기법을 통해 전달하고 있는 것이다. 이병주에게 학병체험은 자신을 용서할 수 없는 병정 혹은 노예로 전락하게 만들었고, 이는 곧 결코 봉합될 수 없는 트라우마로 각인된다. 때문에 작가는 공적인 역사에서 배제되어 온 인물이나 사건에 천착하여 역사를 재구축하고 기록하는데 몰두한다.

3) 잊혀진 자들에 대한 애도와 복원

역사의 행간에 묻힌 자들에 대한 작가의 관심은 「마술사」에서 더 전면화되어 나타난다. 「마술사」는 이병주의 공립보통학교 동창인 '송낙규'라는 실존 인물을 모델로 한 단편소설이다. 학병으로 끌려가 버마(현 미얀마)에서 영국·네덜란드 포로를 감시하는 임무를 맡게 된 송낙규는 종전 후 전범으로 몰려 처형된 인물이다.[27] 소설에서 송낙규

---

27 "다음은 내가 송낙규의 집을 찾아가서 그의 아버지로부터 들은 얘기다.
1942년 5월. 포로수용소 감시요원을 모집한다는 얘기가 있었다. 식사와 피복을

는 송인규로 이름만 대체되었을 뿐 미얀마 주둔 일본군 부대의 포로 수용소 감시 요원이라는 설정은 실제와 다를 바가 없다.

이 작품은 서술자가 우연히 마술사 송인규를 만나 그의 과거 이야기를 듣게 되면서 시작된다. 가난한 집안의 넷째 아들이었던 송인규는 상업학교 졸업 후 마땅한 취업 자리를 찾지 못하고 있던 차에 지원병으로 나가는 게 어떻겠냐는 "일경의 공갈조 권유를 물리칠 수 없는 궁지에 몰려" 지원병에 나가게 된다. 초년병 훈련을 끝낸 송인규의 공병대대는 랑군(양곤)을 거쳐 만달레이에 도착해 머무르게 된다.

송인규가 속한 부대를 태운 수송선이 마락카 해협을 지나 안다맨 제도(諸島)를 좌편으로 보며 북상해서 랑군에 이르렀을 때는 랑군의 거리마다 집마다에 일장기(日章旗)가 휘날리고 있었다.

랑군은 겉으로 화려하고 뒤론 지저분한 도시였다. 호사와 빈곤이 기묘하게 교차된 불결한 거리였으나 그 거리가 풍기는 이국정서는 긴 항해 생활에서 느낀 피로를 풀어주는 듯했다. 그러나 졸병에겐 휴식이 없

일체 제공하고 월급은 50원, 2년 계약이라고 했다. 당시 면서기의 월급이 30원이었다. 집에 그냥 있을 수 없는 정세였다. 지원병으로 나가든지, 노무자로서 징용을 당하든지 해야 할 사정이었는데 그럴 바에야 포로수용소 감시요원이 되는 것이 유리하다고 생각한 끝에 낙규는 응모했다. 군청에서 간단한 테스트가 있었다. 그때 채용된 사람은 하동군에선 2명이었다.
6월 15일, 송낙규의 아버지는 아들을 따라 부산에까지 갔다. 부산 서면에 '임시 군속교육대'가 있었다. 그 곳에 모인 청년은 3000명이었다. 2개월 동안 그 곳에서 교육을 받고 그들은 남쪽으로 떠났다. 그 속에 끼인 송낙규는 영영 돌아올 수 없었다.
어떻게 해서 그가 전범이 되었는지, 어떤 재판을 받고 사형선고를 받았는지 처형의 광경이 어떠했는지 알 까닭이 없다. 그런데도 두고두고 송낙규는 내 가슴에 하나의 응어리가 되었다. '송인규'라는 등장인물을 허구하여 내가 「마술사」란 소설을 쓴 덴 송낙규 군에 대한 진혼(鎭魂)의 뜻이 있다."(이병주, 「잃어버린 時間을 위한 메모-1944~1945년 蔬州·上海(上)」, 『문학정신』, 1989. 4, 250~251쪽)

다. 배에서 실어내린 장비를 다시 열차에 실어야 했다. (중략)

　이리와디 강위로 오르내리는 배와 그 위를 날아다니는 새들의 한가한
모습을 볼 때 전쟁과는 먼 평화로운 땅에 우악스러운 무장을 하고 들어
온 자신들에게 일종의 위화감(違和感)을 느끼기조차 했다.[28]

　위 인용은 1940년대에 강제로 동원되어 자신들이 어디로 가는지도
모른 채 타국을 경험했던 지원병들의 심리를 대변한다. 그들에게 풍
기는 이국 정취란 거리마다 휘날리는 일장기, 호사와 빈곤이 기묘하
게 교차된 불결한 거리에 지나지 않는다. 지원병들은 이국의 자연을
보면서 전쟁과는 먼 평화로운 땅에 무장을 하고 들어온 자신들의 모
습에 위화감을 느낀다. 학병과 일반 지원병이라는 차이는 있을지언정
일본의 전쟁에 강제로 동원되어 짧게나마 타국을 경험하고 일본 병정
노릇을 했다는 부분에서 작가와 송인규는 동질의 체험과 기억을 공유
하고 있다. 때문에 당시 송인규가 느끼는 감정들은 작가의 학병체험
에 대한 자의식에서 출발한 것이라 볼 수 있다.

　일본군의 승인을 얻어 버마의 독립선언을 하는 날 송인규가 주둔하
고 있던 만달레이에서도 축하식전이 열린다. 출하식전 중 폭탄이 터
지는 동시에 버마군의 일부가 봉기하는 사태가 벌어진다. 봉기 진압
후 적발된 폭동자들 중 7명이 송인규가 있는 부대로 수용되면서 포로
수용자 중 하나인 인도인 마술사 크란파니와 송인규의 만남이 시작된
다. 크란파니에게 호감을 갖고 있었던 송인규는 어느 날 크란파니에
게 담배와 물을 넣어 주다가 일본 육사를 나온 한국인 순찰 장교에게
적발되어 문초를 당한다.

---

28 이병주, 「마술사」, 『현대문학』, 1968. 8, 90~91쪽. (이후 쪽수만 표기)

"우리 인도사람, 영국의 지배받은 지 백 년이 넘었습니다. 그래도 민족사상 들끓고 있습니다. 코리아, 일본보다 역사가 깊은 나라입니다. 내 잘 압니다. 그런데도 저런 장교를 용납한단 말입니까. 우리 인도 사람 가운데도 영국의 지휘 받는 군인, 관리 있습니다. 그러나 그 사람들 독립 운동하는 사람에겐 머리 안 올라갑니다. 저런 자 민족의 적입니다. 머지않아 일본 망하면 저런 자 철저하게 처벌해야 합니다. 민족 문제에 발언권 주어선 안 됩니다. 그런 사람을 철저한 용병 근성(傭兵根性)의 소유자라고 합니다. 용병은 개나 짐승이나 다름없습니다." (94쪽)

위 인용은 독립운동가이자 마술사인 크란파니의 언술이다. 크란파니는 자신의 민족성을 거부하고 철저한 일본인이 되기 위해 동족을 비하하는 순찰장교의 용병 근성을 문제 삼는다. 이것은 식민지 시기 일본의 세력에 편승해 민족과 국가를 부정하고 일본의 앞잡이 노릇을 했던 인물들에 대한 책망이다. 동시에 한평생 이병주에게 죄의식을 부여했던 학병체험에 대한 자각이자 같은 세대들의 의식을 대변하는 것이다. 이러한 작가의 의식은 용병인 채로 사는 것은 일본의 노예로 사는 것이고, 용병인 채로 죽는 것은 일본의 노예로서 죽는 것이라며 송인규에게 탈출을 권유하는 크란파니의 언술에서 더욱 극대화된다.

작품에서 작가는 인도인의 입을 통해 조국이나 민족의식을 이야기하고, 송인규로 하여금 인도와의 비교를 통해 식민지 조선의 상황에 대해 자각하게 한다. 특히 "지원병 훈련소에 있을 때 소위 민족의 지도자라고 할 만한 사람들이 와서 훌륭한 황국신민이 되라고 권유한 연설"을 기억하며 크란파니 앞에서 수치스러움을 느끼는 송인규의 모습은 비극적이기까지 하다. 송인규라는 인물로 대변되는 1940년대 용병에 대한 문제는 우리 공적인 역사에서 망각되어 왔던 과거이면서, 올바른 역사를 재정립하기 위해 복원되어야 하는 문제이다. 이러한 문제의식은 소설 「辨明」에서 2차 대전 중 전사한 한국인 사상자로 대상을 옮겨 지속된다.

「辨明」[29]의 서술자는 "2차 대전 중 동원된 22만의 한국인 가운데 2만 2000명 가량의 전사자가 발생하고, 그 일부인 2,315명의 유골이 일본 후생성 창고에 먼지를 뒤집어 쓴 채 방치되었다가" 이제야 그 명단이 밝혀진 사실에 대해 씁쓸해 한다. 서술자는 성은 일본식이고 이름은 한국식으로 표기되어 있는 명단과 태평양 전역에 걸쳐 있는 전사한 지명을 보며 이국 땅 전역에 우리 동포의 핏자국이 있다는 생각에 눈물을 흘리고 만다. 이 눈물은 그들의 죽음이 의미하는 것에 대한 생각으로 전이된다.

서술자가 생각할 때 그들의 죽음은 "인류를 위한 희생도, 조국을 위한 봉사도, 어떤 사상, 어떤 신념을 위한 순교도 아니다." 단지 변명할 여지도 없는 노예로서의 죽음일 뿐이다. 왜냐하면 "사람이라면 본의 아니게 전쟁에 끌려 나가선 안 되는 것이며 누구를 위해 무엇을 하라는 명분이 뚜렷하지 못할 땐 무기를 들어선 안 되는 것"이기 때문이다. 강제에 의한 목적 없는 죽음을 노예의 죽음이라 생각하는 서술자는 '카이로 선언'이 있을 무렵 일본군에 끌려간 자신의 이력을 들먹이

---

29 이 작품도 「마술사」과 마찬가지로 실제 경험과 실존 인물을 모델로 하고 있다.
　"Q: 충격적이면서도 감동적인 이 얘기는 실화를 바탕으로 한 것인가?
　 A: 그렇다. 삼분의 이 정도는 실화다. 여기에 나오는 탁인수도 모델이 있고 그가 죽게 된 재판기록문서도 내가 읽은 것이다. 내가 蘇州에 가 있으면서 겪은 일들인데 탁인수의 모델이 된 韓聖壽씨의 얘기는 張俊河씨의 〈돌베개〉에도 소개되어 있다. 그는 重慶으로 가서 광복군이 되었는데 실로 대단한 의지를 가진 사람이었다."(이병주, 「辨明 - 筆者와의 對話」, 『문학사상』, 1972. 12, 95쪽.)

며 스스로를 '비굴한 놈'이라 자책한다.

일주일 동안 연재 발표된 명단 속에서 서술자는 본적, 전사지명도 밝혀져 있지 않고 이름도 한국식 이름 그대로 표기되어 있는 '탁인수'라는 이름을 보고 깜짝 놀라며 그의 이름을 접했던 과거를 회상한다. 서술자가 탁인수의 이름을 발견했던 것은 소주(蘇州)에서 일본 병정으로 있다가 해방을 맞게 되면서 기밀문서 소각 임무를 맡아 이행할 때였다. 서술자는 문서들을 소각하려고 문서를 살피던 당시 군법회의록에서 한국인의 이름을 발견하여 그 부분을 찢어 챙겨 놓았던 것이다. 작가는 이 군법회의록의 내용을 그대로 적시해 보여준다.

성명 탁인수. 본적 경북 X군 X면 X리. 생년월일 대정大正 10년 X월 X일. 학력 동경 W대학 경제학부 졸. 이자는 소화(昭和) 19년(1944) 1월 20일 조선 용산부대를 거쳐 동년 2월 5일 중지(中支) 파견군 제 70사단 제21부대에 입주. 상주(常州)에서 초년병 교육을 마치고 동년 7월 진강 분견대에 파견되자 일주일 후인 7월 17일, 부대를 이탈 중국 충의구국군(忠義救國軍)으로 분적(奔敵) 황군(皇軍)의 기밀을 팔아 충구군 참령(少佐相當階級)으로 임명되어 이적행위를 거듭했음. 그러고는 소화 20년(1945) 1월, 조선인을 규합하여 충구군 내에 조선인 부대를 만들 목적으로 상해에 잠입, 인원포섭과 자금조달의 공작을 시작했음. 그동안 십 수 명의 조선인을 포섭(人名省略), 약간의 자금도 모았는데 이 동태를 찰지(察知)한 상해 화성돈로(華盛頓路) XX 번에 거주하는 조선인 장병중(張秉仲)이 제보해왔으므로 2월 3일 오전 7시 장강반점(長江飯店)에 투숙중인 것을 상해 헌병대가 체포했음.

이어 군법회장에서의 문답내용이 있었는데 그 가운덴 이런 응수가 있었다.

문 탈출한 동기는 무엇이냐.

답 나는 입대할 때부터 탈출할 기회만 노려왔다.

문 동기와 이유를 말하라니까.

답 조선인이 일본의 병정 노릇을 할 수 없다는 신념이 탈출의 동기이
고 이유다. (중략)

문 너는 가족을 생각해본 적이 있는가. 너의 불충· 불효· 불손한 행
위가 너의 가족에게 미칠 화를 생각해본 적이 있는가.

답 나의 불효는 장차 역사가 보상해주리라고 믿는다.

적전(敵前) 부대이탈, 분적, 이적 등의 죄명으로 판결은 사형. 1945년
6월 15일 상해 경비사령부에서 법무장교 입회하에 교수형 집행. 이란
대목으로서 그 문서는 끝나고 있었다.[30]

역사가 자신의 불행을 보상해 줄 것이라 믿은 탁인수는 뚜렷한 목
적을 가지고 일제에 저항했기 때문에 서술자가 생각했을 때 그의 죽
음은 의로운 죽음이다. 그에 비하면 아무런 저항 없이 용병생활을 마
치고 살아 돌아온 자신은 '한 마리의 버러지'에 불과하며 "그 엄숙한
탁인수의 역사 속"에 자신이 끼어들 자리는 없다. 오직 자신이 할 일
은 탁인수의 희생이 역사에 의해 보상받을 수 있도록 장병중이란 자
를 찾아내어 그를 역사의 심판대에 다시 올려놓는 일이라고 생각할
뿐이다. 그러나 당시 군법 회의록을 읽고 그것을 자신의 기억 속에서
한 자 틀림없이 재생할 수 있다는 믿음으로 찢어 버렸기에 마땅한 증
거자료가 없어지게 되었다. 때문에 1945년 9월 초 소주(蘇州)에서 제
대한 후 상해로 간 서술자는 마음 한 구석이 무겁기만 했다.

---

30 이병주, 「辨明」, 위의 책, 87~88쪽. (이후 쪽수만 표기)

　이러한 서술자는 우연한 자리에서 장병중과 대면하게 된다. 장병중의 소재를 파악한 서술자는 당시 장개석 총통의 고문으로 있던 이연호 장군에게 장병중을 단죄할 것이라는 자신의 생각을 피력한다. 하지만 이연호 장군은 상해에 왜놈의 밀정은 비단 장병중 뿐만이 아니라 무수히 많고, 그것과 관련해 자신이 증언해야 할 사건은 수십 건이 된다며 서술자에게 상해에 있는 동안은 자중자애하라고 충고한다. 그렇게 상해에 있는 동안 장병중이란 이름은 묻혔다. 고국으로 돌아와 스치듯 장병중과 한 번 마주쳤지만 서술자는 어떻게 문제를 만들어 볼 방도를 찾지 못하다가 10년이 지난 어느 날 신문을 통해 장병중이 K도 D군에서 제3대 국회의원 선거에 입후보했다는 기사를 접하게 된다. 그는 "이때를 놓치면 탁인수 사건에 대한 나의 도의적 책임을 다할 기회는 영영 없어질 것"이란 생각에 직장에 일주일 휴가원을 내놓고 K도의 D군으로 무작정 향하게 된다.

　그곳에서 마치 대단한 독립운동가인양 행세하며 득의양양하게 연설하는 장병중의 모습에 서술자는 울분이 치밀어 오름을 느낀다. 이에 그는 자신의 기억을 되살려 탁인수 사건의 기록을 재생해 인쇄물로 만들어 장병중의 만행을 드러낼 생각으로 함께 용병생활을 했던 M이란 친구를 찾아가 의논을 한다. 그러나 M은 다음과 같은 말로 당시의 시국에서는 서술자의 그런 행동이 아무런 의미가 되지 못할 것이라 이야기한다.

　　"그렇게 한 뒤의 법률문제가 귀찮아서가 아니라 입후보한 놈들 가운데 장병중이 같은 놈이 어디 한두 사람뿐인 줄 아나? 일제 때 경찰한 놈도 입후보하고 있고, 일제 때 헌병 노릇한 놈도 입후보하고 있고, 일제에 아부해서 출세하려고 덤빈 별의별 놈들이 입후보하고 있는 판인데

자네가 장병중을 방해한다고 대한민국의 국회가 올바로 될 줄 아나? 내
버려 둬, 국회가 친일파 민족반역자의 소굴이 되건, 사기꾼의 집합소가
되건."(93쪽)

위 인용은 청산해야 할 과거의 문제(특히 친일파 청산)가 해결되지
않았기 때문에 과거의 과오가 현재에도 되풀이되며, 그로인해 부조리
한 현재를 창출하는 결과가 되었다는 사실을 시사한다. 동시에 전후
공간에서 정작 절실히 필요한 문제를 방관하며 자신들의 이권 챙기기
에 급급한 정계의 모순을 지적하는 부분이기도 하다. 여기서 문제가
되는 것은 서술자나 M의 태도이다. 그들은 자신들이 존재하고 있는
국가의 병폐를 보며 수수방관하는 자세로 일관하고 있다. 특히 서술
자의 경우 역사의 간접적인 목격자라 할 수 있다. 그런 그가 실질적인
증거자료가 없다는 이유로 심판 받아 마땅할 자를 간과하는 것을 순
응과 복종이 습관화된 용병의식으로만 해석해선 안 된다. 그와 함께
당시의 허무주의적 태도로 일관했던 나약한 지식인 군상의 한 단면을
병치해야 이해가 가능해진다.

역사의 피해자였던 탁인수는 억울한 죽음으로 생을 마감했는데, 그
에 반해 역사의 가해자였던 장병중은 무수한 세월이 흐르는 동안 어
떠한 심판도 받지 않고 오히려 승승장구한다. 이것 역시 작가가 문제
삼고 있는 부분이면서 작가로 하여금 "역사가 제 길을 가지 못하고"
있음을 인지하게 만드는 부분이다.

때문에「辨明」의 서술자는 용병생활을 함께 했던 친구들과 순국열
사로서의 탁인수의 송덕비를 세우고, 그를 추모하는 행위를 통해 망
각된 과거를 재소환하여 역사 바로 쓰기에 동참한다. 이때의 기념비
는 "미래지향적이고 역사가 아직도 이루지 못한 힘을 호소하는 혁명

적 기념비"[31]로 작용하고 있다. 이처럼 송덕비를 세우는 일련의 행위로 탁인수에 대한 추모의 과정을 거쳤지만 서술자에게는 여전히 탁인수에 대한 "소명의 명분을 다하지 못했고, 자신의 게으름과 비겁함으로 인해서 섭리의 톱니를 어긋나게 비틀어 놓은 결과가 되었다"는 점이 문제로 남는다. 때문에 서술자는 다시 마르크 블로크를 불러온다.

> 이런 경우 나는 부득이 마르크 블로크에게 물어보고 싶은 마음이 된다.
> (중략)
> "탁인수나 당신 같은 희생자를 한 세대에 수백만 명씩 생산하고 있는 상황 속에 앉아 역사의 합리적 설명이 가능하다고 보십니까. 블로크 교수!"
> "……"
> "인과의 섭리가 행해지지 않고 악인(惡因)을 쌓은 인간들이 아직도 히틀러처럼, 무솔리니처럼 설치고 있다면, 그런 상황을 그대로 허용할 수밖에 없다면 역사를 위한 변명이 무슨 소용이 있겠습니까."
> "……"
> "역사가 인생에 유익하려면 악의 원인을 철저히 캐내어 그것을 근절하는 방법을 만들어내야 하지 않겠습니까."

---

31 기념비의 역사는 중심과 변방 사이의 긴장이 한 치 양보의 기미가 없다. 그것이 일치하든 차이를 보이든 간에 다양한 역사적 관점들이 완전히 종결되지는 않는 것처럼 보인다. 정치적으로 권력을 가진 주체들이 다양화됨으로써 기념비 문제로 제기되는 정치적인 요구들을 자기편에서 관철하고자 투쟁한다. 시대가 불안하면 불안할수록, 다양한 이해집단들의 자기 확실성이 강화될수록 기념비들은 더욱더 많아지고 더욱 더 극적으로 변하게 된다. 그렇게 되면 그런 기념비들은 후세에 초점을 맞추는 것이 아니라 그저 동시대인들의 정치적인 영향력의 수단으로 전락한다. 그것들은 현재를 영원한 역사로 만들고 역사적 과정을 부정하려는 도전과 여러 가지 면에서 일치한다. 그러한 안정을 위한 기념비들 이외에도 미래 지향적이고 역사가 아직도 이루지 못한 힘을 호소하는 혁명적 기념비들이 있었다. (Aleida Assmann, 『기억의 공간』, 앞의 책, 59쪽)

이때사 겨우 블로크 교수는 입을 연다.

"(중략) 역사는 원인의 파도를 파악해야 한다." (중략)

나는 초조하게 반박해본다.

"역사를 위한 변명이 가능하자면 섭리의 힘을 빌릴 수밖엔 없을 텐데
요." 이때 마르크 블로크 교수는 내게 부드러운 웃음을 보내며 말한다.

"서둘지 말아라. 자네는 아직 젊다. 자네는 역사를 변명하기 위해서
라도 소설을 써라. 역사가 생명을 얻자면 섭리의 힘을 빌릴 것이 아니라
소설의 힘, 문학의 힘을 빌어야만 된다." (95~96쪽)

역사를 변명하기 위해서, 역사에 생명을 불어넣기 위해 소설을 쓰라
는 블로크의 울림은 역사의 현장에서 억울하게 희생된 채 힘없이 잊
혀진 자들을 보아 온 이병주를 소설가로 만든 동인으로 작용한다.[32]
동시에 '역사가 제 길을 가지 못하는 이유란 섭리에 의해 무엇인가 끔
命 받은 者가 인간으로서, 소명 받은 자로서 제 도리를 다하지 못했기
때문이라고 믿는'[33] 작가에게 역사와 문학에 대한 소명감을 부여해 주

---

[32] "日本 私小說의 영향을 적잖이 받았음을 이 기회에 고백하죠. 「辨明」은 실화입
니다. 물론 이 작품을 통해서 나는 왜 내가 뒤늦게 소설을 쓰게 되었는가 변명했
어요." (金柱演, 「政治的 敗北와 人間補償」, 『서울평론』 73호, 1975. 4, 29쪽)

[33] 이병주, 「辨明—筆者와의 対話」, 『문학사상』, 앞의 글, 95쪽./ 이병주는 필자와
의 대화를 통해 「辨明」이란 작품을 통해 말하고자 하는 바를 다음과 같이 언급
한다.
"Q: 이 작품은 歷史의 섭리문제와 非因果論的인 우연의 문제를 다룬 것인가?
 A: 그렇게 말할 수 있겠다. 歷史란 내 소박한 생각으로 어떤 필연적인 섭리랄
　까 역사발전의 원칙이 인과론적으로 작용해야 된다고 믿고 있다. 그런데 역
　사는 결코 필연에 의해서만 진행되는 것 같지 않는 데 많은 문제점이 있을
　것이다.
 Q: 어떤 종류의 섭리인가? 가령 기독교적인 섭리인가, 東洋的인 의미의 사회
　적, 윤리적인 섭리인가?
 A: 후자에 속한다. 역사가 제 길을 가지 못하는 이유란 섭리에 의해 무엇인가

기도 한다. 결국 이병주에게 있어 "소설은 정치현실에서 패배를 보상하기 위한 탈출구이며 문학은 역사라는 거대한 양심의 압박에서 유도된 필연적인 한 결과의 추상명사이다. 여기서 문학과 현실, 역사와 문학이라는 얼핏 보기에 대립적인 두 세계는 상호영향, 그것도 어떤 인과의 영향관계를 형성한다."34

살펴보았듯이 이병주는 역사적 진실을 증명하기 위해 공적인 역사에서 망각되어 왔던 인물들을 재소환해 내어 그들을 위무하고, 기존의 역사를 재구축하려는 시도를 보이고 있다. 이것은 역사의 뒤안길에서 생략되어 왔던 사실들의 복원을 통해 역사의 틈을 메우고자 했던 그의 창작관에서 기인한 것이라 할 수 있다. 아울러 '글쓰기'라는 실천적 행위는 이병주에게 있어 학병에서 살아 돌아왔다는 죄의식에 대한 일종의 면죄부로 작용하기도 한다.

2. 기록과 사적(私的) 기억을 통한 역사의 재해석

앞에서도 언급했듯이 이병주의 소설은 대부분 역사적 사실에 허구적 서사가 가미된 형태를 취하고 있다. 그리고 작품의 기본 뼈대가 되는 역사적 사실은 사료를 바탕으로 하여 기록의 형태로 전개된다. 여기서 중요한 점은 그가 전개하는 서사의 대부분이 사료의 고증에 머물러 있는 것이 아니라는 사실과 기록의 형태를 띤다는 것이다.

召命을 받은 者가 인간으로써, 소명받은 자로서 제 도리를 다 못했기 때문이라고 나는 믿는 것이다."
34 金柱演, 「政治的 敗北와 人間補償」, 앞의 글, 29쪽.

역사의 현장에 실제로 존재했던 원체험적 기억들이 역사적 사료들 속으로 틈입함으로써 공적인 역사에 균열을 내고, 역사 해독에 원근법적 시선을 부여한다. 또한 문학을 기록과 등가관계로 보았던 이병주는 '기록'이라는 형태를 통해 역사적 사건을 끄집어낸다. 그렇게 텍스트 내로 호명된 역사는 기억과 상호작용하여 새로운 형태로 다시 기술된다.

이 절에서 다룰 「智異山」과 「南勞黨」은 해방 후부터 한국전쟁까지의 시기를 다루고 있는 작품들이다. 이 작품들에서 작가는 장기적인 남북 분단의 도화선이 되었던 남한만의 단독 정부 수립, 한국전쟁 발발, 그리고 이승만 정권 수립 등 우리 역사의 굵직한 사건들을 서사의 중심에 배치해 과거의 과오를 날카롭게 지적한다. 아울러 과거사 청산의 대상이 되는 문제들을 철저히 분석하고 그러한 문제들을 야기한 인물들을 소환하여 역사의 심판대에 다시 올려놓는다. 이러한 문제의식 속에서 이 절에서는 한국 현대사가 어떻게 재현되고 있으며 이러한 작업을 통해 역사가 어떤 식으로 재구축되는가에 대해 밝히는 것을 목적으로 할 것이다. 아울러 다른 장소, 다른 사회적 배경, 다른 사상적 관점에 입각해 동일한 사건을 보는 작가의 역사에 대한 진지함에 대해서도 살펴볼 것이다.[35]

1) 학병세대가 본 식민풍경

「智異山」[36]은 1938년부터 1956년까지를 다룬 작품으로 이병주에

---

[35] Tessa Morris—Suzuki, 『우리안의 과거』, 김경원 역, 휴머니스트, 2006, 329쪽.
[36] 이 작품은 1972년 9월부터 1978년 8월까지 총 60회에 걸쳐 『세대』지에 연재되다가 중단된다. 이후 1978년 세운문화사에서, 1981년 장학사에서 각각 10권으

관한 연구에서 가장 활발한 성과를 보이고 있는 작품이다.

작품의 서두는 이규와 박태영이란 인물을 중심으로 학병세대와 일제 말 식민지 상황에 대한 서사가 주를 이룬다. 이규는 부호의 아들로 5살 때 "자기의 주장을 세우기 위해서 가족을 희생시킨다는 것은 용서할 수 없"기에 독립운동가인 둘째 큰아버지를 닮지 않겠다는 다짐을 하는 현실 순응적 인간형이다. 그에 반해 규의 가장 친한 친구인 박태영은 수재이면서 나름대로 현실상황에 대한 예리한 시각을 가지고 있는 인물이다. 그리고 이 두 인물의 지적 욕구를 해소시켜 주고, 그들이 '독서력'을 키우는 데 도움을 주는 하영근이란 인물이 있다. 하영근은 지적 능력은 있으나 지병으로 인해 어떠한 실천도 할 수 없는 자신을 '딜레탕트'라 자조한다. 하영근 식으로 하면 그는 "전문(專門)이 없이 그저 잡박한 지식만 주워 모으는 사람, 생산성 없는 지식의 소유자, 눈만 높고 능력이 따라가지 못하는 얼간이, 도락(道樂)으로 학문이나 예술의 언저리를 빙빙 도는 사람"에 불과하다. 그러나 현실이나 정세를 판단하는 시각은 다분히 객관적이며 부호라는 점을 적절히 이용해 주위 사람들의 조력자 역할을 하기도 한다. 또한 대상이나 현상을 바라보는 시각이나 태도는 이규나 권창혁류의 인물들처럼 다분히 중립적 입장을 띠며 작가의 분신 역할을 해낸다.

하영근은 그런 사진을 보관하고 있는 만큼 3·1운동의 내용을 소상하게 알고 있었다. 그런데 그의 결론은 규와 태영이 장성해서 듣게 된 어떤 의견과도 달랐다. 하영근은 3·1운동의 책임을 일본인에게보다 조선인에게 더 신랄하게 추궁해야 할 것이라고 했다. 민족의 규모로 거사(擧

로 출판되었고, 1985년 기린원에서 전 7권으로 출판되었다.

事)를 하면서 군중조직(群衆組織)을 전연 등한시했다는 점, 최악의 경우에 대한 대비를 일절 고려하지 않았다는 점, 일본의 잔학행위(殘虐行爲)를 세계에 호소하기 위한 직접적인 물적 증거 수집을 게을리 했다는 점(아까의 사진 같은 것이 가장 유력한 호소재료(呼訴材料)인데, 그것도 외국인 선교사가 찍은 것이다), 거사의 주모자가 거사와 동시에 자수(自首)해서 안전지대로 도피했다는 점, 그리고 민족의 지도자로 자처하는 사람의 대부분이 3·1운동을 일제와 야합(野合)하는 이유와 동기로 이용했다는 점 등을 들어, 3·1운동은 일제(日帝)가 한국인을 탄압·학살했다는 의미에 앞서 이른바 민족의 상층부(上層部)가 전 민족을 배신한 의미로 역사에 특기될 사건이라는 것이었다.[37]

책을 구경하기 위해 하영근의 집을 찾았던 태영은 우연히 일본 군인들이 한국 사람들을 총살하는 장면의 사진을 발견한다. 그리곤 규에게 그 사진을 내밀며 이래도 우리가 황국신민이 될 수 있겠냐며 절대로 그래선 안 된다고 말한다. 미국인 선교사가 찍었다던 조선인 학살 장면 사진은 일본의 잔악행위를 기억하는 매체가 되는 동시에 억울하게 희생된 망자를 부활시킨다.[38] 사진의 힘은 촬영기법과 사회적

---

37 이병주, 「智異山」, 『세대』, 1972. 11, 340쪽. (이후 년도 및 날짜와 쪽수만 표기)
38 "바르트도 사진술의 마법을 망자의 부활이라고 일컫는다. 그런데 사진술은 기억과 유사하게 작동하기도 하지만 기억의 가장 중요한 매체가 되기도 한다. 사진술은 더 이상 존재하지 않는 과거에 대한 가장 확실한 단서이고 지나간 순간이 존속하는 자국으로 볼 수 있기 때문이다. 바로 이 과거의 순간으로부터 사진술은 실제 현상의 흔적을 보관하는 것이며, 실제 현상은 그 유사성과 근접성을 통해 현재와 관련을 맺는다. (중략) 이 같은 기억의 보완장치는 섬세하면서도 예리할지 모르지만 여전히 말은 하지 않는다. 그 때문에 사진술의 탁월하고도 무한한 기억은 그 배경이 되는 의사소통적 서사텍스트가 중단되면, 이내 환영 속의 기억으로서 독자적 삶을 살게 된다. 서사텍스트야말로 사진으로 남은 기억의 이미지를 살아 있는 기억으로 옮겨 놓을 수 있는 유일한 것이기 때문이다."

기억의 상호작용에 의해 형성되며, 사람들이 과거를 어떻게 기억하고 이해하는가에 영향을 미친다. 때문에 렌즈 너머에 있는 눈의 존재를 의식하는 것, 그리고 사진가가 특정한 역사적 순간에 직면한 광경과 그것의 표현이라는 문제를 곰곰이 파고들어야 한다. 이러한 과정은 역사에 대한 '진지함'을 실현하는 과정에서 무엇보다 중요하다.[39] 작품에서 인물들은 단순히 학살 장면이 아닌 사진의 배경과 가해자들의 표정을 중심으로 사진을 해독하고 있다. 이러한 인물들의 소통을 통해 사진으로 남은 역사에 대한 기억의 이미지들이 살아 있는 기억으로 전이된다. 또한 작가는 사진을 찍은 사람을 식민 상황과는 직접적인 관계가 없는 외국인 선교사로 설정해 사진에 틈입할 수 있는 주관성이나 사건의 날조를 차단시킨다. 때문에 사진에 대한 박태영의 역사인식과 해석, 그리고 이규가 느낀 충격은 설득력을 갖게 된다.

사진이 화두가 되어 세 사람은 3·1운동에 대해 이야기를 나누기 시작한다. 그러는 과정 중에 하영근이 3·1운동에 대해 언급하는 부분이 위 인용이다. 3·1운동에 관한 하영근의 시선은 앞서 살펴보았던 「關釜連絡船」에서 유태림이 한일병합을 보는 관점과 닮아 있다. 두 인물 모두 역사적 과오나 실패의 원인을 자국에서 찾는 것이 선행되어야 하며, 시비를 가릴 때에도 보다 객관적인 해석이 필요하다는 것을 환기시키고 있다. 이것은 우리가 공적인 역사를 통해 인지해왔던 3·1운동에 대한 다른 시각과 해독의 가능성을 타진한다.

이 외에도 하영근은 규에게 '스페인 내란' 등 국외의 역사적 사건들에 대해 인지시켜 주기도 하고, 국·내외의 역사적 사건을 증빙할 수 있는 기사들을 수집해 모으기도 한다. 규는 이러한 하영근으로 인해

(Aleida Assmann, 『기억의 공간』, 앞의 책, 284~285쪽)

39 Tessa Morris-Suzuki, 『우리안의 과거』, 앞의 책, 117쪽, 130~131쪽.

역사 혹은 현실 정세에 대해 조금씩 개안하면서 성장한다. 이후 규는 일본으로 건너가 고등학교 입학시험에 합격한다. 일본에서 한 일본인 여학생을 만나 그 여학생과 '대판성(大阪城)'에 가게 되는데, '대판성(大阪城)'을 통해 드러나는 유물과 역사의 관계 및 복원의 의미에 대한 성찰은 눈여겨볼 만하다.

> (가) '성이란 무엇일까.'
>
> 옛날엔 분명히 공수(攻守)의 의미가 있고 시위(示威)의 의미도 있어서, 생활의 실제와 결부되어 있었다. 그런데 실제의 의미는 사라지고 유물(遺物)의 뜻만 남았다. 어느 한 시기엔 생명과 맞바꾸어야 할 정도로 중요했던 것이 얼마 동안의 세월을 지나고 나니 단순한 구경거리로 변하고 만다.
>
> '역사란 그런 것이 아닐까.'
>
> 규는 대판성을 보고 역사를 실감(實感)했다. 그러나 그 이상 사고(思考)를 확대시킬 수는 없었다. (1973. 6, 390쪽)

> (나) "그러나 성을 만드는 노력은 역사겠지만, 타서 없어진 성을 성 자체의 목적은 없어졌는데 복원(復原)한다는 건 역사도 아니고 문화도 아녜요. 난 그런 짓을 경멸한답니다." 하고 사뭇 경멸하는 투로 말했다.
>
> "복원 작업을 경멸하다니, 그럼 역사의 유물을 경멸한단 말인가?"
>
> "복원이 어떻게 유물이 되죠? 유물은 폐허예요. 폐허가 남아야 하는 거예요. 풍신수길과 덕천가강이 사투(死鬪)한 흔적, 그게 남아야 역사의 유물이 되는 거예요. 그 폐허에 새로운 집이 들어서도 좋고, 그냥 보존해도 좋고……. 역사의 과정에서 없어진 것을 억지로 만들어내는 건 역사의 역행이에요. 아무리 잘 되어도 그런 런 불결해요."

“감상의 뜻도 있고 교육의 뜻도 있을 텐데,…… 복원엔.”

“감상하고 교육하려면 박물관 한구석에 그 지도와 함께 모형을 만들어 놓으면 되지요. 흙과 돌과 나무로 만들어졌던 성을, 철근을 섞은 콘크리트로 복원해보았자 감상의 대상도 교육의 대상도 되지 않는단 말씀입니다. 몇 사람의 복고취미(復古趣味)를 위해 거액(巨額)의 국고금을 낭비해도 무방하다는 사고방식엔 납득이 안 가는데요.” (1973. 6, 392~394쪽)

규는 실제 의미는 사라지고 유물의 의미만이 남은 성을 바라보며 역사의 덧없음을 느낀다. 즉 어느 한 시기에는 생명과 맞바꾸어야 할 정도로 중요했던 것이 시간이 흐르면 단순한 구경거리가 된다는 데서 역사의 허무함을 상기하게 되는 것이다. 작가는 이처럼 역사의 유물을 통해 역사를 바라본다. 그의 역사인식은 단지 세월 앞에 역사의 실제 의미가 사라지는 것에 대한 회한에 머물지 않고 역사 복원의 목적과 방향으로까지 확대된다. 일본인 여학생은 감상과 교육을 목적으로 역사적 상징물을 복원하는데 있어 ‘역사의 과정에서 없어진 것을 억지로 만들어내는 것은 역사의 역행’이라고 말한다. 이것은 역사든 그것을 상징하는 유물이든 복원 혹은 전승하는 과정에서 틈입할 수 있는 일말의 주관도 배제해야 하며, 왜곡된 역사의 형태로 정치권력의 도구나 수단이 되는 것을 경계해야 함을 환기한다.

아스만에 의하면 사물이 상징으로 변환되어 ‘사물의 기억’의 지평을 넘어설 때, 그 사물에 시간의 차원과 정체성의 차원이 각인된다고 한다. 이때 기억은 특정집단을 공동체로 형성시켜 주는 메커니즘이고, 그 기억이 전승해 주는 의미 역시 집단적 정체성을 담지하는 것이다.[40] 따라서 사물의 기억, 그리고 그것이 상징으로 변환되는 과정에서 어떠한 외부적인 요인이 틈입해서는 안 된다. 그 사물이 역사의 공간이거나 상징물일 때는 더욱 그렇다. 왜곡 없는 역사, 사실 그대로의 온전한 역사 재현에 일차적인 초점을 두고 있는 작가로서 역사적 사물에 대한 위와 같은 환기는 당연한 과정이 된다.

사물을 통한 이러한 역사 기억 및 인식은 원체험이나 실제 기록을 통해 명확하게 드러난다. 앞서 살펴보았던 「關釜連絡船」이 학병체험자들에게 초점이 맞춰져 있다면 「智異山」의 경우 학병 기피자들에 대한 서사가 작품의 대부분을 차지한다. 작가는 「智異山」에서 하준수라는 실제 인물의 수기 「新版 林巨正- 學兵拒否者의 手記」의 내용을 토대로 학병 거부자들의 내면심리와 역사인식의 태도를 형상화한다.

사람은 조국의 신성을 더욱 신성하게 하기 위해 아쉬움 없이 목숨을 바칠 수가 있다. 목숨을 조국을 위해 바친다는 것은 조국의 생명에 스스로의 생명을 귀일(歸一)시킨다는 뜻이 된다.

그런데 이 조국을 외적(外敵)이 유린하고 있다. 이것은 어떤 민족의식, 어떤 사회학적 관념, 어떤 정치적 이념에도 위배될 뿐 아니라, 아니 그런 논의(論議)에 앞서 반자연(反自然)인 것이다. 인생이 자연에 반역하고 살 수 있을 까닭이 없다. 반자연을 용인하는 의식과 정신이 온전할 까닭이 없다.

조국을 유린하는 세력과 싸우는 것은 그러니 반자연적 방향(反自然的方向)을 자연적 방향으로 시정하는 노력일 뿐이다. 이러한 노력을 게을리 하는 자, 외면하는 자는 이미 사람이 아니다. 그건 노예(奴隷)다. 노

---

40 Jan Assman, "Das Kulturelle Gedähtnis", EWE 13 NO.2, 2002), pp.68~70, 75~78. (김학이, 「얀 아스만의 "문화적 기억"」, 김학이 · 김기봉 외 공저, 『현대의 기억 속에서 민족을 상상하다』, 세종출판사, 2006, 23~25쪽에서 재인용)

예라는 이름의 동물이다. (1974. 4, 393쪽)

위 인용은 학병을 거부한 채 덕유산 은신골에 숨어사는 박태영의 내적 독백이다. 박태영은 식민 상황을 순리 혹은 섭리를 거스르는 행위로 여기고 있다. 그리고 순리를 바로잡기 위해서는 스스로의 생명을 조국에 귀일시킬 수 있다는 생각으로 학병을 거부하고 '스스로가 주인일 수 있는 자유와 환경이 있는 덕유산 은신골'에서의 생활을 시작한 것이다. 이병주는 학병체험을 한 자신을 스스로 '노예'라 자인하며 죄의식을 가지고 살아왔다. 그러한 죄의식은 수많은 작품의 모티브로 작용하기도 했다. 「智異山」에서의 박태영을 비롯한 학병 거부자들은 이러한 작가의 죄의식에서 창조된 인물이라 할 수 있다. 학병 거부자들은 '노예'라는 죄의식에서는 자유로울 수 있었지만 그들의 최후는 한결같이 비극적이었다는 데 문제성을 수반한다. 물론 어떤 것이 의로운 선택이었는가의 문제에서는 개인의 차이가 있을 것이다. 중요한 것은 작가가 학병 거부자와 학병체험자 양 극단을 통해 어느 쪽을 선택하든 선택 기준에는 명백한 한계가 내재되어 있었다는 것과 양쪽 모두 역사의 피해자였다는 점을 강조하고 있다는 사실이다.

박태영은 하준규와 함께 학병 거부자를 대표하는 인물이다. 때문에 박태영과 하준규의 학병 거부에 대한 태도나 인식의 측면을 살펴보는 일은 중요하다.

「智異山」에서 학병 거부자들의 내면심리가 잘 드러나고 있는 부분은 박태영, 하준규를 비롯한 인물들의 보광당 생활에서이다. "수천만의 인간이 노예의 오욕 속에서 살고 있는 가운데 오직 스스로의 주인으로서 행세하다가 주인으로서 죽"기를 각오했던 박태영은 학병 징집을 피해 지리산으로 은신하는 길목에서 하준규를 만나 함께 들어간다. 지리산에서의 생활은 하준수의 수기에 의거한 서사가 주를 이룬다.

  (가) 普光黨

  그 事件이 있은 後 우리들은 또 智異山을 뒤로하였다. (중략) 昨年
겨울에 집을 나온 다음 滿 한 해 동안을 客地에서 지났는데, 그동안 우
리들의 얼굴에는 비바람도 자졌었고 눈보라도 세우찼다. 그럴사록 우리
들의 품은 뜻은 더욱 굳어지고 우리들의 심보는 더욱 크게 자라났다. 그
리하여 쫓기면 굶주린 이리떼 모양으로 단지 避하여만 다니는 게 입때
껏 우리들이 取한 行動의 그 全部였는데 이렇게 한해를 쫓기여만 다니
는 가운데 애초에 우리들이 품었든 뜻은 어느덧 우리들도 意識지 못하
는 틈에서 어떤 生長을 하였든 것이니 이것은 混沌에서 有形으로, 無意
識에서 意識으로 生長하는 萬有生成의 그 根本原理에서 벗어나지 않
는 一個現象에 끝일는지 모르나 何如튼 히안스런 일이 아닐 수 없었다.
  白雲山에서 겨울을 난 우리들은 一九四五年三月에 掛冠山으로 드
러가서 그곳에다 큰 집을 짓고 火田을 始作하는 한편, 同志 七十三名
으로 普光黨을 組織하고 日本이 戰爭을 繼續 못하도록 될 수 있는대
로 妨害놀 것과 黨員을 訓練하여 聯合軍 南鮮 上陸時(聯合軍 南鮮에
上陸할 것을 前提)에 應할 수 있도록 諸般 態勢를 가추자는 것이 우리들
의 行動目標이었다.[41]

  (나) 1944년 9월 1일.
  덕유산 은실골에서 보광당(普光黨)의 발족식이 있었다. 그때의 광경
을 박태영은 다음과 같이 기록했다. (중략)

---

[41] 河準洙, 「新版 林巨正—學兵拒否者의 手記」, 『新天地』, 1946. 4, 166~167쪽.

먼저 수령 하준규의 서약이 있었다. '나는 내 몸과 정신을 바쳐 조국의 독립을 기약하는 보광당을 위해 모든 정성을 다할 것이며, 어떠한 위난(危難)을 무릅쓰고라도 동지들의 선두에 서서 기어이 우리의 소원을 성취하도록 노력할 것을 굳게 서약한다. 이어 노동식, 박태영의 차례로 23명의 도령들이 두령 앞에 엄숙히 서약했다. 서약이 끝난 후 두령으로부터 편제발표(編制發表)와 간부의 구두임명(口頭任命)이 있었다. (1974. 5, 364쪽)

(가)는 실제 인물 하준수의 수기 내용 중 '보광당'에 대한 부분이고, (나)는 소설 「智異山」에서 보광당 발족식에 관해 묘사한 부분이다. 하준수의 수기가 대부분 사건 위주의 서술이라면 소설 「智異山」은 실제 기록을 통한 사건에 각 인물들의 내면심리를 보태어 세밀하게 서사화한다. 지리산에 들어간 박태영과 하준규는 그곳에서 만난 화전민 가족들의 도움을 받아 지리산 생활을 시작한다. 그리고 이들의 이야기가 입소문을 타 학병 거부자들이 속속들이 지리산으로 들어와 점차 인원이 많아지게 된다. 때문에 효율적인 생활을 위한 규칙의 필요성을 인지한 하준규는 회의를 통해 '보광당'이라는 조직으로 체계화한다. '보광당'의 당원들은 '조국독립'이라는 공동목표를 가지고 '민족을 보광하는 당'이 되기 위해 당원으로서의 활동을 전개하기 시작한다. 이후 하영근의 소개로 권창혁이란 인물이 합세하면서 정세를 인식하는 박태영이나 하준규의 시각은 더욱 예리해진다.

해박한 지식과 풍부한 경험을 가지고 있을뿐더러 사상운동에 가담하여 몇 번인가 옥고를 치른 이력을 가지고 있기 때문에 권창혁의 목소리는 그 자체로서 영향력을 갖는다. 아울러 그의 날카로운 정세 인식 능력은 이념 대립의 문제가 끊임없이 제기되고 있는 작품 속에서 적절한 판단의 잣대로 작용한다. 권창혁은 10년 동안 공산주의 사상에 빠져 생활하다가 인민이 아닌 조직을 위한 '타락한 당'의 실체를 체득하고 회의를 느껴 니힐리스트가 된 인물이다. '위대한 혁명'이 아닌 '위대한 인간'이 되는 것을 우선시 하는 '인간' 중심의 사고방식을 갖고 있다는 점에서 박태영과 권창혁은 닮아 있다. 차이가 있다면 권창혁은 이미 경험을 통해 공산주의의 병폐 및 문제점을 인지했고, 박태영은 피부로 체득하지 못했다는 점이다. 때문에 권창혁은 한걸음 물러나 정세를 바라볼 수 있었고, 그에 대한 올바른 판단이 가능했던 것이다.

한편, 보광당을 이탈해 집으로 돌아가겠다는 세 사람의 처리 문제를 놓고 간부회의에서는 철저한 로테이션식 감시를 통해 다른 당원들을 관리하자는 의견이 나온다. 이를 통해 권창혁은 "어떠한 조직도 감시제도가 없으면 지탱할 수 없다는 것, 그 감시제도는 감시하는 사람을 또 감시하는 서열의 연속으로 이루어진다는 것, 그래서 그 감시제도가 본연의 목적에서 벗어나 그 자체로서 경화되어 엉뚱한 기능을 갖게 되는" 감시제도의 모순을 피력한다. 권창혁은 '감시제도가 권력에 의해 통제되지 않거나 위계질서에 따라 조정될 수 없는 모든 관계의 단절을 통해 강제적인 개인화를 초래할 수 있다는 점'[42]을 우려하고 있는 것이다. 이처럼 권창혁은 '보광당'의 간부회의를 통해 조직에 있어서의 감시제도 문제 및 모순에 대해 재인식하며, 그들의 모습 속에서 공산당 조직의 모습을 본다. 자신들도 모르는 사이에 공산당 조직의 모습과 비슷한 형태로 나아가던 보광당은 공산당 핵심 간부였던 이현상의 합세로 인해 해방 이후 급기야는 공산당원에 편입되기에 이른다.

---

42 Michel Foucault, 『감시와 처벌』, 오생근 역, 나남, 1994, 364쪽.

2) 패자의 역사 다시보기

(1) 공산주의의 이념과 실천방식의 간극

괘관산으로 본거지를 이동한 보광당 일행은 독일의 패망 소식을 듣고 본격적인 항일단체로서의 성격을 굳건히 하자는 취지에서 보광당의 두령과 부두령을 선출하는 등 내부를 체계화하는 데 산실을 기한다. 이어 이현상과 부두령 차범수는 괘관산에 공화국을 건립하자는 의견을 피력하고 두령 하준규는 동지들이 잡혀있는 함양경찰서를 습격하자는 의견을 내놓는다.

이후 함양경찰서 습격 계획은 성공리에 실행되고, 8월 10일 일본의 항복 교섭에 대한 소식이 들려온다. 이러한 소식을 접한 이현상은 보광당 핵심인물들을 자신의 산막에 불러들여 공산당의 필요성 및 이념에 대해 설명한 후 조선공산당이 발족하는 날 공산당에 입당하겠다는 이들의 서약서를 받고 싶다고 한다. 이현상의 말을 들은 하준규와 박태영은 쉽고 간단히 결정할 문제가 아니니 신중히 생각해 보겠다는 말로 서약서에 대한 결정을 보류한다. 그리고 그들의 정신적 스승이 되는 권창혁에게 찾아가 모든 내막을 털어놓고 조언을 구한다.

"공산주의 사회가 보여주는 어느 부분의 평등성에 대해선 주목할 만하지. 그러나 그 평등성이 기실 노예의 평등성일 때, 우리는 또다시 실망하고 마는 거요. 자본주의 제도에 있어서의 자유는 무산자에 있어선 자기 스스로를 노동력(勞動力)으로 팔아먹을 수 있는 자유, 궁한 나머지 자살할 수 있는 자유밖에 없다고 힐난하지만, 공산체제의 사회에선 스스로를 팔아먹을 자유조차 없소. 철쇄에 묶여 자살할 자유도 없소. 자본주의 제도의 사회에선 막말로 해서 점진적인 개혁을 꾀하다가 안 되면 혁명을 일으켜보자고 희망할 수도 있지만, 일단 공산주의 사회가 되어버리면 혁명의 가능성도 없소. 첩첩이 싸인 감시제도는 혁명할 틈도 주지 않거니와, 그 속에서 사는 사람들의 혼을 빼어 노예 의식으로 굳어버리게 하는 마력을 부린단 말요. 공산주의는 노동자 농민을 위하는 주의가 결코 아니고, 노동자 농민을 미끼로 공산당의 관료가 지배 체제를 향락하려는 사술(詐術)이라는 것을 알아야 해요." (1975. 1, 420~421쪽)

위 인용은 권창혁이 공산주의를 바라보는 관점이 잘 드러난 부분으로, 향후 박태영이 밟아가는 삶의 도정과 일치하기도 한다. 즉 공산주의는 감시체제의 산실이며, 그로 인해 사람들에게 암암리에 '노예의식'을 심어준다는 권창혁의 비판적인 견해가 피력되고 있는 부분이다. 이것은 이병주의 견해와 동형을 이룬다. 뿐만 아니라 "인간의 생존권을 존중하고 일체의 반인간적인 조건을 극복하려는 노력을 가치 기준으로 갖고 있다"는 부분에서 풍겨나는 휴머니즘 사상은 작가의 목소리가 반영된 것이라 할 수 있다.

과거 좌익운동을 하다가 공산주의 사상에 회의를 느껴 탈당한 권창혁의 전력은 공산주의 사상에 대한 그의 비판에 일부 타당성을 부여하기도 한다. 또한 박학다식한 지식, 예리한 사상 비판과 정세 파악으로 이규나 박태영 같은 젊은 지식인들에게 다양한 시각을 제공해주는 사고의 길잡이 역할도 한다.

한편 보광당 당원들은 괘관산에서 광복을 맞이하여 모두들 기뻐한다. 이에 반해 이현상은 해방의 기쁨을 뒤로 한 채 보광당 간부들을 소집시켜 또 다시 '조선공산당'에 입당하겠다는 서약서를 쓰라고 종용한다. 혁명 없이 이루어진 독립은 독립이 아니며, 제대로 된 인민의 나라를 건립할 수 없기 때문에 '신성한 마르크스 레닌주의 당'에 입당해야 한다는 것이다. 그러나 권창혁을 통해 들은 바도 있고, 개인적인 사고 판단력도 겸비하고 있던 간부들이었기에 이현상의 말에 동요하는 이는 아무도 없었다. 보광당 두령 하준규는 보광당 사람들과의 이별의 인사말에서 그들의 은둔지였던 괘관산은 '화원'이었으며, 그곳에서 하나가 되어 '독립'이라는 같은 사상을 키워왔음을 언급한다. 그리고는 민족의 자주적 독립이라는 화원의 사상을 앞으로도 지켜 나가야 한다고 재차 강조한다.

(가) 지나온 나날이 힘겹고 고달프기도 했지만, 지금 뒤돌아보니 우리는 꽃밭에서 살아온 것이나 다름이 없다. 어젯밤 성한주 선생께서 하신 말씀 그대로다. 이곳은 화원이었다. (중략) 화원의 사상이란 다른 것이 아니다. 우리는 조국의 독립을 바랐다. 우리는 민족의 해방을 원했다. 일본 놈의 속박, 그 압제에 항거했다. 그리고 보다 슬기롭게 착하게 바르게 살려고 애썼다. 이것이 곧 화원의 사상이다. 우리는 앞으로 더욱 이 사상을 가꾸어나가야 하겠다. 조국의 독립이 빨리 이룩되도록, 민족의 해방이 빨리 성취되도록 하는 것이 곧 화원의 사상을 가꾸는 길이다. (1975. 2, 389~390쪽)

(나) 아뭏든 나는 일본이 무조건 항복했다고 듣고 기쁘기도 했지만 서럽기도 했다. 사실은 고양이에 불과한 일본을 우리들은 호랑이처럼 생각하고 있었던 것이 아닌가 싶으니 분하기도 했다. (중략) 우리 국민이 봉기하여 우리의 해방을 쟁취하지 못하고 미국 덕택으로 맞이하게 된 해방이 지리산에서 파르티잔을 조직하고 있던 나로선 만족할 수 있는 해방의 방식은 아니었다. 나는 해방의 방식엔 세 가지가 있다고 생각했다. 하나는 우리 조선의 국내민중이 연합국과 힘을 합하여 일본군을

타도하는 방식이다. 그렇게 해야만 교전국가(交戰國家)의 일원으로서 대일강화조약 등 전후처리 문제에 우리도 참가할 수 있기 때문이다. 그 다음은 프랑스의 드골 장군이 해외에서 연합국과 협력하여 싸운 것처럼 해외에 있는 우리 민족의 독립단체가 일본군과 싸워 교전단체로서 인정을 받는 방식이다. 마지막은 연합국의 덕택이라도 좋으니 어찌하건 일본제국의 지배통치에서 해방되는 일이다. 그런데 이날, 8월 15일 우리 조선 민족이 얻은 해방은 뜻밖에도 미−소 양군에 의해 분할점령 되는 최악의 해방이었다.[43]

(가)의 인용에서 나타나듯이 하준규는 해방을 "화원의 사상"에 대한 결실로 받아들인다. 반면 (나)의 박갑동은 '미국 덕택으로 맞이하게 된 해방'이기에 만족할 수 있는 해방은 아니라고 언급한다. 해방을 보는 시각과 감회는 상이하지만 두 인물 모두 '자주적 독립'을 원하고 있다는 것만은 분명해 보인다. 하지만 이미 사상운동에 개입하고 있던 박갑동은 독립이 되었다는 사실만을 인지하며 기뻐하는 하준규와 달리 '최악의 해방'이라고 탄식한다. 당시 대일 선전 포고를 한 소련은 만주와 북한에 진공하여 계속해서 남하해 북한 전역을 장악하였으며 평양에 북조선 주둔 소련군 사령부를 설치해 군정을 실시하기 시작했다. 이로 인해 공산주의자들은 소련군만이 한반도에 진주하는 줄 알았고, 미·소에 의한 남북 분할점령은 전혀 뜻밖이었다.[44] 때문에 박갑동에게 해방은 기쁘기도 하면서 서러운 것이었다. 이처럼 작가는 해방에 대한 두 가지 인식 태도를 보여주면서 해방의 기쁨 이면에 숨

---

43 이병주, 「小說 南勞黨」, 『월간조선』, 1985. 1, 468쪽. (이후 년도 및 날짜와 쪽수만 표기)
44 김남식, 『남로당연구』, 돌베개, 1984, 51쪽.

어있는 또 다른 문제점을 놓치지 않는다.

사람들이 해방의 기쁨에 몰두하고 있는 사이 이현상은 8월 16일 새벽 차범수 외엔 아무에게도 알리지 않은 채 홀연히 그곳을 떠난다. 이에 박태영이 서운함과 함께 그토록 서둘러 떠난 이유에 대해 의혹을 제기하자 권창혁은 다음과 같이 공산당의 생리와 상황에 대해 자세히 설명한다.

"시기가 왔다고 하면 민첩하게 행동해야 하는 것이 공산주의자다. 공산당에도 여러 파가 있어. 꼭 같은 주의·주장을 가졌는데도 인적(人的) 연관으로 파벌이 생기는 거야. 지하 운동을 할 때도 서로 암투가 있었던 모양이다. ML파니 콩클럽파니 고려파니 해가지고……. 그러니 지금의 단계에서는 누가 먼저 간판을 붙이느냐 하는 것이 중요해. 이를테면 선수를 쳐야 하는 거지. 이현상 선생이 서둘러 떠난 데는 그만한 이유가 있어. 사정은 다르지만 레닌이 1917년 4월 9일, 스위스의 취리히를 출발해서 고드맨딩겐에서 봉인열차(封印列車)를 바꿔 타고 러시아로 서둘러 돌아가지 않았더라면 러시아의 혁명은 어떻게 변모했을지 모르는 일이거든." (「智異山」, 1975. 2, 387쪽)

실제로 당시 이현상은 박헌영이 중심이었던 경성·콤 그룹의 당원이었으며 이들은 당 재건을 위한 조직으로서는 규모가 가장 컸다. 경성·콤 그룹은 1940, 1941년에 걸친 검거로 해방될 때까지 명맥이 끊겼지만, 공산당원들은 공산주의 운동 쇠퇴기에 신진들을 포섭하여 당 재건에 힘썼다.[45]

---

[45] 南長福成, 『朝鮮共産黨派爭史』, 서울, 1949, 38쪽.

이제 소설은 해방과 함께 이현상 그리고 박태영과 하준규의 향후 행적에 주목하면서, 이들의 행보를 통해 본격적으로 '빨치산'에 대한 서사를 구축해가기 시작한다. 빨치산에 대한 서사는 대부분 실존 인물 하준수의 「學兵拒否者의 手記」과 이태의 『남부군』에 의거한 실제 기록을 중심으로 형성되고 있다. 이것은 남로당의 핵심 인물이면서 살아 있는 증인인 박갑동의 행적을 쫓고 있는 「南勞黨」에서 전면화 된다. 빨치산이라는 오명만 받아왔을 뿐 빨치산에 대한 경험이 전무했던 작가는 실제 기록에서 소설의 물꼬를 터서, 그 기반 위에 당대를 경험했던 자신의 기억을 얹어 놓는다. 그러므로 인해 소설은 역사에 대한 원근법적 시선을 확보할 수 있을 뿐더러 그러한 시각에 신뢰를 부여한다.

「南勞黨」이나 「智異山」이 빨치산의 문제를 핵심 서사로 취하고 있다고 해서 우익이나 중간자적 입장의 목소리들이 소거되어 있지는 않다. 단지, 기존의 역사나 문학작품에서 사상 등의 이유로 배제되어 왔거나 기피되어 왔던 빨치산의 생리와 병리를 전면에 내세우고 있을 뿐이다. 이것은 공적인 역사에서 의도적으로 배제되어 온 사실이 왜곡되는 것에 대한 우려의 행위이며 작가는 이러한 과정을 통해 역사의 재구축을 시도한다.

(가) 해방 직후부터 1955년까지 꽉 차게 10년 동안 지리산은 민족의 고민을 집중적으로 고민한 무대이다. 많은 청년들이 공비를 토벌한다면서 죽었고, 역시 많은 청년들이 공비라는 누명을 쓰고 죽었다. 그들의 죽음이 의미하는 것이 무엇일까. 두고두고 민족사의 대과제가 될 것이다. (중략)

그러나저러나 이런 분자들의 선동과 조종을 받아 그 많은 청년들이 공비라는 누명을 쓰고 죽어야 했다고 생각하면 의분을 억제할 수가 없다. 말하자면 소설 「지리산」의 주제는 바로 이 '의분'이다.

작중에 등장하는 대부분의 인물은 실재 인물이다. 특히 하준규, 박태영은 세상을 제대로 만났더라면 큰 인물로 성장할 자질이 있는데, 그들에게 운명은 너무나 가혹했다. 작자의 미숙으로 등장인물의 진실된 모습을 왜곡한 부분이 있지 않을까 두렵다.

이 소설의 마지막 부분은, 등장인물의 한 사람인 '이태'의 수기가 없었다면 서술이 가능하지 못했을 것이다.[46]

(나) 박갑동씨는 동향인으로서 나의 2년 선배이다. 같은 대학이지만 동경에선 그를 만난 적이 없다. 그러나 고향에 돌아오면 가끔 그의 소식을 들었다. 빼어난 수재라는 것이고 품행이 단정한 모범적인 학생이면서 민족의식이 강하다는 이야기들이었다.

6·25가 끝나고 나서 나는 그가 남로당에서 뜻밖에도 중요한 직책을 맡고 있었다는 것을 알았다. 그러나 그의 행방은 알 수가 없었다. 박헌영파로 몰려 숙청되었을 것이란 풍문이 아슴프레 있었다. 그의 남로당 내의 지위로 봐서 있을 수 있는 일이라고, 그를 아는 사람들은 막연히 짐작하고 있었다. 그리고 20수년의 세월이 흘렀다. 그런데 그가 돌연 한국에 나타났다. 그야말로 『오딧세이』의 귀환이었다. 게오르규의 『25시』를 몸소 체험한 그에게 나는 비상한 흥미를 느꼈다.

그의 정신적, 육체적 편력이 능히 작품 하나를 이룰 수 있을 것이란 생각도 들었다. 얘기를 나눠 보니 그는 남로당의 살아있는 증인이라고 할만 했다.

---

46 이병주, 『지리산』, 한길사, 2006, 377~378쪽. (작가 후기는 연재 당시엔 수록되지 않았기에 이병주 선집에 실린 글을 인용했음을 밝혀둔다.)

소설의 체재와 한계 때문에 부득이한 픽션=허정(虛情)이 필요했고 생략 또한 불가피했다. 그러나 나는 이로써 남로당의 생리와 병리를 어느 정도 부각한 것이라고 자부한다. (「南勞黨」, 1987. 8, 635쪽)

위 인용은 두 작품에 대한 작가의 의도가 집약되어 있는 '저자 후기'이다. 먼저 「智異山」의 창작 동기는 작가의 언급대로 역사의 현장에서 무참히 희생된 인물들에 대한 '의분'이며 이를 통한 역사의 재성찰이다. 작품에서 작가는 '선동과 조종을 받아' '공비라는 누명을 쓰고' 죽어간 인물들에게 주목하는데 그 대표적인 경우가 박태영과 하준규이다. 「南勞黨」은 소위 파르티잔이라 불리는 이들을 억울한 죽음으로 내몬 '남로당'의 생리에 대해 진지하게 파헤친 작품으로 파르티잔들의 삶의 비극성을 부각시키고 있다. 그리고 그 과정에 있어서 객관성을 확보하기 위해 실제 빨치산의 수기를 인용해 '빨치산으로 하여금 빨치산에 대해 말하게 하는 방법'[47]을 취하고 있다. 물론 빨치산의 목소리에 가감이 없지만 그들이 숭배하는 사상에 대해서 작가는 비판적인 입장을 취한다. 「智異山」의 하영근, 권창혁, 이동식과 「南勞黨」의 권창혁 같은 인물들이 중립적 입장에 서서 공산주의 사상의 한계와 허망함을 인지시키는 데 일조하는 것이 그것이다.

한편 하영근의 예상대로 해방된 지 두 달도 채 되지 않아 치열해진

---

[47] "李씨의 수기를 원형대로 보전하고자 한 데에는 또 하나의 의도가 있었다. 빨치산으로 하여금 빨치산 스스로를 말하게 하자는 것이다. 만일 그런 수법을 쓰지 않고 작가의 의견을 전면에 내세우게 되면 빨치산이 당한 참담한 측면과 아울러 빨치산이 저지른 범죄행위, 생포한 군정에 대한 잔악행위, 양민을 약탈하고 학살한 측면을 배제할 수 없게 될 것이었다. 나는 그 작품에서 이태라는 인물의 인간적 복권(人間的 復權)을 위해서 최선을 다했다고 자부한다."(이병주, 「소설 智異山은 南部軍의 표절인가」, 『동아일보』, 1988. 8. 16)

좌우 이념 대립은 급기야 투쟁의 방식으로 이항되기 시작한다. 1945년 10월 10일 하준규, 박태영, 노동식은 이현상의 반강제적인 강요에 의해 인민공화국의 공산당원으로 입당해 임무를 부여받게 된다. 작가는 '너무나 간단히 운명을 선택해 버렸다'는 말로 당에 입당한 인물들이 이후 그에 상응하는 대가를 치르게 될 것임을 암시한다. 이때부터 확고한 사상 없이 얼떨결에 쉽게 운명을 택한 이들의 삶이 파란만장하게 펼쳐진다.

박태영은 처음엔 "모든 문제를 조선 민족의 자주성에 입각해서 처리하지 않고, 소련이 어떻게 나올까하고 짐작을 먼저 하고 그것에 맞추어" 결정하는 공산당 간부들의 태도에 당혹해 한다. 그러나 그들과 함께 생활하면서 점차 동화되어 가는 듯하더니 이규에게 공산당원으로서의 삶에 회의를 느낀다는 내용의 서신을 보낸다. 편지에 박태영은 여러 부탁과 함께 이규가 언젠가 정의와 진리도 보류한 채 당의 승리만을 위한 삶을 살고 있는 자신의 증인이 되어줄 수 있을지 모른다는 묘한 여운을 남긴다. 이에 이규는 정의와 진리를 보류하겠다는 것은 "인간성마저 보류하겠다."는 얘기가 된다며 씁쓸해 하는데, 이 대목은 '인간'을 배제한 채 목적만을 중시하는 공산주의 사상에 대한 비판적인 폭로의 한 방식에 다름이 아니다. 작품에서 박태영을 비롯한 여러 인물들에게 '공산주의 사상'에 대한 완벽한 이해는 없다. 단지 분위기와 선동에 휩쓸려 맹목적으로 동화될 뿐이다. 다시 말해 이현상이나 가끔 접하게 되는 남로당 간부들의 언변과 좌익으로 기울고 있는 주변 분위기만이 파르티잔들에게 있어 선택의 기제로 작동하고 있는 것이다.[48] 박태영이 만나는 남로당 간부들은 이규가 만나는 권창

---

48 당시 좌익 쪽으로 기울고 있던 사회 분위기를 작가는 중간자적 인물인 이규가 접하는 거리 풍경과 그가 만나는 사람들과의 짤막한 일화를 통해 형상화한다.

혁이나 하영근처럼 다각적인 시각으로 국내·외 정세를 논하거나 합리적으로 사상에 대한 당위성을 언급하지 않는다. 또한 그들의 사상에 대한 한계에 대해서도 인정하는 태도를 취하지 않는다.

작가는 작품의 곳곳에서 다양한 인물을 통해 공산주의 사상에 대한 부당함을 반복적으로 제시하고 있다. 이러한 동일한 패턴의 이론과 근거 제시는 공산주의 사상에 대한 비판적 안목에 합리성을 부여해 주기도 하는 반면 작가의 계몽주의 내지는 반공주의적 성향을 부각시키는 데 일조한다. 물론 작가의 직접적인 목소리라 할 수는 없지만 작가를 대신하고 있는 인물들이 지나치게 많이 설정되어 있고, 그들의 교조적인 목소리들이 때론 강하게 소리 내고 있다는 데 문제성을 수반한다. 그럼에도 불구하고 작품 속에서 권창혁의 정세에 대한 선견지명은 시종일관 빛을 발한다. 이것은 그의 예리한 관찰력과 정세판단력에서 기인한 것이기도 하지만 작가가 현재의 시점에서 과거를 바라보고 있기 때문이기도 하다.

박태영은 뒤늦게 자신이 속한 당이 반탁에서 찬탁으로 우회했다는

이를테면 진주에 도착한 이규의 눈에 들어온 거리엔 '조선공산당 만세', '인민공화국 만세', '조선여성동맹 만세', '민주청년동맹 만세', '농민조합 만세', '노동조합 만세' 라고 쓴 깃발들이 탁류 위의 포말처럼 흘러가고 있었고, 군중들의 눈엔 모두 무슨 까닭인지 핏발이 서 있었다. 또한 우연히 만난 노인이 역사 공부를 할 작정이었다는 이규의 말에 "역사니 문학이니를 공부한 사람들은 죄다 좌익인가 부던데"라며 이규를 좌익운동 하는 학생으로 의심하는 장면도 그 일례가 된다. 그리고 우연히 만난 중학교 동창과 술집에 갔을 때, 누군가 '적기가'를 못 부르게 한 것이 화근이 되어 터진 싸움을 보고 "반동 놈의 새끼 혼이 좀 나야 한"다며 자신은 '정치는 잘 모르지만 인민의 딸이며, 인민의 딸이 자본계급의 희생이 되어 이 꼴이 돼 있다'고 한탄하는 술집 아가씨의 언술도 당시의 사회 분위기를 짐작할 수 있는 부분이다. 이규는 이날의 싸움과 인민의 딸이라 자부하는 무교동 아가씨들의 언술 속에서 '좌익들의 침투력이 얼마나 강한가를 확인하는 느낌'을 가졌다고 술회한다.

소식을 접하고 그에 따른 지령이 떨어지자 이해할 수 없다면서 강력히 저항한다. 이어서 그는 노선을 바꾼 이유에 대해 당의 명확한 설명을 요구하다가 자신도 모르는 사이에 '공산당 징계위원회'에서 제명 처분을 받는다. 이를 계기로 당에 대한 맹목적인 믿음과 신념이 조금씩 흔들리기 시작할 쯤 박태영은 '전국문학가대회'에 참가하여 회의 내용을 소상하게 기록해 오라는 당의 지시를 받는다. 작품 속에서 작가는 1946년 2월 8, 9일 이틀 동안 열렸던 '조선문학가 대회'의 실제 상황에 대해 비교적 상세히 기술한다. 그리고 각주를 통해 이 역시도 실제 기록에 의거하고 있음을 밝혀둔다.[49] 또한 작가는 기록된 역사에서 사건을 끌어냄으로써 특정한 텍스트적 리얼리티를 재창조하기 위해 역사가처럼 존재하고자 한다.[50] 실제 기록을 직접 인용하는 것은 당대 역사를 직접적으로 드러내기 위한 작가의 의도이다. 동시에 그것은 소설 안으로 틈입함으로써 궁극적으로 허구성을 인식시킨다.

한편 박태영은 우연히 만난 심용운, 노상필 등의 고향 선배들에게 하준규에 대한 소식과 더불어 인민위원회에 대한 비판적인 이야기를 듣게 된다. 이들은 현 정세는 좌·우 어느 쪽이 잡아도 안 된다는 부정론을 펼치면서 인민위원회의 모순에 대해 날카롭게 지적한다.

> (가) "그래놓으니 조금이라도 지각이 있는 사람은 인민위원회를 외면해버리고 무식한 놈들, 그야말로 일제시대 일본 놈에게 아부한 놈들만

---

49 이병주는 다음과 같은 내용의 각주를 통해 실제기록에 의거하고 있음을 밝힌다. "전국문학가대회의 기술記述은 김남식金南植씨의 '남로당南勞黨'에서 인용했습니다. 김남식씨에게 사과와 함께 감사를 드립니다."

50 Joseph W. Turner, *The Kinds of Historical Fiction,* Genre Norman: University of Oklahoma, 1979, 336~337쪽.

그 밑에서 우글거린단 말요. 우리 면의 경우를 예로 들면, 일제시대 면장으로 공출을 독려한다며 상주의 뺨까지 때린 놈이, 그놈은 공출한 양곡을 횡령하다가 일제 말기 파면당한 놈이기도 한데, 그놈이 치안부장(治安部長) 노릇을 한다고 경찰서를 턱 차지하고 있거든. 뿐만 아니라, 면 인민위원장은 일제시대 군청 서기를 한 놈이고, 치안부장 밑에서 행동대장을 하고 있는 놈은 지원병을 나갔다가 들어온 놈이고……. 순전히 만화라니까." (중략)

"그렇다고 해서 친일파를……."

"그건 이렇게 변명하고 있는 모양이오. 일제에 협력하는 척하면서 지하운동을 했다고……. 참말로 웃기는 얘긴데, 공산당인가 뭔가도 그런 꼴 해가지곤 혁명이고 나발이고 어림도 없지." (「智異山」, 1976. 2, 436~437쪽)

(나) "우리는 국부군(國府軍)처럼 되고 좌익은 중공군(中共軍)처럼 될 것이 뻔하오. 태영씨, 어떻소. 나하고 같이 문학을 합시다. 우익이다, 좌익이다 하여 상실되어가는 인간을 문학에서 찾아보잔 말이오. 우익이 가는 길, 또는 좌익이 가는 길을 불편부당한 관찰만으로 지켜보고 기록하는 것도 의미가 있지 않겠소. (중략) 체제 문제는 정치가들에게 맡기고, 우리 인간의 심성(心性)에 관계되는 보다 본질적인 문제를 추구하며 동시에 사마천 같은, 투키디데스 같은 톨스토이 같은, 도스토예프스키 같은, 노신(魯迅) 같은 기록자가 되란 말이오." (중략) "진정한 문학을 가능하게 하기 위해선 정치가 토지를 만들어주어야 합니다. 문학이 짓밟힌 자의 고통스런 상황을 기록하고 이긴 자의 의기양양한 모습을 기록하는 것이라면 그것이 무슨 소용이 있겠습니까. 진정한 문학자는 자기의 문학을 위해서는 정치의 제 1선에 나서야 한다고 나는 생각합니

다.” (「智異山」, 1976. 2, 439~440쪽)

　인용문 (가)에서는 친일파와 민족반역자 숙청을 제1의 과업으로 삼고 있던 인민위원회의 모순이 극단적으로 드러나고 있다. 박태영은 인민위원회의 모순된 행보를 듣고 그들의 행위에 대해 전혀 납득하지 못한다. 하지만 아이러니하게도 당에 대한 그의 신념은 변함이 없다. 심용운은 형님이 위원장을 맡고 있다는 노상필의 말을 듣고 혹여 노상필도 좌익운동을 하게 될까 하는 노파심으로 좌익운동을 만류한다. 그런 후 박태영에게 (나)인용에서처럼 좌·우 어느 쪽에도 편입되지 않은 채 문학자로서의 길만을 걷자고 권유한다.

　심용운의 언술 속에서 ‘기록자로서의 문학’, ‘인간중심의 문학’이라는 이병주 문학의 핵심 키워드가 극명하게 드러나고 있다. 또한 심용운은 좌·우 어느 이데올로기에도 편승하지 말고, 관찰자의 입장에 서길 종용하는데, 이러한 사상은 비단 심용운이란 인물에만 국한되어 있는 것은 아니다. 권창혁이나 하영근을 비롯해 작품 속 대다수의 지식인들이 취하고 있는 태도로 작가의 ‘회색의 사상’을 상기하게 한다. 앞서 살펴보았듯이 작가는 사상 대립의 소용돌이 속에서 소중한 지기를 잃고, 빨치산이란 오명하에 수많은 불이익을 당했으며 억울하게 영어 생활까지 감내해야 했다. 때문에 그의 기억 속에 ‘이데올로기’란 수많은 살상과 폐해를 낳는 무익한 것으로 인식되어 있다. 또한 모순된 그것에 편승한다는 것은 자신의 신변만 위태롭게 할 뿐 어떠한 것도 실현할 수 없게 만든다.

　기억이란 한 주체가 자신의 과거를 자신의 현재와 관련짓는 정신적 행위 및 과정이고, 과거의 존재와 비존재 간의 모순을 중층적으로 매개하는 위상을 갖고 있다.[51] 기억행위 그 자체에는 이미 현재의 공포,

희망 등 현재의 감정이 내재되어 있어 정확한 인과율에 따라 조직되는 객관적 세계와는 달리 '동적 연상'과 '상호 침투'라는 성격을 띠고 있다.[52] 즉 기억은 과거 사건의 완전한 재현이 아니라 회상하는 시점의 여러 제반 요소들의 영향을 받아 새롭게 구성된 것이며 이때 현재와 미래를 위한 의미를 갖고 있는 과거가 이야기할 만한 과거로 선택된다. 작품을 연재할 당시의 반공주의적인 사회 분위기와 그런 분위기 속에서 사상범으로 몰려 영어 생활을 했던 작가의 체험들은 권창혁이나 심용운 같은 인물들을 창조하게 했고, 동시에 과거 사건들을 새로운 시각으로 재구축하는 데 기여하고 있다. 이러한 인물들을 통해 드러나는 역사에 대한 안목과 통찰은 현재 및 미래와 소통하는 통로가 된다.

박태영은 노상필로부터 고향에서 노정필이 위원장으로 하준규가 치안부장으로 상주하고 있다는 소식을 듣고 할아버지의 문병을 가는 길에 하준규를 만나러 간다. 하준규는 '아전인수'격으로 돌아가는 '당'의 논리에 한탄하며 공산당 입당에 대한 후회를 표출한다. 이에 박태영은 자신은 1년 동안 '당'의 생리와 병리에 대해, 그리고 박헌영을 비롯한 간부들의 인간 됨됨이를 연구한 후 새로운 방향을 결정할 것이라 답한다. 다시 서울로 돌아온 박태영은 하준규와의 약속도 있고 해서 하영근의 집에 머물면서 "이념으로서의 공산당은 신성한 것이지만, 현실로서의 공산당은 시행착오를 거듭하고 있으니 철저한 분석과 비판의 대상이 된다는 입장"을 채택해 '과학적인 공산당 연구'를 시작하겠다는 의지를 밝힌다. 박태영의 말을 들은 하영근은 다음과 같이 왜곡 없는 공산주의를 연구하는 일은 쉽지 않다는 말을 한다.

---

51 전진성, 『역사가 기억을 말하다』, 휴머니스트, 2005, 44~46쪽.
52 Hans Meyerhoff, 『文學과 時間現象學』, 김준오 역, 삼영사, 1987, 54쪽.

"공산당 연구는 생각보다 어려울 게다. 일본인을 비롯한 반공 계열 인사가 쓴 비판은 목적의식 때문에 왜곡된 부분이 많고, 공산당원 자신들이 쓴 기록도 목적의식 때문에 사태를 왜곡하고 있다. 그런 왜곡된 문서를 통해 진상을 파악하려는 노력이 쉬울 까닭이 있겠나."

(중략)

"이처럼 트로츠키의 혁명사엔 뚜렷이 나와 있어. 트로츠키는 이 책을 객관적으로 쓰기 위해 자기 자신의 일도 삼인칭(三人稱)으로 썼을 정도야. 그리고 트로츠키가 없는 사람을 날조할 까닭이 없어. 그런데 트로츠키의 책엔 이처럼 명시되어 있는 사람이 어떻게 해서 볼세비키 당사엔 흔적도 없는가 말야. 슐리아프니코프는 분명히 볼세비키이기도 했는데……. 이런 예로 미루어, 소련에서 나오는 공식 문서가 얼마나 엉터린지 알 수 있잖아? 공산당 연구의 뜻은 좋지만 성과를 얻긴 힘들걸세."
(1976. 3, 404~405쪽)

위 인용에서 하영근은 사상에는 반드시 목적의식이 내재되어 있기 마련이고, 그 목적의식은 상황이나 사태를 바라보는 시선을 편협하게 하여 왜곡된 문서를 만들기 때문에 진상을 파악하기란 어렵다는 것을 말하고 있다. 이것은 '인간' 외에 문학에서 천착해야 할 것은 없다고 여겼던 작가의 문학에 대한 인식론적 사고에서 연유한 것이다. 작가에 의하면 이데올로기는 '인간을 부르주아와 프롤레타리아로 구별하고 확연한 경계선을 치'면서 어떤 목적의식을 갖는다. 따라서 "문학은 그 인식의 바탕에서부터 어떤 이데올로기라도 이를 비판의 대상"으로 하고, "부르주아이기에 앞서 있는 인간, 프롤레타리아이기에 앞서 있는 인간을 상대로"[53] 해야 한다. 학창시절의 독서편력과 메이지 대학 시절의 교육은 이병주의 이러한 사상이 정립되는데 큰 영향을 미쳤다. 2장에서 언급했듯이 이병주는 루쉰을 통해 좌우 이데올로기에 대한 한계와 모순을 인지했다. 또한 메이지 대학시절 그는 고바야시 히데오(小林秀雄)를 통해 좌익에 대한 근본적인 회의를 갖게 되었다고 언급한 바 있다. 맹목적인 반공이 아닌 유물사관의 장점과 맹점을 구체적으로 비판하였기에 고바야시 히데오의 논리는 이병주를 비롯해 당시 그의 수하에서 배우고 있는 학생들에게 설득력을 지녔었다.[54] 이러한 과정을 거쳤기 때문에 이병주는 항상 중립적인 입장에 서서 이데올로기 자체를 비판적 대상으로 삼고 '인간' 중심의 문학을 추구해 나가고 있는 것이다.

박태영은 조선공산당과 박헌영의 내력을 알기 위해 김철수의 소개로 '골수 공산주의자'이면서도 항상 조직에서 백안시 당한 '신용우'라는 인물을 만나게 된다. 신용우는 박태영과 '당'에 관한 이야기를 나누면서 같은 당원인 '이우적'이란 인물을 상기한다. 신용우가 생각하는 이우적은 이론 면에선 당해낼 사람이 없을 만큼 비상한 두뇌를 가지고 있기에 공산당이 기피하는 인물 중 하나이다. 또한 작가는 소설 「南勞黨」에서 이우적과의 만남을 통해 이우적이란 사람은 "논리 정연하여 이만저만한 두뇌의 소유자가 아니라고 느꼈"다는 자신의 실제 감정을 괄호 안에 덧붙여 넣고 있다.[55] 당이 이우적이나 박태

---

53 이병주, 『나 모두 용서하리라』, 집현전, 1982, 160쪽.
54 송우혜 인터뷰, 「이병주가 본 이후락」, 『마당』, 1984, 61쪽.
55 "이우적에 관해선 필자도 기억하고 있는 것이 있다. 내 나이 8세쯤 되었을 때 엿장수가 우리 집을 찾아와 내 중부인 이홍식을 찾았다. 그리고 한해 여름을 우리 집 산정(山亭) 뒷방에서 지내고 간 적이 있는데, 뒤에 알고 보니 그 사람이 이우적이었다. 해방 직후 중국에서 돌아와 진주에서 이우적을 만나 장시간 얘기할 기회가 있었다. 논리 정연하여 이만저만한 두뇌의 소유자가 아니라고 느껴, 그 후 내가 존경하는 하영근 선배에게 그처럼 비상하게 좋은 두뇌를 가진 사람이 공산주의자로서 자족하고 있다는 사실이 이상하다고 했더니, 하영근씨는 공산

영 같은 인물을 기피한다는 설정은 공산당의 사상과 이념이 얼마나 배타적이고 이론과 합리를 무시한 맹목적인 집단인가를 부각시키는 역할을 한다.

신용우는 공산당의 산 증인, 살아 있는 역사로서, 자신의 기억에 의존해 남로당사에 대해 비교적 상세하게 되짚어 간다. 그의 기억에 의해 술회되고 있는 남로당사는 실제 기록과 별반 차이가 없다. 흔히 증언자의 기억을 통한 역사적 사건의 재현은 그 사건이 현재 어떻게 이해되고 있는가를 파악할 수 있는 지표가 되며 고정된 사실이 아닌 역사를 서술하는 논쟁의 장(場)이 된다. 따라서 증언자들은 현재화된 과거 기억을 말한다고 볼 수 있다.[56] 물론 이병주 소설에 있어서 과거 역사적 사건에 관한 연보는 사실 그대로이다. 하지만 그것에 대한 시비를 가리는 문제에 있어선 현재화된 과거 기억을 표면화하고 있다는 점을 묵과해서는 안 될 것이다. 작가가 이러한 기억의 문제를 염두하고 있었는지 그렇지 않았는지 정확히 알 수는 없다. 그러나 과거를 기억하고 술회하는 주체가 대부분 중립적 인물형이라는 점은 그의 과거 기억 방식과 그에 따른 역사 재구성 방식에 객관성을 부여한다. 아울러 중립적 인물이 가공된 인물이라는 점에서 그들을 통해 정리되는 사건들은 그 시대의 배경과 정신은 반영하되, 역사적 기록과의 충돌에서 어느 정도 벗어나고 있다.[57]

'조선공산당' 혁명에 있어 선·후 관계에 대한 신용우의 지적은 이병

주의자가 될 만큼 그 이하도 그 이상도 아니게 머리가 좋은 사람이지 하고 웃었다."(「南勞黨」, 1985. 1, 469쪽.)

56 양현아, 「증언과 역사쓰기— 한국인 '군위안부'의 정체성 재현」, 『사회와 역사』 통권 제60집, 한국사학사학회, 2001, 63쪽.

57 Elisabeth Wesseling, *Writing History As a Prophet: Postmodernist Innovation of the Historical Novel,* John Benjamins pub. co, 1991, 34~46쪽.

주의 다른 작품 속에서도 빈번히 강조되고 있는 언술로서 주목을 요한다.

> (가) "전국적인 규모로서 혁명의 최대 장애는 38선이라는 사실을 깨닫지 못한 놈들이 무슨 혁명을 하겠다는 거유. 38선은 국토를 분단하는 선일 뿐 아니라 당을 분단하는 선이란 사실도 합쳐 깨달아야 해유. 분단된 국토에서 단일 혁명이 가능할까? 어림도 없는 일! 어서 나라를 하나로 해놓고 혁명 세력을 키워야 진정한 혁명이 되는 거유. 두고 봐유. 38선 때문에 굉장한 화가 닥칠 테니까. 그런데 우익은 38선을 무조건 철폐하라고 대들고 있는 마당에 좌익은 무조건 철폐를 거부하고 있으니, 장차 화가 닥쳤을 때 공산당은 무엇으로 민중의 원성을 감당할 것인가 말유."(「智異山」, 1976. 5, 375쪽)

> (나) 이번엔 스미스가 질문했다.
> "내가 생각하기론 코리아 최대의 문제는 38선이고, 이 문제에 관한 한 좌도 우도 어떤 정파의 대립도 초월한 국민 전체의 콘센서스(의견의 일치)가 이루어질 수 있다고 생각하는데, 그 점에 관한 당신의 의견은 어떤가?"
> "38선의 문제는 미국과 소련이 책임져야 할 문제이다. 우리는 피해자다. 당신들이 우리의 의견을 들어 주지 않는데 우리가 어떻게 하겠는가?"(「南勞黨」, 1985. 2, 514쪽)

(가)는 해방 공간에서 가장 시급한 문제가 무엇인가에 대한 공산주의자 신용우의 생각이고, (나)는 미국인 기자 스미스의 생각이다. 이들은 각기 추구하는 사상이나 조국이 다르지만 당시 해방된 조선에서

무엇이 급선무이며 가장 중요한 문제인가에 대한 생각은 동일하다. 아울러 통일에 관한 생각은 '통일에 민족의 역량을 다하자'라는 논설에서도 드러나고 있듯이 작가가 시종일관 천착하고 있는 문제이면서 시대를 바라보는 작가의 역사적 혜안이 돋보이는 지점이기도 하다. 반면 박갑동은 3·8선의 문제를 미국과 소련의 책임으로 돌리고, 3·8선에 대한 문제 해결보다 공산주의의 입지를 굳히고 군정청과 이승만과의 유착관계를 파악하는데 초점을 둔다. 사상에 경도되어 현실 문제를 제대로 인지하지 못하는 박갑동의 이러한 모습은 작가의 반공주의적 경향이 과도하게 투영되어 있는 듯해 시각의 객관성을 확보하는데 걸림돌이 된다.

한편, 미소공위가 무위로 돌아가고, 위조지폐 사건으로 인해 공산당본부 건물을 명도하라는 지시가 내려지고 해방일보가 정간 처분되면서 공산당은 합법성을 실효당하고 만다.[58] 이에 당원들은 긴급회의를

---

58 정판사 위조지폐 사건은 1946년 서울에서 일어난 위폐범죄 적발 사건으로, 조선공산당과 미군정이 정면으로 충돌하는 결과를 초래했다. 1945년 8월 해방 이후 재건된 조선공산당은 소공동의 정판사가 위치한 건물에 입주하여 기관지『해방일보』를 발행하였다. 정판사는 일제 강점기에 조선은행의 지폐를 인쇄하던 곳이었다. 1946년 5월 6일 미군수사대는 이곳에서 종이, 잉크, 화폐 원판 및 약 1,200만원에 달하는 위폐를 발견하였다. 이후 1946년 5월 15일 수도경찰청장 장택상은 조선공산당 인사들이 정판사에서 약 1,200만 원의 위조지폐를 찍어 유통시킨 사실이 드러났으며, 관련자들을 체포했다고 발표했다. 조선공산당의 활동자금 마련과 남한 경제의 교란을 동시에 추구하기 위한 목적으로 위조지폐를 유통시켰다는 것이 경찰의 발표내용이었고,(당시 미군정 경무부장 조병옥 역시 정판사 사건은 남로당 중진들이 미군정을 전복하기 위한 정치자금을 조달하고, 남한의 경제교란을 목적으로, 조선은행권을 1,200만원이나 위조하여 남발한 사건으로 기록하고 있다: 조병옥,『나의 회고록』, 해동, 1986, 176쪽 참고) 조선공산당은 조작이라며 혐의를 부인했다. 이를 계기로 미군정의 조선공산당에 대한 탄압은 본격화 되었다. 미군정은 정판사 빌딩이 귀속재산이라는 이유로 이를 접수하고, 조선공산당 기관지인『해방일보』를 폐간 조치하였으며 건물에 입주해 있던 조선공산당 당사를 쫓아냈다. 이후 조선공산당은 이 사건이 날조되었다고 주장하며 미

통해 '폭력'에 의한 혁명으로서 '인민항쟁'을 계획한다. 부산에 있던 노동식도 노동조합 조직을 강화해 정해진 날짜에 총파업에 들어가라는 지령을 받고, 부산시의 문화단체를 맡고 있는 동창생 최창식을 찾아간다. 최창식과 노동식은 참된 인간이 되기 위해 입당했는데, 막상 입당하고 보니 공산당에는 인간이 부재하다는 것을 깨닫고 회의에 빠졌던 과거를 고백한다. 이후 최창식의 눈에는 당의 '도전의식, 영웅의식, 타인에 대한 불신, 상부에 대한 아첨, 비뚤어진 출세주의' 등만이 보였지만 '이념'에 대한 집착만으로 견디어 왔다고 첨언한다. 최창식뿐만 아니라 공산당원이었다가 이념과 괴리된 당의 실상에 회의를 느끼거나 당에게 외면당한 신용우나 노정필, 보광당원이었다가 당에 입당한 하준규, 박태영 등 대다수의 인물들은 공산주의의 실천 방식과 생리에 대해 환멸과 회의를 느끼지만 '이념' 하나로 버티고 있다. 여기서 이들이 공통적으로 말하고 있는 이념은 누구나 평등하고 인민 모두가 주체가 되는 사상에 기반하고 있다. 이러한 설정은 공산주의의 이념과 실재와의 괴리가 얼마나 큰 것이었는가를 폭로하는 데 유용하게 작용한다.

폭동에 대한 당의 지령을 받은 하준규는 노정필을 찾아갔는데 마침 차범수도 와 있어서 폭동 지령에 대해 상의하게 된다. 노정필은 폭동에 대해 "승리할 가망이 없는 싸움"이며 "공산당이 과격하게 나오면 민중의 지지를 잃게 된"다는 논리로 이들을 만류한다. 그리고 그는 일제시대를 예로 들면서 일제시대에 독립 운동자를 잡아낸 사람은 조선 사람이었는데 "이번엔 민중이 공산당 잡는 일을 하게 되었다"고 문제

군정에 대한 강경한 반미공세로 맞섰고, 폭동계획서 등을 통해 폭력전술 계획을 세웠다.(이경, 「남로당의 게릴라전: 남북한 통합의 역사적 준거」, 경북대 박사학위논문, 2009, 64, 96쪽 참조)

의 심각성을 각인시킨다.

벌이는 일마다 어긋나는 당에게 회의를 느낄 때쯤 박태영은 하영근의 권유로 경성대와 각 전문대학이 통합된 국립서울대학교에 입학한다. 박태영이 입학했을 당시 학교는 국대안 반대운동으로 어수선했다. 박태영이 속한 '당' 역시도 학교에 수뇌부들을 심어놓아 국대안 반대운동에 적극적으로 행동을 개진할 것을 하달한다. 이러한 상황 속에서 박태영은 중립의 입장에서 국대안 반대운동을 지켜보리라 다짐하지만 입학 첫날부터 그것이 문제가 된다. 다짜고짜 국대안 반대 성명에 서명하라는 학생들에게 박태영은 국대안 내용에 대해 완벽하게 살펴보지 않았기에 동참할 수 없다고 거절한다. 작가는 국대안 반대 사건에 대한 부분은 "서울신문에 게재된 '다큐멘터리 국대안 반대 사건'에 힘입은 바 컸음을 밝혀둡니다."라는 언술로 이 사건 역시도 실제 기록에 의존하고 있음을 밝혀둔다. 사건의 진술은 실제 사료를 바탕으로 하되, 사건을 바라보는 시각은 '박태영'이라는 허구적 인물에 투영하고 있다. 즉 작가는 박태영을 통해 신중한 검토가 선행된 후 찬반 여부를 선택해야 한다는 점을 말하고자 하는 것이다. 아울러 이러한 시각은 비단 국대안 문제뿐만이 아니라 모든 사상이나 이념 선택, 그리고 역사의 시비를 판단하는 데 적용되는 인식론적 방법이 되기도 한다.

이러는 사이 조선공산당 박헌영을 비롯해 이주하, 김삼룡, 이강국 등에게 체포령이 내려지고, 좌익계 신문인 조선인민보, 현대일보, 중앙신문에 대해 정간 처분이 내려지는 등 공산당은 열세에 몰리자 10월 폭동[59]에 열을 올리게 된다. 그리고 이것은 1946년 10월 1일 대구

---

[59] 이병주는 작품에서 10월 '폭동'이라는 용어를 쓰고 있다. 이 사건에 대한 명칭은 대구 폭동, 10.1 폭동, 영남 폭동, 10.1 소요, 영남 소요 등 다양하다. 이데올

에서 비롯되어 전국적으로 번졌지만 결국 공산당이 가장 심한 타격을 입은 채 허망하게 진압된다.

> 대구 사건에 관한 권창혁의 의견은 이랬다. (중략)
>
> 대구사건은 '어떻게 이 나라의 문제를 민주 방식에 의해 해결할 수도 있지 않을까?' 하는 실오라기 같은 희망마저 단절해버렸다. 중간파는 발언권을 잃고, 극우와 극좌만이 정치 무대의 정면에 나서게 되었다. 이 나라의 비극은 이 시점에서 시작된다. (중략)
>
> 공산당은 이번 사건을 통해 그들의 최량의 부분을 잃었다. 그러니 공산당의 기세는 쇠약하고 그들을 두둔하던 대중의 지지는 위축될 것이 명백하다. 관권의 탄압 앞에 우리 민족이 어떻게 위축되는가는 일제 때를 돌이켜보면 알 일이다. (「智異山」, 1976. 10, 381쪽)

권창혁은 과도한 폭력이 난무했던 폭동이었던 만큼 일제 때 관권의 탄압 앞에 우리 민족이 위축되었듯이 대중의 지지는 향후 약해질 것이라 전망한다. 이 사건은 소설 「南勞黨」에서 비교적 상세히 다뤄지고 있다.

「南勞黨」에서 작가는 이 사건을 광범하게 파악하기 위해 1946년 10월 9일과 12월 4일자 『대동신문』의 기사를 인용해 (1)사건의 발단 (2)주동인물들 (3)폭동상황 (4)사후처리와 피해 상황으로 항목화하여

로기적 입장에 따라 지칭하는 명칭이 다른데, 미군정 관계자들은 이 사건을 '소요'로, 우익 진영은 '폭동'으로, 좌익 진영은 '항쟁'으로 표현하고 있다. (정해구, 『10월 인민항쟁』, 열음사, 1988, 7쪽 참고) 용어 사용에 대해 이병주가 의식을 했는지의 여부를 확인할 길은 없지만, '폭동'이라는 용어를 사용하는 것으로 보아 작가는 주체와 관계없이 대구사건 자체를 부정적으로 인식하고 있음을 추정할 수 있다.

일종의 보고문 형식으로 기술한다. 또한『대동신문』의 개괄기사에서 빠진 사건을 덧붙여 열거하면서, 조선 공산당의 폭력전술을 폭로한 대표적인 사례를 경찰지서 습격 사건이라 언명한다. 그런 후 이를 (1)개성경찰서 풍덕지서 습격사건 (2)개성경찰서 상도지서 습격사건 (3)입한지서 습격사건 (4)연안경찰서 및 동서지서 습격사건 등으로 세분화하여 습격내용, 방법, 인물 등에 대해 자세히 보고하는 자세를 취하기도 한다.

이처럼「南勞黨」은 실제 기록을 보고문 형식으로 제시하고, 실제 사건의 중심에 있던 인물들의 체험과 대화를 통해 '당'의 생리와 병리를 부각시키고 있다. 주해나 보고문의 형식은 이병주가 역사를 이야기하는 특징적인 서술방식 중 하나이다. 소설에서 사건의 토대를 이루는 역사적 부분을 정당화시켜 주는데 기여하는 이 주해들은 작가가 역사를 특정한 방식으로 이해하고 있으며, 그럼으로써 역사를 논의의 대상으로 삼고자 한다는 사실을 환기시킨다. 작가는 다양한 형태의 주석을 통해 역사에 대한 자신의 태도를 표명하며, 이 때 독자들도 소설 속에 설정된 역사현실을 설정된 현실로 받아들이게 된다. 이로 인해 역사적 과거는 그 어떤 것보다 소설의 이야기를 통해서만이 현재화될 수 있다는 작가의 의도가 명확해진다.[60]

(2) 파르티잔을 통해 본 해방정국과 한국전쟁

당의 내키지 않은 지령을 받고 어쩔 수 없이 대구사건에 가담한 하준규, 노동식, 차범수 등은 폭동이 실패로 돌아가자 보광당 당원들을 데리고 지리산으로 회귀한다. 다시 지리산으로 들어간 하준규 및 보

---

60 Horst Steinmetz,『문학과 역사』, 서정일 역, 예림기획, 2000, 39쪽.

광당원들은 '남로당'의 이념이나 사상에 동조하면서 실천하려는 의지보다는 인민을 위하는 '빨치산'으로서의 삶을 살아갔고, 그들은 그것에 나름대로 만족했다.

하준규가 '지리산지구 인민유격대 사령관'으로 지목되어 빨치산 활동을 활발히 하고 있을 무렵 소련의 유엔 한국위원단의 입국 거절 시 남한의 단독 선거 단행을 주장하는 포고가 있었다. 이에 김구, 김규식을 비롯한 민족진영의 중진들도 일제히 단독정부수립에 반대하고 나섰고, 남로당도 2·7폭동으로 반대의사를 표명한다. 남로당과 민전의 반대 운동에도 불구하고 북제주 2개 구를 제외하고 등록 유권자의 91%가 선거에 참여하는 결과를 가져온다. 그리고 뒤이어 이승만이 대통령으로 선출된다. 이로 인해 빨치산의 사기가 나날이 떨어져가는 사이 하준규에게 지리산 유격대 대표 자격으로 해주대회에 참석하라는 지령이 떨어진다. 1948년 8월 20일 해주에 도착해 보니 하준규의 단체 소속은 남로당이 아닌 '학병거부동맹'으로 되어 있었다.

박태영이 공산당원을 벗어나 "나 혼자만이 걸을 수 있는 길을 찾아야겠다."는 결의를 다지면서 정치 동향에 일절 신경을 쓰지 않기로 한 것은 '여순 사건'을 통해서이다. '여순사건'에 대한 서술방식에서 「智異山」과 「南勞黨」은 미묘한 차이를 보인다. 소설 「智異山」에서 작가는 여순사건에 대해 김남식의 「남로당」에 의거해 기록했음을 밝히고 있다. 반면 소설 「南勞黨」에서는 대한민국 정부에서 발표한 내용이라고 밝힌 후 "여수 주둔의 제14연대 반란사건은 그 연대에 침투한 남로당계 공산주의 신봉자들이 건국한 지 불과 2개월 밖에 안 되는 신생 대한민국을 부정하고 전복하려는 반역적인 쿠데타이다."라는 서두를 시작으로 여순사건에 대해 서술한다. 즉 김남식의 「남로당」에 의거한 「智異山」이 여순사건의 경위에 초점을 두고 있다면 대한민국정부의 발표에 의거한 소설 「南勞黨」은 여순사건을 통한 좌익의 학살 및 폭력성에 초점을 두고 있다. 물론 「智異山」에서도 남로당원들의 잔악함이 언급되지 않은 것은 아니다. 그것은 박태영을 통해 회자되고는 있지만 여순사건을 기록함에 있어서는 사건의 경위 및 진행과정에 중점을 두고 있다는 것이다.

「南勞黨」의 여순사건이 우리가 교육받아온 공적인 역사에 의거한 진술인 반면 「智異山」의 경우 사회적 상황에 의해 의도적으로 배제되거나 기피되어 왔던 사료에 의한 진술이다. 이것은 역사를 바라보는 시각의 다각화를 모색하고 있는 글쓰기 방식이면서, 공적인 역사에 입각한 편협한 역사 진술 방식에 이의를 제기하고 있는 진술이기도 하다. 또한 상황이나 정치적 성향에 따라 역사를 바라보는 시각이 다르기 때문에 역사의 기록이 왜곡될 수 있다는 가능성을 견제하고 있는 태도이기도 하다.

여순사건은 발발 직후부터 반공주의를 부추기고, 정치적 입장에서 반대세력을 탄압하기 위해 이용되어 왔다. 또한 그 원인 및 전개과정에 대해서도 '여수주둔 14연대 내부의 좌익 세력 결집', '군과 경찰의 갈등'[61], '남로당의 침투와 숙군 작업'[62] 등 여러 가지 설이 분분하다.

---

61 이승만 정권 초기 경찰은 일제시대에 경찰에 몸담았던 사람들이 대부분이었고, 국방경비대는 경찰의 체포를 피해 온 좌익 활동가나 실업자가 많았다. 장비 면에서 우세했던 경찰은 국방 경비대를 깔보는 반면 국방 경비대는 거꾸로 경찰을 민족과 국가를 팔아먹은 매국노가 많은 친일 집단으로 보았다. 이러한 군과 경찰의 갈등관계를 여순사건의 발발 원인으로 보는 견해도 있다. (김득중, 「1948년 여수와 순천에서 무슨 일이 일어났을까」, 강만길 외, 『우리 역사 속 왜?』, 서해문집, 2002, 230쪽.)

62 당시 국군 수뇌부는 좌익 세력을 척결하기 위해 14연대 연대장이었던 오동기를 구속하고 사건이 일어나기 며칠 전에는 14연대에 있는 좌익 세포원들을 체포했다. 이런 숙군의 움직임이 감지된 것을 여순사건의 발발 원인으로 보기도 한다. (김득중, 위의 책, 같은 쪽.)

그 성격에 대해서도 제주도 4·3 사건을 진압하기 위해 14연대의 일부 병력을 파견하기로 하자 군내 좌익세력이 돌발적으로 일으킨 사건인지, 아니면 사전에 남로당과 연계된 계획된 봉기였는지 논란이 되고 있다.[63] 여순사건이 중앙당의 지도하에 발생한 것이라고 보기는 어렵다. 당시의 남로당은 불법단체였고 지하조직이었기 때문에 보도를 통해 사태의 전말을 파악했기 때문이다.[64] 이 사건은 지방 지도부로부터 발생한 사건이라고 추측할 수 있는데, 이는 결과적으로 남로당에 대한 국민의 인식을 나쁘게 했고 당세를 약화시켰다.

작가는 「智異山」에서 여순사건의 발발 원인을 구(舊) 빨치산들의 회고담을 통해 기술한다. 그 기술에 의하면 여순사건은 '제주도의 반란을 돕기 위해 제주도로 가면 안 되고 여수에서 반란을 일으켜 전라남도를 점령하여 해방지구를 만들'라는 남로당의 지령을 받아 이루어진 계획된 봉기였다. 그러나 이것은 「南勞黨」에서 좀 다른 각도로 언급된다. 당시 이주하, 이중업 밑에 있던 군사부책(軍事副責) 이재복의 단독지령 하에 진행되었고, 사건이 발발한 후 남로당 핵심간부들은 이재복의 보고를 통해 전해 듣는다. 자신의 간부에게 사전 연락을 하

---

63 박정석, 「여순사건에 대한 기억」, 김경학 외 공저, 『전쟁과 기억』, 한울, 2005, 180~181쪽.

64 박갑동은 다음과 같은 근거를 내세우며 여순사건은 남로당 중앙이 개입하지 않은 우발적인 사건이라고 주장한다. "여수에서 1개 연대가 반란을 일으켜 정권을 탈취할 수 있을 정도로 당시의 국내정세가 결코 남로당에 유리하지 않았다. 첫째, 미군이 주둔하고 있는 조선 하에서 군사반란으로는 정권을 탈취할 수 없는 정세에 있었다. 둘째, 군내 잠복중인 남로당 푸락치가 연대마다 반란을 일으킬 정도로 강력하지 못했다. 셋째, 중앙에서 멀리 떨어진 여수에서 반란이 성공하였다 하더라도 그것이 전국적 정권탈취와 결부될 수 없다. 넷째, 반란을 일으켜 전국적으로 성공하지 못하고 실패한다면 그 후유증은 너무나 크고 심각하다. 다섯째, 남로당의 여순반란사건에 대한 평가에서 '애국적이며 용감한 봉기'라고 평가하지 않고 있다."(박갑동, 『박헌영』, 인간사, 1983, 213~214쪽 참고)

고 지시를 청했냐는 말에 이재복은 사건 3일 전 14연대 남로당 조직책이자 여순사건의 핵심인물인 지창수를 만나 봉기 계획에 대해 들었기에 지시를 청할 겨를도 없었을 뿐더러 지창수의 정세 분석이 정확하고 열의가 대단했기에 독단으로 지령을 내렸다고 응답한다. 엄밀히 따지면 남로당 군사부책인 이재복은 여순사건의 계획과 지령을 하달한 것이 아니라 지창수의 계획에 승낙을 해준 셈이다.

여순사건을 기술하는 이러한 일련의 과정들을 볼 때, 여순사건에 대해 작가는 가능한 객관적이고 원근법적 시각으로 접근하려 하고 있음이 드러난다. 국군의 기록, 파르티잔, 회의주의적 파르티잔 등 다양한 인물들의 입장을 통해 여순사건의 발발 원인이나 사건의 진행과정 등을 서사화하고 그것을 평가하고 있기 때문이다.

(가) 박태영은 여순사건을 '좌익이 자멸의 길을 스스로 재촉한 것'이라고 보았다. 바로 그 점이 박태영을 분노케 한 것이다. 그만한 반란을 일으킬 수 있도록 군 내부에 좌익 세력이 침투해 있었다면, 왜 일시에 전국적인 규모로 폭발할 수 있도록 계획하지 못했을까. 차라리 가만있었더라면 이번 6·25를 계기로 그야말로 일거에 전세를 결정할 수 있지 않았을까.

여순반란사건은 좌익의 잔학상을 만천하에 증거로 제시하여 민심을 잃게 하는 동시, 숙군의 동기가 되어 군대 내에서 좌익의 뿌리를 뽑게 해 버리지 않았는가.[65]

---

65 이병주, 『지리산』, 앞의 책 7권, 127쪽. (이후 권, 쪽수만 밝힘) (이 부분은 『세대』에 연재될 당시 없었던 부분이다. 앞에서 언급했듯이 이 작품은 『세대』에 연재되다가 미완결인 상태로 중단되었다. 그리고 이후 단행본으로 완결되어 출간되었다. 때문에 『세대』에 연재되지 않았던 뒷부분은 이병주 선집을 기초 자료로 삼았음을 밝혀둔다.)

(나) 이렇게 기록한 후 다음과 같이 덧붙이고 있다.

  – 숙군의 본격적 계기가 된 여–순 반란사건, 대구반란사건 등이 만일 야기되지 않고 북괴 남침 시에 군대 내에서 봉기사건이 있었더라면 대한민국이 어떻게 되었을까함은 자명한 일이다. 이러한 관점에서 볼 때 반란사건과 숙군은 대한민국을 구하였고 국군을 반석 위에 서게 하였던 것이다.

  (그런데 이 국군의 기록은 숙군대상자 명단과 군법회의 기록이 북괴 남침 시 소각되었으므로 구체적인 사례는 생략한다고 쓰고 있다.) (「南勞黨」, 1987. 3, 613쪽)

(가) 인용은 여순사건을 바라보는 회의주의적 파르티잔인 박태영의 언술이고 (나)의 인용은 국군의 기록을 발췌해 놓은 「南勞黨」의 한 부분이다. 두 인용은 입장의 차이는 있으나 여순사건에 대한 평가 혹은 여순사건과 미래와의 상관관계에 대해서는 비슷한 견해를 보이고 있다. 여순사건으로 인해 파르티잔들과 우익세력간의 갈등의 골이 깊어졌음은 물론이고, 그에 따라 서로에 대한 잔악성이 증폭되기에 이른다. 그리고 이것은 정치권력에 의해 철저히 이용당한 무고한 희생자들을 수없이 배태하게 만들었다는 점에서 문제가 되며, 작가가 여순사건에 주목하고 있는 중요한 이유가 된다. 아울러 과거와 현재의 국가폭력 및 이념에 대한 억압구조와 관계를 폭로하여 그로 인해 고통 받은 사람들의 목소리를 철저히 복원해 내려 했다는 점에서 작가의 역사인식 및 역사적 성찰이 돋보이는 지점이기도 하다.

한편 박태영은 좌익의 대대적인 숙청이 이뤄지고 있는 사회분위기 속에서 좌익의 물자 보급로였던 '전태일'로 활동했던 것이 들통이 나 노동식을 죽인 문남석 형사에게 잡혀간다.[66] 그리고 이후 모진 고문을 견디고 하영근의 도움으로 사형을 면하여 재판을 기다리면서 감옥에 있게 된다. 박태영의 눈에 들어온 서대문 구치소 감옥 안은 대한민국과 경찰, 우익에 관한 증오의 열기로 충만해 있었다. 또한 '흥분하고 증오하는 감방 사람들이 회색의 군중, 허망의 꼭두각시'로 보이기도 했다. 하영근을 비롯한 여러 사람이 박태영의 구명을 위해 노력하고 있는 사이 박태영은 서대문 구치소 안에서 전쟁 소식을 듣게 된다. 서대문 구치소의 수감자 대부분은 좌익 계열의 사람들이거나 좌익으로 오해받고 들어온 사람들이다. 작가는 서대문 구치소 안에서 경험한 전쟁 상황과 그에 따른 수감자 및 좌익 계열들의 행적과 심정에 초점을 둔 박태영의 일기를 통해 한국전쟁을 이야기한다.

전쟁으로 인해 구치소에서 나와 집에 돌아온 박태영은 라디오 단파방송을 통해 전쟁 상황을 듣고 기록하면서 시간을 보낸다. 박태영이 기록하는 전쟁 상황 역시 평양과 남한의 반응 및 방송 내용이 다르다. 이러한 차이를 박태영은 가감과 누락 없이 함께 기록해 놓는다. 박태영의 전쟁일기는 객관적으로 진술된 역사기록 혹은 사료의 의미를 지닌다고도 할 수 있다. 그리고 그 기록방식에 있어서도 작가의 방식과 상당 부분 흡사하다. 즉, 역사의 현장에서 몸으로 체득하고 체감했던 '과거'를 승자/패자의 구분 없이 다양한 사료와 체험적 증언을 통해 보여준다.

여기서 박태영의 기록행위는 기억의 저장 창고로, 기록에 의거한 글쓰기를 시도하고 있는 이병주의 창작방법을 드러내준다. 기억의 저장

---

66 여순사건으로 인해 국가보안법이 제정되었으며 남로당에 대한 불법화 조치 즉 남로당의 정당등록 취소처분이 취해졌다. 남한에서 남로당은 더 이상 합법적으로 존재할 수 없게 된 것이다. 이로 인해 북한은 '혁명적 민주기지'로서의 역량과 기반을 확립해 가면서 대남투쟁의 주역으로서 남로당을 대체한다. (김점곤, 『한국전쟁과 노동당 전략』, 박영사, 1973, 205~206쪽.)

창고로서 그의 텍스트는 역사를 위해 특정 기억을 제공한다. 동시에 그것은 역사를 통해 저장된 기억을 기록하는 기억 행위이기도 하다. 각 텍스트가 텍스트들로 이루어진 기억 공간에 자기 자신을 기록하는 행위는 다른 텍스트들을 변형시키면서 자신의 내부에 받아들이는 기억의 행위이기 때문이다. 따라서 텍스트들은 저장된 물질적 기억이고, 텍스트들의 상호 관계는 기호로서의 역사·문화를 다시 새롭게 기록하는 행위라고 할 수 있다. 이런 맥락에서 기록에 천착하는 이병주의 글쓰기는 기억의 행위이면서 동시에 역사의 새로운 해석이라 할 수 있다. 그의 모든 텍스트들은 역사의 양태를 보여주는 전체의 기억 공간을 새롭게 기록하는 행위인 것이다.[67]

전쟁이 진행되는 사이 박태영은 정치보위부에 끌려갔다가 이승엽의 도움으로 풀려나와 통신사 기자로 당의 활동에 참여하게 된다. 여기서 박태영의 두 번의 연행은 좌우 이데올로기 대립으로 인한 시대의 혼란상을 극명히 보여주는 동시에 작가의 행보와 흡사한 면을 보인다. 즉 이념 대립의 직접적인 희생자로 존립했던 작가의 체험이 투영되어 있는 부분이기도 하다.

"후회하진 않아. 다만 헛살았다는 인식만은 있어. 조국은 나에게 아무것도 바라지 않았어. 농민도 노동자도 내게 바란다고 하지 않았어. 괜히 나만 들떠 있었던 거야. 조국을 위하고 싶다는 정열은 지금도 있어. 그런데 조국은 내가 버러지처럼 죽어도 상관하지 않아. 농민과 노동자도 그래. 내가 그들을 위해 애썼다는 것을 알아주기라도 할까? 물론 나 자신이 알아달라고 하지도 않아. 그러나 나는 어떻게 하면 조국을

---

67 Renate Lachmann, *Memory and Literature: Intertextuality in Russian Modernism,* University of Minnesota Press, 1997, p.36.

위하게 되는지, 무엇이 농민과 노동자를 위하게 되는지 알 수가 없어. 당이나 통신사가 내게 요구하는 것은 거짓말이고, 내 가슴속에 있는 말은 한마디도 못 하게 되어 있어. 나는 말짱 헛된 길만 걸어왔어. 헌데 이제 와선 돌이킬 수도 없구나. (6권, 223~224쪽)

위 인용은 김숙자와 결혼한 박태영이 자신의 과거에 대해 반추하는 부분이다. 인용에서 박태영은 당원으로서의 삶을 후회하지는 않지만 삶을 헛살았다는 인식만은 존재한다고 언급한다. 투철한 사상에 입각해 정열적으로 살았기에 후회는 없다는 것이다. 그러나 공산주의 사상에 대한 모순과 잔학함을 인지한 이후부터 항상 박태영의 뇌리를 맴돌았던 말처럼 그것은 '허망한 정열'이었기 때문에 헛살았다는 회의에 빠지게 되는 것이다. 그럼에도 불구하고 박태영은 사상의 그늘에서 벗어날 수 없었다. 당의 인원이 부족했던 상황에다 당원으로서의 활동경력이 있는 그였기에 어떤 식으로든 조직 활동에 참여하게 된다. 그래서 박태영은 김숙자와 헤어져 통신사 기자로서 이태와 함께 전주로 내려가게 된다. 그곳에서 전황, 반동의 운명, 그에 대한 당의 처리방식 등을 기록하는 기록자의 임무를 맡게 된다.

박태영의 임무는 기록뿐만이 아니었다. 좌익세력이 열세에 몰리자 그는 이태의 지휘 아래 습격사건에 가담하는 등 본격적인 파르티잔의 삶을 살기 시작한다. 이 과정에서 당원들의 잔악 행위에 이의를 제기하기도 하지만 '공산주의자들에겐 모든 것이 허용된다는 논법으로 일관'하는 당원들에게 통할 리가 없었다. 그도 그럴 것이 "지방 양민들의 재산을 약탈하는 것도 공산주의를 돕는 일이니 합리화되고, 공산주의를 반대한다는 것만으로도 죽일 수 있는 죄목이 된다는 것"이 그들의 논리였기 때문이다. 즉 그들에 의하면 "공산주의는 천상천하의 유일한 진리일 뿐 아니라 모든 특권, 생살여탈의 권리까지 포함한 절대권의 소유자"란 것이다. 당시 공산당은 여러 교육기관을 설치해 이러한 공산주의의 절대화에 대한 사상적 교육을 실시하였기 때문에 대다수의 당원들이 사상적으로 흡수되어 당에 충실한 것도 어떻게 보면 필연적인 결과일 수 있다. 그러므로 그들은 전쟁에 대한 옳고 그름의 인식과 결과에 대한 예측도 없이 오직 자신들이 이겨야 한다는 생각만으로 전쟁에 임할 뿐이다.

박태영이 만난 사단장 역시도 이러한 사고로 전쟁에 임하면서 박태영에게 '대학을 다닌 사람은 전쟁에 회의를 품기도 하겠지요?'라는 질문을 한다. 이 질문 안에는 지식인/비지식인에 따라 전쟁을 바라보는 견해 차이가 있음이 전제되어 있다. 그러나 박태영은 "누가 옳았든 누가 나빴든 동족상잔의 전쟁"이라는 데 슬픔이 있는 것이고, 그래서 회의를 품는 것이지 계층의 차이는 어떤 기준으로도 작용하지 못함을 언급한다. 여기에 작가가 힘주어 말하고자 하는 핵심이 있다. 한국전쟁은 누구의 과오, 누구의 승리를 따져 묻는 게 중요한 것이 아니라 동족끼리의 싸움이었다는 데 문제가 있다는 것이다. 또한, 그 과정에서 수많은 사람들이 동족의 손에 희생되었다는 사실에 회한이 남는 것이다. 전쟁을 보는 이러한 시각은 작가의 휴머니즘적 사고에서 기인한 것으로 작품 속 지식인 인물 유형들에 의해 수없이 제기되고 있는 문제이다.

한편 여순사건 이후 박태영이 남부군으로 활동할 무렵 유엔 대표 조이 중장의 7개항으로 된 제안이 있었다. 그 제안 가운데 5항에 '상대방이 지배하고 있는 지역으로부터의 정규군, 비정규군(빨치산: 필자)의 전면적 철퇴'라는 것이 있었는데, 이튿날 공산측 대표 남일은 휴전 감시 조항을 강경하게 거부함으로써 5개항의 문제는 거론하지도 않고 묵살해 버린다. 작가는 이를 두고 "뒤에 자세히 살펴보면 이것이 남한에 있는 빨치산의 운명을 결정지어버렸다."고 언급한다. 그리고 파르티잔들 사이에도 '휴전회담'이 화제에 올랐는데, 그에 대한 낙관론과 부정론을 제시하면서 작가는 파르티잔의 운명에 연민한다.

> "우리는 인민군총사령부의 명령으로 편성된 의젓한 전투 집단이다. 공습이 전쟁 방식의 하나인 이상, 적 후방에서 싸우면 안 된다는 법이 없고, 낙오병이라고 해서 저항을 중지해야 한다는 전쟁 법규도 없다. 우린 또 간첩 활동을 한 것도 아니다. 그러니 전쟁 상태에선 유격 활동은 범죄가 아니라 정당한 교전 행위로 인정되어야 한다. 정전이 성립되면 당당하게 철수할 수 있어야 한다."
>
> 그러나 대부분 대원들은 비관론, 아니 절망론을 말했다.
>
> "유격대는 어디까지나 비공식 전력이다. 휴전 회담에서 거론될 까닭이 없다. 국군은 휴전으로 생겨난 여력으로 후방에 대부대를 투입하여 우리를 공격해올 것이 틀림없다. 중과부적이다. 우리는 결국 공화국으로부터 버림받은 채 남한의 산중에서 파멸되고 말 것이다."(7권, 85쪽)

위 인용은 전시 상황에서의 자신들의 존재와 행위에 대한 파르티잔들의 생각이다. 위와 같은 파르티잔들의 생각과는 다르게 "공산측은 유격대의 운명에 관심을 가지려고 하지도 않았고, 한국 측, 유엔군 측은 긁어 부스럼을 만들 필요가 없으니 그 문제를 꺼낼 까닭이 없었다."고 작가는 술회한다. 이로 인해 파르티잔들의 사상에 대한 투철함과 당에 대한 충성도가 철저히 이용되고 있음이 부각된다.

또한 이들은 대한민국 국군의 "지리산 지역 공비 소탕전은 일단락을 지었다."는 발표에 의해 토벌군이 철수된 사실도 모른 채 그저 유기된 토벌군의 물건들을 회수하는 데 몰두한다. 뿐만 아니라 눈 속에 묻혀 있는 냄비의 밥을 주워 먹는 것을 비롯해 급기야는 시체의 입안에 있는 밥알을 꺼내 먹기까지 하면서 생존을 연명한다. 박태영은 "인간의 품위를 흙탕물 속에 짓밟아 놓고, 죽은 자의 입 속에 있는 밥알까지 탐하는 짐승으로 만들어 놓고……." 죽은 시체를 보며 지휘관의 책임을 운운하는 이현상에게 환멸을 느낀다. 그리곤 "언젠가는 꼭 있어야 할 이현상과의 대결을 위해 기어이 살아남아야 겠다"고 맹세한다.

- 상대방이 비인도적이라고 해서 이쪽도 비인도적이라야 할 필요가 있는가. (중략)
- 공산주의는 과학이라야 하지 않겠는가. 그런데 당신은 이론만 과학이고 실천은 과학에서 일탈해도 좋다고 생각했는가.
- 공산주의가 과학이라면 실천도 또한 과학적이라야 한다. 그런데 당신의 목적, 당신의 전망, 당신의 판단, 당신의 계획이 과학적이었다고 생각하는가.
- 자본주의자들에 의한 노동자의 희생에 비분강개하는 당신이 이 지리산에서만도 엄청난 파르티잔의 희생을 어떻게 생각하는가.
- 그들의 희생을 미 제국주의자와 이승만에 의한 희생이라고만 보는가. 당신들의 편견과 오산이 빚은 희생이라고 보진 않는가.
- 당신은 그 희생자들에 대한 보상을 어떻게 생각하는가. 유물론자인 당신은 명복 같은 것은 물론 부정할 것이다. 종교적인 진혼 같은 것도 부정할 것이다. 죽은 자를 위해 바치는 꽃은 형식일 것이다. 그렇다면 지리산에서 죽은 그 무수한 사람들에 대해 할 일이 없지 않은가. (중략)

– 당신은 시체의 입에서 밥알을 꺼내 먹는 대원들을 보고 어떻게 느
꼈는가. (7권, 189쪽)

위 인용은 훗날 이현상과 대면했을 때 질문하기 위해 박태영이 생
각해낸 설문 사항이다. 위 설문 사항들은 비단 이현상에게만 국한되
어 있는 것이 아니라 이현상으로 상징되고 있는 공산당 전체에게 제
기하는 의문들이다. 아울러 공산주의 사상과 실천 방식 사이의 괴리
로 인해 무고하게 생을 마감할 수밖에 없었던 파르티잔들의 희생에
초점을 두고 있는 작가의 역사인식 태도를 집약하고 있는 부분이기도
하다. 작가는 공산주의의 사상이 아닌 실천방식의 문제에 이의를 제
기하며 역사의 현장에서 외면당해 왔던 파르티잔들의 죽음에 주목한
다. 그리고 수많은 파르티잔들을 죽음으로 몰고 갔던 공산주의의 실
천방식을 비판하는 동시에 파르티잔들의 희생에 대해 애도하는 태도
를 취한다. 이러한 부분은 작가 후기에서도 밝히고 있듯이 소설 「智
異山」의 창작 의도인 동시에 작품 전반에 흐르고 있는 파르티잔들의
무고한 죽음에 대한 의분인 것이다.

한편, 남부군이 일련의 시련을 겪는 동안 남부군에선 '간부 보존사
업'이란 캐치프레이즈가 나돌았다. 즉 공화국을 위해 유능한 간부를
어떤 수단을 쓰더라도 보호하는 게 파르티잔들에게 부과된 과업의 하
나라는 것이다. 이러한 캐치프레이즈 아래 전투원의 손실은 7할이 넘
었는데 반해 본부 요원의 희생은 2할도 채 안 되는 이른바 머리통만
남고 손발이 떨어져 나간 기형적인 상태가 되었다. 그리고 얼마 지나
지 않아 "대한민국 경찰의 표현 그대로 공비가 잔비로 되고, 망실공비
(亡失共匪)로 불리게" 되는 데까지 이른다.

이러한 과정 속에서 이태는 생포되어 자취를 감추고, 그에 따라 박

태영이 이태의 전기 편찬 임무를 대신 맡게 된다. 작가는 이태의 수기를 그대로 옮겨 적시하는 것으로 이태의 생포과정을 기술한다. 그리곤 "너무 앞지른 얘기가 되겠지만 이태의 앞날엔 신문, 재판, 징역 등 형극의 길이 연속되었다. 그러나 결국 그는 살아남아 자유의 몸이 되었다"는 첨언으로 수기를 제외한 나머지 서사는 현재의 시점에서 기술되고 있다는 것을 환기시킨다.

현재의 시점에서 과거를 재현한다는 것은 그 과정 속에서 기술자 혹은 작가의 주관적 견해를 수반하게 된다. 즉 이미 과거 사건의 결과가 도출되었으므로 그 결과가 평가의 기준으로 작용할 가능성이 농후하다는 것이다. 이병주 또한 이 부분에선 자유롭지 못한 게 사실이다. 물론 그는 객관적 거리를 유지하기 위해 다양한 시각의 사료와 사적 체험 기억을 동반하여 역사적 사건에 대한 서사를 구축하려 시도한다. 그러나 사건에 대한 평가나 초점화에서는 작가의 주관적 견해가 개입되기도 한다. 때문에 이병주는 각주나 괄호 안의 실제 자신의 목소리를 통한 직접 개입의 방식으로 실제 기록과 작가의 주관적 견해, 즉 허구적 서사와의 경계 짓기를 시도한다. 현재의 시점에서 그리고 현재와의 관계 속에서 과거 역사를 기술하는 입장에 있기에 작가가 주목하는 것은 자연스럽게 사건의 과정보다는 사건 이후의 처리과정 및 결과로서의 분석이 된다. 때문에 한국전쟁을 바라보는 시각 또한 전쟁 과정보다는 전쟁이 가져온 결과에 주목한다. 그 결과를 분석하는 데 있어서도 공적인 역사에서 배제되어 왔던 입장과 인물을 대상으로 하고 있다.

(가) "나는 이런 사태가 올 줄 알았소. 명백히 전쟁엔 진 것 아닙니까. 조선 전체를 초토로 만들어놓고 얻은 게 무엇이오. 그 책임을 최고 권력

자가 져야 할 게 아니겠소. 그런데 마음대로 할 수 있는 권력을 잡은 자가 물러설 수 있겠소? 책임을 전가할 죄물이 필요하게 된 거요. 김일성은 자기의 라이벌이자, 언제나 지켜봤던 존재인 박헌영과 그 계열, 즉 남로당 세력을 없애버리기로 한 거요. 전쟁에 진 책임을 그들에게 지우는 동시에 라이벌을 없앨 수 있으니 일석이조의 보람이 아니겠소. 그래서 그렇게 된 거요. 박헌영 또한 그렇게 당할 만한 소지를 가지고 있었소. 극단적인 종파주의자였으니까 적이 좀 많겠소. 누구보다도 종파주의적인 김일성이 박헌영을 종파주의 분자로 몰았으니 만화적인 광경이지. (중략)

그러나 우린 혼란에 빠지지 맙시다. 파르티잔으로서의 체모를 지킵시다. 해동될 때까진 꿈적도 말고 숨어 있다가 해동되면 우리의 갈 길을 찾읍시다. 당이 없어도 우린 나라와 인민을 위할 수 있습니다. 부조리한 조국의 현상에 대한 항거라고 해도 파르티잔으로서의 명분이 서지 않겠습니까." (7권, 335~336쪽)

(나) 박헌영의 죄를 조작한 김일성의 악랄함을 인정하면서도 박헌영이 민족에 끼친 범죄는, 김일성이 조작한 것과는 전혀 달리, 역사의 심판을 받아야만 할 것이다.

처참한 최후가 그 보상이 될까?

역사란 결코 만만한 것이 아니다. (중략)

하영근의 말을 다시 한 번 인용한다.

"역사상 정치집단의 빈번한 부침(浮沈)이 있었지만 남로당처럼 허망한 건 다시 없을 것이다. 박헌영이 미국의 스파이였다고 김일성이 처단했는데, 그것이 사실이었다면 남로당은 일종의 괴기한 만화에 불과하고, 그것이 사실이 아니라면 남로당이 치른 대가가 너무나 엄청나다. 남

> 로당의 역사 십 년 동안의 경과는 대한민국에 국한해선 공산주의가 철
> 저하게 실패했다는 증거재료가 된다. 세상에 그처럼 허망한 일이 있을
> 수 있는가?"(「南勞黨」, 1987. 8, 634쪽)

위 인용은 휴전 협정 후 남로당과 파르티잔의 행보에 대한 언급이다. 이 부분에는 전쟁에서 공산주의가 패할 수밖에 없었던 원인과 결과에 대한 박태영의 분석 및 평가가 집적되어 있다. 여기서 이병주의 소설로서의 역사 쓰기 방식이 나타나는데, 그 첫 번째는 승자의 역사로 기술되어 있는 공적인 역사 쓰기 방식이 아닌 공적인 역사에서 배제된 패자의 역사 쓰기를 시도하고 있다는 점이다. 즉 작품 속에서나 실제 역사에서도 패자로 귀결되었던 남로당과 파르티잔의 역사를 재생하는 과정을 통해 역사 왜곡에서의 탈주를 시도하고 있다. 또한 패자의 역사를 부활시키는 데 있어서도 공적인 역사에서 배제된 패자의 목소리를 통해 직접 그들의 역사를 쓰게 하는 방식을 취하고 있다.

역사에 대한 천착은 '해석'의 문제와 불가분의 관계에 있다. 즉 다양한 사건 사이의 인과관계, 사상이나 제도의 계보, 인간사회에 변화를 가져오는 힘을 이해하기 위한 지식의 탐구이다. 동시에 그것은 '동일화'의 문제이기도 하다. 우리가 과거와 맺는 관계는 원인이나 결과에 대한 사실의 지식이나 지적인 이해뿐 아니라 상상력이나 공감에 의해서도 형성된다. 전시자료관, 기념관, 사적, 역사소설이나 영화 등은 과거에 살았던 사람들과 정서적인 공감을 나누는 관계로 이끈다. 과거의 인물들과의 이러한 동일화는 지금 살고 있는 우리의 정체성을 다시 생각하거나 재확인하는 기반이 된다.[68]

---

[68] Tessa Morris-Suzuki, 『우리안의 과거』, 앞의 책, 40쪽.

여기에 이병주가 시도하고 있는 '소설로서의 역사 쓰기'의 의미가 있는 것이다. 그는 역사의 왜곡을 피하는 방편으로 객관성을 확보하기 위해 원근법적이고 다각적인 시각으로 역사를 기술하려 노력했다. 그리고 지난했던 역사의 과정에서 무고하게 희생된 자들을 소환해내어 그들을 추모한다. 이때 그 추모의 한 방식이 잊혀진 자들을 기억하는 것이 된다. 이러한 일련의 과정을 거치면서 현재와의 관계 속에서 과거의 역사를 다시 생각하게 되는 것이다.

3. 사료(史料)의 재검증과 역사적 논평

앞서 살펴보았던 「智異山」, 「南勞黨」이 식민지 시기부터 전쟁 직후까지를 배경으로 하여 남로당과 파르티잔을 전면에 배치하고 있다면, 대하소설 「山河」는 해방 이후부터 제1공화국(1945~1960)까지를 배경으로 당대의 사회·역사적 현실의 문제를 다루고 있는 작품이다. 이 시기는 미·소 양국이 냉전 상태로 빠져 들면서 각각 자국에게 유리한 체제를 남·북한에 수립하고자 체제 개편에 막대한 영향력을 행사하고 있던 시기였다. 동시에 우리 민족 내부에서는 새로운 사회의 건설을 둘러싸고 계층 간의 대립이 점차 두드러지게 나타났다.

먼저 8·15를 전후해 여운형을 중심으로 통일전선적인 성격을 띤 '건국준비위원회'가 결성되어 당시로서는 국내 최초의 정치단체로 활동을 개진하기 시작했다. 이후 건국준비위원회는 '완전독립', '진정한 민주주의의 확립', '대중생활의 확보' 등의 내용을 핵심으로 하는 강령을 발표하여 활발한 활동을 전개한다. 그러나 내부 구성의 다양성의

차이를 효과적으로 극복하지 못한 채 9월 7일 발족한 지 20여 일 만에 사실상 해산되고 만다.[69]

이후 건국준비위원회의 뒤를 이어 좌익계 주도로 '조선인민공화국(1945. 9. 6)'이 결성되고 이에 대립하여 우익계의 '한국민주당(1945. 9. 16)'이 활동을 시작함에 따라 좌·우익의 대립은 본격화된다. 당시 우익진영을 대표하던 '한국민주당'은 '임정봉대(臨政奉戴)'라는 명분을 내걸고 송진우 계열을 핵심으로 결성한 정파로, '조선인민공화국'과 함께 통일전선 노선을 표방하였으나 정파의 구성원이나 관점의 차이는 결코 통합되지 못했다. 따라서 좌·우 합작 노력은 물론이고 통일전선 운동은 그 영향력을 상실하고 만다.

당시 이러한 상황을 더욱 악화시킨 것은 미군정이었다. 미군정은 1946년 5월 8일 '미소공동위원회'가 결렬됨에 따라 한국임시정부 수립에 대한 전망이 희미해지는 가운데 좌·우 합작운동을 전개하던 김규식, 여운형 등을 지원한다. 그러나 합작운동을 지지하는 세력의 입지가 약화되고 찬·반탁을 둘러싼 대립이 첨예화됨에 따라 미군정은 난세에 부딪히면서 '단독정부'로 방향을 틀게 된다. 한편, 이 기간 동안 우익은 '반탁'을 주장하면서 자신들의 입지를 굳히고 각종 권력기관을 장악하는 등 단독정부의 기반을 구축한다.

이러한 과정을 거치면서 우여곡절 끝에 새로운 정부가 들어서게 되지만 민주적 개혁이나 대중을 위한 생활개선 정책은 추진되지 않는

---

69 당시 건국준비위원회는 여운형 중심의 건국동맹계열, 안재홍 중심의 신간회계열, 정백 중심의 조선공산당계열이 주축을 이루었고 송진우를 비롯한 일부 보수 이익세력을 제외한 거의 모든 세력을 망라하고 있었다. 하지만 얼마 지나지 않아 건준 내부에서 좌우익 간의 대립이 표면화되어 안재홍 중심의 신간회계열이 탈퇴하면서 좌익 성향으로 기울어져 건준은 해체되고 만다.(홍인숙, 「건국준비위원회에 관한 연구」, 이화여대 석사학위 논문, 1984, 27~28쪽.)

다. 이를테면 친일파 민족반역자 처벌을 위한 반민족행위 특별조사위원회(반민특위)의 활동이 무위로 돌아가는가 하면 토지 개혁이 계속해서 지연되었던 것이 그것이다. 당시 새로운 정부는 오직 반공에만 촉각을 세우고 좌익을 포함하여 일반 민중들의 개혁의지를 억누르는 데 중점을 두고 있었기 때문에 각 정파들의 대립과 분열은 난립했다. 그 단적인 예로는 이승만과 합세하여 초창기 '단독정부 수립'을 주장하던 '한국 민주당' 계열이 이승만과의 권력 배분 문제를 놓고 대립관계로 돌아선 것이다.

이러한 대립과 정파 분리는 여순사건, 반민특위 및 국가보안법 문제, 국회 프락치 사건, 백민태 사건, 김구 암살 사건, 5·30 선거, 부산 정치 파동, 한국전쟁, 사사오입 개헌 파동, 조봉암과 진보당 사건 등 우리 역사에 크고 작은 사건들을 남기게 되었다.

1) 허구적 서사로 역사 검증하기

소설 「山河」는 이러한 사회·역사적 사실을 바탕으로 당대를 살아가고 있는 인물들을 그려내고, 그 인물들을 통해 현실에 대한 인식 태도를 보여준다. 역사적 사실과 상당부분 일치하는 사건이나 배경을 제시하면서도 작가는 관찰자적 입장을 유지한다. 이때 재현의 한 양식으로서의 역사 서사나 서술은 과거 현실을 재현하는 매개체일 뿐만 아니라 현실을 판단하는 특정한 이해의 양식이 된다.[70]

---

[70] 콜링우드는 "재현의 한 양식으로서의 역사 서사나 서술은 과거 현실을 재현하는 투명한 매개체가 아니라 오히려 현실을 판단하는 특정한 이해의 양식일 뿐이고, 일련의 파편적이고 개별적인 사건이나 행위들을 역사가의 '주관적인 상상의 망'에 따라 구조화한 통합의 패턴들이라고 단적으로 말한다. 즉 진실의 판단은 주어진 자료(사실)에 있는 것이 아니라 오히려 역사가의 상상적인 구축의 망에 있다

소설 「山河」는 이종문[71]이라는 인물을 내세워 해방 직후부터 한국 전쟁 이후까지 그의 행적을 따라 당대의 크고 작은 인사들과 역사적 사건들을 다룬다. 놀음꾼이던 이종문은 해방이 되면서 무작정 서울행 기차에 오른다. 그리고 38선을 중심으로 한 미·소 관계에 대한 이야기, 당시 여운형을 중심으로 결성된 '건국준비위원회'에 대한 찬·반토론 등에 대해 듣게 된다. 그러던 중 소설 속에서 중간파로 그려지고 있는 양근환 쪽 청년들과 다툼이 있은 후 그들과 친분을 맺고 그들을 통해 현 정세에 대한 이야기를 듣는다.

"지금 건국준비위원회란 게 되어 있습니다. 위원장은 여운형 선생이십니다. 그런데 우리 양선생님은 이걸 못마땅하게 여기시죠. 양선생님 의견엔 일리가 있습니다. 그런데 종로에 있는 장안빌딩에 공산당이 몰려 있습니다. 중심인물은 조동우, 정백, 최익환 이런 분이시지요. 그런데 그 밖의 공산당이 또 나타났습니다. 박헌영, 김형선, 이현상 등입니다." (중략)

"게다가 중국에 우리 임시정부가 있습니다. 김구 선생이 주석이죠. 미국엔 우리 이승만 박사가 계시고…… 그 분들이 국내에 들어와봐야 무슨 각단이 나겠죠. 그런데 미리 당파를 만들어 벌써 대립하는 징조를

는 것이다." (공임순, 『우리 역사소설은 이론과 논쟁이 필요하다』, 책세상, 2000, 18~19쪽) 그러나 사료, 기억, 증언, 신문기사 등 다양한 매체와 직접적인 역사체험을 바탕으로 역사 쓰기를 시도하고 있는 이병주의 글쓰기 방식은 이러한 콜링우드의 지적을 전복시키고 있다. 물론 매체의 선택 문제에 있어서는 일정 부분 주관이 틈입할 가능성을 배제할 순 없지만, 작가 자신의 직접 체험 기억을 병행하는 방식으로 주관의 틈입 가능성을 어느 정도 완화시키고 있기 때문이다.

71 이종문은 이름만 바꾸었을 뿐 자유당 시절 이승만 대통령의 총애를 업고 건설업계를 좌지우지하며 자유당 국회의원까지 지낸 실재 인물이다. (이광훈, 「행간에 묻힌 해방공간의 조명」, 『山河』, 한길사, 2006, 297쪽)

보이고 있으니 걱정입니다. 양근환 선생의 걱정이 바로 이것입니다. 양근환 선생은 당파를 초월하고 대동단결하자는 겁니다."[72]

이와 같이 당시는 38선에 대한 미·소 관련문제와 당파 형성, 그에 따른 대립의 문제가 출현하기 시작한 시기이다. 그리고 여운형을 주도로 '건국준비위원회'가 조직되어 활발하게 전개되기도 했다. 이에 반대하여 송진우를 필두로 조병옥, 장덕수 등이 '임시정부 환영위원회'를 결성하려 하였고, '조선공산당 재건위원회'를 둔 박헌영, 이관술, 이현상 등도 역시 여운형을 몰아내고 '건국준비위원회'의 주도권을 잡으려는 계획을 모색하기도 하였다. 이처럼 이른바 좌·우익의 대립 문제를 작가는 비교적 사실적이고 객관적으로 제시하고, 양측의 사상을 비판하기보다는 민족의 분열자체에 무게를 싣는다.

이종문은 양근환 측의 숙소에 들어가 생활하게 되는데 여기서 문성곡과 성철주라는 인물을 만나게 된다. 이들은 이후 등장하는 이동식과 함께 소설 내에서 작가의 현실인식 태도를 대변해주는 역할을 한다. 「智異山」과 「南勞黨」에서 하영근, 권창혁이란 인물이 작가의 목소리를 대신하는 것처럼 「山河」에서는 문성곡, 성철주, 이동식이란 인물이 작가를 대변하는 역할을 하고 있다. 작가의 분신으로 등장하는 인물들은 사상 대립이나 정치적 현장에 개입하지 않고 일정 거리를 유지하는 지식인이라는 공통점을 가지고 있다. 이러한 인물 설정은 작가가 시도하고 있는 소설로서의 역사 쓰기의 한 방식이 된다. 이들을 통해 사회 세력 간의 대립을 객관적으로 보여줌으로써 역사적 위기를 소설로 형상화하고 있다는 점에서 루카치가 말하는 '중도적 인

---

[72] 이병주, 「山河」, 『신동아』, 1974. 2, 438쪽. (이후 날짜와 쪽수만 표기)

물'을 연상케 한다.[73] 그러나 이병주 소설의 중도적 인물들은 역사적으로 위대한 인물을 설득력 있게 형상화하는 역할을 담당하지 않을뿐더러 민중들의 생활과 사유를 대변하는 역할도 하지 않는다. 그들은 당대를 살아가는 지식인의 한 유형을 이루며 현실 정세를 비교적 객관적으로 해석하거나 그를 통해 앞날을 예측하고 조언할 뿐이다.

소설 「山河」에 제시되어 있는 좌·우 중간 계열의 인물들은 거의 실제 인물과 흡사하다.[74] 뿐만 아니라 각각의 계열에서 주장하는 의견이나 그에 따른 사건마저도 실제사와 비슷하게 그려지고 있다.

먼저 중도좌파 계열의 중심인물이라 할 수 있는 여운형은 '자주독립'을 위해선 미국이 상륙하기 전에 자국 내에서 임시정부를 조직해야 한다는 명분으로 '조선인민공화국'을 결성한다. 그리고 이들은 "식민세력과 봉건세력을 물리치고 자유로운 민주제도를 만들려고 하는 민

---

[73] 루카치는 역사적 흐름에는 항상 치열하게 전개되는 사회세력 간의 대립이 존재하는데, 스콧의 소설은 이러한 사회세력 간의 대립을 중도적 인물의 설정을 통해 객관화함으로써 역사의 위기를 형상화하고 있다고 언급한다. 이때 중도적 인물은 양극단의 대립과 갈등 사이에서 민중들의 사유와 삶을 대변하기도 하며 이를 통해 한 시대의 역사를 총체적으로 그려내는 데 기여한다고 본다. (Georg Lukacs, 『역사소설론』, 이영욱 역, 거름, 1987, 58~72쪽)

[74] 등장인물과 실재인물을 비교해 보면 다음과 같다.

등장인물			실재인물		
좌익	중간	우익	좌익	중간	우익
여운형 최근우 박헌영 조동우 허 헌 김형선 이현상 이관술 최용달	양근환 문창곡 성철주	송진우 장덕수 김병로 백관수	여운형 최근우 박헌영 조동우 허 헌 김형선 이현상 이관술 최용달	양근환	송진우 장덕수 김병로 백관수

주혁명, 즉 부르주아 혁명을 하자는 것"이 자신들의 당면 과제이며 목표라 주장한다. 한편, 이에 맞서 송진우를 중심으로 한 우익계는 '한국민주당'을 조직해 국민들의 의사와 상관없이 인민공화국을 조직한 것은 뻔뻔스러운 일이라며 좌익계 인물들과 대립하고 나선다. 이는 권력의 주도권이 좌익계로 넘어가는 것에 대한 우려의 목소리라 생각해도 무방하다. 양근환을 중심으로 한 중간파들은 "민족분열을 책동"하는 이 시기에 가장 중요한 것은 좌우가 단결하는 것이라는 논리로 좌우의 대립을 해소시키려 노력한다.

이후 좌우익의 대립은 점점 더 첨예화되고, 여기에 이승만 정권과 우익계의 대립도 가세하여 현실은 그야말로 '권력' 다툼의 전쟁터가 된다. 당시의 현실에 대해 양근환은 "노동자 농민을 위하는 방도를 강구해야 할 텐데 그 명분을 공산당이 횡령해 버렸구", "자유를 표방하고 있는 한민당 역시 자유라는 명분을 횡령한 꼬락서니구. 이 박사를 딸차니 앞으로 무슨 짓을 어떻게 할지 모르는, 위험하기 짝이 없는 어른이구. 김구 선생은 그 주변에 다닥다닥 붙어 있는 놈들 꼴 보기 싫어서 존경은 하되 접근하기가 싫"다고 자신의 입장을 표방한다. 찬·반탁을 필두로 좌·우익은 이후 우리 역사에 파란만장한 사건들을 새겨 넣는다. 작가는 이러한 좌우익의 대립을 냉소적인 시각으로 바라보며 당대의 상황에서 가장 절실했던 것이 무엇인가에 대해 다음과 같이 피력한다.

미국과 소련이 그들의 정략과 기분으로 한반도에 三八선을 긋지 않았나. 이게 될 말이야? 그러나 우리는 이 三八선을 무시하면 그만이거든. 자기들끼리는 군사적 경계로 하더라도 우리는 그런 데 아랑곳없이 동일한 생활권으로 치고 살면 되는 거야. 지금 지도자들이 할 일은 바로

그거란 말이야. 정당이나 단체의 본부를 三八선 한가운데 갖다놓고 버
티며 국민의 일치된 행동을 호소해야 한단 말이다. (중략)

자기 나라의 불구화(不具化)를 피하기 위해 서두르는 민중의 소리를
막을 수야 없겠지. 그런데 우익이고 좌익이고 간에 지도자들은 뭣 하고
있지? 되려 三八선으로 분할된 현상에 편승하여 자기들의 책략을 세우
고 있지 않나. 탁치 문제에 반대하기에 앞서 三八선 철폐운동을 전개해
야 한단 말이다. 본말전도가 아닌가. 그런 지도자가 이끄는 정치운동을
신용할 수가 있어? 찬탁이건 반탁이건 거게 동조할 수 있어? 느그들 학
병동맹은 또 뭘 하는 곳인가. 반동이니 친일파니 우익이니 해갖고 욕지
거리를 일삼는 것보다 三八선에 가서 드러누워 三八선의 철폐를 주장
해야 할 게 아닌가. (중략)

三八선을 그냥 두면 국경으로서 굳어지는 거야. (1974. 9, 398쪽)

이동식의 말과 같이 당시 급선무는 정권의 주도권을 잡는 문제가
아니라 38선 철폐였다. 때문에 중간파들을 비롯해 좌우익의 일부에서
뜻을 합치자고 나섰던 것이다. 그러나 이승만의 '단독정부지지' 발언
은 좌·우익계 인사들의 눈과 귀를 멀게 했고, 오로지 여운형과 김규
식을 비롯한 일부만이 좌우 합작의 신념을 버리지 않는다.[75] 그리고

---

75 좌우합작은 제 1차 미소 공위가 성과 없이 휴회상태에 들어가고, 미소군정이 연
장되자 이러한 정세를 극복하고자 시작되었다. 이것은 국내 좌우익의 중간세력
이 합작하여 한국문제를 근본적으로 해결하기 위해서는 38도선을 경계로 한반
도를 분할 점령하고 있는 미국과 소련 양국의 노력이 있어야 한다는 현실인식,
즉 미소 공위 재개를 통한 한반도 문제의 국제적 해결을 촉구하기 위해 추진되
었다.(황의서, 「해방 후 좌우합작운동과 미국의 대한정책」, 『한국정치학회보』
30집, 한국정치학회, 1996. 12, 184쪽) 좌우합작은 신탁문제를 최대현안으로 하
여 토지개혁, 친일파 민족반역자 처리문제, 임시정부 수립문제 등을 해결하고자
하였다.(정병준, 「1946~1947년 좌우합작운동의 전개과정과 성격변화」, 『韓國

이 때문에 소위 지도층들은 "수해로 인한 이재민, 우환동포가 되어가는 수십만의 귀환동포, 피폐한 농촌, 녹슬고 있는 공장, 정치의 혼란에 곱하는 경제의 혼란, 마비상태가 된 학원, 거리엔 모리배와 거지가 득실거리고 밤엔 매춘부가 범람"할 정도로 피폐해져가는 현실을 보지 못하고 그대로 방기하고만 있었던 게 사실이다.

이러한 상황 속에서 테러가 사회 전면에 횡행하기 시작했고, 얼마 후 1947년 7월 19일 여운형이 테러단의 표적이 되어 절명하는 사건이 벌어진다. 여운형의 암살범으로 체포된 한지근은 "경우를 막론하고 박헌영, 여운형, 송진우 등 국내를 혼란케 하는 지도자는 다 죽어야 나라가 바로 서겠기에 감행된 의거인데 무슨 잘못이냐"고 공언하기까지 한다. 이로써 당시 좌우익의 실상과 그들을 바라보는 사람들의 시선을 짐작할 수 있게 된다. 작가를 대변하고 있는 이동식이란 인물은 일기를 통해 "여운형의 비극은 민족의 역사를 기술하는 데 있어서 두고두고 분석되고 전체의 문맥 가운데서 파악되어야 한다"고 언급한다. 이것은 이른바 "1947년의 역사를 기술하는 데 있어서의 가장 큰 사건이며 숙제라" 생각하는 작가 의식의 반영인 것이다. 여운형의 죽음에 대한 안타까움과 그로 인해 역사가 바뀌었다는 인식은 비단 이 작품뿐만이 아니라 「關釜連絡船」, 「智異山」등 역사에 천착하고 있는 다른 작품 속에서도 빠지지 않고 언급된다. 이것은 여운형의 죽음으로 역사가 바뀌었다며 애통해 하는 발언에서 알 수 있듯이 여운형을 통해 당대를 인식하거나 혹은 시대에 대한 여운형의 사고에 작가가 동의하고 있었음을 추측할 수 있는 근거가 되기도 한다.[76]

史論』 29호, 서울대학교 인문대학 국사학과, 1993, 253쪽 참조)
76 당시 여운형과 함께 좌우합작 위원회를 이끌어 가던 우측 대표 김규식은 여운형 서거에 대한 애도 담화문에서 다음과 같은 심경을 밝혔다. "우리가 한 위대한 혁

이후 좌익에 대한 검거 열풍과 미소공위 휴회로 인해 좌익세력은 지하로 들어가고 박헌영은 북으로 간다. 이러한 상황 속에서 김구는 유엔 한위에 '단정반대'에 대한 의견서를 보낸다.

> 『李承晩과 金九』의 저자 손세일 씨는 이 성명을 김구의 정치적 센티멘탈리즘을 남김없이 드러내고 있는 것이라고 평하고 있는데 그만큼 우리는 이 성명을 통해서 김구의 양심을 본다. (중략) 한독당의 열성분자들에 둘러싸여 그들의 눈과 귀를 통해 보고 듣고 있는 김구는 자신의 위치에 대해 어느 정도의 과대의식(過大意識)을 갖고 있었다. (중략) 김구는 또한 자기의 성명이 얼마간은 이승만의 기분을 움직일 수 있을 것 같은 엉뚱한 기분마저 없지 않았다. 그만큼 그는 센티멘탈한 인간이기도 했는데 이승만은 그 성명을 보고 상을 찌푸리지도 않았다. 대수롭잖게 성명이 적힌 문서를 내던지며, "이 사람 정치의 정자도 모르는 인간이로구먼. 시골에나 가서 훈장 노릇이나 할 위인이야."하고 혀를 두세 번 찼을 뿐이다. (1976. 4, 445쪽)

김구는 양심 있는 애국자이긴 하지만 현실적인 면이 취약하기 때문에 정치가로서 살아남지 못한다. 이에 반해 이승만은 상황에 따라 자신이 서야 할 위치를 파악하는 처세술이 뛰어났기 때문에 김구보다

명 투사를 잃었을 뿐만 아니라 우리가 유일 목표인 신국가 건설을 위하여 전 민족이 합작으로부터 완전 통일에까지 나아감으로 최후 목적을 달하기를 제창하여 이에 최종까지 노력하던 지도자를 상실했다."(翰林大學아시아文化研究所, 「駐韓美軍情報日誌」, 『翰林大學校아시아 文化研究所 자료총서』, 1988, 261쪽)이러한 상황으로 미루어 보아 여운형의 죽음은 미소공위에 의한 임시정부 수립의 가능성이 없어졌으며, 그로 인해 분단을 피하기 어려운 상황에 처하였음을 말해주는 상징적 사건이었음을 알 수 있다. (서중석, 『비극의 현대지도자』, 성균관대 출판부, 2002, 44쪽)

정치적 수명이 길다는 생각이다. 작가는 이러한 당대의 상황을 보여 주기 위해 일기, 메모, 평전 등 다양한 서술방식을 혼재해 놓는다. 먼저 메모의 방식으로 당대의 역사적 사실들의 개요를 시간순으로 설명해 준다. 역사적인 명확성을 명시적으로 상대화시킴으로써 작가는 소설에 나타난 역사서술의 문제에 관한 독자들과의 소통의 장을 구축한다. 이것은 그의 글쓰기가 역사적 내용 이상의 것을 제시해 주는 소설이라는 점을 환기시킨다. 아울러 실제 역사적 사건을 소설 안에 정리하는 방식을 취한다는 점에서 전통적인 소설형식에서 벗어나 역사적 공유점을 찾는 소설쓰기를 시도하려는 모습을 볼 수 있다.[77]

한편, 작품에서 이종문은 세속적인 인물의 한 유형을 이루며, 이승만의 정치술을 극대화시키는데 일조한다. 당대의 실권을 장악하는 한 사람에게 충성을 하여 인정받으면 자신의 앞길이 열릴 것이라 생각했던 이종문은 이승만을 아버지라 섬기며 맹목적인 충성을 한다. 그 결과 1948년 5월 10일 첫 총선을 기점으로 이승만의 권력을 등에 업고 많은 금력을 쌓게 된다. 반면, 이동식은 이종문과 비록 친분이 있기는 하지만 당시의 정세를 비교적 객관적인 시선으로 바라보며 청렴하게 살려는 인물로 이종문과는 다른 부류의 인물이라 할 수 있다. 「智異山」의 권창혁이나 하영근이 그랬듯 이동식은 자신의 생각이나 주장을 끝까지 추진하는 실천력은 다소 결핍되어 있다. 그러나 당대를 바라보는 시선만큼은 날카롭다. 이를테면 총선 투표에 대한 자신의 의견을 개진하는 부분이 그 적절한 예가 될 것이다.

---

77 소설에 나타나는 실재 사람과 사건들은 현실세계에 존재하고 있는 사람과 사건들에 연결될 수도 있지만 이러한 사람과 사건들은 역사를 쓰는 행위 속에서 항상 재문맥화 된다. 비록 역사가 물질적인 리얼리티일지라도 언제나 텍스트의 경계 안에 존재한다는 점에서 역사는 '허구적'이다. (Patricia Waugh,『메타픽션』, 김상구 역, 열음사, 1989, 141쪽.)

첫째, 남북한을 통한 통일정부 수립에의 노력이 모자랐어. 단정을 세우려고 애쓸 것이 아니라 남북통일회의를 만들 노력을 앞세워야 했던 것이오. 이승만과 한민당은 김구, 김규식 씨와 제휴해서 남북회의를 추진할 백방의 노력을 했어야 옳았소. (중략) 북한이라고 해서 공산당이 득세하고 남한이라고 해서 한민당이 득세하는 상황만은 지양할 수 있었을 거요. 어떤 형태로든 통일정부를 세울 수 있었을 거요. (중략) 서둘러 반쪽의 정부를 만들어 민족과 국토의 분단을 경화시킬 필요가 없었단 말요. 그러니 남한만의 단정수립은 보기에 따라선 배신행위라고도 할 수 있죠. 그런 배신행위의 공범자가 되기 위해 투표를 해야 한단 말요? (중략) 둘째, 두고 보시오. 오늘로서 비극이 시작되는 거요. 북한은 사사건건 남한에 반대하는 행동을 할 것이오. 나라의 체면만이 아니라 정권을 쥔 책임자로서 북한을 가상으로 한 국방태세를 강화하지 않을 수 없을 거요. 배보다 배꼽이 큰 군대를 가져야 한단 말이오. 그나마도 가난한 나라가 힘에 겨운 군대를 지탱할 도리가 있겠소? 외국, 특히 미국에 의존할 수밖엔 없을 거요. 그래가지고도 독립국가라고 할 수 있어요? 그래도 좋다고 합시다. 전쟁이 나면 어떻게 할 거요? 남북전쟁 말요. 지금 이런 위험한 불씨를 심고 있는 거요. (1976. 7, 428~429쪽)

위 인용에서처럼 작가는 이동식을 통해 단독정부의 성급함과 독단성이 야기할 남·북 분열이나 전쟁, 그리고 미·소의 간섭 등을 우려하며 미래를 예견한다. 그러나 이동식은 이승만이 당선되면서 "이승만의 정치 노선이 옳았느냐, 옳지 않았느냐, 하는 문제는 역사연구자의 연구 제목은 될망정 정치적인 문제로서의 테두리는 넘어버리는 것"이라며 당대의 문제에서 한걸음 물러나 앉는 자세를 취한다. 이러한 자세는 앞서 살펴보았던 「智異山」이나 「南勞黨」의 중립적 인물들의 태도와 같은 형태를 띠며, 정세에 대한 작가의 시각을 대변하는 방식이다. 작품에서 소위 작가의 분신에 속하는 인물들은 사상에 대한 주관적인 입장과 시대나 역사에 대한 해석에 치중을 한다. 그리고 당대의 상황에 대해 판단을 보류한 채 실제 역사인물들로 하여금 직접 말하게 한다. 이때 이들의 발언 내용에 대한 부분은 작가가 직접 역사 속 인물들의 목소리를 들은 것이 아니기 때문에 실제 기록이나 역사 해석에 근거한 추측에 의해 이루어진 허구적 서사일 수밖에 없다. 그러나 이처럼 등장인물의 목소리가 작가의 상상력에 의해 구축된 것임에도 불구하고 그 목소리 안에 작가의 목소리가 배제되어 있다는 착각을 불러일으킨다. 등장인물들이 실제 존재했던 인물이면서 그 인물들이 만들어낸 역사적 사건 역시 허구가 아닌 사실이기 때문이다. 즉 역사적 현장을 배경으로, 실존 인물의 서사를 중심으로 하고 있기 때문에 인물들의 목소리가 허구적 서사임에도 불구하고 착각을 하게 되는 것이다.

실권을 잡게 된 이승만은 초대 내각 구성에서부터 자신의 권력을 지키기 위한 자구책을 모색해 나간다. 소설에서 제시되어 있는 구성원과 실제 초대 내각 구성원은 상당 부분 일치하고 있다.[78] 뿐만 아니라 왜 내각 구성원들을 정치 기반이 없는 사람들로 조직했는가, 그리고 김도연을 제외하곤 당시 우호적이던 한민당계 인사들이 등용되지 않았는가에 대해 작가는 사실에 가깝게 묘사하고 있다.

당시 이승만은 자신의 영향력을 최대한 행사할 수 있고, 동시에 의

---

[78] 〈초대 내각 구성원〉　　　〈실제 초대 내각 구성원〉
　　국무 총리: 이범석　　　국무 총리: 이범석(국방장관 겸임, 족청)
　　내무 장관: 윤치영　　　내무 장관: 윤치영(독촉국민회)
　　외무 장관: 장택상　　　외무 장관: 장택상(무소속)
　　재무 장관: 김도연　　　재무 장관: 김도연(한민당)
　　농림부장관: 조봉암　　　농림부장관: 조봉암(무소속)

회를 장악하고 있던 한민당에게 내각까지 내주어 실권을 쥐도록 하지 않겠다는 의도로 내각 구성을 했다. 이러한 실제사 속 이승만의 의도는 소설 속에서 다음과 같이 재구성된다.

> 창랑은 경찰을 너무 잘 알아. 윤은 외교를 너무 잘 알구. 이러신단 말이다. 그렇다몬 경찰을 잘 아는 창랑을 내무장관으로 하고, 외교를 잘 아는 윤씨를 외무장관으로 해야 할 것 아닌가? (중략) 동식이 그 말을 다음과 같이 해석해 보았다.
>
> 장택상 씨는 경찰을 너무나 잘 아니까 내부에 사당(私黨)을 만들 염려가 있고 시키는 대로 안할 경우도 있을 것이니 그걸 생각해서 내무부 장관에 앉히지 않았다는 말씀이구요, 윤씨가 외교를 너무 잘 안다는 말은 역시 외교를 잘 알기 때문에 엉뚱한 재주를 부릴 염려가 있다는 뜻일 겁니다. 만사를 자기 뜻 그대로 시행해야 하는데 너무 잘 아는 사람은 자기 나름의 판단으로 시키는 대로 안할 경우를 예상할 수 있지 않겠습니까? (1976. 9, 473~ 474쪽)

당시 이승만의 초대 내각은 정치통합이나 국민화합을 위한 거국내각과는 거리가 멀었다. 최고 권력에 대항하지 않고 오직 충성하는 인물들이 필요했을 뿐이다. 이러한 내각 구성을 도화선으로 한민당은 이승만에게 등을 돌리게 된다. 뿐만 아니라 해방이 되면서부터 근본적인 문제로 대두되었던 친일파 청산과 토지개혁, 그리고 통일문제를 둘러싸고 갈등이 형성되기에 이른다. 작가는 작품 내에서 여순사건, 반민특위 및 국가보안법 문제, 국회 프락치 사건, 김구 살해, 백민태 사건, 한국전쟁 등의 사건들을 통해 당대의 갈등양상을 사실적으로 제시한다.

　여순사건으로 인해 만들어진 국가보안법과 군부 숙청 시행은 무고한 중상모략, 김구 계열이나 광복군 계열을 주 대상으로 개인적인 원한관계나 친분관계에 따라 좌파로 조작해 처형되는 사태를 발생시켰다.[79] 이로 인해 과거 이병주가 그러했듯이 무고한 희생자들이 속출했음은 주지의 사실이다.[80] 때문에 작가는 과거와 현재의 억압과 착취로 인해 고통 받았던 사람들의 삶과 목소리를 '철저히' 되살려내는 부분까지 자신의 글쓰기 영역으로 끌어들인다.[81] 그리고 무고한 희생

[79] 여순사건이 일어난 지 이틀 째 이범석 국무총리는 '공산주의자가 극우 정객들과 결탁'한 '반국가적 반란'이라는, 이른바 혁명의용군 사건을 발표했다. 그러나 '혁명의용군'은 조직적 실체도 없는 허상의 군대였다. 이처럼 이승만은 여순사건을 당시 자신의 정적이었던 김구와 관련지으려 하였으나 이에 대해 김구가 적극적으로 부정하고 여론도 동조하지 않자 범위를 바꾸어 민간 공산주의자의 행동으로 발표했다. 즉 정부는 여순사건을 폭동으로 선전하면서 이것을 북한 공산주의 세력과 관련지었다. 그리곤 반란 진압을 명분으로 정부는 계엄령을 선포해 무차별한 토벌작업을 시행한다. (김득중, 「1948년 여수와 순천에서 무슨 일이 일어났을까」, 앞의 책, 232~237쪽 참고) 이병주는 작품을 통해 여순사건과 관련한 이러한 정부의 행태를 여과 없이 보여주어 역사의 재평가를 시도한다.

[80] 계엄령 선포를 시작으로 여순 진압작전과 함께 불합리한 부역자 색출이 자행되었다. 그러나 국군이 여순사건 진압 작전을 시작했을 땐 이미 14연대 정규 병력은 산악지대로 탈출한 후였다. 때문에 진압군의 작전은 전 시민을 반란군으로 간주하고 모두를 적으로 삼는 무차별 공격으로 변질되었다. 이로 인해 부역 혐의가 있다는 다른 사람의 지적만으로 무고한 사람이 의심받아 사형당하는 일이 비일비재하게 일어났다. 이 과정에서 진압군에 의한 인명피해와 재산 피해는 반란군에 의한 피해에 비해 엄청났다. 반란군에 의한 인명피해는 90~150명 사이였고, 재산피해는 14연대가 산악 지대로 도망가면서 가져간 금융기관의 현금과 쌀 정도였다. 이에 반해 진압군에 의한 인명피해는 총 5,530명(사망 3,392명, 중상2,056명, 행방불명 82명), 가옥을 비롯한 재산피해는 99억 1,763만 395원에 달했다고 한다. (김득중, 위의 글, 232~237쪽 참고) 여순사건과 직접적인 관련이 없지만 이병주 역시 이때부터 강화된 반공체제로 인해 불합리한 일들을 겪어왔다. 때문에 이병주는 소설을 통해 억울한 희생자들을 다시 불러와 그들을 애도하고, 역사의 한 부분으로 기억되어야 함을 피력하고 있는 것이다.

[81] Harvey J. Kaye, 『과거의 힘』, 앞의 책, 217쪽. (하비 케이는 이러한 태도를 과거와 현재의 권력자로부터 과거를 '다시 훔쳐오는' 존재인 '역사가의 비전'이라

자들을 재복원하여 기억하기 위해 공적 역사의 중심에 위치한 권력자들에 대한 비판도 병행한다. 작품에서 이승만의 정치술을 적나라하게 적시하는 것도 이러한 의도에서 기인한 것이라 할 수 있다.

이승만은 국내의 여러 혼란들로 인해 흔들리는 자신의 체제를 더욱 공고히 하기 위해 갖가지 명목을 들어 자신과 반대 입장에 있는 세력들을 쳐내기 시작한다. 그 일례가 '국회 프락치 사건'으로 인한 국회위원의 대대적인 체포였다. 당시 체포된 인물들은 거의가 소장파로서 김약수, 노일환, 이문원, 김옥주, 김병회, 강욱중, 박윤원 등 실제 인물과 동일하다. 이렇듯 이승만은 소장파 세력을 없애는가 하면 청년·학생들을 조직하고 동원하기 위한 재정비 차원으로 여러 청년단체들을 통합시켜 '대한청년단'을 창설하고 이후 "족청을 해산하고 한청과 합류"하라는 지시까지 내린다. 당시 '민족청년단'(족청)은 이범석을 중심으로 "민족지상, 국가지상을 표방하고 비군사, 비정치를 표방"한 조직으로 조봉암을 비롯해 여러 인사들이 관여하고 있었다. 이런 족청을 해산시키고 '대한청년단'으로 통합시키려 한 것은 자신에게 위협이 되는 세력들을 가차 없이 처단시키겠다는 이승만의 의도를 짐작할 수 있게 한다.[82]

명명한다. 스스로를 역사의 기록자로 자처하며 역사의 행간에 묻힌 희생자들의 삶을 복원하는데 중점을 두고 있는 이병주의 글쓰기 방식 또한 같은 맥락에서 이해할 수 있을 것이다.)

[82] 당시 이승만은 세 차례에 걸쳐 대한민족청년단의 해체를 지시하였고(「李承晩대통령, 청년들의 대동단결이 필요하다고 방송연설」, 『민국일보』, 1948. 12. 21./ 「李承晩 대통령, 大韓民族靑年團 해체를 지시하는 담화를 발표」, 『경향신문』, 1949. 1. 6./「李承晩대통령, 개헌과 민족진영통합 등의 정국 현안에 대해 기자와 문답」, 『조선일보』, 1949. 1. 8), 이로 인해 족청은 결국 1949년 1월 20일에 해산을 선언했다. 이승만이 세 차례에 걸쳐 족청 해체와 통합을 제시한 이유는 여순사건으로 국방경비대를 신뢰할 수 없는 상황에서 빨치산을 토벌하기 위한 진압 부대가 절실했기에 통합된 청년단을 준군사조직으로 활용하기 위해서였

자기를 반대하는 입장을 취하고 있는 이른바 임정요인(臨政要人)들을 굴복케 하는 한편 끝내 굴복하지 않는 인사들은 어떤 방법으로든 처치한다는 생각이 그 하나였고, 국회를 반정부 방향으로 이끌어가려고 책동하는 분자들을 철저하게 숙청해야겠다는 것이 생각의 둘째였고, 대한청년단을 작용시켜 한민당을 거세하고 그 기반을 송두리째 자기 아래로 흡수해야겠다는 것이 셋째였고, 정부 각료 안에 엉뚱한 야심을 가진 놈을 철저하게 적발해선 거세해 버려야겠다는 것이 네째 번 생각이었다. (1977. 1, 453쪽.)

이러한 견해를 가지고 있던 이승만으로서는 반민특위 활동을 반가워할 수 없었기에 "반민자 처단에 신중을 기하라"는 특별 회담을 가지면서 제동을 걸기 시작한다. 실제로 반민특위는 임정요원 출신인 김상덕과 김상돈, 조중현 등을 중심으로 3·1운동이나 신간회, 임시정부에 참여하면서 주로 오랫동안 독립운동에 참여했던 인물들로 구성되었다. 그리고 이들은 박흥식 검거를 시작으로 이종형, 김태석, 박종양, 최린, 노덕술, 최남선, 이광수, 배정자 등 반민 행위자들을 속속 잡아들였다. 이처럼 이승만의 압력에도 불구하고 특위활동이 중단되지 않자 친일세력들은 특위위원들에 대한 협박과 중상모략, 관제대모와 테러, 감금 등의 야만적인 방법으로 방해활동을 펴기 시작한다.

이러한 방해활동에도 불구하고 지속되었던 반민특위 활동은 6·6사건을 계기로 사실상 와해되고 만다.[83] 당시 친일파를 숙청한다는 것

다. (이진경, 「조선민족청년당 연구」, 성균관대 석사학위논문, 1994, 37쪽.) 또한 이범석이 주도하는 민족청년단이 향후 정치세력화할지 모른다는 정치적 우려 때문이기도 했다. (허정, 『우남 이승만』, 태극출판사, 1976, 353쪽)

83 이것은 1949년 6월 6일에 일어난 반민특위 습격사건을 말한다. 반민특위 사건은 표면적으로 볼 때, 서울시경과 반민특위의 갈등이 표출된 것처럼 보였다. 그

은 이승만 정권의 골간을 도려내는 것이나 마찬가지였다. 이승만 정권에게는 "친일파의 숙청보다 공산주의자, 김구의 임정세력, 개혁 세력과의 싸움이 더욱 중요했다." 그 때문에 정권의 붕괴를 두려워한 이승만과 한민당, 그리고 친일파가 연합하였고, 그 연합 앞에서 반민특위는 허물어질 수밖에 없었던 것이다.

> 일제의 권력에 아부하여 가련한 동포들에게 군림하고 괴롭히던 민족 반역자들이 있었다. 이 고약한 습성을 지닌 자들이 정계, 경찰, 군부 기타 각계각층에 골고루 침투하여 도사리고 있었다. 이들은 그들의 협력을 필요로 하는 야심 많은 정객들과 반공(反共)의 구실 하(口實 下)에 야합하였다. 이들의 협동된 집중적 반동공작에 의하여 반민특위의 활동은 마침내 좌절되고 비극적인 종말을 고하고 만 것이다. (중략)
>
> "나는 민족반역자들의 처단을 반대하는 데모대의 행진을 바라보며 이상한 감정에 사로잡혔다. (중략) 나는 이 민족이 도덕적 불감증에 걸려 있지 않나, 하는 의혹을 가지지 않을 수 없었다. (중략) 오늘날 코리아의 정치는 도의와 염치를 돌볼 수 없을 만큼 각박하고 추잡하게 오염되어 있다는 것을 지적하지 않을 수 없다." (1977. 3, 438~439쪽)

위 인용은 서술자의 설명과 반민특위 활동을 지켜본 외국인 기자

러나 그것은 처음부터 이승만의 지시 하에 내무부가 조직적으로 준비한 사건이었다. 이승만 정권이 반민법을 폐지한 후의 조치를 보면 그 의도가 분명해진다. 이승만 정권은 1951년 2월 '반민족행위 재판기구 임시조직법'을 폐지하면서 "공소 계속 중인 사건"은 모두 "공소취소"하고 반민법에 의한 "판결"도 모두 "효력을 상실" 시켰다. 결국 반민특위 특별사건은 특위를 와해시켜 궁극적으로는 친일파 숙청을 완전 봉쇄하려는 이승만 정부의 극단적 대응이었던 것이다. (이강수, 『반민특위 연구』, 나남, 2003, 213~215쪽)

조스의 발언 내용이다. 조스는 작품에서 이동식과 함께 해방 후 정세를 파악하고 국가권력을 평가하는 논평자로 존재한다. 이동식은 그러한 국가권력에 속해있는 국민이기에 결과에 대한 평가 및 정리만 할 뿐 실질적인 비판을 가하지 못한다. 또한 자국인이기에 정세를 보는 시각 또한 주관성에서 자유로울 수 없다. 반면 조스는 기자라는 직업상의 특성과 외국인이라는 점에서 객관성을 확보하는데 이동식보다 용이하다. 때문에 작가는 이동식과 조스를 함께 내세워 그들의 논평적 담론을 통해 이승만 정권기의 역사에 대해 기술한다. 이 같은 지식인 인물들은 소설마다 다른 이름으로 나타나며 작품에서 작가의 목소리를 대신한다. 작가는 인물들을 통해 배경을 바꾸어가며 그 배경과 주제의식을 반복적으로 변주하는데, 이러한 인물들의 반복적 제시는 작가의식을 공고히 하는 역할을 한다.

이승만 정권은 친일파를 기반으로 하고 있었기 때문에 친일파 청산보다는 반공체제에 주력을 다했다. 이병주는 이러한 친일파 미청산 문제와 이승만의 반공체제에 대해 끊임없이 문제를 제기한다. 실제로 친일파의 미청산은 한국 역사를 엄청나게 왜곡시켰다. 정치·경제·사회·문화의 모든 부분에서 부일협력자들이 주요 자리를 차지했으며, 사회적으로 도덕성의 기준이 상실되어 버렸다. 또한 역사적 허무주의를 국민들에게 심어주는 결과를 가져왔다.

당시 이승만은 "공산도배에게 빼앗긴 고토를 되찾고 북한 동포를 해방하자"는 '북진통일'을 주장하였고, 이에 맞서 김일성은 "친일파들이 장악하고 있는 남한을 해방시켜 국토를 완정하겠다"는 '국토 완정론'을 주장하였다. 이승만에게 '북진통일론'은 분단체제, 극우반공체제를 강화시키는 주된 무기였고, 독재의 보호막이기도 했다.[84] 이것은 1954년을 전후한 시기부터 결합되어 1954년 하반기 사사오입 개헌시기와 1955년에 한층 더 고조되었다.

한편 이러한 주장이 대두될 때 사실상 북한은 실질적으로 무력을 준비하고 있었다. 그리고 남한 내부를 뒤흔들어 놓기 위해 38선에서의 충돌뿐만 아니라 무장 게릴라들을 남파하고 있었다. 그리하여 1949년 가을로 접어들면서 남한 내의 게릴라들과 남파된 무장 세력이 합작하여 강력한 투쟁을 펼침으로써 전라도와 경상도, 강원도의 일부 산악지역은 "낮에는 대한민국, 밤에는 인민공화국"이라 불릴 정도로 정국이 혼란스러워졌다.

이러한 1949년 가을의 위기를 넘기자 1949년 겨울에서 1950년 봄 사이에 남한에서는 대대적인 좌익 토벌 공세가 시작되었다. 본격적인 무력 토벌에 앞서 10월 1일부터 11월 30일 사이에 국민보도연맹 자수 기간을 설정하여 게릴라들이 대중 속에서 활동할 공간을 아예 없애 버렸다. 북한의 위협이 부쩍 고조되는 가운데 총선이 다가왔다. 이승만은 선거를 1950년 말로 연기하려 하였으나 미국은 원조 중단을 위협하고 여론도 거세게 반발하였다. 이때 남로당과는 전혀 다른 통로로 북한과 직접 연계를 가지고 있던 성시백 등의 대규모 간첩단 사건이 터졌다. 그러나 선거는 치러졌다. 5월 30일에 치러진 선거에는 제헌의회에 참여하지 않았던 남북협상파의 중도세력들이 대거 출마하였다. 이들의 활약 여부가 매우 주목되었다. 선거 결과는 몹시 의외였다. 국민당과 민국당의 이름 있는 상당수가 초선의 무소속이나 다른 당 후보에게 패하여 낙선하였다. 반면에 무소속은 126명(전체 의석의 60%) 당선에 439만 7천287표(62.9%)를 획득했다.

이렇듯 이승만 정권이 신뢰를 잃어가는 가운데 좌·우 대립과 38선

---

84 서중석, 『비극의 현대지도자』, 앞의 책, 234쪽.

문제를 무시한 이승만 정권 수립 때부터 예상되었던 전쟁이 발발한
다. 이에 대해 작가는 전황 시 무력하게 미국의 도움만을 바랐던 이승
만과 당시 상황에 대해 사실적으로 제시할 뿐 어떠한 주관도 피력하
지 않는다. 오히려 전황 시에도 나라의 위험을 미국에게만 의지한 채
자신의 권력 확대와 장기 집권의 터전을 마련하는 데만 급급하던 이
승만을 비판적으로 바라볼 뿐이다. 이렇게 장기집권을 위한 터전을
구축했던 이승만은 1952년 정부통령 선거에서 재선되고 이후 사사오
입 개헌안을 통해 헌법의 대통령 중임 제한 규정을 개정하여 영구집
권 가도에 들어서게 된다.[85] 사사오입 개헌안을 비롯해 3대 총선의 풍
경을 작가는 다음과 같이 일축한다.

들먹여볼까요? 보도연맹학살사건, 거창양민학살사건, 방위군사건, 중
석불사건, 부산에서의 개헌파동, 그리고 2년 전에 있었던 정부통령선
거, 그게 어디 선거였어요? 이 박사는 통일할 능력도 없거니와 민주주
의를 제대로 할 성의도 없고 국민을 사랑할 줄도, 위할 줄도 모르는 사

---

[85] 1952년 7월 발췌개헌으로 계속 집권을 할 수 있게 된 이승만은 1954년 초부터
영구집권을 위한 개헌을 획책하였다. 핵심적 내용은 초대 대통령에 한하여 중임
제한을 철폐하여 계속 대통령이 될 수 있도록 하자는 것이었는데, 그것에 덧붙
여 국무총리제와 국무원 연대 책임제를 폐지하여 내각책임제 요소를 없애고, 국
가안위의 중대 사항은 국민 투표제를 실시하며, 사회주의적 경제조항을 자유경
제체제로 바꾼다는 것 등이 들어갔다. 이승만은 1954년 5·20 총선에 개헌 찬성
자에 한해서만 공천을 주는 등 개헌을 위하여 총력을 기울였으나, 일부 자유당
의원들이 동요하여 표결에 붙이지 못했다. 그러던 중 민국당 선전부장 함상훈이
신익희 당 대표를 제거하기 위해 터트린 '뉴델리 밀회설'에 편승하여 공안 분위
기를 조성하여, 1954년 11월 27일 표결에 붙였으나 가표가 정족수에 1표가 부
족한 135표 밖에 나오지 않아 부결을 선포하였다. 그러나 이승만 측이 사사오입
을 내세움으로써 11월 29일 야당이 총 퇴장한 가운데 개헌안 부결을 번복하여
가결 동의안을 통과시켰다.(위의 책, 235쪽)

람이라고 낙인이 찍혀버렸어요. (1979. 2, 353쪽)

이번 선거로써 자유당은 경찰만 수중에 넣으면 선거를 어떻게라도 조작할 수 있다는 자신을 얻었다. 경찰에 의한 선거방해는 도시부(都市部)를 빼곤 다소 강약의 차이는 있어도 전국적인 현상으로 나타났다. (중략) 앞으로 두고 보면 안다. 경찰을 동원해서 선거를 조작하는 버릇은 날이 갈수록 더해질 것이며 그 술수도 기막히게 발달할 것이다. 이로써 이승만 정권은 단단한 자신을 얻은 셈으로 되었다. 그러나 그 자신이 자유당을 망치고 이승만 정권을 몰락으로 이끌 것이다. (중략) 선거에 의해선 정권을 바꿀 수 없다는 사실이 국민의 가슴마다에 새겨진다는 것은 폭동에의 기폭력(起爆力)을 장치한다는 뜻과 같다. (중략) 국민을 납득시킬 수 있는 치적(治績)은 하나도 없으면서 미움만 사고 있는 정권이 어떻게 되는지는 역사의 선례가 가리키고 있는 그대로다. (1979. 4, 463쪽)

위 인용은 3대 국회의원 선거에 대한 송남수의 언급이다. 작가는 먼저 당시의 신문기사 내용을 적시한 후 송남수의 비판적 견해를 부연해 넣는다. 이것은 송남수의 논평적 담론을 통해 신문기사 내용을 재검증하여 역사의 왜곡을 방지하고자 하는 일련의 방편이 된다. 인용에서 송남수는 3대 국회의원 선거과정을 통해 국가권력을 평가하고 있는데, 여기서 주목할 점은 과거와 미래와의 전망 속에서 당대 권력에 대한 평가가 이루어지고 있다는 것이다. 즉 과거 역사를 통해 당대 권력의 결과를 예측하고, 미래를 전망하고 있는 것이다.

이승만을 비롯해 자유당의 장기 집권화를 위한 행태는 1960년 대통령 선거에서 의도적인 부정선거를 자행하는 데서 최고조를 이룬다.

이를테면 말단 조직 3·5·9인조로 편성한 득표공작, 자유당 후보에 투표하도록 하는 상호 감시, 사전투표, 환표 등이 그것이다. 이러한 3·15 부정선거는 학생 및 지식인으로 하여금 '민주화' 요구 시위를 발생시키는 도화선이 된다. 당시는 지식인에 의한 다양한 서구 사조의 유입으로 학생 및 시민의 각성이 가능했으며, 국민의 민주주의에 대한 열망이 컸기 때문에 일단 계기가 주어지자 그것은 권위주의적 독재정치에 과감히 맞설 수 있는 힘을 가져왔다.

살펴본 바와 같이 소설 「山河」는 자유민주주의의 이념을 지킨다는 이유에서 강권적으로 권력을 행사함으로써 헤게모니를 상실해 가는 과정과 헤게모니 상실을 두려워한 그 강권적 권력 행사가 초래한 정권의 정통성 약화를 기본 골격으로 하고 있다. 그리고 이 골격을 바탕으로 우리 역사를 비교적 사실적으로 제시하고 역사의 한 축이 되는 이승만 정권의 모순과 한계를 날카롭게 포착하고 있다. 이승만 정권기의 역사를 서술하는 데 있어서 작가는 실제 역사를 배경으로 하고 있는 만큼 보고서, 신문기사, 격문, 정부 발표문 등 실제 사료를 재검증하는 방법을 취하고 있다. 이것은 기록자로서의 소명의식에서 기인한 것으로 '직업적 소명의식의 핵심인 사실과 증거 그리고 물증에 대한 엄격한 열정을 지닌 역사가만이 망각의 중개자들, 자료의 파괴자들, 기억의 암살자들, 침묵의 공모자들에 대답할 수 있다'는 논리를 실현하고 있는 것이다.[86] 이처럼 당대의 현실과 우리 역사를 바라보는 그의 의식세계, 그리고 객관적인 역사적 사실 제시는 소설 「山河」의 문학적 의의를 되짚어 보게 한다.

---

[86] Yosef Hayim, Yerushalmi, Zakhor, New York, 1989, p116. (Tessa Morris-Suzuki, 『우리 안의 과거』, 앞의 책, 219쪽에서 재인용)

2) 논평적 담론을 통한 지배서사의 균열

「그해 5월」은 앞서 다루었던 「關釜連絡船」, 「智異山」, 「南勞黨」, 「山河」에 이은 에필로그로써 5·16 군사정변과 박정희의 '장군의 시대'를 다룬 작품이다. 이 소설은 1961년 5월 16일부터 1979년 10월 26일까지 박정희 통치 18년의 시대를 증명해 줄 각종 사료와 작가의 역사체험 기억이 만들어낸 작품이다. 역사적 사건을 정치하게 다루고 있는 부분에선 앞의 작품들과 비슷하지만, 작품에서 작가의 목소리가 비교적 강하게 노출되고 있다는 점은 앞의 작품들과 상이한 면이라 할 수 있다. 그도 그럴 것이 작가에게 5·16 군사정변은 '한일병합에 이은 우리 역사상 최악의 사건'이라는 인식이 강했을 뿐만 아니라 작가 개인적인 입장에서도 최악의 사건으로 기억되고 있기 때문이다.[87] 이 작품의 시간적 배경이 되는 5·16 군사정변은 역사적으로 뿐만이 아니라 작가 개인적으로도 결코 잊을 수 없는 사건이었다. 5·16 군부 세력들에 의해 억울하게 체포되어 2년 7개월 동안 영어생활을 했던 작가의 이력을 감안해 본다면 작품 속에서 작가의 논평적 목소리가 다분히 강하게 울리고 있는 것에 대해 납득할 수 있다. 그럼에도 불구하고 역사나 시대를 보는 시각은 균형을 잃지 않고 정치하게 분석·비판하는 자세를 취한다. 때문에 5·16 군사정변이나 제 3공화국에 대한 기술은 '5·16의 역사적 평가를 위한 한 우수한 관찰자의 기초자료 모음집'[88] 같다는 생각을 불러일으키기도 한다. 실제로 이병주는 작품에서 5·16 군사정변 관련 자료나 공소장의 기록 등 신빙성 있는 자

---

87 이병주, 『대통령들의 초상』, 서당, 1991, 102쪽.
88 임헌영, 「기전체 수법으로 접근한 박정희 정권 18년사」, 『그해 5월』, 한길사, 2006, 290쪽.

료들을 그대로 발췌하여 보여준다.

5·16 쿠데타에서 10·26 사건이 있기까지가 이 작품의 시간적인 스팬이다. 등장하는 사람들은 5·16쿠데타에 의해 희생된 군상이다. 5·16 쿠데타가 후일 어떻게 평가될는지는 알 수가 없다. 작자의 요량으로서는 그 때문에 희생된 군상의 실상을 적어 역사의 심판대에 제공할 자료를 기록한 것이다. (중략)

장차의 역사적 심판이 어떠하건 5·16 쿠데타가 우리 민족사적으로 민주정치사적으로 결정적인 비극이었다는 사실은 분명하다. 해방된 지 15년 후 라는 시점에서 다시 말해 일제 통치 36년, 그 야심 하에 신음하길 80여 년에 걸친 세월 끝에 아직 그 비분의 눈물이 마르기도 전에 일본군 출신의 하급 장교를 국가의 원수로서 받들게 되었다는 사실이 민족사적으로 비극이 아닐 수 없다는 것이며, 겨우 돋아난 민주헌정의 싹을 유린한 쿠데타로 인해 정권이 찬탈되었다는 사실이 민주정치사적으로 비극이었다는 것이다.

따지고 보면 제5공화국은 5·16쿠데타의 연장선상에서 나타난 것이며, 5·16의 비극이 없었더라면 제5공화국의 비극이 있을 수 없다고 생각할 때 민족의 통한을 새삼스럽게 되뇌게 된다. 5·16쿠데타와 그 쿠데타에 이은 갖가지의 비리를 청산하지 못하고 지나버렸기 때문에 오늘의 혼란이 있게 된 것이라고 결론을 지을 수가 있다. (중략)

그런데 최근 나는 일본의 관보를 통해 작년(1987년) 9월 29일 일본 국회가 대만 주민의 전몰자 유족 등에 대한 조의금에 관한 법률을 의결 공포했다는 사실을 알았다. (중략)

우리의 기억으로서는 1965년의 한일협정으로 우리가 받은 돈은 무상 3억 달러, 유상 2억 달러이다. 그렇다면 42억 달러를 받아야 하는데

3억 달러를 받고 말았다는 얘기가 아닌가. 이 전말을 살피기 위해서라도 '장군의 시대'는 계속 씌어져야 하는데, 얼만가의 시일을 더 기다려야만 하겠다.[89]

작가가 소설을 통해 박정희 정권을 다시 불러와 당시의 기록들을 열거하는 데에는 두 가지 목적이 있다. 그 하나는 '5·16 쿠데타와 그 쿠데타에 이은 갖가지 비리를 청산하지 못하고 지나버렸기'에 오늘날에도 그와 동질의 과오와 혼란이 반복되고 있다는 문제에 이의를 제기하기 위함이다. 이것은 현재의 역사, 그리고 미래의 역사가 과거의 역사와 길항한다는 전제 하에서 가능한 논리이다. 현재는 미래에 의해 부정되지만 다시 과거에 의해 정당화되면서 결정 불가능한 위기 상태로 지속되는 시·공간이 된다. 이 결정 불가능성이 곧 정치적 상상력과 실천의 지반이 되는 것이며 결정 가능성을 위한 실천적 주체를 구성하는 전략을 가능하게 한다. 이것이 곧 현재와 미래 사이에 과거를 틈입시키는 기억의 정치를 작동시키는 것이다. 여기서 과거-현재-미래라는 비가역적 시간 순서는 현재를 기점으로 한 가역적 배치로 전환된다. 현재는 기억의 정치를 통한 상상의 통합, 또는 균열의 기점이자 결과이다. 이미 현재를 구성하는 과정 자체가 기억의 정치이다.[90]

이러한 논리로 볼 때 현재의 시점에서 과거의 역사를 다시 불러와 역사의 심판대에 올려놓는 일은 당연한 일이 된다. 여기에 두 번째 목

---

89 이병주, 『그해 5월』, 위의 책, 285~287쪽. (이 부분은 작가 후기로, 연재 당시엔 수록되지 않았기에 이병주 선집에 실린 글을 인용했음을 밝힌다.)
90 황병주, 「박정희의 기억: 개발과 민주화의 추억」, 김학이·김기봉 외 공저, 앞의 책, 50쪽.

적이 있다. 대부분의 작품 전반에 흐르는, 역사에 의해 희생된 군상의 소환을 통해 다시 기억하기, 그리고 그들을 포함한 역사 다시 쓰기가 그것이다. 작가가 주목하고자 하는 역사에 의해 희생된 군상 중에는 작가 자신도 포함된다. 여러 에세이에서도 언급되고 있듯이 5·16 필화 사건으로 영어생활을 했던 체험은 이병주의 글쓰기 형태를 '논설'이라는 장르에서 '소설'이라는 장르로 전환하게 했다. 자신의 울분을 토로하는 데 있어 시대적 제약을 덜 받기 위한 장치로 허구적 서사가 필요했음은 물론이고, 동시에 올바른 역사를 재정립하기 위한 통로로 공소문, 속기록, 진술기록 등의 사실적이고 신빙성 있는 역사적 사료 혹은 기록을 동원했다. 때문에 그는 실록적 요소가 다분히 강한 소설 쓰기의 형태를 선택했을 가능성이 크다. 이러한 형식들은 소설 「그해 5월」의 구성을 구축해 내는 동시에 주제 전체를 관통하고 있다.

「그해 5월」의 구성은 제3공화국의 서사 안에 이사마의 필화 사건에 대한 서사가 교차하는 액자 구성의 형식을 취한다. 작가는 작품에서 서술자의 위치에서 이 두 개의 서사를 자유자재로 횡단하면서 자신의 억울함을 토로하고, 자신과 같이 국가 폭력에 의해 희생된 인물들의 통한을 대변해 주기도 한다. 또한, 이 인물들의 소환 과정을 통해 제3공화국의 모순을 날카롭게 포착하기도 한다. 이러한 일련의 과정들은 기록자로서의 사명감에서 연유한 것이며, 나아가 역사의 왜곡에 대한 우려이면서 왜곡된 역사를 바로잡기 위한 시도이다.

「그해 5월」은 박정희의 사망 소식을 접한 서술자와 이사마와의 만남에서 시작해 제 3공화국을 역추적하는 방식으로 진행된다. 박정희의 죽음으로 인해 3공화국의 막이 내린 시점에서 이사마는 서술자에게 "허상이 정립되지 않도록 후세의 사가를 위해 제3공화국에 대한 구체적인 기록을 정리"하는 작업을 시도하자고 제안한다. 이 제안을 기점으로 작품은 5·16 군사정변 발생시점으로 돌아가 본격적인 스토리가 전개된다. 5·16 군사정변으로 인해 용공분자로 몰려 체포된 이사마의 면회를 간 성유정에게 이사마는 자신은 앞으로 어떻게 될지 모르니 세월이 흘러가는 내용을 소상하게 기록해 역사의 증인이 되어 달라고 부탁한다. 그리고는 '억울하게 죽은 사람들은 그러한 증인의 기억, 또는 기록을 통해서만이 살 수 있기' 때문이라는 말을 첨언한다. 이처럼 작품의 서두에서 이미 작가는 자신의 문학관 및 창작방법에 대해 환기하고 있다.

(가) "할 일이야 빤하죠. 나름대로 소설 쓰기에 정진하여 기록자로서의 사명을 살려야죠." (중략)

"초월할 순 없습니다. 나는 사명의식을 가지고 있습니다. 얼토당토 않게 왜 내가 감옥생활을 해야 했습니까. 그 사항을 기록하라고 섭리가 명령한 겁니다. 그 숱한 비극을 내가 볼 수 있도록 섭리가 나를 감옥 속에 잡아넣은 것입니다. 그러니 나는 그 일을 포기할 수 없어요."

"감정에 사로잡히지 않게 되었다면서요?"

"그건 그렇습니다. 그 사람을 5·16쿠데타를 중심으로 평가할 것이 아니라 현재의 행동, 앞으로의 행동으로 평가하겠다는 거죠. (중략) 정치는 윤리학적(倫理學的) 문제가 아니기 때문입니다."[91]

(나) "박 정권의 정통성은 앞으로 그들이 어떻게 하느냐에 따라 증명해 보일 수밖에 없다고 생각한다. 이미 있었던 일을 갖고 왈가왈부하는 것은 후세의 역사가가 할 일이고 지금 살아 있는 우리들의 힘을 넘어 있

---

91 이병주, 「그해 5월」, 『신동아』, 1985. 12, 562쪽. (이후 년도 및 날짜와 쪽수만 표기)

는 문제가 아닌가. 지금 할 수 있는 것은 그러한 사태를 빠짐없이 기록하는 일이다. 나는 솔직히 말해 박 정권의 레지티머시에 관해선 흥미가 없다. 쿠데타의 부당성을 보상하고도 남을 만한 치적을 이룩해주었으면 할 뿐이다." (중략)

"보다도 나는 한동안 철저하게 도피하고 싶어. 이를테면 이 국내에서 망명하는 거다. 그리고 열심히 자료를 수집해선 묶어두었던 괄호를 푸는 거다. 5·16의 의미를 철저하게 밝혀 민족의 가슴팍에 못 박는 거지. 다신 그런 불행이 있을 수 없도록 말이다." (1985. 6, 647~648쪽)

(다) "그런 자질구레한 문제에 관심을 쓸 필요는 없지 않은가."

"기록하기 위해서지."

"당신의 뜻은 알아. 알지만 허무한 것 같잖아?"

"허무하지. 그런데 나의 경우는 허무와의 투쟁이다. 누구나 사람들은 자기 마음속에 허무주의의 까마귀를 한 마리씩 키우고 있는 것이지만 나의 경우는 그게 심한 것 같애. 그래서 그 허무주의에 빨려 들어가지 않기 위해서 이 정권에 관한 기록을 서둘고 있는 거다."

"그러니까 소설을 쓰라고 권하는 게 아닌가. 기록이 기록대로 남아버리면 특수한 목적을 갖고 찾는 사람이 없을 경우엔 먼지를 뒤집어 쓴 고문서(古文書)가 될밖에 없어. 기록이 생명을 가지고 만인의 가슴속에 살아 있도록 하려면 필경 문학으로 되어 있어야 해. 미스터리. 당신은 소설을 써요. 감동적인 소설을. 그래야만 민족의 가슴팍에 못을 박든지, 민족의 머리에 화관(花冠)을 씌우든지 할 것 아닌가."

"글쎄. 그런 능력이 있다면 얼마나 좋겠는가."

"당신은 역사를 어떻게 생각하고 있는지 모르지만 역사는 기대할 것도 못 되고 그렇다고 해서 불신할 필요도 없어. 소설가는 역사를 기다릴 필요가 없어. 후세의 사가를 기다린다는 것은 속수무책인 사람들이 할 노릇이고 소설가는 후세의 사가(史家)가 도달할 곳을 선취(先取)해야 한다. 소설가는 역사의 법정이 열리길 기다리기에 앞서 문학의 법정(法廷)을 열어야 한다. 당신의 법정에 휴머니티를 위배한 피의자들을 끌어내서 단죄하는 거다."(1985. 7, 582~583쪽.)

위 (가) 인용은 월남 파병을 지지하는 국민계도 성향의 논설 청탁을 거절한 후 사직한 이사마의 향후 계획에 대한 언급이다. 이병주의 작품 속에서 감옥은 빈번히 등장하는 공간이면서 작가 자신에게 특별한 공간이기도 하다. (가) 인용에서도 드러나듯이 그의 감옥체험은 그에게 기록자로서의 사명감을 갖게 해 준 직접적인 계기이면서, 기록을 근간으로 한 소설 쓰기를 시도하게 된 근원이 된다. 기록자로서의 사명감을 갖게 된 이사마는 (나)의 인용에 나타나 있듯이 기록의 대상을 박정희 정권으로 삼는다. 이사마가 유독 박정희 정권을 기록의 대상으로 하는 데에는 그가 5·16 군사정변의 폭력에 직접적으로 노출되었던 기억이 있기 때문이다. 그러나 주목할 점은 개인적인 입장에서 5·16 군사정변과 3공화국을 바라보는 게 아니라 역사의 차원에서 그것을 바라보며 기록한다는 것이다. 그리고 (다) 인용처럼 역사의 기록을 다져 놓은 것들을 다시 문학으로 승화시켜 기록에 생명을 불어넣는 데 목적을 두고 있다. 이때 이사마가 문학과 역사 그리고 기록을 정립하는 데 일조하면서 작가의 또 다른 분신 역할을 하는 인물이 '조스'라는 영국 신문기자이다. 신문기자라는 설정 자체는 당대 사회를 읽어내는 데 유용하게 작용할 뿐만 아니라 어떤 사건이나 대상이든 보다 다양한 시각으로 해석·평가할 수 있게 한다. '조스'라는 인물 역시 여타의 작품에서 자주 등장하는 인물로서 실존인물로 추측되며, 다른 작품에서 중립적 입장으로 등장했던 인물들과 비슷한 역할을 담당한다. 다만 인종이 다르다는 부분에서 한국의 정치 및 역사를 해석하는 데 좀 더 객관성을 부여한다.

> "혁명이란 제도의 변혁이야. 왕제(王制)를 공화제(共和制)로 한다든가, 자본제(資本制)를 공산제(共産制)로 한다든가, 다시 말하면 현재의 법률을 그냥 승인하다간 아무것도 안 되겠다고 판단하고 자각했을 때, 비합법적인 수단을 쓰는 것이 혁명이야. 그런데 쿠데타는 체제는 그대로 두고 권력만 빼앗겠다는 수작이야. (중략) 말하자면 헌법의 유린이지. 애국이란 것은 구체적으로 말하면 헌법을 지키는 행위 이외일 순 없어. 헌법을 국가의 대본이라고 할 때 국민의 첫째 의무는 헌법의 수호가 아니겠는가." (1982. 12, 604쪽)

5·16 군사정변과 제3공화국을 평가·분석하기에 앞서 작가는 위 인용에서처럼 '혁명'과 '쿠데타'의 차이를 선규정한다. 위 인용은 우리 군인들이 5·16을 쿠데타가 아닌 혁명으로 인지하고 있다는 성유정의 말에 발끈한 조스의 언술이다. 조스는 5·16 자체가 헌법을 유린한 행위이기에 쿠데타로 보아야 한다며 한 국가 안에서 헌법이 얼마나 중요한가에 대해 역설한다. 국가와 헌법의 관계 그리고 사법제도 등은 작가 이병주가 이미 여러 작품을 통해 분석 및 비판하고 있는 대상이기도 하다. 사법제도에 대한 천착 역시도 그의 개인사적인 체험과 기억에 그 뿌리를 두고 있다. 국가권력에 의한 부당한 취급은 그로 하여금 사회·역사에 주목하게 했고, 사회·역사에 대한 성찰 과정에서 국가와 헌법의 관계 및 중요성에 대해 자각하게 해 주었다. 국가권력의 부당한 취급에 대한 그의 기억은 '고통 받은 사람들과 자신을 변호하

거나 변호할 수 없었던 사람들에 관하여 기꺼이 증언하려는 의지'를 심어준다. 그리고 이러한 증언의지는 과거에 대한 기억을 진상 그대로 복원하는 원동력이 된다.[92]

작가는 혁명 검찰부가 1961년 12월 21일 곽영주, 최백근, 최인규, 임화수, 조용수 등 역사 속 인물들에게 가한 사형 집행 과정을 정치하게 묘사하면서 인물들의 행적과 과오에 대해 날카롭게 분석한다. 즉 각각의 인물들에게 부과된 죄목과 재판 내용을 자세히 언급한 후 납득할 수 없거나 문제가 되는 점을 조목조목 따져 나간다. 그리고 각각의 사건과 사형집행 언도가 의미하는 바를 언급하는 방식으로 서사를 이끌어 나간다. 특히 사형집행을 당하는 인물들 중 작가는 최백근과 조용수의 죽음에 대해 안타까워하며 그들의 억울한 죽음에 이의를 제기한다. 그리고 당시 우리나라의 사법제도와 법의식에 대한 지적을 통해 그들에게 적용된 죄목이 얼마나 부당한 것이었는지 피력하며 그들의 죽음에 애도하는 자세를 취한다. 임헌영의 지적대로 사형집행 부분은 우리 문학사에서 보기 드문 감동을 주는 장면 중 하나로, 사실적이고도 섬세한 묘사는 당시 희생된 인물들의 비참함과 비극성을 부각시키는데 일조한다.

이 외에 1961년 12월 23일에 구형된 장도영의 사형 집행에 대한 언급도 주목할 필요가 있다. 작가는 장도영의 사형 집행을 접한 후 그와

---

92 Harvey J. Kaye, 『과거의 힘』, 앞의 책, 224쪽. ("망각이란…… 복종과 포기를 종속시키는 정신능력이다. 망각은 또한 정의와 자유가 보편화될 경우에 용서해서는 안 되는 것을 용서하는 것이다. 그런 용서는 불의와 노예 상태를 재생하는 상황을 재생산해낸다. 과거의 고통을 잊는 것은 그 고통을 야기한 세력들을 청산하지 않은 채로 그들을 용서하는 것이다. …… 이렇듯 시간에 굴복하지 않고 맞서 싸워 진상 그대로 기억을 복원하는 것은, 해방의 수단으로서 사상의 가장 고귀한 임무 중의 하나다.")

관련된 공소장을 검토하기 시작한다. 그리고 공소장의 내용을 '일자일구의 수정도 없이' 그대로 보여준다. 이유인 즉 장도영 관련 사건을 통해 "5·16의 과정과 그 직후의 경위를 소상하게 알 수 있"을 뿐만 아니라 "간추리고 수정하고 하는 동안에 생길 주관적인 해석을 피하기 위해서"인 것이다. 이러한 작업을 진행하는 것은 '이미 역사적 문헌이 되어버린 기록으로서 당대의 시대 사정에 대해 어떤 감'을 잡아보기 위함이기도 하다. 여기에 이병주의 글쓰기 목적 및 창작방법이 있다. 왜곡 없는 역사를 구축하고, 또 객관적 검증 과정을 거쳐 다시 쓰일 역사를 기억해 주길 바라는 데 그 목적이 있다고 할 수 있다. 또한 역사적 문헌이 되어 버린 공소장, 재판관련 속기록 등의 기록을 다시 들추어 내 보여주고, 그에 대한 문제를 지적하는 방식이 그의 창작 방법 중 중요한 부분을 차지한다.

이러한 목적 및 방법을 바탕으로 작가는 군사정부에 대해 안필수라는 기자의 기사를 발췌하여 보여준다. 그 기사는 "1961년 5월 16일부터 1963년 12월 17일까지 9백 45일간, 한 마디로 말해 실로 파란만장한 드라마이며 그 과정은 앞으로 전개될 이 나라의 정치사를 위해서 소상하게 기록되어 하나의 교훈적인 거울이 되어야 하는데 그 공죄(功罪)를 따지는 건 후세의 사가에 맡길 요량을 하고 여기서는 나타난 사실만을 요약하겠다."는 서두로 시작된다. 그리고 5·16 군사정변에서 제3공화국 성립까지의 경위, 군사정부가 한 일(2년 동안 831개의 법률 구축, 부정축재 처리, 혁명재판, 반혁명 사건 처리, 경제개발 관여, 4대 의혹 증권파동, 워커힐 사건, 새나라 자동차 사건, 파칭코 사건)에 대해 정리한다. 당대의 사회적 검열을 염두에 둔 탓인지 기자는 5·16 군사정변을 혁명이란 용어로 대체해 언술하지만 객관적 시각을 유지한 채 군사정변의 발발 경위와 제3공화국 성립에 대해 정리한다. 군사정부가 한 일을 언급하는 부분은 비판적인 시각이 지배적이며 4대 의혹 사건의 경우 각 사건의 의심스러운 부분을 논리적으로 지적한다.

첫째, 두드러진 업적은 군사정부가 1961년 5월 16일부터 1963년 5월까지의 사이 8백 31개의 법률을 만들어 줬다는 사실이다. (중략)

부정축재 처리 – 부정축재자 처리는 반민주행위자 처벌과 함께 2대 혁명과업 중의 하나이다. (중략)

이들의 부정축재를 환수하기로 하고 혁명재판에 걸어 징벌하기도 했으나 일반 기업주들에게 관한 처리는 불분명한 점이 없지 않다. 부정축재라고 해서 환수된 이상의 융자가 특정 기업체에 유출됨으로써 재벌로 비대화(肥大化)시킨 사례가 있기 때문이다.

혁명재판 – 특수범죄 처벌에 관한 특별법을 만들어 혁명검찰부와 혁명재판소가 관할하도록 하였는데, 부정선거 관련자 가운데 유죄판결을 받은 사람은 1백 7명. 그중 6명을 사형에 처했다. (중략)

혁명재판이 소급법에 의해 많은 사람들을 단죄했다는 데 법률상 또는 국가 체면상의 문제가 남는다. 무기형을 받은 사람들은 감형이 되고, 유기형 가운덴 금번 사면에 풀려나온 사람이 있고 감형되기도 했기 때문에 일시의 불운으로 돌릴 수도 있겠으나 사형이 집행된 사람들은 천추에 한을 남겼다고 할 것이다. (중략)

반혁명 사건처리 – 이 사건도 5·16 거사가 없었더라면 나타날 까닭이 없는 사건들이다. 반혁명 사건은 군사정부의 병리(病理)를 여실히 표현한 '드라마'의 각 국면이라고 하겠다. (중략)

행정에 관해서 – 지방자치가 겨우 움트려고 할 무렵 그것을 짓밟은 것이 행정의 전진이냐 후퇴이냐 하는 문제가 대두된다. (중략) 신속한 상의하달(上意下達)과 상관에 대한 절대복종이 행정의 이상이라면 더

바랄 것이 없다고 하겠으나 그런 가운데 만연되는 무사안일주의와 면종
복배(面從腹背), 여전한 부패 성향은 지적하지 않을 수 없다. (중략)

경제문제에 관해서 – 우선 특기해야 할 것은 1961년 7월 우리나라로
선 처음으로 장기적이고 종합적인 경제계획, 즉 제1차 경제개발 5개년
계획을 수립한 사실이다. (중략)

이러한 정책이 경제적 기반이 없거나 취약한 사람들에게 대해선 무시
하는 방향으로 나가고 결국은 부익부 빈익빈의 현상을 빚을 것이 뻔한
일이라고 경제 전문가는 말한다. (1985. 5, 644~646쪽)

작가는 박정희 정권기에 어떻게 역사를 만들었는가를 서술함으로
써 현재에도 사람들이 계속 역사를 만들어가고 있다는 것을 상기시켜
준다.93 이 소설은 군사정부가 한 일에 대해 세밀하게 분석한 후 과거
역사에 대해 비판적인 자세를 취한다. 현재의 시점에서 과거의 문제
를 다시 거론하고 문제를 지적하는 것은 위의 인용에서 열거된 일들
이 모두 과거사 청산에 거론되어야 할 문제들이기 때문이다. 과거의
과오들이 깨끗이 청산되지 않고서는 새로운 역사가 쓰일 수 없다. 마
르크스는 역사는 두 번 반복된다고 했다지만 사실상 역사는 끊임없이
반복되고 순환할 가능성이 농후하다. 작가는 자신이 살고 있는 현재
에 과거의 청산되지 않은 문제들이 유령처럼 출몰해 재현되고 있다는

---

93 "역사가의 일차적인 과제는, 역사를 탈신비화하고, 역사를 초인이나 비인간적인
견지에서가 아니라 인간적 견지에서 이해할 수 있게 표현하고, 역사가 필연의
왕국인 동시에 인간의 자유의 왕국임을 보여주는 것이다. 역사가는 사람들이 과
거에 어떻게 역사를 만들었는가를 서술함으로써 우리에게 지금도 사람들이 계
속 역사를 만들어가고 있다는 것을 상기시켜준다."
(David Noble, America By Design: Science, technology and the rise of
corporate capitalism, Oxford, 1977, p.xix/ Harvey J. Kaye, 위의 책, 222쪽에서 재인용)

데 문제의식을 갖는다. 그리고 지배의 연속성에 대한 기억을 환기하는 것으로 문제가 끝나는 것이 아니라는 점도 인식한다. 여기서 주목해야 할 점은 지배 블록의 노림수가 아니라 그 노림수를 가능케 하는 기억의 메커니즘이다. 모든 정치적 전략 전술을 가능케 하는 것에는 대중의 집단적 기억/망각이 개재되어 있다. 요컨대 박정희 체제와 그 시기에 대한 대중의 집합적 기억/망각은 우리 시대 정치적 실천의 주요한 모티브를 제공해 준다. 또한 박정희에 대한 추억과 비판적 기억은 정치적 공방을 넘어 대중의 삶과 무의식으로까지 확장된다.[94]

여기에 이병주가 역사에 천착하는 근본적인 이유가 있다. 앞서도 언급했듯이 작가는 과거, 현재, 미래를 개별적인 시간 개념으로 인식하지 않는다. 과거의 역사가 현재와 미래의 역사에 연결되어 있고, 때론 과거의 역사가 현재의 역사를 지배하는 것도 가능하다고 여긴다. 그러므로 과거의 역사를 올바르게 정립시키는 일이 선행되어야 하며 그것이 왜곡 없이 기억되어야 하는 것이다. 그런 의미에서 5·16 군사정변과 군사정부에 대한 재통찰은 왜곡 없는 '역사 다시 쓰기'의 초석이 된다.

이병주가 문제를 제기하는 역사 중 또 하나의 중요한 문제는 한·일 관계에 대한 것이다. 그는 「關釜連絡船」에서 이미 한일병합 문제에 대해 재통찰한 바가 있다. 한일병합은 불가피한 것이었지만 좀 더 민족의 위신이 서는 방향으로 성립되지 않았다는 점, 그것을 진행시킨 주체들의 민족과 국가에 대한 진지한 고민이 선행되지 않았다는 점을 문제로 지적했었다. 그리고 이러한 한·일 관계에 대한 문제는 이 작품에서 '한·일 국교 정상화'와 관련하여 지속된다.

---

94 황병주, 「박정희의 기억: 개발과 민주화의 추억」, 김학이·김기봉 외 공저, 앞의 책, 54쪽.

경제협력의 유효성에 관련해서 특히 문제가 되는 건 박 정권의 능력과 자질이오. (중략) 나는 감각이 문제라고 생각해요. 그 다음 정부 내의 부정사건, 예컨대 증권파동, 새나라 자동차 문제, 삼분폭리, 빠찡꼬 도입, 워커힐 사건 등은 상식을 의심하게 하는 사건들 아니오? (중략) 한일협정이 성립되는 날엔 다른 형태도 등장하여 한국인의 저임금을 철저하게 이용할거요. 대기업 수산회사가 계획하고 있는 한일 합동의 선단편성(船團編成), 일본의 탄광과 어장에 한국인 노동자를 대량으로 도입할 방책 등이 계획에 들어 있어요. 이처럼 한국의 불행한 노동자를 저임금을 미끼로 국제적으로 이용한다는 게 옳은 짓일까요? 둘째로 생각할 수 있는 건 한일 간에 하청계열(下請系列)이 형성된다는 거요. (중략) 셋째로 경제 협력이 진전됨에 따라 일본이 한국시장을 전면적으로 지배하게 될거요. (중략) 즉 한국의 시장을 일본이 지배하는 거죠. 마지막으로 중요한 것은 경제협력의 진행과 더불어 일본의 한국 기업에 대한 지배권이 확립될 것이란 사실이오. (중략) 이와 같이 하여 한일 간의 경제협력은 한국경제의 위기를 타개하기는커녕 한국의 노동력 시장 기업 등을 일본 자본이 지배하는 것으로 되어 결국은 한국에 대한 일본의 경제 침략이 성공하리란 것이 내 의견인데 당신의 생각은 어떠하오." (1986. 1, 571~572쪽)

위 인용은 '한·일 협정에 관한 비판문을 쓰기 위해 현지답사'차 한국에 온 노구치 다케시란 경제 전문가의 분석이다. 한·일 협정이 성사될 시 한국은 일본의 경제 식민지가 될 것이라는 다케시의 논리에 이사마는 수긍을 하며 이러한 예측을 미연에 방지한다면 경제 식민지가 되는 것을 면할 수 있지 않느냐 반문한다. 노구치 다케시는 물론 가능하겠지만 현 한국정부, 단적으로 말해 박정희 정권의 능력과 자질도 부족할뿐더러 이미 정해진 조건이므로 정부는 한·일 협정을 더 서두를 것이라 답한다. 즉 '반대를 무릅쓰고라도 협정을 맺지 않으면 안 될, 바로 그 사정이 한국을 일본의 경제적 식민지로 만들게 돼 있는 사정이기도 하다'는 것이다. 다케시의 이 말엔 이미 뿌리 깊이 박혀 있는 한·일 간의 식민관계가 전제되어 있다. 그리고 일본인의 입을 통해 우리 정부의 문제점들이 적나라하게 드러나고, 우리 역사가 재상기 된다는 설정은 우리 역사의 환부를 드러내는 지점이면서 동시에 과거의 오욕을 다시 기억하게 한다. 현재와 미래가 과거의 반영이며, 과거의 결과로 만들어진다면 과거 역사의 문제점들과 그로 인해 감수해야 했던 오욕을 잊지 않고 기억하는 것은 중요한 문제가 된다. 왜냐하면 적어도 같은 실수 혹은 과오가 반복되는 것을 미연에 방지할 수 있기 때문이다.

노구치 다케시나 이사마처럼 한·일 협정이 몰고 올 폐단에 대해 인식하고 있던 지식인들은 '한·일 굴욕 외교'를 성토하는 시위 등 여러 방식으로 그것에 대해 저항했다. 그럼에도 불구하고 1965년 6월 22일 '종전 후 20년 동안 단절'되었던 한·일 국교 정상 회담은 정부 권력에 의한 독단적 감행으로 성사되었다. 이에 대해 작가는 이사마의 일기를 통해 다음과 같이 언급한다.

언젠가는 밝혀지고 말 무대 뒤의 거래를 이사마는 결단코 잊지 말기로 하고 일기에 다음과 같이 써넣었다.

한일회담을 추진한 것은 애국심도 아니고 절실한 국가적 필요성에 의한 것도 아니다. 뭔가가 있다. 불미스러운 뭔가가. 그 사실을 캐내는 것이 역사가로서 또는 기록자로서 할 일이다. 전몰자에 대한 보상금 문제는 왜 거론조차 되지 않았던가. 왜 평화선 철폐에 호락호락 동의했을까.

어째서 청구권 문제가 경제협력 문제로 탈바꿈을 했을까. 그렇다. 줄잡아 20년의 세월이 흐르면 이러한 수수께끼가 풀릴 것이다. 그때까지 너는 깨어 있어야 한다.

이사마는 1965년이란 시점을 생각해 보았다. 일본으로부터 해방된 지 20년, 을사보호조약으로부터 60년이 되는 해이다. 사람으로 치면 환갑을 맞이한 해에 또다시 한국은 일본에 굴복한 꼴이 되었다.

따져보면 을사보호조약이나 이번의 한일조약을 두고 일본만을 비난할 순 없다. 일본을 비난하려면 그와 꼭 같은 정도로 우리들 자신을 비난해야 한다. 책임의 반은 우리에게 있었던 것이다. 그러나 정치라는 것은 결국 민도를 반영하는 것 이상도 이하도 아니다. 우리의 불행은 멀게는 한일합방을 있게 한 사태에 있었고 가깝게는 5·16쿠데타로써 비롯된 것이다. (1986. 3, 571쪽)

한·일 국교 정상 회담이 있던 날 알리스 다방에 모여 있던 지식인들은 한·일 협정에 대해 단말마 같은 말을 쏟아내지만 시국이 시국인만큼 그들의 논조는 활기를 띠지 못한 채 이내 단절된다. 이사마 역시도 불 보듯 뻔한 결말을 예측하지만 어떠한 제스처도 취할 수 없다. 때문에 집에 돌아와 '한·일 회담이 진행되는 동안 발생한 대소의 사건을 스크랩해 정리'하는, 이른바 '사료의 집성' 작업으로 당시의 답답함을 대신한다. 그리곤 위 인용과 같은 결론에 봉착한다. 이사마는 한·일 회담을 추진한 데에는 숨겨진 이유가 분명 존재하고, 그 부분에 대한 사실을 밝히는 것이 역사가 혹은 기록자로서 자신이 할 일이라 생각한다. 바로 이러한 의식이 작용하기 때문에 이사마 그리고 이병주의 사료 수집과 소설 쓰기가 지속되는 것이다.[95]

이러한 일련의 역사적 사건들을 겪어내면서 이사마는 "정의를 위해

꽃처럼 지는 건 문학적인 표현으로썬 좋고 들먹이긴 아름답지만 허망하"기 때문에 훗날을 기약하며 더욱 기록에 몰두하게 된다. 이것은 이사마의 목소리를 통해 언급되고 있지만 실상 작가 이병주의 의식이면서 그의 글쓰기의 원동력이 된다. 그리고 "역사에 있어서의 연결성이란 연대의 연결일 뿐"이기에 "역사의 역사다운 면목은 문학을 통해 나타날 수밖에 없다"는 논리가 덧대어져 기록을 통한 '소설로서의 역사 쓰기'가 완성되는 것이다.

"나는 일제시대를 26년 살고, 해방 후를 20년 살았는데 그 짤막한 동안 겪은 일만을 생각해도 역사란 것을 불신하는 기분이 돼. 중경 임시정부에서 온 사람들은 그들이 겪은 망명 생활을 핵심으로 해서 이 나라의 현대사를 생각하고 있더먼. 일제 때 고관노릇을 한 사람은 그들의 체험을 통해 생각할 것 아닌가. 이 양쪽을 극으로 하고 그 사이 갖가지의 층과 종별이 있을 것 아닌가. 감옥살이를 한 사람은 감옥 속에서의 일월(日月)이 그 역사의 내용으로 될 것이고 남방이나 대륙에 가서 전사한 사람들의 체험은 또 다를 것이고, 요컨대 3천만 동포의 역사는 3천만 종의 역사가 될 것인데, 이 가운데서 하나의 역사를 정립하려면 어떻게 하면 좋아. 물론 역사의 기술엔 통념이란 것이 있는 것이니까 대강의 체재는 잡을 수 있겠지만 기록하는 사람의 안목에 따라 각각 다를 것이 아닌가. 그렇다면 어떤 역사를 믿어야 하는가. 결국 정권을 담당한 사람

---

95 "권력자와 압제자들에 의해서 전 지구적 범위에서 끝없이 행해지는 과거의 이용과 남용을 고려한다면, 우리는 비판적 시각을 견지하면서도 역사학도들의 가장 기본적인 소망은 '기록을 사실 그대로 보존하는 것'임을 인정해야 한다."(Harvey J. Kaye, 『과거의 힘』, 앞의 책, 218쪽) 이병주는 왜곡 없는 역사의 재정립을 위해 기록행위를 지속적으로 실천하고 있으며 이를 통해 독자들의 비판적인 시각을 유도한다.

을 중심으로 역사는 기록되어야 할 것인데 그런 걸 역사라고 믿을 수 있
어? 그건 그렇고 역사편찬위원회 같은 것이 있는 모양이지만 지금 현재의
기록을 어떻게 하고 있는지 몰라."(1986. 6, 653~654쪽)

위 인용은 이병주의 글쓰기에 왜 다양한 기록들이 필요한가에 대한
의문점을 해소해 준다. 과거를 체험했던 사람들은 자신들의 체험을
중심으로 현대사를 생각한다. 이렇게 이루어진 역사는 주관적이고 편
파적으로 쓰일 가능성이 다분하다. 때문에 '어떤 역사를 믿어야 하는
가'라는 의구심이 생기는 것은 당연한 일이다. 여기에서 '기록'을 통한
체험기억의 재생과 그것들의 조화를 통해 이루어진 원근법적 시각의
필요성이 요구된다. 다양한 사료를 비교·분석·정리하고, 이를 통해
자신의 과거 역사체험 기억을 불러와 정리된 사료들을 재검증하는 것
이 이병주의 글쓰기 방식이다. 이러한 경우 사료를 통해 재구성된 사
건의 실증성이 강조되는데, 이를 시·공간적 배경의 실증성에 기반한
사건 중심의 과거 복원 경향이라 명명할 수 있다. 또 하나 간과해서
안 될 점은 '정권을 담당한 사람을 중심으로 기록되는 역사'에 대해 의
구심을 품은 작가가 선택한 것이 역사에서 배제되거나 망각되어 왔던
인물들을 통해 역사를 다시 보는 방식이라는 점이다.[96] 이것은 인위
적 망각에 저항하는 '비공식적 반대기억' 개념으로 이해할 수 있다.

아스만은 기능기억의 다양한 사용형식들을 정통성, 정통성의 소멸
(탈정당화), 명징화 세 가지로 나누어 파악한다. 정통성은 지배와 기억
이 연계되면서 얻어진 것으로 지배 권력을 유지하려는 계보학적 기억

---

96 "인간사회를 연구하는 모든 학자들에게 역사의 희생자들과의 공감과 승자의 주
  장에 대한 의심은 유력한 지배 신화에 의한 진실의 호도를 막는 핵심적인 안전
  판을 제공한다."(Harvey J. Kaye, 『과거의 힘』, 위의 책, 218쪽)

이다. 공적 기억의 근심거리는 그것이 검열과 인위적 왜곡에 노출되어 있다는 데 있다. 그런 기억은 그것을 지탱해 주는 권력이 유지되는 동안만 지속된다. 때문에 그 이전의 공적 기억은 비판적으로 전복된 기능기억이라 할 수 있는 비공식적 반대기억을 생산한다. 이것을 탈정당화라 할 수 있는데, 정통성의 소멸, 즉 탈정당화란 패자와 억압받는 자들이 주도적 역할을 하는 대립적 기억이 된다. 이 경우 선택되고 보존되는 기억은 현재의 기반이 아니라 미래의 기반을 구축하는데 쓰인다. 미래의 기반이란 존립하는 권력 구도가 붕괴한 후 이어지는 그런 현재를 말한다.[97] 마찬가지로 현재의 시점에서 사적인 역사를 서사화하는 이병주의 창작방식은 비공식적 반대기억에 의거하고 있다. 아울러 그는 객관적 시각으로 공적인 역사 기록의 문제점을 지적하고 평가하는 담론과정을 통해 지배서사에 균열을 낸다. 이러한 일련의 과정들은 과거를 객관적으로 제시하려는 의도에서 기인한 태도로써 기억정치로 왜곡되지 않은 실제 과거 역사를 포착하려는 작가 의식이 드러나는 지점이다.

3) 체험의 증언, 기록자로서의 소명의식

「山河」와 「그해 5월」이 실제 기록을 재검증하고, 그것을 다시 다양한 방식으로 기록하고 있다면 「소설·알렉산드리아」와 「겨울밤」은 그러한 글쓰기 방식과 관련된 작가의식이 직접적으로 드러난 작품이라 할 수 있다.

「소설·알렉산드리아」는 5·16 필화 사건으로 인해 감옥생활을 했

---

97 Aleida Assmann, 『기억의 공간』, 앞의 책, 174~177쪽.

던 작가 자신의 이야기를 다룬 작품으로 이중의 서사구조를 취하고 있다. 대한민국 감옥에 갇혀 스스로를 황제로 자처하며 살아가고 있는 '형'의 서사와 알렉산드리아라는 이국적 공간에서 '나'가 만난 사라 엔젤과 한스 셀러의 서사가 그것이다.

먼저 '형'은 일제치하에서 스스로를 코스모폴리탄이라는 정신적 룸펜으로 자처하던 사람으로 '나'의 눈에는 '철두철미한 자유주의자'로 보이던 인물이다. 그러던 형이 두 편의 논설로 인해 체포되었다. 그런데 형의 유죄판결 원인이 되는 논설내용과 재판 구형선고 과정에서 문제점이 발견된다. 형은 논설을 썼을 때 체포된 것이 아니라 한참 후 체포되었고, 체포된 후 소급법에 의해 재판을 받은 것이다. '벌해야 할 사람을 벌하는데 법률은 필요 없다'는 '나'의 말에 말셀은 강제수용소에서 마구 집단살해를 한 독일에 비하면 소급법이라도 만들고 처벌했다는 것은 월등하게 문화적이라고 답한다. 말셀과 '나'의 대화는 마치 당시 자신들이 속한 나라에서 자행되고 있는 독재 권력의 폭력과 횡포에 대해 비아냥거리고 있는 듯하다. 무차별적으로 무고한 사람을 죽이는 것이나 그럴듯한 억지 명분을 만들어 폭력을 행사하는 것이나 희생자들에게는 별반 다를 게 없다. 오히려 그럴듯한 억지 명분을 만들어 내고 있는 쪽의 교활함이 더 위협적이고 고통스럽게 체감될 지도 모른다.

> 1961년 5월, 나는 뜻하지 않은 일로 이 직업을 그만 두지 않으면 안 되었다. 天性 경박한 탓으로, 政治的으로 大罪를 짓고 十년이란 징역을 宣告 받았다. 그런데도 二년 七개월만에 풀려나온 것은 天幸이었다.
>
> 이때의 獄中紀를 나는 「알렉산드리아」라는 小說로서 꾸몄다. 대단한 人物도 못되는 人間의 獄中記가, 그대로의 형태로서 讀者에게 읽힐

까닭이 없으리라고 생각한 나머지, 나의 절박한 感情을 虛構로서 染色해 보기로 한 것이다. 이것이 小說로서 어느 程度 成功했는지는 내 自身 알 길이 없으나, 「획선」이 事實以上의 眞實을 나타낼 수 없을까를 實驗해 본 것으로 내게는 愛着이 있다. [98]

나는 어떤 작품을 쓴 경우에 있어서도 나의 억울함을 어떻게 호소할 수 있을까, 나의 무죄를 어떻게 증명할 수 있을까 하는 마음을 지워버릴 수가 없었다. 죄 없이 재판을 받고 징역을 산다는 것은 법률에 대해서도, 자신을 위해서도, 사회에 대해서도, 죄 자체에 대해서도 치욕이란 관념에서 벗어날 수가 없는 것이다. [99]

인용에서 드러나고 있듯이 이병주의 첫 번째 창작 의도는 자신의 억울함을 호소하고, 무죄를 증명하기 위함이다. 그 스스로도 인정하고 있듯이 중립적인 노선을 띠고 있었음에도 불구하고 그는 역사의 소용돌이에서는 늘 된서리를 맞기 일쑤였다. 그리고 이러한 체험들은 그로 하여금 회색의 사상에 더욱 천착하게 만들었다. 작가는 자신이 겪은 부당함을 토로하는 데 그치지 않고, 그에 대한 근본적인 원인을 규명하며, 이 과정에서 포착한 사회나 시대의 문제점을 폭로, 비판하는 데까지 나아간다. 다시 말해 시작은 자신의 억울함을 호소하기 위함이었지만, 이것은 억울함을 호소하는 과정을 거쳐 시대와 역사에 대해 사실적으로 기록, 증언해야겠다는 사명감으로 전이된다.

한편, '형'의 이야기와 교차지점에 있는 사라 엔젤과 한스 셸러의 서사엔 우리와 비슷한 아픔과 치욕, 그리고 역사의 문제가 내포되어 있

---

98 이병주 작품집, 『마술사』, 아폴로사, 1968, 299~300쪽.
99 이병주, 『虛妄과 眞實 – 나의 文學的 遍歷』下, 기린원, 1979, 71쪽.

다. '나'는 알렉산드리아의 무희 사라와 우연히 '꽃'에 대한 이야기를 나누다 약자로서 겪어야 했던 동질의 아픔에 대해 공유하게 된다. '나'는 일본의 동경에 살 때 하숙집의 옆집 사람이 꽃을 무척 좋아해 많은 종류의 꽃을 정성껏 키우는 모습에 그 사람을 좋아했었다고 한다. 그러나 그 사람이 '우리 동포를 고문하고 치사케 한 일이 한두 번이 아닌' 전직 일본 경찰이었다는 사실을 안 이후부터 그 사람이 좋아하던 꽃까지 싫어졌다는 과거를 이야기한다. 이에 사라는 장미꽃을 좋아하던 자신도 아우슈비츠 강제수용소에서 죽어나오는 시신들의 재를 비료로 해서 수용소장 사택의 만발한 장미를 키웠다는 말을 들은 후 장미만 보면 구역질이 날 정도로 꽃에 대한 마음이 변했다는 말을 털어놓는다.

사라가 언급하는 아우슈비츠나 장미는 강제수용소에 매몰되었던 사람들의 신체에 각인된 '사건'의 메타포로 작용한다. 그리고 그것은 '사건' 혹은 '역사'를 이야기하는 가장 짧은 서사가 되기도 한다. '아우슈비츠'란 공간은 유대인뿐만 아니라 서술자 '나'를 비롯해 유대인 이외의 수많은 다른 사람들에게도 '사건'의 기억을 전달하는 용어로 존재한다. 하지만 게르니카가 고향인 사라에게는 폭력의 기억, '사건'의 기억 자체이기도 한 '스페인 내란', '독일비행기' 같은 용어가 그 지역 출신 이외의 사람들에게는 그저 무의미한 소리의 나열에 지나지 않는 데서 일정한 간극이 드러난다. 유럽의 역사적인 반유대주의, 그 결과로 발생한 수백만이나 되는 유럽·유대인의 학살과 같은 기억이 '아우슈비츠'라는 용어 속에 담겨져 있다.[100] 그리고 수많은 매체와 형식을 통해 스페인 내란에 대한 기억이 전 세계적으로 공유되고 있다. 그러

---

100 Oka Mari, 『기억·서사』, 김병구 역, 소명출판, 2004, 25~26쪽.

나 스페인 내란으로 인해 '사라'는 소중한 가족들과 집을 잃고, 고아가 되었으며 인생을 송두리째 복수에 바쳐버릴 만큼 삶의 의미마저 상실했다. 또한 사라의 고향 게르니카엔 그녀와 같은 동족들이 비일비재하게 존재한다. 그러나 그녀의 정신과 마음에 끊임없이 '학살'이라는 사건이 반복되고 있다는 사실은 알려져 있지 않다. 사라와 같은 인물의 존재와 게르니카 같은 역사적 지명이 망각되고 있다는 사실에 이병주는 문제를 제기하고, 소설이라는 형식을 통해 그들의 이야기를 쏟아낸다. 그리고 그들의 이야기를 통해 폭력적인 역사의 기억을 타자와 분유(分有)하길 유도한다.

'나'는 사라로부터 게르니카 폭격에 대한 이야기를 들은 다음날 「게르니카 학살」이라는 피카소의 그림 복사판을 들고 사라를 찾아간다. 그리곤 그림에 대해 형에게서 들은 이야기를 전달한다. 스페인 사람인 피카소는 게르니카의 폭격소식을 듣고 분노를 억제할 수 없어서 이 그림에 착수했다는 것을 서두로 '아픔을 딛고 민절(悶絶)하는 말, 광란하는 소, 우는 여자, 죽은 아이를 안고 통곡하는 어머니' 등 그림에 대해 자세히 해석하고 설명한다. 이처럼 사라와 '나'는 '그림'이라는 상징적 매개를 통해 인종과 관련 없이 스페인 내란이라는 역사적 폭력의 기억을 분유한다.

한편으로 이것은 사라에게 '나'의 형의 존재를 알리는 서곡에 해당되기도 한다. '나'는 형을 통해 피카소의 그림에 대해 알게 되었고, 그림의 설명을 통해 스페인 내란에 대해서도 인지할 수 있게 되었다고 한다. 사람들의 기억 속에서 망각되어가거나 혹은 애초부터 존재하지도 않았던 폭력적인 역사의 기억을 공유 혹은 인식하고 있다는 형에게 사라의 관심이 가는 건 당연한 일이다. 이를 계기로 '나'는 '형'에게서 온 편지를 사라에게 읽어주기 시작한다. 스스로를 황제라 지칭하며 자신의 죄목 찾기에 몰두하던 형이 이제는 자신의 죄를 인정하기 시작한다. 그리고는 이런 자신에게 비굴하다 손가락질하는 동료에게도 '실권한 황제는 욕설 따위엔 관대해야 한다'며 상황에 순응하는 모습을 보인다. 작가는 작품에서든 본인의 체험에서든 이처럼 수인으로서의 상황을 담담히 받아들이고, '자신=황제'의 도식을 만든 데에는 필시 이유가 있었다는 것을 다음에서 밝히고 있다.

세 번째의 예는 5·16 혁명 직후 필화 사건으로 붙들렸을 때이다. 처음 Y경찰서의 유치장에 수감 되었는데 거기엔 이미 교원노조(敎員勞組)에 관계했다고 해서 십 수 명의 교사들이 수감되어 있었다. 그들은 나를 보자 지옥에서 부처님이나 만난 것처럼 반가와했다. 무력하고 마음이 약한 교사들은 별것도 아닌 나를 정신적인 지주로서 삼으려는 기분이 되었던 모양이다. 상황이 그렇게 되었는데 어떻게 나 자신의 울분과 고통을 표명할 수 있었겠는가 말이다. 나는 부득이 수학여행에 아이들을 데리고 여관방에서 같이 자는 선생처럼 처신하지 않을 수 없었다. 이런 사정은 서대문 교도소로 옮기고 나서도 바뀔 않았다. 같은 감방에 노인도 있고 청년도 있고 보니 우울한 표정조차 할 수가 없었다.

　― 이곳은 감옥이 아니고 아카데미다.

　― 우리는 죄수가 아니고 황제다.

　― 감옥 이상으로 안전한 곳이 어디에 있느냐. 우선 체포당할 걱정이 없지 않느냐. 화재를 만날 걱정도 없고 홍수에 떠내려갈 걱정도 없지 않느냐.

　― 이곳에 있는 한 나는 나의 완전한 주인이다.

　― 자유는 마음속에 있는 것이지 조건에 있는 건 아니다. 바깥세상은 창살이 없는 감옥일 뿐이다.

　– 우리가 갇혀 있는 것이 아니라 우리가 달과 별을 가두어 놓고 산다.

　이처럼 황당무계한 말을 꾸며 가며 죄수가 황제 노릇을 해야 했던 것
이다.[101]

　인용문처럼 물론 자신이 책임지고 다독여야 할 사람들이 많다는 생각에 의연한 척 할 수밖에 없었을 수도 있다. 하지만 스스로 죄가 있다고 인정했다면 자신을 '황제'라 칭하진 못했을 것이다. 이 소설이 창작되고 발표된 시기는 언론 검열이 존재하던 시기다. 아울러 사상범으로 낙인이 찍혀 감옥신세를 진 작가의 이력을 염두에 둔다면 '논설'이라는 직설적 언술이 아닌 '소설'이라는 우회적 글쓰기를 통해 부당한 국가권력에 대한 울분과 통한을 해소하려는 의도를 납득할 수 있게 된다. 때문에 작가는 소설 속에서 작가의 분신 혹은 자전적 이야기라 할 수 있는 '형'의 서사를 관념적인 어조로 풀어가면서 형의 서사에서 정치하게 다루지 못한 국가폭력, 사법제도 등의 문제를 한스 셀러와 사라 엔젤의 서사로 대치시키고 있다.

　'나'는 우연한 기회에 독일인 '한스'와 친분을 맺고 술을 마시게 된다. 베토벤이나 모차르트 같은 천재를 제외한 일반 독일인에게 증오감을 가지고 있다는 '나'의 말에 '한스'는 자신도 독일인을 싫어한다고 응대한다. 이것이 계기가 되어 둘은 독일인-그 중에서도 히틀러에 대해 긴 이야기를 나눈다.

　一九四〇年에서 一九四五年까지 히틀러가 죽인 사람의 수는 一천 二백만 명 이상이 된다. 이건 전투에서 죽은 것, 제법 재판이라도 받고 죽

---

101 이병주, 「세우지 않은 碑銘– 歷城의 風, 華山의 月」, 『한국문학』, 1980. 6, 66쪽–67쪽.

은 것을 포함하지 않은 수다. 그러니 순전히 무저항 상태에 있는 시민을 一천 二백만 명이나 죽인 거다. 물론 독일 사람만을 죽인 것은 아니지. 유럽 전역에 걸쳐 히틀러가 점령한 지대의 시민들을 政治犯, 또는 유태인이란 명목으로 강제 수용소에 잡아넣어선 집단살육을 한 거야. 독일의 과학이 발달했다고들 하지? 그 발달한 과학적 기술로써 눈 깜짝할 시간에 人格的 主體인 인간을 한 킬로그램의 재로 만들었으니 독일의 과학도 자랑할 만하잖아? (중략)

이런 참혹한 일은 아우슈빗츠에만 있었던 일이 아냐. 적어도 二十여 군데 이와 대동소이한 규모의 인간도살장이 있었거든. 그리고 사람을 죽인 것은 수용소에서뿐만이 아니야. 독일 도처에 있는, 점령지구 도처에 있는 게슈타포에서 매일 수십 명씩 고문을 받고 죽어갔거든. 인간이란 도대체 어떤 것일까.[102]

위 인용에서 히틀러와 마찬가지로 '아우슈비츠', '게슈타포' 등은 나치들이 유대인과 다른 수많은 국외자 그리고 힘없는 희생자들에게 행한 집단학살의 대명사이다. 그리고 여기서 '아우슈비츠'라는 지명은 일종의 트라우마적 장소로, 그곳에 대한 사람들의 회상이나 관점에 따라 다층적 의미와 복합성을 갖는다. 이를테면 강제수용소를 민족적 희생사의 중심적인 기억 장소로 만들었던 폴란드인들에게 '아우슈비츠'라는 지명은 살아남은 유대인 수용자들과는 다른 의미를 갖는다. 또한 독일인과 독일의 후손들에게 이곳은 희생자들의 자손들과는 또 다른 의미를 가질 것이다.[103]

작가는 작품에서 독일인 희생자와 게르니카의 희생자들에게 주목

---

102 이병주, 「소설·알렉산드리아」, 『세대』, 1965. 6, 376~377쪽.(이후 쪽수만 표기)
103 Aleida Assmann, 『기억의 공간』, 앞의 책, 432쪽.

한다. 즉 역사의 전면에 배치된 지명과 인물이 아닌 잊혀져 가는, 혹은 처음부터 배제되어 왔던 대상에 천착하고 있는 것이다. 한스는 유대인 친구를 숨겨주었다는 이유로 게슈타포 유치장에서 고문을 받아 억울하게 죽은 동생과 그 동생의 시체를 부여잡고 울부짖다 돌아가신 어머니의 복수를 결심했다고 한다. 그리고 당시 동생을 죽음으로 몰고 갔던 게슈타포 엔드레드가 살아있다는 이야기를 듣고 15년 동안 그를 찾아다니다가 그가 알렉산드리아에 있다는 소식을 듣고 여기에 왔다고 한다.

한스는 자신의 복수를 이루고 나면 '독일인이 저지른 죄악을 속죄하는 의미에서' 사라 앞에서 자결하겠는 의사를 표명한다. 그리고 '독일 사람 중엔 무력해서 반항을 못했을 뿐이지, 히틀러와 그 일당들을 증오하고, 그들에게 고통을 당한 사람이 수 없이 많다'는 것, '스페인 사람 가운데도 게르니카를 폭격하게끔 한 사람이 있고 그 때문에 화를 입은 사람이 있을 텐데, 본인은 게르니카에서 화를 입은 스페인 사람과 같은 처지의 독일 사람이며 본인과 같은 처지의 독일 사람도 많다'는 말을 덧붙인다. 이 부분은 대상이나 현상을 바라보는 작가의 시선을 포착할 수 있는 지점이다. 스페인 내란이나 공적인 역사에서 독일인과 스페인 사람은 대부분 가해자로 인식되어 왔다. 동시에 피해자로서의 그들의 모습이 표면화된 적은 거의 없다. 때문에 공적인 역사 중심의 교육을 받은 사람들은 이를 인식하지 못한다. 작가는 이러한 사실에 이의를 제기하고, 역사가 기억해주지 않는 대상들에게 착목하고 있는 것이다.

'복수'라는 같은 목적과 비슷한 아픔을 공유하게 된 사라와 한스는 이를 계기로 서로의 '복수'에 동참하여 치밀한 계획을 세운다. 그리고 그들의 복수는 비교적 단시간에 이루어지며 그로 인해 사라와 한스는 수감되어 재판을 받게 된다. '나'는 둘의 재판에 증인으로 자주 참여하게 되면서 재판내용에 대해 비교적 자세하고 객관적으로 기록해 보여주는데, 그 대표적인 방식이 검사의 논고, 변호인 변론, 신문기사 등의 직접적인 제시이다. 한스와 사라의 살인 사건에 대해 검사는 안드레드의 과거 행위는 공무집행이었을 뿐이고, 그것에 대해 한 개인의 감정 때문에 복수를 허용한다면 알렉산드리아의 안위에 관한 문제로 발전할 가능성이 크다는 전제하에서 징역 15년을 구형한다. 다음의 인용은 사건의 내용과 재판 과정을 통해 작가가 말하고자 하는 것이 무엇인지를 단적으로 보여주고 있는 부분이다.

(가) 그중, 알렉산드리아에서 가장 많은 부수를 가진 『알렉산드리아 데일리 뉴스』의 사설은 다음과 같았다.

카바레 안드로메다 事件은 근래에 드문 센세이션을 일으켰다. 이 사건을 분석하고 해석하고 그 등장인물의 과거를 추구하고 擴大·推理하면 몰락 과정에 있는 유럽의 病理를 발견할 수 있을 것이다.

이 사건은 그 본질에 있어서 규명하자면 나치 독일의 죄악에까지 미쳐야 할 것이고 一九四三年에 일어난 게르니카의 학살 사건을 다시 한 번 회상해야 하는 노력이 필요할 것이다.

게르니카 사건이 있게끔 한 스페인 內亂은, 부패해가는 유럽의 病理的 現象이 집약되어 폭발한 縮圖的 事件이었으며, 유럽 精神이 타락해간 단면을 나타낸 것이다. 이 사건을 중심으로 우리는 국제적 음모와 배신과 계교가 人類의 미덕을 산산히 짓밟는 사실을 歷歷하게 들출 수가 있다. (397~398쪽)

(나) 검사의 논고

(전략)

二十 年, 또는 十五 年이란 세월은 웬만한 大事件도 망각 속에 파묻혀버리는 시간입니다. 그 동안 地球 위엔 大事件이 연달아 일어났습니다. 滄桑의 변화도 있습니다. 원수가 되었다가 다시 同志가 된 時間입니다. 어떠한 원한도 이슬 녹듯 사라지고 원수끼리 서로의 손을 잡을 수 있는 시간인 것입니다. 그럼에도 불구하고 그 원한을 十五 年 동안이나 품어 와선 드디어 殺害하기에 이르렀으니 이 사실을 통해서 本官은 被告인 한스의 本性이 凡人을 넘어선 凶暴性·殘忍性·執拗性을 지니고 있는 것이라고 지적하지 않을 수 없습니다. (401쪽)

(다) 변호인 A의 변론

(전략)

全 世界를 殺傷의 도가니 속에 몰아넣고 천수백만 명의 人命을 앗은 나치 獨逸의 흉포한 범죄의 一環을 公務執行이란 말로써 檢事는 掩蔽하려 하고 있습니다. (중략)

나치 獨逸의 공무집행 상황을 우리는 간섭하려는 것이 아니라, 이 사건의 심리에 필요한 정도로 그 상황을 검토해 보자는 것입니다. 내정간섭이 아니라, 人道의 입장에서 批判해보자는 것입니다. 아무리 他國의 일이라도 우리는 人道에 벗어난 행위는 이를 규탄해야 하며, 비판할 수 있는 權利와 義務를 가지고 있는 것입니다.

나치는 千數百萬의 인명을 殺害했습니다. 公務執行으로서 아우슈비츠의 직원들은 매일 유태인과 정치범을 개스실에 넣어 죽였습니다. 그것을 비난하는 것도 내정간섭이겠습니까. (중략)

오늘날 우리들이 범하는 과오는 대개 健忘症에서 온 것입니다. 옛날

의 怨恨을 잊지 않았던들 오늘날 우리는 이처럼 나약하지는 않을 것입
니다. 옛날의 실패를 잊지 않았던들 오늘날 이와 같은 추태는 없었을 것
입니다. 오늘날 人類의 文化는, 또한 美德은 健忘症에 걸려 있는 大多
數 가운데 健忘症에 걸리지 않은 극소수의 사람들이 健在해 있는 덕택
입니다. (404~405쪽)

이처럼 한스와 사라가 벌인 사건은 단순한 개인적 복수극도 아니고,
공무집행에 대한 내정간섭도 아니다. 한스와 사라를 역사의 희생자들
에 대한 은유로, 안드레드를 역사의 가해자들에 대한 은유로 볼 때, 이
들의 사건 안에는 유럽의 역사가, 유럽사회의 병리현상이 내장되어
있음을 알 수 있다. 이를 통해 작가는 시간의 흐름에 의해 자연적으로
구원되었던 과거 역사의 가해자들을 다시 소환해 내어 단죄를 시도한
다. 그것은 과거의 역사를 올바르게 기억하라는 메시지인 것이다.
 (나)의 검사와 (다)의 변호인은 각각 사건뿐만 아니라 역사에 대한
인식 면에서도 상이한 견해를 피력한다. 이것은 역사적 사건을 바라
보는 시각은 다양하기 때문에 객관적인 시각으로 역사를 판단해야 한
다는 의미를 내포하고 있다. 이러한 의도를 작가는 (가)의 인용을 통
해 정리하고 있다. 변호인 A의 변론이 가해자들의 범행에 대해 도의
적, 인도적, 법 이론적으로 분석했다면, 변호인 B의 변론은 이론을 배
제한 사건의 진상 규명이었다는 데 주목할 필요가 있다. 안드레드는
한스와의 격렬한 몸싸움 끝에 넘어지면서 뇌진탕으로 사망했다. 한스
는 복수를 위해 안드레드를 찾아갔지만 처음부터 그에겐 살의란 없었
다. 자신의 죄를 인정하지 않는 안드레드와 그의 죄를 단죄하고자 하
는 한스와의 의견 충돌이 몸싸움으로 이어졌고, 그 과정 중에 사고가
생긴 것이다. 때문에 변호인 B는 한스가 안드레드를 밀친 것과 그의

어깨에 총을 쏜 것은 자신과 사라를 지키기 위한 정당방위였음을 비교적 신빙성있게 주장한다. 이와 같은 설정은 어떤 식으로든 사람을 해치는 것은 용납될 수 없다는 작가의 휴머니즘 사상에서 도출된 것으로 한스의 복수에 타당성을 부여한다. 그리고 재판과정 및 결과, 한스를 지지하는 주위의 반응에 필연성을 부여한다.

이 사건의 결말은 그런 점에서 주목을 요한다. 많은 대중들과 언론의 관심 속에서 변호인의 변론이 있은 후 알렉산드리아 재판정은 "한스셀러와 사라엔젤이 이 결정이 있은 후 1개월 이내에 알렉산드리아에서 퇴거할 것을 조건으로 판결을 보류하고 즉시 석방한다"는 뜻밖의 판결을 내린다. 이러한 판결을 두고 어떤 신문은 '알렉산드리아 법원의 역사 이래 처음으로 보여준 파인 플레이라고 격찬했고, 어떤 신문은 법원이 정당한 의무를 회피한 것이라고 논평'하기도 한다. 물론 어떠한 경위와 이유로 법정이 이러한 판결을 내리게 되었는지에 대한 언급은 작품 속에 생략되어 있다.

그러나 중요한 것은 역사가 시간 앞에서 망각될 수 있다는 검사의 논지가 전복되었다는 사실, 그리고 사건의 가해자들이 역사의 피해자들이었다는 점이 참작되어 인도주의적 차원에서 판결이 내려졌다는 사실에는 재고의 여지가 없다는 점이다. 결국, 이러한 일련의 과정은 정초기억과 현재 사이의 역사를 얼려버리는 즉, 역사의 내습을 막는 차가운 기억에 균열을 내고, 정초의 역사과정을 내면화하는, 변화를 내장한 뜨거운 기억을 부활시키려는 시도로 보인다.[104] 다시 말해 소설 텍스트라는 매체를 통해 과거 역사의 경험과 지식을 저장 보존하

---

104 Jan Assman, "Das Kulturelle Gedähtnis", EWE 13 NO.2, 2002, p.68~70, 75~78(김학이, 「얀 아스만의 "문화적 기억"」, 김학이 · 김기봉 외 공저, 앞의 책, 28~29쪽에서 재인용)

려는 시도인 것이다.[105]

한편, 형의 마지막 편지에서 언급되고 있는 '감옥' 그리고 '알렉산드리아'라는 공간과 한스와 사라가 향한 '태평양의 섬'은 작품에서 각각의 의미를 지니고 있다. 먼저 '나'와 한스 그리고 사라가 존재했던 알렉산드리아는 단순한 이국적 정서에서 비롯된 공간이 아닌 함축적 의미들이 포진되어 있는 공간이다. 작가는 이에 대해 다음과 같이 언급한 적이 있다.

舞台를 「알렉산드리아」로 擇한 것은 그 곳이 東西文化의 交流地이며, 植民勢力과 被植民勢力의 衝突로 빚은 混沌의 땅이며, 뿌리 없는 人間들의 鄉愁가 모이는 곳이라고 생각했기 때문이지, 공연히 異國情緒를 造作한 것은 아니다.[106]

작품에서 '알렉산드리아'는 역사의 폭력에 희생된 스페인인 사라와 독일인 한스가 교유(交遊)하는 지점이며 국가 폭력의 희생자인 '나'의 형이 궁극적으로 지향하는 공간이기도 하다. 즉 역사의 피해자들이 모여 서로의 과거 기억을 공유하며 상처를 치유하는 공간이면서 '반공이라는 이념적 감옥과 '서대문형무소'라는 물리적 감옥'[107]에서 형이 수인으로서의 현실을 견디어 내기 위한 탈현실적 공간이 되기도 한다. 그리고 '갇힌 현실에 대한 반성적 거울의 기능을 하는 열린 현실로서의 꿈의 시·공간'[108]이기도 하다. '나'는 이러한 공간에서 형의

---

105 알라이다 아스만은 이것을 역사를 현재의 직접적인 요청에 적절히 기능하도록 구성된 기능적 기억과 대립되는 저장기억으로 설명한다.
106 이병주 작품집, 『마술사』, 앞의 책, 300쪽.
107 김병로, 「多聲的 서사담론에 나타나는 현실인식의 확장성 연구–이병주의 「소설·알렉산드리아」을 중심으로」, 『韓國言語文學』 36호, 한국 언어문학회, 1996, 108쪽.

편지를 읽거나 사라에 대한 사건의 기술을 통해 꿈의 시·공간에서 왜곡된 형태로 전개되는 실재 역사와 사회적 현실을 비판적 시각으로 언술한다.

> 2년이란 세월이 흘렀다. 내가 이곳에 온 지가 어제 일 같은데 시간이 그처럼 분간 없이 가버렸다. 어제와 오늘과 내일이 뒤범벅이 되어 서로들 붐비면서 흘러간 것 같은 지난 2년 동안, 무슨 신기로운 꿈을 꾸다 깨어난 것처럼 새삼스럽게 주위를 두리번거려 보아야 할 심경이다. 알렉산드리아에 발을 들여놓자마자 나는 회오리바람이라고 밖엔 표현할 수 없는 사건의 와중에 휘몰렸다. 알렉산드리아에의 好奇의 정을 채우기도 전에, 이 도시의 年代記史家가 꼭 기록해두어야 할 대사건의 중심부에 뛰어들어 그 목격자가 된 것이다. (중략)
>
> 그 회오리바람도 이제는 끝났다. 그처럼 나의 생활 속에 깊숙이 자리 잡고 있던 사라 안젤도 한스 셀러도 이곳을 떠났다. 그것이 불러일으킨 회오리바람도 지금부터 전설화하는 과정을 밟게 될 것이다. (338쪽)

작품의 서두에서 언급하고 있듯이 이 소설은 표면적으로 알렉산드리아의 '연대기 사가가 꼭 기록해두어야 할 사건의 목격자'가 된 '나'가 목격한 사건을 전설화하기 위해 창작되었다고 볼 수 있다. 그리고 그 심층부엔 '형'의 서사와 통하는 증언자로서의 의무가 내장되어 있다. 이 작품이 창작되고 발표된 시기는 1960년대이다. 앞에서도 언급했듯이 시대적 혹은 작가의 개인적 상황을 미루어 보았을 때, 한 개인의 생각이나 사상을 자유롭게 표출하기란 실로 어려운 실정이었을 것이다.

---

108 위의 글, 107쪽.

때문에 알렉산드리아라는 공간에서 펼쳐지는 중심서사를 우리와 비슷한 역사적 사건을 겪은 인물들의 서사로 설정하여, 역사의 가해자를 단죄하고, 사법제도에 대한 비판적 담론을 펼치고 있는 것이다.

표면적으로 보았을 때 형은 수인으로서의 삶에 순응하며 시간을 견디어 내고 있는 듯이 보이나, 형의 편지에서 그가 언급하고 있는 바, 형은 이미 현실 비판적 담론이 허용되는 '알렉산드리아'라는 공간에 있다. 즉 알렉산드리아라는 공간 설정과 그곳에서의 사라의 서사는 형이 존재하고 있는 현실적 공간과 실재 역사의 가해자들을 단죄하기 위한 대리적 공간이며, 허구적 서사가 된다.

'알렉산드리아'가 다양한 인종들의 다양한 역사적 상흔들이 교접하는 허구적 꿈의 공간이라면 '감옥'은 국가 폭력에 피해를 입은 '형'이 존재하는 현실적 공간이다.

> 지금 내가 있는 이 獄숨는 七十二개의 감방을 가지고 있다. 대충 계산해 보니 無期囚를 빼고도 二千 년의 징역이 이 옥사에 들어앉아 있는 것이다. (중략) 日本人들이 한국을 합병하자마자 지었다는 감옥. 수十년의 역사. 落書를 통해서 나타난 歷史의 단면. 고통의 흔적. 그 지저분한 낙서투성이의 추잡한 벽은, 곧 이곳에 있는 우리들의 心象風景의 축도다. (410~411쪽)

위의 인용문에서 드러나듯이 형이 존재하고 있는 '감옥'은 단순히 육체적 자유와 사회적 소통이 박탈된 닫힌 공간으로서의 의미만 있는 것은 아니다. 그곳은 식민의 풍경, 국가 폭력 등 수많은 역사의 단면이 내재되어 있는 상징적 공간인 것이다. 이러한 상징적 공간 혹은 이미지들을 통해 작가는 망각된 역사와 희생자들을 다시 기억하여 기록하고, 추모하는 것을 글쓰기의 근본적인 목표로 삼고 있다. 또한 음지의 역사를 바라보게 되는 계기를 마련해준 '감옥'이라는 공간은 여타의 작품에서도 망각된 역사를 재소환해 내는 수단의 근원지로 작용한다.

이러한 부분은 「겨울밤」이란 작품에서도 이어진다. 이 작품 역시 이병주의 원체험에 근거한 소설로 서술자 '나'가 서대문형무소에 있을 때 만났던 여러 수인들에 대한 이야기이다. 먼저 이만용은 전직 경찰국장으로, 3·15부정선거에 가담했다는 죄목으로 7년을 선고받은 사람이고, 노정필은 6·25때의 특별조치법위반으로 무기징역을 선고 받았다가 '민주당정권 시절 이십년으로 감형 받아 수인목수'로 지냈던 사람이다. 그리고 두웅규는 한 때 어떤 정당에 가담했다가 탈당했는데 잠깐 가담했던 정당과 관련해 수감된 인물이다. 서술자 '나'는 자신과 돈독한 친분을 유지하면서 감옥생활을 하다가 무죄판결 공판을 하루 앞둔 날 숨을 거둔 두웅규를 회고한다. 이어 서술자의 생각은 조용수의 사형집행과 사형제도에 대한 비판으로 전이된다.

> 어제 조용수가 사형집행을 당했다는 소식이 흘러들었다. (중략)
>
> 이러한 날, 그 드높은 하늘 아래 그 밀실에서 법률의 이름을 빌려 사람이 사람을 교살하는 작업이 진행되고 있었던 것이다. 사형이 뭣 때문에 필요한가를 생각해본다.
>
> (중략)
>
> 베카리아 이래 많은 사형폐지론이 나왔다. 그 골자는 사형이 궁극에 있어서 범죄예방을 위해 효과적이 못 된다는 것이고 회복 불가능한 것이고 속죄의 길을 막는 것이며 혹 오판(誤判)이라도 있었을 경우, 상환 불능(償還不能)한 것으로, 그저 보복(報復)의 뜻만 강한 형벌이란 것이

다. 그리고 사회의 질서를 위해서 사람이 사람을 율(律)하지 않을 수 없으되 인간이 인간의 생명을 빼앗는 정도까지 율(律)한다는 건 인간의 권능(權能)을 넘는 월권행위가 아닐까. 하지만 이러한 논의가 얼마나 무력한 것인지 나는 잘 알고 있다. 사형 폐지의 문제는 이론의 문제가 아니고 신념의 문제라고 하는 이유가 여기에 있다.[109]

사형제도 폐지에 대한 위 인용은 J라는 이니셜이 조용수라는 직접적인 실명으로 대체되고, 어휘만 조금 바뀌었을 뿐 「소설 · 알렉산드리아」에서도 그대로 언술되고 있다. 위 인용에서 언급되고 있는 것처럼 작가는 사형제도를 이론의 문제가 아니라 신념의 문제라 여긴다. 그리고 이러한 사고의 기저엔 그의 작품 전반에 도도히 흐르고 있는 휴머니즘 사상이 자리하고 있다. 어떠한 상황에서도 인간을 중심에 놓고 생각한 작가는 작품 속의 분신을 통해 사형폐지운동에 가담할 뜻을 피력하기도 한다. 어느 에세이에서 이병주가 직접 밝히고 있듯이 메이지 대학 시절 그는 '근우회(독서회) 친구들의 재판과정을 보며 불합리한 사법제도에 대해 각인'[110]하기 시작했고, 이후 영어의 몸이 되어 직접 공판을 겪으면서 사법제도에 대한 불신과 관심이 깊어졌다.

한편 사법제도에 대한 단상은 주변 지인들의 '죽음'에 대한 상념으로 전이되어 '소주(蘇州)의 병원에서 죽은 사람, 콘론마루의 침몰과 더불어 죽은 친구, 6 · 25동란 때 희생된 이광학, 강달현, 박창남' 등을 기억하게 한다. '나'가 기억해 낸 인물들은 모두 역사의 파고 속에서 역사에 의해 처형된 인물들이면서 실제 존재했던 인물들이다. 이런 점을 감안해 본다면 이병주가 역사의 뒤안길에서 생략되어 버린 인물들

---

109 이병주, 「겨울밤」, 『문학사상』, 1974. 2, 92~93쪽.(이후 쪽수만 표기)
110 이병주, 『美와 眞實의 그림자』, 명문당, 1988, 81쪽.

에 천착하는 이유에 대해 납득할 수 있게 된다.

이병주의 '역사'에 대한 천착은 '소설'이라는 매개를 통해 형상화되고 있기에 그에게 있어 문학이란 무엇인가는 중요한 문제가 된다. 작품 속에서 이병주의 분신이라고 할 수 있는 '나'는 노정필이란 인물에게 관심을 갖고, 그와 여러 서적을 교환하면서 이데올로기와 문학에 대한 각자의 생각을 나눈다. 이 과정 중에 노정필은 '나'에게 어떤 각오로 작가가 되었느냐고 묻는다.

> "이 선생은 어떤 각오로 작가가 되었습니까?"
>
> "기록자(記錄者)가 되기 위해서죠."
>
> "기록자가 되는 것보다 황제가 되는 편이 낫지 않겠소?"
>
> 말의 내용은 빈정대는 것이었지만 투엔 빈정대는 냄새가 없었다.
>
> "나는 내 나름대로의 목격자(目擊者)입니다. 목격자로서의 증언(證言)만을 해야죠. 말하자면 나는 그 증언을 기록하는 사람으로 자처하고 있습니다. 내가 아니면 기록할 수 없는 일, 그 일을 위해서 어떤 섭리의 작용이 나를 감옥에 보냈다고도 생각합니다." (99쪽)

위 인용에서 '나'는 기록자가 되기 위해 작가가 되었다고 언술한다. 즉 역사의 목격자로서 '소설'이라는 매체를 통해 자신이 목격한 것을 가감 없이 증언하고 기록하기 위해 작가가 되었다는 것이다. 그러나 나의 말에 노정필은 기록은 철저해야만 기록이 될 수 있는 것이라면서 기록이 되려면 시와 결별해야 한다고 질책한다. "기록이 문학으로서 가능하자면 시심 또는 시정이 기록의 밑바닥에 지하수처럼 스며 있어야 한다"는 것을 자신만의 문학론으로 정립하고 있던 '나'에게 노정필의 말은 신선한 충격이었다. 게다가 "당신의 시인은 감옥에서 나가면 사형폐지 운동을 해야겠다고 했는데 그래 당신은 사형폐지를 위해서 무슨 노력을 했소. 그저 문학을 했다는 말만 가지고 통할 것 같소? 당신의 시인은 세상을 기만하고 당신 자신마저도 기만했다"는 노정필의 질타에 '나'는 아연실색해 한다. 그리고는 노정필이 그런 말을 한 이유를 '성실성도 모자라고 각오도 돼 있지 않은 인간이 기록자를 자부하고 나선 데 대한 반발'에서 찾고 사형폐지운동에 대한 언급을 자신의 '조작된 센티멘털리즘에 대한 화살'이라 자책한다. 그러나 노정필과의 소통 이후에도 '기록=문학'이라는 '나'의 문학관에는 변함이 없다.

작가는 이 작품의 마지막을 본인의 친한 지기였던 박희영에 관한 일화로 정리한다. 물론 작품에서는 직접적인 실명을 밝히고 있지는 않지만 그의 에세이에 의거한 생애사를 상기해 본다면 작품의 마지막에 등장하는 친구는 박희영이라 보아도 무방할 것이다. 박희영은 노정필과 필적할 만한, 어떻게 보면 더 많은 아픔을 겪은 인물이지만 삶의 태도나 인간성 부분에서는 노정필과 상반된 성향을 보인다. 짤막한 일화를 통해 두 인물을 대조해 보이면서 '나'는 "노정필씨와 이 친구를 비교해서 우열을 말할 수는 없다. 그러나 인간은 인간적인 사람을 좋아하게 마련이"라는 말로 일축한다. 이것은 이병주의 휴머니즘 사상과 통하는 지점이며, 동시에 그가 추구하는 삶의 태도가 된다.

기록자의 자세로 창작에 임해 왔던 이병주는 다양한 역사적 사료와 자신의 역사체험 기억을 병행하여 역사적 진실을 증명해 내는 데 주력했다. 이것은 역사의 행간에 묻힌 채 망각되어 왔던 인물들에 대한 애도의 한 방식이면서 그들의 복원을 통해 공적인 역사의 틈을 메우고자 하는 시도이기도 하다. 또한 이병주는 각 작품에다 중립적 인물을 배치해 역사에 대한 재평가 및 재해석을 시도한다. 중립적

인물들은 주로 체제나 정권에 대한 분석을 비롯해 역사적 과오에 대해 낱낱이 짚어낸다. 그리고 그들은 역사적 과오를 범한 주체를 역사의 심판대 위에 다시 올려놓는다. 때문에 이병주 소설 속에서 재구축된 역사는 영웅 혹은 정권 중심의 공적인 역사에 균열을 낸다. 이러한 글쓰기 방식은 역사를 보는 시각의 저변을 확대시켜준다는 점에서 의미가 있다.

4장

당대 현실의 서사화와 시대 의식

4장 당대 현실의 서사화와 시대 의식

3장에서 역사적 '사실'에 비중을 둔 작품들을 다룬 데 반해 이 장에서는 '허구'적 서사에 중점을 두어 당대를 역사로 기록하고 있는 작품들을 분석해 볼 것이다. 현실 문제를 다루는 데 있어 창작시기와 작품의 배경이 되는 시기가 근접해 있을수록 제약이 따르기 마련이다. 이 장의 대상 텍스트들이 이러한 경우에 해당되는데 이병주는 '허구'를 전면화하는 글쓰기 전략을 통해 창작에 가해질 수 있는 제약을 극복하고 있다. 물론 소설이라는 장르 자체가 허구성을 전범으로 한다는 점을 상기해 본다면 허구를 전면화하는 것을 이병주만의 글쓰기 전략이라 규정짓기에는 무리가 있을 것이다. 하지만 실제 기록이나 사료를 중심으로 한 역사적 변증을 문학자로서의 소명의식이라 여겼던 이병주의 창작관을 염두에 둔다면 픽션의 전면화는 이병주에게 글쓰기의 전략이 된다. 또한 이 장에서 다룰 텍스트들에는 당대 사회의 풍경이 내재되어 있고 인간세계의 진정성을 모색하고자 하는 작가의식이 존재한다. 아울러 과거 역사와 현재와의 상관성을 전제로 한 일상생활의 미시사적인 맥락들을 통해 당대사를 구축하고, 그것을 역사로 기록하는 작가의 모습이 포착된다.

이 장에서는 고급문화와 저급문학이라는 대립을 넘어서 대중문화의 예술적 기능이 '인식론적 은유'로서 당대의 현실을 반영한다는 에코의 논리를 수용할 것이다.[1] 아울러 고급문화와 대중문화의 텍스트를 의미와 실천의 형식들로 동등하게 다루며 텍스트를 상대적 자율성을 지닌 사회적 생산물이면서도 역사적 의미 속에서 끊임없이 의미가 구성되는 것으로 보는 이스트호프의 논리[2]를 기본 전제로 텍스트의 대중소설적 측면도 검토하고자 한다.

1. 과거와 연루된 현재의 일상 탐색

이병주의 소설에서 과거와 현재 그리고 미래는 서로 길항한다. 앞 장의 대상작품들이 현재의 위치에서 과거의 역사를 불러와 재평가 및 재해석하고 있다면 이 장에서 다룰 텍스트들은 과거의 기억과 사건이 현재의 삶으로 이어져 고통 받는 사람들의 서사가 중심을 이룬다. 다시 말해 앞 장의 텍스트들이 거시적인 차원에서의 과거 역사에 대한 서사였다면 이 장의 텍스트들은 과거 역사가 생성해 놓은 현재를 사는 인물들의 일상생활에 주목하여 미시적인 측면으로 접근해 창작된 작품들이라 할 수 있다. 미시적인 측면에서의 일상사[3]를 통해 당대의

1 Umberto Eco, 『열린 예술작품』, 조형준 역, 새물결, 1995.
2 Antony Easthope, 『문학에서 문화연구로』, 임상훈 역, 현대미학사, 1994.

현실이 과거와의 유기적 관계 속에서 역사로 기록되며 이때 과거에 대한 기억은 현실인식의 도구로 작용한다.

1) 가족의 해체, 무기력한 가장으로 살아가기

「내일 없는 그날」[4]은 한국전쟁 이후의 소시민들의 삶의 모습을 형상화하고 있는 작품이다. 작품의 주인공 형수는 모종의 사건으로 2년의 형기를 마치고 출옥한다. 작품에서 형수의 죄명이 직접적으로 드러나지 않지만 그의 형 익수의 과거 행보를 상기해 보면 어느 정도 유추가 가능해진다. 형수의 형 익수는 좌익운동을 해 한국전쟁 직전 빨갱이로 몰려 총살당한 인물이다. 중학교 음악교사였던 형수가 돌연 감옥에 갈 이유는 형의 과거사 외에 그 어디에도 없다. 사상운동을 했던 형의 과거 이력은 동생인 형수를 감옥에 보냈고, 나아가 형수의 집

---

3 일상생활이란 개념은 벤야민이 언급한 바와 같이 '현실적인 것'에 대한 관심을 표상한다. 일상이란 개념은 잊혀지고 상실된 과거의 약속들과 미래의 가능성을 이끌어내기 위해 역사적 현재인 '지금'을 현실화하는 것이다. 이는 무엇보다 현재가 억압해 온 과거의 약속을 되새기는 거대한 애도와 기억을 요구한다. 기억은 종종 수행적인 현재가 야기한 위험에 대한 대안으로서 과거의 문화적 우월성에 대한 이런저런 형태의 향수로 나타나기도 했다. 현실적인 것은 단지 현재적 존재의 사실성만을 의미하는 것이 아니라 벤야민의 말대로 우리 눈앞의 텅 빈 지금을 채워 넣고, 또 다른 종류의 현재로 우리를 이끌어갈 구체적인 경험의 현실화를 의미했다. 일상성은 현재를 조직하는 최소단위인 한편, 일상을 예술이나 정치에 연결시키고 이를 통해 현재를 위협하는 모순적 영역들을 봉합하고 경험을 통합하는 다양한 방법을 제공하기도 한다.(Harry Harootunian, 『역사의 요동 – 근대성, 문화 그리고 일상생활』, 윤영실·서정은 역, 휴머니스트, 2006, 157쪽.)
4 그간 이병주의 처녀작을 언급하는 데 있어 「소설·알렉산드리아」와 「내일 없는 그날」을 두고 연구자마다 다른 견해를 보여 왔다. 이러한 현상이 발생한 원인을 이병주의 정확한 연보가 정립되지 않았다는 데서 찾을 수 있다. 정식 등단 절차 없이 창작활동을 해 온 이병주의 이력과 처녀작이란 의미를 감안한다면 희곡 「유맹」을 처녀작이라 보아야 마땅할 것이다.

안을 파탄시키기에 이른다. 감옥에 간 남편을 구하기 위해 형수의 처 경숙은 정조를 잃게 되고 그로 인한 죄책감으로 자살하게 된다는 설정 자체가 이미 한 집안의 몰락을 의미한다. 문제는 이 작품의 시간적 배경이 되는 한국전쟁 직후 형수와 같은 처지에 몰린 사람들이 비일비재했다는 것이다. 즉 작가는 좌우 이념 대립이 낳은 폐해가 당대를 살아가는 사람들의 삶에 어떤 식으로든 깊게 관여하고 있었다는 사실에 주목하고 있는 것이다.5 작가의 이러한 생각은 「예낭풍물지」에서 더 극명하게 표출된다.

「예낭풍물지」는 '국가의 대죄를 얻어 십년 형을 언도받고 징역살이를 하고 있던 중 결핵균의 작용으로 인해서 오 년 남짓한 세월을 치르고 옥문을 나서게 된' '나'와 예낭 빈민굴에 사는 주변 사람들에 대한 이야기이다.

'나'의 아내는 '나'가 감옥에 있던 3년 되던 해에 돌연 편지 한 장을 남기고 부잣집 남자와 재혼을 한다. 그런 아내를 '나'는 그리워하면서, '나'를 떠난 아내에게 잘못이 있는 것이 아니라 아내를 그렇게 몰고 간 상황을 만든 자신의 잘못이라 자책한다. 나에겐 딸이 한 명 있었는데, 아버지가 감옥살이 하고 있다고 유치원 아이들이 놀리는 통에 자리에

---

5 단행본 『내일 없는 그날』의 머리말을 통해 이병주는 이 작품의 의미를 다음과 같이 언급하고 있다.

"6·25직후의 생생한 세태(世態)가 그런대로 편편이 리얼하게 묘사되어 있다는 점과 치졸하나마 인생에 대한 관조(觀照)가 슬픈 빛깔로 나타나 있다는 점, 그리고 작가이전(作家以前)의 내 모습을 찾아 볼 수 있다는 점 등을 참작해서 도서출판 文以堂의 호의에 편승하기로 한 것이다.

통속성과 신파성(新派性)엔 얼굴을 붉히지 않을 수 없으나 '경숙'과 같은 비극이 있을 수 있었다는 시대의 비애를 지금에 와서 되새겨보는 것도 의미 없는 노릇도 아닐 것이란 마음만은 진실이다. 좋게 보아주면 이것도 우리 현대사(現代史)의 문학적인 한 표현으로 될 수 있지 않을까."(이병주, 『내일 없는 그날』, 문이당, 1989.)

누웠다가 폐렴이 심해져 그대로 죽었다. 결국 '나'는 국가의 대죄가 무엇인지 알 수 없으나 그로 인해 소중한 가족을 잃고 집안의 파탄 위기에 몰린 것이다. 문제는 '나'의 가정을 파탄으로 몰고 가고, '나'를 병자로 만든 '국가의 대죄'가 무엇이었는가 하는 것이다. 이 작품에서 죄에 대한 구체적인 언급은 없다. 단지 다음을 통해 '나'의 죄가 무엇인지 짐작해 볼 뿐이다.

> 허지만 아쉬움은 없다. 나는 罪人이었으니까, 罪人은 그만한 罰을 받아야 한다. 그런데 죄인이란 무엇일까. 犯罪란 무엇일까. 大英百科事典은 '犯罪…… 刑法違反의 總稱'이라고 되어 있다는 것이고 제임스 스티븐은 '그것을 犯하는 사람이 法에 의해서 처벌되어야 하는 行爲, 또는 不作爲'라고 말했고 유식한 토머스 홉스는 '犯罪란 法律이 금하는 짓을 하는 것'이라고 말하고 있다는데, 나는 이것을 납득할 수가 없다. 刑法 어느 페이지를 찾아보아도 나의 죄는 없다는 얘기였고 그밖에 어떤 法律에도 나의 罪는 목록에 조차 오르지 않고 있다는 辯護士의 얘기였으니까 그런데도 나는 십 년의 징역을 선고 받았다. 法律이 아마 뒤쫓아 온 모양이었다. 그러니까 大英百科事典도 스티븐도 홉스도 나를 납득시키지 못했다. 나는 스스로 나를 납득시키는 말을 만들어야 했다. "罪人이란 權力者가 '너는 罪人이다.' 하면 그렇게 되어버리는 사람이다."6

사전적인 정의대로 법률이 금하는 사항을 행하는 것이 범죄라 한다면 사실상 '나'는 죄가 없다. 즉 '나'는 권력자의 가치판단에 의해 범죄

---

6 이병주, 「예낭풍물지」, 『세대』, 1972. 5, 334쪽. (이후 쪽수만 표기)

자가 되었고, 그로 인해 소중한 가정을 잃었다. 때문에 '나'는 살아있는 한 어떤 권력도 빼앗아갈 수 없는 견고한 '관념의 집짓기'로 현실의 고통을 버텨낸다. 예낭의 가장 높은 곳에 중세의 영국식으로 지어진 성은 누구의 간섭도 틈입할 수 없는 견고한 공간이기에 권력으로부터 자유롭다. 그곳엔 나만 바라봐 주는 오필리어가 있는데, '나'는 오필리어에게 세계정세를 설명해 주기도 하고, 시를 읊어주기도 한다. 아내 경숙을 닮은 오필리어와 함께 하면서도 '나'는 굶주린 소년들이 즐비한 예낭에 대한 관심을 접지 못한다. 왜냐하면 그곳엔 현실의 '나'를 인지할 수 있게 하는 권력의 희생자들이 비일비재하기 때문이다.

'나'는 징역선고 후에 그에 대한 법률이 쫓아왔다는 언술에서 추측할 수 있듯이 소급법 적용 대상자였다.[7] 결국 '나'는 국가권력의 희생자이면서 '나'의 현재는 '과거' 역사에 의해 배태된 결과가 된다. 여기서 '나'의 수감 동기의 배면엔 '과거'의 역사가 잔존해 있다는 점에 주목할 필요가 있다. '나'의 아버지는 일제 때 독립운동을 한 경력 때문에 해방 후 좌익으로 몰려 한국전쟁 시 비명에 죽었다. 4·19 직후 '나'의 아버지처럼 죽은 사람들의 유골 찾기 운동에 참여하라는 어떤 사람의 권유에 '나'는 어머니의 만류에도 불구하고 가담했다가 불이익을 당한 것이다. 단순히 '유골이나 찾아 매장이나 하자는 순수한 동기'로

---

7 군사정권은 1961년 6월 22일 '특수범죄 처벌에 관한 특별법'을 공포·시행한다. 이것은 '5·16 군사혁명 수행과정에 있어서 군사혁명위원회의 혁명행위에 관해서 고의로 정보를 누설하거나 혁명행위를 방해하는 자', '정당, 사회단체의 주요 간부의 지위에 있는 자로서 국가보안법 제 1조에 규정된 반국가단체에 이익이 되는 사정을 알면서 그 단체나 구성원의 활동을 찬양, 고무, 동조하든가, 또는 그 외의 방법으로 목적수행을 위한 행위를 한 자'에 대해 사형, 무기, 10년 이상의 징역에 처할 것을 규정했다. 또한 '특수범죄 처벌에 관한 특별법'을 공포한 날로부터 3년 반 이전 즉 1957년 12월까지 소급 적용할 수 있도록 했다.(한국혁명재판사 편집위원회, 『한국혁명재판사』 3집, 한국혁명재판사 편집위원회, 1962)

유골 찾기 운동에 가담한 '나'였지만 그 조직을 정치적으로 이용하려는 움직임을 막으려 하다가 그 조직 속으로 깊이 빠져들어 수감된 것이다.

결국 '나'의 수감엔 아버지의 '과거'와 5·16 군사정변이라는 시대상이 동인으로 작용했고, '나'의 현재 삶은 과거의 결과로 생성된 것이다. 여기에 작가가 주목하는 문제의식이 있는데, 첫 번째가 과거사 청산 문제가 해결되지 않은 채 새로운 정부가 끊임없이 들어서고 있다는 것이다. 과거사 청산이란 과거의 부정적 잔재가 채 사라지지 않고 아직도 현실적인 영향력을 발휘하고 있어 그것을 제거하여 과거의 영역으로 추방시킨다는 의미를 일컫는다.[8] 일제 식민체제나 독재정권의 유산에 대한 초보적인 청산작업조차 이루어지지 않은 당대 현실에서 이 개념은 정당성을 확보한다.

작가는 과거와 연루된 자들의 일상 탐색을 통해 과거의 의미를 끊임없이 되새김으로써 진정으로 과거를 넘어설 수 있다는 점을 부각시킨다. 아울러 과거의 잔재는 청산될 수 있더라도, 과거가 우리에게 주는 의미는 결코 청산의 대상이 아니라는 사실도 간과하지 않는다.[9] 과거사 청산에 대한 문제와 함께 작가는 역사에 의해 희생된 인물들에 대한 역사적 보상이 제대로 이루어지지 않았다는 문제도 끊임없이 제기한다. 이것은 "역사가 믿을 수 있는 것으로 되려면 아무런 죄도 없

---

8 전진성, 『역사가 기억을 말하다』, 휴머니스트, 2005, 181쪽.(한국사회의 의미론적 용례에 따르면 이 용어는 주로 일제에 부역한 친일 인사들과 그들의 행적에 대한 '역사적 진실'을 규명함으로써 식민지라는 치욕적인 과거와 그것이 남긴 부정적인 유산을 '비판적으로 지양'하는 작업을 뜻한다.(같은 책, 157쪽) 그러나 근래에 와서 군부독재 시절의 국가폭력을 규명하는 작업을 '과거청산'에 포함시키기도 한다.(조희연, 「민주주의 이행과 과거청산」, 조희연 편, 『국가폭력, 민주주의 투쟁, 그리고 희생』, 함께 읽는 책, 2002, 453~482쪽.)
9 전진성, 위의 책, 181쪽.

이 억울하게 죽은 그들에게 어떠한 형태로건 보상의 흔적이 보여야 한다."[10]고 생각했던 작가로선 당연한 문제제기였는지도 모른다. 다시 말해 온전한 과거 극복을 위해서는 우선적으로 과거의 진실을 파헤쳐야 하며 그에 따른 적절한 처벌과 함께 희생자를 복원시키고 배상해야 한다는 논리이다.

과거의 망령은 오직 그것을 현재화하고 공개화함으로써만 잠재울 수 있다. 나아가 자신이 속한 공동체의 죄업 또는 희생을 과학적·정치적·예술적 수단을 통하여 계속해서 기억하고 내면화함으로써 새로운 정체성을 통합해내야 한다. 이것이 과거 극복의 목표라 할 수 있다.[11] '예낭'이란 허구적 공간 위로 불려나온 인물들의 생존양태는 이러한 작가의 역사인식을 반영한 결과물이라 할 수 있다.

> 나는 예낭을 한없이 사랑한다. 그 가운데서도 내가 살고 있는 동리를 더욱 사랑한다. 이곳에선 가난의 부끄러움이란 게 없다. 거리마다에 골목마다에 가난의 豪奢가 있다. 보다도 한량없는 슬픔이 범람하고 있다. 사람들이 그 거친 슬픔의 파도를 헤치고 사는 걸 보는 건 장엄하다고 할 수 있는 광경이다. 사람들은 이곳을 빈민굴이라고 부르지만 정식 이름은 桃源洞이다.
>
> (중략)
>
> 桃源洞엔 이처럼 슬픔도 많지만 볼 만한 풍경도 많다. 낮엔 숨을 죽이고 있다 밤이면 요란스럽게 피어나는 꽃들이 구석마다에 숨어서 산다. 겨 한 되를 사기 위해 품삯을 손바닥 위에 헤아리는 지게꾼들도 이 골목에 빈대처럼 끼어서 산다. 아침이면 구두약통을 메고 밝은 눈동자

---

10 이병주,『불러보고 싶은 노래』, 正音, 1986, 173쪽.
11 전진성,『역사가 기억을 말하다』, 앞의 책, 182쪽.

의 소년들이 이 골목 저 골목에서 뛰어나온다. 10원의 껌을 20원에 팔아 중풍이 든 할아버지를 먹여 살리는 갸륵한 小女가 살고 있는 곳도 桃源洞이며 일단 싸움이 일어나면 國語辭典에서는 찾아볼 수 없는 욕이란 욕, 악담이란 악담이 홍수처럼 쏟아지는 곳도 이 桃源洞이다. (339~342쪽)

'예낭'이란 빈민굴에는 '나'처럼 과거에 대한 상흔을 안고 살아가는 인물들이 대부분이다. 이발관 주인은 한국전쟁 때 아내가 흑인병사 3~4명에게 윤간 당한 후 아내를 이웃집에 둔 채 최소한의 생계만을 챙겨주고 지금껏 말 한 마디 섞지 않고 지낸다. 그는 아내의 윤간 사건이 상처가 되어 색정 도착증에 걸려 무분별한 외입질로 살아가는 인물이다. 또한 우주전파사의 사장은 간첩 용의자의 라디오를 우연히 고쳐주었다가 혼이 난 후 낯선 사람이 라디오를 들고 오면 112에 신고하기가 바빠 여러 번 낭패를 보아서 전파상의 살림이 어려워졌다. 우주전파사의 이웃에 있는 세일 백화점 주인은 좌익운동을 하다 죽은 큰아들과 국군으로 죽은 작은 아들에 대한 슬픔 때문에 술과 눈물로 지내다 보니 '살찐 지렁이'의 모습이 되었다. 그리고 매일처럼 제세당 약국 마루 끝에 앉아 혼자 중얼거리다 돌아가는 조노인은 그의 아들이 서술자 '나'와 같은 무렵 서울의 감옥에 구금되었다가 그해의 초겨울 사형을 당한 상처를 가지고 있다. 이때의 일로 인해 조노인은 매일 그 약국에 찾아와선 몇 시간이고 중얼거리며 앉아 있다가 해질 무렵이면 돌아가는 행위를 반복한다.

작품에서 이러한 사람들의 모습은 그저 풍경으로만 그려지고 있을 뿐 그들의 직접적인 목소리는 소거되어 있다. 다시 말해 자신들을 현재의 고단한 삶으로 이끈 역사나 그러한 역사의 문제가 현재에도 반복되고 있다는 사실에 어떠한 문제제기도 하지 않는다. 작가는 '가난'을 표면화시켜 생계 문제에 의해 그들의 목소리가 소거될 수밖에 없음을 합리화하려는 듯 보인다. 그러나 그 심층엔 역사에 의해 희생된 소시민들의 삶이 풍경이 될 때 과거와 현실의 문제는 객관성을 확보할 수 있고, 희생자들의 비극성 또한 극대화될 수 있다는 의도를 내포하고 있다. 또한 예낭에 사는 사람들의 모습이 풍경으로 그려질 수밖에 없는 이유를 창작 시기에서도 찾을 수 있다. 창작 시기가 작품의 시간적 배경과 근접해 있기 때문에 당대의 문제를 직접적으로 제기하고 비판하는 데 있어 자유롭지 못했을 것이다. 때문에 작가는 말하기보다는 보여주기 방식에 중점을 두어 소시민들의 일상과 역사적 과거를 밀착시켜 그 역학관계를 드러내고 있는 것이다.

과거의 상흔을 가지고 있는 예낭 사람들을 '보여주기' 방식으로 그려내고 있다면 과거의 상흔과는 무관한 지식인 '권철기'는 직접 말하게 하는 방식으로 그려지고 있다. 권철기는 '나'의 초등학교 동창으로 신문사 부장기자이다. 그는 어떤 부정도 견디어내지 못하는 인물로 불평을 온 몸에 담고 산다. 표현의 자유가 억압당한 사회에서 신문기자로서의 삶은 그의 피와 살을 불평으로 채웠고, 급기야는 그를 실직자로 몰아낸다. 권철기는 '옳고 그릇된 것을 판단해서 그 판단대로 할 수' 없는 신문사를 그만두고 소설 쓰기로 우회한다. 소설을 쓰겠다는 권철기의 말에 '나'는 진실을 표명하는 데 있어 신문이 불가능한데 소설이 가능하겠냐며 반문한다. 이에 권철기는 소설이니까 가능할 것이며, 당대 사회에서 필요한 건 헨리 밀러 같은 작가이기에 자신은 그의 문학을 표방할 것이라고 말한다. 작품 전체 맥락에서 봤을 때 권철기는 두 번 밖에 등장하지 않는다. 그러나 그는 등장할 때마다 사회비판적 목소리를 내고 이내 사라진다. 이때 작가는 당대의 문제를 다루기 때문에 신랄한 비판보다는 우회적이고 포괄적으로 접근하여 사회문제를 지적하는 태도를 보인다. 이처럼 자신을 비극적으로 만든 국가 권력에 순응한 채 사회의 문제를 외면하고 있는 '나'에 비해 권철기는 현실을 인식하고 소극적인 저항의 자세를 취한다. 이를테면 신문사를 그만두고 소설 쓰기로 우회한 것이 그 예가 될 것이다. 이런 면에서부터 권철기는 이병주와 닮아 있다.

> "나는 자네가 好色文學에 그처럼 관심을 가졌을 줄은 몰랐네. 사회문제에 더욱 관심이 있는 것 아냐."
> "사회문제? 말도 말게. 사회는 자꾸만 병들어 가는데 그 병리의 임상 기록을 쓰란 말인가? 병들어가는 사회 가운데서도 오직 건강하고 정직하고 아름다운 건 섹스다. 나는 정치니 사회니 경제니 하는 것을 생각하면 골치가 아파 미칠 것 같애. 어찌된 일인지 내가 이렇게 되어야 한다는 방향으로 되지 않거든. 내가 나쁜지, 사회가 나쁜지 까닭을 모르겠어."
> 그래놓고 철기는 서울에 도둑村이 생겼다는 얘기, 고급 관리가 억대의 뇌물을 먹었다는 얘기, 구조적으로 부식해가는 사회현상에 대한 그의 울분을 털어놓았다. 내 속의 결핵균이 킬킬거리며 웃어대는 것 같다. 그리고 말한다.
> "너희들은 우리 결핵균을 원수 취급하고 있지만 사람들 너희들끼리 잡아먹고 먹히고 하는 꼴이 더욱 추잡하고 그로테스크하지 않느냐."
> (353~ 356쪽)

위 인용은 권철기가 소설을 택한 이유와 당대에서 밀러 같은 작가가 필요한 이유가 나타나는 부분이다. 동시에 작가 이병주의 대중적인 글쓰기의 의도를 추측할 수 있는 부분이다. 시대적인 제약 때문에 사회문제에 대한 직접적인 비판은 불가능하고, 그렇다고 초연한 자세로 묵과해 버릴 수도 없었기에 권철기와 작가는 우회적인 방법을 선택한 것이다. 남·여의 문제를 전면에 배치하고 있는 듯 하면서 실제적으로 전체 서사를 관통하고 있는 것은 당대 사회에 대한 문제 제기라는 점에서 이병주의 대중적 글쓰기를 하나의 전략으로 읽을 수 있다.12 「예낭풍물지」 역시도 핵심 서사는 '나'와 집나간 아내에 대한 스토리이지만 그 이면엔 국가권력의 폭력성과 그로 인한 희생자들의 애환이 산재해 있다. 그리고 이러한 문제의식은 비단 서술자 '나'에게만 국한되어 있는 것이 아니라 예낭이란 공간 전체에 포진해 있다.

　'예낭'이란 공간은 역사의 편린으로 고통 받는 사람들이 모여 사는 공간이면서, 그 사람들의 삶을 통해 당대의 현실을 인식할 수 있는 공간이다. 작가는 예낭 사람들의 비루한 현재의 생존 방식을 보면서 "우리의 생이란 탄환이 저곳에 떨어지고 이곳에 떨어지지 않았다는 그 가냘픈 우연의 결과"라고 인식한다. 그러나 우연의 결과치고 그러한 과거가 만들어낸 현실은 비정하기만 하다. 희생에 대한 보상은커녕 오히려 그것이 족쇄가 되어 현실의 삶을 더욱 지난하게 만들어 버리기 때문이다. 이러한 문제의 원인을 작가는 권력자와 비권력자와의 구별과 차별에서 찾고 있으며 '죽음'만이 권력으로부터 해방되는 길이라 인식한다.

---

12 이병주는 金柱演과의 대담에서 작품 속 권철기처럼 헨리밀러와 같은 '好色文學'을 쓰고 싶다고 밝힌 바 있다. 이 때 그가 말하는 호색문학이란 "정치도 없고, 아무 것도 없는, 가장 인간적인, 그러나 그것은 保護色을 갖고 있다 뿐이지 실상은 비판을 담"고 있는 것이다. 결국 이것은 "정신의 柔軟性이 덜 보장된" 우리나라에서 작가로서 겪어야 할 시대적 제약을 극복하기 위한 글쓰기 전략이 된다. (金柱演, 「政治的 敗北와 人間補償」, 『서울평론』 73호, 1975. 4, 29쪽.)

어떤 哲學者가 뭐라고 해도 권력에 관한 한 나의 認識이 보다 절실할 것으로 믿는다. 權力은 이것을 가지고 있는 사람에겐 빛이 되지만 갖지 못하는 사람에겐 詛呪일 뿐이다. 權力은 사람을 죽인다. 非力者는 죽는다. 權力은 호화롭지만 非力者는 悲慘하다. 權力者의 正義와 非權力者의 正義는 다르다. 權力者는 歷史를 무시해도 歷史는 그를 무시하지 않는다. 非力者는 歷史에 구원을 요청한다. 그러나 歷史는 非力者를 돌보지 않는다. 歷史의 눈은 不死의 눈이다. 죽어야 하는 人間과는 아무런 관계가 없는 눈이다. 그 點 결핵균은 위대하다. 적어도 죽음에의 계기를 가지고 있는 죽음은 權力者나 非力者를 公平하게 대한다. "法앞에 萬民은 平等하다."는 말은 잠꼬대지만 "죽음 앞에 모든 人間은 平等하다."는 말은 眞理다. 일체의 불평등을 구원하는 知慧는 죽음에 있다. 그래서 나는 나의 결핵균과 페어플레이를 할 것을 條約하고 있는 것이다. (354쪽)

'나'의 결핵은 수감생활을 마감할 수 있는 면죄부이면서, 표면적으로 '나'를 불평등에서 구원해 줄, 그리고 부조리한 현실을 초월할 수 있게 해 주는 매개인 듯 보인다. 그러나 그 이면엔 과거의 역사가 배태한 시대의 병폐를 함의하고 있다.[13] 이러한 설정과 인식은 현실을 전복시킬 수 없는 나약한 소시민이 선택할 수 있는 유일한 방법은 '죽음'밖엔 없다는 생각에서 기인한 것으로 볼 수 있다. 때문에 작가는 과

---

[13] 이병주는 작가의 말을 통해 이 작품에 대해 다음과 같이 언급한다. "「예낭풍물지」는 5·16 쿠데타가 만들어 놓은 시대상의 단면이다. 건장한 정신, 건장한 육체를 가진 사람은 감옥에 있어야 하고 결핵균은 바깥 세상에서 활보할 수 있는 것이다. 사실이 그렇지 않았던가. 인간으로서의 정의감과, 정감(情感)을 갖고 정직하게 살고자 하면 모조리 감옥으로 가야하는, 한 때 이 나라의 풍토를 그렸다는 자부를 나는 가진다."(이병주, 『이병주 대표 중·단편선집』, 책세상, 1988, 10~11쪽.)

거 역사로 인해 젊어서나 늙어서나 한평생을 옥바라지에 바친 '나'의 어머니의 죽음으로 예낭에 대한 기록을 끝낸다. 결국 작품 속에서 예낭의 다양한 인물들의 삶은 5·16 군사정변이 만들어 놓은 소시민의 일상사로 기록되는 동시에 당대 역사의 일부분이 된다.

이처럼 작가는 역사적 과정과 맺어진 과거와의 연루를 전제로 당대를 역사로 기록하는 글쓰기를 시도한다. 현재의 구조나 제도, 개념의 그물은 과거의 상상력과 용기, 관용, 탐욕, 잔악행위에 의해 형성된 역사적 산물이다. 현재의 삶은 과거의 폭력행위를 통해 구축된 억압적인 제도에 의해 형성되어 왔으며, 과거의 침략행위를 뒷받침했던 편견은 현재에도 계속 남아 있다. 때문에 그것을 배제하기 위해 적극적으로 행동하지 않는 한, 현 세대의 마음속에도 그것은 굳건히 자리 잡고 있을 것이고, 그러한 역사 덕분에 현재의 우리가 존재한다는 의미에서 과거와의 '연루'14 자체를 이병주는 서사의 기본 뼈대로 설정하고 있는 것이다. 그리고 이러한 "우리 안에 있는 과거. 우리 주위를 둘러싼 과거의 존재에 깊은 주위를 기울이는 일"은 역사에 대한 진지함으로 연결된다. 여기서 말하는 역사에 대한 진지함이란 "사회적·공간적 지위를 달리하는 타자와 연동하면서, 과거에 대한 자신의 이해를 형성하는 계속적인 대화"이다.

---

14 테사 모리스는 홀로코스트를 예로 들면서 '나중에 태어난 세대도 과거의 사건과 깊이 연루되어 있다고 말한다. 즉 나중세대는 역사상 저질러진 폭력이나 탄압행위에 직접 책임은 없다고 할 수 있을지 모르지만, 그런 행위의 결과가 빚은 수익을 누리고 있는 경우가 적지 않다는 것이다. (Tessa Morris-Suzuki, 『우리안의 과거』, 김경원 역, 휴머니스트, 2006, 44~46쪽.)

2) 상품화된 여성의 인간회복의 길

소설 「여인의 백야」[15]는 "中國大陸으로 이른바 挺身隊란 명칭으로 끌려온 많은 同抱女性, 惡德商人의 농간으로 팔려온 무수한 女性이 淪落의 구렁텅이에서 헤매고 있는 事例"에서 착안한 장편소설이다. 한국 여성의 슬픔과 미덕의 일면을 부각시키기 위해 작가는 "淪落의 구렁텅이에 빠진 女人을 주인공으로 하는 대신 그런 운명의 직전에까지 갔다가 그 밑바닥부터 人生을 시작해선 人生에 勝利하는 女人"을 그리고 있다.

작품의 주인공인 성필녀는 만주의 외곽으로 3백 원에 팔려갔다가 조용범이란 인물에게 다시 5백 원에 팔린다. 조용범은 전쟁 통에 잃어버린 딸 같다는 생각에서 성필녀를 자유롭게 놓아준다. 조용범의 도움으로 다시 고향 길로 향한 성필녀는 조용범이 적어준 쪽지 때문에 경찰에 붙잡히게 되고, 다시 청루에 팔릴 뻔한 것을 카시오카 경부가 구해줘 그의 집에서 살게 된다. 그러나 삶의 안정을 찾은 것도 잠시뿐 소련군의 침입으로 인해 일본이 항복한 후 위험에 처한 카시오카 경부는 자신의 한 살배기 딸과 얼마간의 돈을 필녀에게 맡기고 피신시킨다. 이후 성필녀는 평생을 카시오카 경부의 딸인 정자의 어머니로 살겠다는 다짐과 함께 부산으로 건너와 재봉질을 해서 생계를 꾸려나간다. 부산으로 와서 정착하기까지 성필녀는 여러 사람에게 여러 차례 매매의 대상이 되었다. 이것은 곤궁했던 당대의 현실과 식민지 공간에서 상품으로 전락해 버린 여성에 대한 비유가 된다.

---

15 이 작품은 1972년 11월 1일부터 1973년 10월 31일까지 부산일보에 연재되었던 작품으로 동명소설로 출간되었고, 이후 『꽃이 핀 여인의 그늘에서』라는 제목으로 개제 출간되었다.

성필녀가 과거 역사의 직접적인 희생자라면 성필녀 주변의 유영숙이나 '자매집'의 아가씨들은 역사적 과정과 맺어진 과거와의 연루로 인해 지난한 현실을 감내하고 있는 간접적인 피해자라 할 수 있다. 유영숙이란 인물은 금실이네에 세를 들어오면서 성필녀와 친해져 의자매를 맺고 동고동락하는 인물이다. 그녀는 현재의 자신은 과거로부터 구축되었음을 다음과 같은 회상을 통해 언급한다.

> "그래요. 그때 난 대학을 나와 어떤 회사에 취직하고 있었죠. 난리가 나자 대구로 피난을 왔죠. 아버지와 어머니를 서울에 두고…… 대구에선 친구 덕분에 그럭저럭 지냈죠. 9·28 수복 후 아는 사람의 빽으로 재빨리 서울로 돌아갈 수 있었는데 가 보니까 그 꼴이 아니겠어요? 오빠는 군인이어서 전선에 가 있고, 어머니는 병석에 있었구요. 1·4후퇴 때 청주로 왔죠. 어머니를 그곳 외가에 두고 부산으로 오긴 했는데 할 수가 있어야죠. 다방하는 아는 사람을 거들다가 미군 PX에 취직도 해 봤다가 그리고 그러다 이 꼴이 됐지…… 사내에게 속기도 하구, 장난처럼 처녀두 버리구……16

유영숙은 한국전쟁이라는 역사적 사건에 의해 일그러진 여인의 대표적 모습이라 할 수 있다. 물론 당시 성필녀처럼 도덕이나 윤리를 지키면서 시대의 편린을 감내하는 인물도 있었겠지만, 유영숙 같은 삶을 살아가는 여인들도 비일비재했다.17 '자매집' 아가씨들은 유영숙과

---

16 이병주, 『여인의 백야』, 文音社, 1979, 124~125쪽.
17 전쟁으로 인해 산업기반이 파괴된 전·후 공간에서 미망인을 비롯해 생계를 책임지고 있는 여성들은 생활고를 비관하여 자살하는 경우가 빈번했고, 일부는 성매매로 생계를 유지했다. 실제로 1956년 보건사회부의 발표에 의하면 전국의 접대부는 432,818명으로 당시 15세 이상 39세 미만의 여성이 4,115,475명임을 감

같은 인물유형으로, 그녀들은 모두 한국전쟁의 슬픔을 간직하고 있다. 물론 작가는 이들의 목소리를 통해 당대를 인식하거나 과거 역사를 직접적으로 언술하지는 않는다. 그저 그녀들의 현재 생활사를 통해 현재와 과거가 어떻게 연동하는지, 그를 통해 현재가 어떻게 구축되는지에 대해 주목할 뿐이다. 그리고 이러한 과정을 '소설'이라는 매개를 통해 당대사의 한 부분으로 기록하려는 시도를 하고 있다. 작품에 등장하는 여인들의 '일상사는 주관적인 경험이지만, 그러한 경험이 사회구조 및 역사적 사실에 영향을 받고, 다시 사회문화적 구조에 영향을 미친다는 관점'[18]에서 이러한 일련의 시도가 시작된 것이라 할 수 있다.

그러나 성필녀와 유영숙을 둘러싼 끊임없는 애정 관계 도식은 대중적 통속성이 강해 작가의 의도를 희석시키는 부작용을 초래하기도 한다. 이수동에게 자신의 전 재산을 갖다 바치지만 자신이 준 돈으로 다른 살림을 차린 이수동의 내연녀에게 구타당하는 유영숙의 모습이나 유영숙과 윤기숙이 아닌 또 다른 여자와 도망친 이수동을 찾아내서 이수동을 찌르고 감옥에 가는 윤기숙의 모습. 돈을 이용해 성필녀에게 접근했다가 성필녀를 통해 새 사람으로 거듭나는 정광덕의 모습 등은 이 작품을 대중소설로 낙인 찍기에 충분한 설정들이다. 그럼에도 불구하고 이 소설이 대중소설의 영역에서 비껴날 수 있는 것은 통속적 서사를 이끄는 주변 인물들의 현재가 과거 역사의 무게를 담고 있다는 점과 성필녀라는 중심인물의 삶이 과거를 극복하는 양상을 띠

안할 때 상당수를 차지하고 있다는 것을 알 수 있다.(이혜복, 「한국 매춘문제 오늘의 실태」, 『여성계』 3월호, 1958, 75~76쪽.)

18 염미경, 「여성의 전쟁기억과 생활세계」, 김경학 외 공저, 『전쟁과 기억』, 한울, 2005, 145쪽.

고 있기 때문이다.

소설 「花園의 사상」[19] 역시 전후 공간에서의 다양한 소시민의 군상을 그리고 있는 작품이다. 이 소설은 마치 옴니버스 형식을 연상시키듯 다양한 인물들의 과거와 일상이 파노라마처럼 펼쳐진다. 즉 이 작품의 서사는 옹덕동 18번지에 사는 다양한 인물들의 삶에 걸쳐있다.[20]

먼저 안인상은 교원노조로 실직한 후 프린트 회사의 필공으로 일하다 타이프라이터의 등장으로 또 다시 실직해 아내에게 생계를 의존한 채 살아가는 인물이다. 옹덕동 18번지에 사는 남자들은 안인상과 같이 모두 실직자로서 실질적인 가장의 역할을 해내지 못하는 무능력한 존재들이다. 이들의 무능력의 원인은 과거 역사와 당대사에 걸쳐 있다. 한국전쟁이라는 과거 역사가 미군 주둔의 밀집지역을 만들었고, 그런 미군 주둔의 영향 하에 옹덕동이 양공주 소굴로 변했을 뿐만 아니라, 영어를 잘 해야 돈도 벌고 출세도 한다는 사회 분위기가 조장된 것이다.

미군기지(美軍基地)의 생활은 참으로 어처구니가 없소. 극북(極北)의 세계란 표현이 가능할는지 모르죠. 미군은 자기들이 기지의 주인인 양

---

19 이 작품은 국제신문에 1971년 6월부터 1971년 12월까지 연재되었던 소설로 1974년 『한국문학』에 「낙엽」이란 제목으로 재연재 되기도 하였고, 이후 단행본으로 출간되었으며, 『달빛서울』로 개제 출간되기도 하였다.

20 양호기 처의 밀애 장면을 목격한 안인상이 그것을 미끼로 양호기의 처에게 돈을 받아내는 서사, 신문사 논설위원이었다가 필화 사건으로 5년의 징역을 치르고 나온 박열기와 술집 댄서인 그의 처 메리엄마의 서사, 미국 유학 5년 만에 아무런 학위도 못 받고 나온 무능력한 남편 신거운과 약사인 그의 처에 관한 서사, 한국전쟁이 터진 해 미군 군속의 자격으로 일본으로 파견되었다가 시체처리 부대로 전속한 이력으로 특수부대의 인부 노릇을 했던 전직 미국 시체 미용사 모두철과 실직한 남편 대신 술집에 나가 생계를 유지하는 모두철의 처에 관한 서사 등이 이를 뒷받침 한다.

생각하고 있을지 모르지만 사실 이곳의 주인은 양공주, 아니 양공주님들이오. 그분들의 그것을 유전(油田), 또는 광산으로 치고 이곳의 생활이 이루어져 나간다는 뜻이오. 그 분들의 그 구멍을 중심으로 음식점, 술집, 잡화상 등 온갖 사업이 번창하고 있고 수많은 입들이 끼니를 굶지 않고 살고 있으니 대단한 일 아뇨.[21] 인간의 성욕은 갖가지의 문화를 만들고 갖가지의 비극을 만들고 갖가지의 병을 만들고, 그 밖에도 수없는 부산물을 만드는 마력을 지니고 있다는 말은 새삼스럽게 들릴지 모르나, 미군들의 성욕이 동두천의 일각에 펼쳐놓은 생활도(生活圖)를 직접 보면 어떤 둔감한 놈이라도 나름대로의 감상을 가질 것이오. 어느 도학자(道學者)가 그런 꼴을 보고 개탄했다고 하는데 어처구니없는 개탄은 하나마나 한 것 아니겠소. 이곳 주민의 최대의 걱정은 미군이 떠나는 일이오. 강가에 사는 사람이 홍수를 겁내듯 이곳 주민들은 미군이 떠날까 봐 겁을 먹고 있소. 개탄하는 도학자가 상상도 못할 일이오. 미군이 떠나는 날 양공주들은 일시에 실직을 하고, 양공주와 미군을 상대로 하는 사업은 일시에 망하게 되오. 하기야 병이 있으니까 의사가 사는 것 아니겠소. 죄인이 있으니까 경찰이 사는 것 아니겠소. 빨갱이가 있으니까 직업으로서의 반공(反共)이 성립되는 것 아니겠소.[22]

미군기지의 등장으로 양공주와 미군을 상대로 한 사업이 번창하고 있으며 미군과 관계된 일이 아니면 생계의 위협을 받는 상황이 옹덕동에는 비일비재하게 발생한다. 뿐만 아니라 미군의 등장은 한국 남

---

21 이병주, 「花園의 사상」, 『국제신문』, 1971. 12. 21. (이후 날짜만 표기)
22 이 부분은 『국제신문』에 연재되었던 것이 『낙엽』이란 제목으로 바뀌어 단행본으로 출간되면서 첨가된 부분임을 밝혀둔다. (이병주, 『낙엽』, 태창문화사, 1980, 274쪽)

성들을 도태시키고 무능력한 생활자로 몰고 갔다. 때문에 옹덕동에서 도덕적 윤리는 찾아보기 힘들 정도가 된다.[23] 이들이 도덕적 윤리에서 일탈하게 되는 데에는 한국전쟁이라는 과거와 그로 인해 구축된 당대 사회구조의 모순이 자리하고 있다.

한편 도덕적 윤리에서 벗어난 지나친 인물간의 갈등은 「여인의 백야」과 마찬가지로 이 소설을 대중소설 쪽에 가깝게 위치시키는 동인으로 작용한다. 이 절의 대상 텍스트에는 상품화되어 가는 여성의 모습이 도처에 산재되어 있다. 그리고 그것은 역사로 인해 생겨난 빈곤의 문제와 그 과정에서 침투된 미국이나 일본 등의 외부 세력의 개입과 연루되어 있다. 이런 점을 감안해 볼 때 도덕적 윤리를 내팽개치면서까지 등장인물들의 관계가 얽히고설킬 수밖에 없었던 것은 혼란스런 현실을 살아가기 위한 나름의 생존방식이었다는 것을 알 수 있다. 이 작품의 마지막 부분은 기본적인 윤리마저도 저버렸던 인물들이 서서히 도덕성을 회복하고 각자의 자리를 찾아가는 것으로 설정되어 있다. 이것은 과거의 상흔을 봉합하고 새로운 희망을 품고자 하는 소시민들의 움직임인 동시에 새로운 시대를 살아가게 될 생존방식의 또 다른 제시이다.

"그 때문에 독립 운동을 하면서도 일의 성과에 대해선 항상 의심을 품지 않을 수 없었다. 독립이 되면 어떻게 민족을 조직해야 할지 그 방도가 막연했다. 남북의 분단은 연합국에 책임이 있는 게 아니라 우리들에

---

23 박열기와 박열기의 처 메리엄마와의 결별, 신거운 아내와 신거운과의 이별, 그리고 이별 후 박열기와 신거운 아내와의 동거, 신거운과 메리엄마가 나가는 술집 여급 장미와의 새 출발, 집을 나갔다가 흑인 병사와 함께 다시 나타난 모두철 처의 행동 등 모든 일련의 행위들은 도덕적 윤리에서 벗어난 행동들이라는 데 문제가 있다.

게 마음의 준비가 없었던 탓으로 빚어진 비극이다. 우리가 단결해 있든 지, 설혹 단결은 안 될망정 정치 도의의 근본을 알고 정치적인 식견만이라도 투철했더라면 동족간의 의견 대립을 조절할 줄 알았을 것이고, 그렇게만 되었더라면 38선은 연합국, 자기들끼리의 무장 해제를 위한 편의적인 선 이상의 의미는 없었을 것 아닌가. 이런 것을 생각한 끝에 나는 정치를 하지 않기로 결심한 거야. 내게 식견이 없고 호소력이 없다는 걸 깨닫고 난 뒤로부턴 정치와 담을 쌓지. 그리고 누항에 묻혀 20 수년, 내 자신 생활의 고통을 받으면서 민족의 밑바닥을 보며 살아온 거다. 그러는 동안 자네들을 만난 거야. 그런 모두철 군에게서 나는 민족의 절망을 보았고, 신거운에겐 민족의 주책없는 측면을 본 듯했고 안군에게선 민족의 무기력을 보는 그런 느낌이었다. (중략) 그런 것이 차츰 사람의 구실을 하게 되는 방향으로 몸부림치고 일어섰으니 이보다 고마운 일이 또 있단 말인가. 자 모두들 인간회복을 한 기념으로 술이나 들세." (1971. 12. 29.)

　위 인용은 옹덕동 사람들의 실타래처럼 복잡하게 얽힌 관계들이 서서히 풀리는 과정을 지켜보며 경산 선생이 한 말이다. 경산 선생은 독립운동에 가담했다가 해방을 경험했다. 그리고 그는 해방 공간에서의 이념 대립에 의한 정치투쟁을 보며 나름의 정세파악 끝에 정치와는 담을 쌓고 누항에 묻혀 민족의 밑바닥을 보며 살아왔다. 경산선생처럼 작가는 소시민들의 삶에 주목하여 과거와 연루된 그들의 경험을 재전유하고 있다. 즉 억압받는 자들의 입장에서 역사를 읽고, 다시 쓰고 있는데 이것은 피역압자라는 존재상태가 부과한 속박 속에서 역사가 만들어진다는 의식에서 연유한 것이라 할 수 있다.[24]

　경산선생은 민족의 밑바닥에서 살아가는 인물들을 통해 민족의 절

망과 무기력을 보면서도 아무런 제스처도 취하지 않았다. 그들을 절
망하게 하고 무기력하게 만든 시대가 변하든지, 아니면 절망에 빠져
있는 그들 스스로 껍데기를 벗고 나오든지 하지 않고서는 그 누구도
바꿀 수 있는 절망이 아니었기 때문이다. 그렇기에 경산선생은 외부
의 도움 없이 스스로 절망에서 빠져나온 그들의 인간회복에 해방을
맞은 때보다 더 기뻐하는 것이다.

> "보아라, 이게 화원이다. 옹덕동 골짜기의 구멍가게의 비좁은 뜰이 사
> 람들의 호의로 인해서 황홀한 화원이 된 것이다. 우리는 뜻만 가지면 어
> 느 때 어느 곳에라도 화원을 만들 수가 있다. 그리고 여기 이렇게 우리
> 가 모여 있는 이 방이 곧 화원이 아닌가. 화원이란 그저 아름답기만 한
> 곳이 아니다. 화원엔 슬픈 과거가 있고 그 밑바닥엔 검은 흙 모양의 고
> 통도 있다. 허지만 슬픈 과거가 있기에 화원은 안타깝도록 아름답고 밑
> 바닥에 검은 고통이 있기에 그 아름다움이 더욱 처량하다. 인생도 또한
> 꽃이다. 호박꽃으로 피건 진달래로 피건 보잘 것 없는 잡초의 꽃으로 피
> 건 사람은 저마다 꽃으로 피고 꽃으로 진다." (1971. 12. 30.)

경산 선생의 언술에서 드러나듯이 독립운동을 할 때나 해방 공간에
서나 우리는 항상 세력 간의 분파. 분열 혹은 동족간의 의견 대립을
조절할 줄 몰랐고, 그것은 급기야 3·8선이라는 민족의 잠재적 영구분
열의 형태를 생산시켰다. 우리 민족이 매 역사적 순간마다 한 번도 완
전한 단결을 이룬 적이 없었다는 점에 한스러움을 느꼈던 경산선생이
었기에 민족의 밑바닥에 있는 사람들이 스스로 단합하여 인간답게 변

---

24 Harvey J. Kaye, 『과거의 힘』, 오인영 역, 삼인, 2004, 223쪽.

화해 가는 모습이 배가된 형태의 기쁨으로 다가오게 된 것이다. 이것은 "역사의식은 사람들이 변혁의 가능성과 자신이 보유하고 있는 가능성을 이해하는데 도움을 주어야 한다."[25]는 작가의식의 반로이다.

경산 선생은 이들의 모습을 통해 미래에 대한 한 줄기 희망을 가져보기도 한다. '낙엽이 모여 썩기만을 기다리던 사람들이 아름다운 꽃밭을 만들어 놓은 것'처럼 아무리 힘없고 나약한 민족이라도 뜻만 가지면 어느 때 어느 곳에서든 화원을 만들 수 있다는 사실을 증명해 보였다는 것은 새로운 변화를 향한 일말의 희망이 된다. 또한 "고목(古木)에 꽃이 핀 기적, 낙엽(落葉)이 꽃잎으로 화(化)하는 기적", "낙엽이 썩지 않고 다시 생명을 얻는" 기적이 필요한 당대의 모습과 그에 대한 바람이 이 소설과 제목 속에 응축되어 있음을 알 수 있는 부분이 된다.

이처럼 이병주는 과거의 역사가 현재의 삶으로 이어져 핍진한 삶을 살아가고 있는 인물들의 일상에 주목한다. 그들의 현재는 과거와 연루되어 있기에 그들의 삶 속에는 과거의 역사가 응축되어 있다. 때문에 이병주는 평범한 인물들의 일상을 통해 과거의 역사를 재성찰하며 과거와 현재와의 연동관계 속에서 당대를 역사로 기록한다. 공적인 역사에서 배제되어 왔던 일상사를 통한 역사 쓰기 방식은 당대 사회를 읽어내는 데 유용하게 작용한다.

---

25 위의 책, 227쪽.

2. 기업생태 비판과 현실인식

1) 경제성장 신화의 베일 벗기기

앞 절에서는 과거를 안고 살아가는 인물들의 일상을 탐색해 보고, 그를 통해 작가의 시대인식 태도에 대해 살펴보았다. 이 절에서는 기업 생태를 다룬 작품들을 중심으로 작가가 문제 삼고 있는 1970년대 사회의 병리현상에 대해 살펴보고자 한다.

『그들의 饗宴』[26]은 임계순이란 인물과 그녀에게 관심을 가진 남성들의 이야기로 시작된다. 부기학원에서 임계순을 보고 첫눈에 반한 강영식은 전날 통일논쟁을 하느라 과음한 탓에 회사를 쉬고 우연히 증권거래소에 간다. 그곳에서 그는 20년째 증권을 해 오고 있다는 증권 브로커 하인호란 노인을 만나게 된다. 하노인으로부터 증권에 대한 지식을 습득하게 된 강영식은 그 지식을 빌미로 임계순에게 말을 붙여볼 작정을 하고 그녀를 기다린다. 그러나 그녀는 학원에 나타나지 않았고, 그로 인해 임계순에 관한 이야기가 오고가는 와중에 그녀가 '현지처'가 아닐까라는 추측이 난무하게 된다. "자가용을 몰고 다니는 여자를 살펴보았더니 현지처였고", "큰 회사의 비서실에 앉아 있는 청초한 여자도", 행실이 바르던 이웃집 여자도 모두 알고 보니 현지처였더라는 그들의 이야기는 당대의 모습을 반영한다. 나아가 임계순도 현지처일 수 있다는 사람들의 말을 듣고 하인호와 현지처에 대해 나

---

26 이 작품은 「서울 1984」라는 제목으로 1984년 1월부터 1984년 7월까지 『경향신문』에 1부만 연재되었다. 이후 1986년 7월부터 『한국문학』에 「그들의 향연」이란 제목으로 개제되어 연재되다가 중단되었으며, 1988년 기린원에서 단행본으로 출간되었다. 때문에 작품이 완결된 단행본 『그들의 饗宴』을 텍스트로 삼았다.

누는 대화는 현지처의 발생과 우리 역사와의 관계에 대해 지적하고 있는 부분이기도 하다.

하인호는 일본사람들이 들어오면서부터 현지처가 발생했으며 그것도 일종의 침략이 아니겠냐는 강영석의 반문에 현지처란 명칭은 당대에 생긴 것이지만 그런 현상은 해방 직후 미군이 들어오면서였다며 양공주에 대해 설명한다. 그리곤 그녀들이 양공주가 되고 현지처가 된 데에는 각자의 사정이 있었다는 데 중점을 두며, 그녀들을 편협한 시선으로 바라봐선 안 된다고 부연한다. 즉 '현지처' 문화 역시 시대의 한 부분으로서 어떻게 보면 현지처가 되고 양공주가 된 여자들은 권력 혹은 역사의 피해자일 수 있다는 의미를 내포한다.

1970년대 한국에선 일본인 기생 관광으로 인해 '현지처'라는 신조어가 생겼다. 당시 '현지처'가 되는 건 기생관광업에 종사하는 여성들의 꿈이 될 정도였다. 부유한 일본인의 현지처가 되어 팔자 고친 여자들의 성공담은 부러움을 사기도 했다.[27] 문제가 되는 것은 '현지처' 문화를 양산하게 된 배경에는 1970년대 수출산업의 한 부분을 이루었던 기생 관광이 있었다는 것이다. 당시 관광 진흥에는 해마다 부여되는 목표액과 머리수가 있었다. 당국은 상부에 보고한 목표액을 달성하기 위해 25개 국제여행 알선업체를 모아 달성해야 할 목표를 정해준다. 그러면 어떤 수단을 써서라도 여행 업체들은 목표를 달성해야지 그렇지 않으면 갖가지 혜택이 없어지는 것은 물론 허가취소까지도 감수해야 했다. 즉 탈선 관광이 극히 당연하게 당국의 묵인 아래 이루어졌던 것이다.[28]

---

27 강준만, 『한국현대사 산책-평화시장에서 궁정동까지』2권, 인물과사상사, 2002, 68쪽.

28 심송무, 「르뽀 100만명 돌파의 '관광한국'」, 『신동아』, 동아일보사, 1979. 2, 246쪽.

또한 당시 박정희 정권은 수출정책의 일환으로 매매춘 장려정책을
시행했다. 즉 유신 직후, 관광 진흥 정책에 입각하여 관광진흥법에 근
거를 두었던 국제관광협회에 '요정과'를 설치하고 관광 기생들과 관광
요정 문제에 관한 본격적 실무에 착수했다. '(매춘)방지법'(1961. 11. 9)
제정 10여 년 만의 일이었다. '요정과'의 업무 방향은 사실상의 '매춘
허가증'과 다름없는 '접객원 증명서'를 발부하고 교양 교육을 실시하면
서 전국 관광 기생들의 행정적 존재 근거를 합법화하는 데 맞춰졌
다.29 이 때 매매춘 여성들에게 실시된 교양교육의 내용은 "일제시대
정신대를 독려하였던 독려사와 너무 흡사하여 '신판 정신대 결단식'
같았다"30고 한다. 공적인 역사에서 이러한 부분은 생략된 채 박정희
정권의 경제개발과 성장만을 부각시켜 그의 업적으로 평가되어 온 게
사실이다. 때문에 이병주는 공적 역사에서 탈각된 부분에 천착하여
역사의 이면을 복원시킴으로서 역사를 재구축하고자 한다. 이런 의미
에서 볼 때 영웅이나 정권이 아닌 대중들의 일상사회에 대한 탐색은
역사를 재구축하기 위한 하나의 통로가 된다.

앞서 언급했듯이 '현지처' 문제는 당대 체제와 긴밀하게 연결되어
있고, 때문에 그것을 파헤칠 때 당대의 문제들에 접근하기 용이해진
다. 동시에 작품 속 '현대시조연구소(現代時調研究所)'가 진행하고 있
는 '일본인의 현지처 문제'와 접점을 이룬다. 서적 외판원인 장 호는
부기학원을 그만 둔 어느 날 책을 팔러 이곳저곳을 기웃거리다가 우
연이 '현대시조연구소'라는 간판이 붙은 곳에 들어간다. "부동산 투기,
사행사업(射倖事業) 같은 데만 눈이 어두워 아예 책 같은 것엔 관심이

---

29 박종성, 『한국의 매춘: 매춘의 정치사회학』, 인간사랑, 1994, 117쪽.
30 민경자, 「한국매춘여성운동사: '성 사고 팔기'의 정치사」, 『한국여성인권운동사』, 한울아
    카데미, 1999, 245쪽.

없는 사람들만 우글거리는" 거리와는 달리 그곳 사람들은 그를 호의적으로 대해 준다. 그리곤 장호에게 자신들의 연구소에서 아르바이트를 할 수 없냐며 현대시조연구소와 그곳에서 현재 진행하고 있는 일에 대해 설명한다.

> 간단히 이 연구소의 성격을 설명하지요. 한마디로 우리 생활의 주변에 있는 일들을 샅샅이 알고자 하는 것이 우리 연구소의 목적이며 기능입니다. 예컨대 서울에 신식 이발소가 생긴 것이 언제이며 그것이 어떤 변천을 해왔는가, 목욕탕도 예외가 아니죠. 이조시대의 시전(市廛), 그땐 육전(六廛)이라고 했지요. 그것이 어떻게 오늘 형태의 상점으로 변했는가……31

현대시조연구소에서 하는 일이란 한마디로 "우리가 살고 있는 사회를 동태적으로 파악하는 일"이다. 그리고 사회를 파악하기 위한 한 부분으로 현재 '일본인의 현지처' 문제에 대해 연구·조사하고 있는 것이다. 그곳은 비단 현지처 문제뿐만 아니라 '다방', '아동그룹의 행태' 등 다양한 분야를 연구 조사의 대상으로 삼았다. 그 중 강영식은 아동산업의 탈세행위, 반도덕적 행위, 재산의 해외 도피 등 아동산업의 부정을 파악하고 증거를 확보하는 일을 맡게 된다. 원래 '현대시조연구소'는 '사회를 위해 한 일이 없다는 것'을 한탄한 민경식이 설립하여 운영하다가 그가 죽을 때 그의 딸 민숙희와 함께 윤두수에게 맡긴 것이다. 윤두수는 처음에 자신을 배신한 기형만에 대한 원수를 갚아 달라는 민경식의 유언을 받들어 아동산업의 비행을 살펴 사회적으로 매장하

---

31 이병주, 『그들의 饗宴』, 기린원, 1988, 132쪽. (이후 쪽수만 밝힘)

는 데 연구소를 이용하려 했었다. 그러나 그의 생각은 곧 '이 연구소를 살려 우리나라의 인문과학, 또는 현대사 영역에 기여하는 것이 기형만의 탐욕을 압도하는 것이며 고인의 승리도 되는 것'이라는 판단으로 방향을 수정한 것이다.

'현대시조연구소'의 조사원으로 있는 임계순의 목적은 발명품을 가로채여 스스로 목숨을 끊은 아버지의 복수에 있었지만 그 복수의 과정에서 드러나는 아동산업에 대한 조사 내용은 "한국 기업체의 대표적인 病理現象으로 혹시 역사적 기록이 될지 모르는" 것이 된다. 당대의 재벌그룹은 1972년 8·3 긴급경제 조치, 1973년의 중화학공업화 정책, 1974년 5·28 특별조치, 그리고 1975년의 종합무역상사제도 등 당대를 대표하는 일련의 정책들과 긴밀한 관계가 있다. 이러한 국가 정책들이 당대의 재벌그룹을 육성하는 결과를 창출했다고 해도 과언이 아닐 것이다. 특히 기업을 공개하는 것과 사채시장을 양성화하여 투자신탁·신용협동조합 등 제2 금융권을 만든다는 내용을 담고 있었던 5·28 특별조치는 재벌들이 기업공개를 이용하여 부실기업을 인수하고 중소기업을 하청화하는 데 결정적인 역할을 하였다. 게다가 5·28 특별조치에 이어 등장한 종합무역상사 제도는 문어발식 재벌구도를 양산하는 데 기여하기도 했다.[32]

작품에서 작가는 '현대시조연구소'를 통해 이러한 재벌그룹의 문제를 전면에 내세우는데, 이것은 박정희 정권의 경제개발 문제와 연결되는 지점이다. 흔히 박정희는 '5천년 가난의 해결사', '보릿고개의 해결사'[33]로 기억되어 왔다. 그리고 그 과정에서 대다수 사람들은 극심

---

32 강준만, 『평화시장에서 궁정동까지』 2권, 앞의 책, 288쪽 참조.
33 황병주, 「박정희의 기억―개발과 민주화의 추억」, 김학이·김기봉 외 공저, 『현대의 기억 속에서 민족을 상상하다』, 세종출판사, 2006, 51쪽.

한 고통과 인내를 감내해야 했다. 그럼에도 불구하고 우리 공적인 역사에서 고통과 인내를 감내해야 했던 대다수의 사람들은 생략되어 있다. 작가가 문제 삼고 있는 것이 바로 이것이다. 박정희 정권기 경제성장에 대해 평가할 때는 식민지 시기 사회경제적 변화, 한국전쟁과 농지개혁 등의 역사적 조건이 동반되어야 한다. 뿐만 아니라 냉전체제하 미국의 지원과 세계 자본주의 체제의 상황, 일상사의 측면 등 다층적인 차원의 분석과 이해가 수반되어야 한다는 것이다. 이러한 인식의 차원에서 작가는 공적인 역사에서 배제될 가능성이 농후한 '현지처'와 재벌그룹의 문제를 당대 역사의 일부로 기록하고 있는 것이다.

작품 속 인물들에게 과거 역사에 대한 기억은 그들의 현재적 삶의 준거항으로 작용하며, 체제의 모순에 편승하지 않고 양심을 지키며 살 수 있게 하는 동인이 되기도 한다. 이를테면 강영식과 하인호가 그 대표적인 예가 될 터인데, 강영식의 경우 아버지가 돌아가신 후 아버지가 남긴 일기를 통해 아버지의 과거를 알게 되면서 아버지는 그의 삶의 롤 모델이 된다. 그의 아버지는 독립운동도 제대로 못했으면서 자식의 교육도 제대로 못 시켰다는 자책감으로 평생을 살았다. 그러나 강영식은 아버지의 과거를 소중히 하며, 항상 기억하려 한다. 그러한 기억은 현 사회에 자신이 기여할 수 있는 일 혹은 자신이 할 수 있는 애국운동에 대한 성찰을 유도한다.

반면 하인호는[34] 당대의 문제에 대해 유연하게 받아들이는 자세를 취한다. 파란만장한 역사 속에서 피해자로 머물렀던 경험 때문인지

---

[34] 작품에서 하인호는 일제 식민지 시기 학병에 가기도 하고, 좌·우익의 대립 상황에서 우익반동이란 욕설도 듣고, 좌익동조자라 해서 유치장 신세도 졌다가 한국전쟁 때에는 북한군에 체포되어 생사의 위기를 넘겼던, 그야말로 역사의 질곡을 온 몸으로 체험했던 인물로 그려지고 있다.

그는 시대의 문제를 인식하고만 있을 뿐 직접 부딪치는 것은 거부한다. 이런 태도는 분수에 맞지 않는 애국은 자신을 불구자로 만들 뿐이라며 데모에 가담하지 말 것을 종용했던 강영식의 아버지가 취한 태도와 상통한다. 즉 하인호에게 있어 과거에 대한 기억은 현실에서의 방관자적 태도를 유발시키는 원인이 되는 것이다.

이들의 삶은 현재의 삶 속에 침투해 있는 '과거 역사'에 대한 기억의 다양한 양상들의 현시이면서 당대의 문제를 인식할 때 과거는 필연적으로 수반되어야 한다는 의미를 내포하고 있다. 아울러 당대를 역사로 기록하는 데 있어 공적인 과거 역사 속에서 배제되어 왔던 부분까지도 언급되어야 하며, 마찬가지로 당대의 미시사적 측면도 함께 기록되어야 한다는 작가 인식을 나타낸다. 현지처나 재벌그룹과 같은 문제가 대두될 수밖에 없는 원인과 1970년대 체제에 대해 작가는 다음과 같이 정리한다.

"곰곰이 생각하니 쿠데타로써 정권을 잡았다는 사실, 이게 보통문제가 아니다. 보다도 쿠데타가 성공했다는 사실이 중요해. 쿠데타로써 정권이 무너졌다는 사실은 그것이 끼친 정신적인 영향에 비하면 아무것도 아니다. 쿠데타로써 성립된 정권이 먼저번 정권보다 정치 적응력이 우수할 수도 있겠고 훌륭한 치적을 올릴 수도 있을 것이니까. 중대한 문제는 국민의 총선거에 의해 합법적으로 수립된 정부를 전복하려고 기도한 행위는 국가변란죄란 것으로써 형법에 규정한 가장 무거운 형벌을 받게 돼 있어. 우리나라에선 사형이다. 말하자면 쿠데타에 가담한 사람들은 법률이 똑바로 시행된다면 사형을 받아야 할 중죄인(重罪人)들이다. 그런데 쿠데타에 성공하고 나니까 이들 중죄인들이 마음대로 국민을 지배하게 되었다. 그들이 만든 법률이나 포고에 순종하지 않으면 사형부터 징역, 벌금까지의 갖가지 형을 받아야 한다. 이게 무엇을 말하는가. 사형에 해당하는 범죄행위를 하고서도 목적만 달성하고 나면 영웅이 될 수 있고, 대통령도 될 수 있다는 얘기가 아닌가. 나라를 도둑질한 사람은 대통령이 되고 남의 집 닭을 도둑질한 사람은 절도죄로 몰려 징역을 살아야 한다면 이치에 맞지 않는 일 아닌가. 말하자면 이치에도 도리에도 맞지 않는 세상이 되어버렸다, 이거다. 이치에도 도리에도 맞지 않는 세상에 살게 되니까 국민은 모두 비굴해질 수밖에. 더러는 마음속에 칼날을 가는 용기 있는 사람도 있겠지만 대부분은 비굴을 무릅쓰고 살고 있는 거지. 이런 상황에서 하나의 통념(通念)이 이루어진다. 수단과 방법은 범죄적이더라도 성공만 하면 그만이다, 하는. 이런 것을 영국의 정치학자 헤롤드 래스키는 강도적 원리(强盜的 原理)가 지배하는 사회라고 했다. 지금 우리가 살고 있는 사회가 바로 그 강도적 원리가 지배하는 사회이다. 그러니까 그 속에 사는 사람들이 그 강도적 원리를 익힐 수밖에……." (272~273쪽)

결국 쿠데타로써 정권이 무너졌고, 쿠데타로 정권을 잡았다는 데 그 1차적인 원인이 있는 것이다. 이러한 사실을 근거로 윤두수는 쿠데타로 잡은 정권은 이익을 위해 사법제도까지 이용하여 당대를 강도적 원리가 지배하는 사회로 몰아갔음을 비판한다. 이때 비판은 "현재의 사회적 기원을 폭로"하는 의미도 함께 갖는다.[35]

---

35 Harvey J. Kaye, 『과거의 힘』, 앞의 책, 221쪽.

2) 물신의 절대성과 타락한 사회윤리

소설 「무지개 연구」, 「황백의 문」, 「배신의 강」 역시도 이처럼 강도적 원리(强盜的原理)가 지배하고 있는 사회를 재벌구도 및 기업의 윤리를 통해 드러내고 있는 작품이다. 작품들의 배경이 되는 시기는 고도의 경제적 성장에 비해 정치적 성장이 부진했던 1970년대 전후이다. 당시 성장을 위한 정부의 일부 계층에 편중된 특혜는 문어발식 기업 확장에만 골몰하는 비윤리적 기업을 창출했고, 계층 간의 부익부 빈익빈 현상을 가속화시켰다.[36] 이러한 현상은 1970년대 중화학 공업화 추진과정에서 발생했다. 당시 박정희 정부는 6개 특정업종의 목표예산액을 미리 책정하여 정부주도로 특정업종에 필요한 공업단지를 조성하면서 막대한 특혜와 지원을 통해 독점자본의 참여를 유도했다. 정부의 이런 정책 덕분에 재벌들은 자본을 축적할 수 있었고, 재벌 내의 회사들이 서로 자본을 빌려 주는 상호 출자로 모든 업종에 침투했다.[37]

---

36 이병주는 「무지개 연구」의 등장인물 K기자를 통해 재벌 및 기업 생태를 다룬 이른바 기업소설의 필요성에 대해 다음과 같이 언급한다. "지금 우리나라에 있어서 주목할 만한 존재들이란 경제인 아닙니까. 그런데 경제인이 경제인으로서 등장하는 소설이 없지 않습니까. 그들의 포부와 야심, 그리고 생리와 병리, 애욕의 문제 등이 소상하게 취급되어 있는 소설이 없단 말입니다. 기껏 하잘 것 없는 월급쟁이, 실업자, 바나 살롱에 있는 여자들, 비행 청년, 비행 소년, 비틀거리는 중년 여자…… 물론 그런 것 갖고 문학이 안 될 이유도 없지만 언제나 우리 문학이, 아니 소설이 그런 것 주변만을 맴돌아서야 되겠습니까. 대담한 정치소설, 대담한 기업소설이 정정당당하게 문학으로서의 메리트를 갖추고 등장해야죠. 그럴 때 비로소 문학이 사회에서 정당한 발언권을 주장하게 될 게 아닙니까. 지금 형편으론 아직도 문학은 아녀자의 것, 일부 문학청년의 것밖엔 되어 있지 못합니다. 아녀자들의 독점물이라 해서 문학의 가치가 떨어지는 것은 아니지만 이왕이면 사회적인 영향력을 발하는 그런 문학도 있어야 하지 않겠소." (이병주, 「무지개 연구」, 『동아일보』, 동아일보사, 1982. 4. 26 (이후 날짜만 표기))

이 과정에서 인간과 인간, 혹은 인간과 사물 사이의 진정한 관계는 파괴되고, 물질적 부의 정도가 한 사람의 인간적, 사회적 위치를 가늠하는 척도가 되어 버렸다. 이러한 자본주의의 발전 과정은 권력의 불평등 관계를 포함하는 구체적인 역사적 과정으로 이해할 수 있다. 자본주의가 조장해 놓은 물신주의는 세 작품의 갈등 원인으로 작용한다. 그리고 이러한 시대상황에서 자아보존을 위한 욕구로부터 출발한 갈등은 사회적 윤리의식이나 도덕성의 붕괴를 초래하면서 더 심화된다.

이 세 작품들은 사회적 '부'를 획득하기 위한 인물들 간의 대립구도가 내부서사를 이루고, 내부서사를 객관적인 위치에서 해석·평가하는 중립적 인물이 외부서사를 이루고 있다. 이것을 간단하게 구조화하면 다음과 같다.

서술자 '나', 'K기자'
위한림↔스위스계회사 간부들 위한림↔이규진

『배신의 강』의 서사구조

성유정, 안종수, 정도현
도명섭↔최용문↔도창숙↔박철구 도명섭↔고석찬↔윤노인

『무지개 연구』의 서사구조

유재명
모철주↔경동윤↔주중철 모철주↔주중철↔윤형숙 모철주↔우선혜+백창수

『황백의 문』의 서사구조

---

37 역사학연구소, 『강좌한국근현대사』, 풀빛, 1995, 339쪽.

소설 「배신의 강」, 「황백의 문」, 「무지개 연구」는 모두 신문연재소설로, 인물과 인물간의 이항대립과 이 대립이 또 다른 이항대립과 연계되는 상동관계 방식의 갈등 구조를 취하고 있다. 도식에서 세 작품은 모두 상호작용과 교환을 허용하는 일련의 대립들 위에 세워진 것처럼 보인다. "이러한 대립쌍들은 몇몇 불변 요소들을 형성하고, 그 주위에 군소쌍들이 움직이면서 가변 요소들을 형성한다."[38]

「배신의 강」[39]은 해방 후 '자본주의에 내재된 생리와 병리'가 빚어낸 '사회악과 인간성의 타락'을 그린 장편소설로 모든 갈등의 원점에 도명섭이란 인물이 있다. 이 인물은 고석찬을 심복으로 최용문의 아버지가 관리하고 있던 동아물산의 전 재산을 절취하고, 아들의 명의로 동업계약을 맺은 김현서의 재산을 교묘한 방법으로 은닉하면서 우창물산 회장이라는 직위와 부를 선취해 온 인물이다. 도명섭이 부정한 방법으로 부를 절취할 때 그의 옆에서 함께 일을 도모했던 인물이 고석찬이다. 고석찬은 군정시대에 '정의단'이란 간판을 내걸고 깡패를 모아 해방 직후 좌익 가담자들과 부자들을 상대로 공갈, 협박을 일삼아 재산을 축적해 온 인물이다. 또한 6·25때 그는 해방 직후 좌익에 가담한 일이 있는 사람들을 공갈, 협박하는 방향으로 활약했을 뿐 아니라 '좌익적인 친구'를 만나거나 돈을 꿔주는 일까지 들추어내서 고자질을 하곤 했다. 하지만 현재 그는 도명섭에게 배신을 당하고, 곤궁한 생활 속에서 자신의 과거를 뉘우치며 살아가고 있다. 모든 사건의 전모를 알고 있는 그는 사건의 진실을 밝히고 도명섭의 단죄를 도모하기에 이른다.

---

38 Umberto Eco, 『대중의 슈퍼맨』, 김운찬 역, 열린책들, 1994, 209쪽.

39 이 작품은 1969년 『부산일보』에 연재되었고 이후 1979년 범우사에서 간행, 1991년 서당에서 재간행 되었다.

이병주의 논리에 의하면 역사의 아픔을 교묘히 이용해 악행을 저지른 고석찬의 과거는 마땅히 심판받아야 한다. 그러나 그는 자신의 죄를 뉘우치고, 과거에 대한 반성과 함께 인간회복의 길을 걷고 있다. 때문에 작가는 미래에는 과거가 될 현재의 악한 도명섭의 악행에만 주목하여 다양한 갈등의 서사를 통해 그를 심판대 위에 올려놓는다.

최용문은 도명섭의 금력 획득과정에서 희생된 아버지의 복수를 위해 우창물산에 위장 취업하여 도명섭의 딸을 유혹한다. 그에겐 오직 재산을 되찾아야 한다는 복수심만 존재할 뿐 사회적 도덕이나 윤리의식 따위는 존재하지 않는다. 텍스트 내에서 최용문이 의도적으로 도창숙을 유혹하는 비윤리적인 방법을 택하면서 인물들 사이의 갈등은 연쇄적으로 확장되고 견고해져 간다. 결국, 부에 대한 탐욕은 갈등을 유발하는 동인이 되고, 이 갈등은 윤리의 붕괴로 인해 심화되어 가는 것이다.[40]

한편, 「무지개 연구」[41]는 "韋漢林과 그를 둘러싼 群像을 통해 한 시대 즉, 70년대의 병리를 조명"[42]한 장편소설이다. "70년대 한국의 기업 풍토는 다 그런 것은 아니었지만, 돈을 번다는 것이 어느 경우 범죄 행위와 비슷한 사례가 있을 만큼 치열하기 짝이 없었다."[43]는 작가

---

40 최용문과 도창숙의 붕괴된 성도덕으로 인해 해체된 도창숙의 가정, 이로 인해 박철구가 복수를 다지면서 도명섭의 재산을 가로채는 행위, 도명섭이 자신의 금력을 유지하기 위해 자신의 심복이었던 고석찬을 내치는 행위, 도명섭에게 이용당한 고석찬이 윤노인과 기자에게 도명섭의 만행을 실토하는 행위 등이 이 경우에 해당된다.

41 이 작품은 「무지개 연구」라는 제목으로 1982년 4월부터 1983년 7월까지 『동아일보』에 연재되었고, 이후 1982년 두레출판사에서 간행되었다. 그리고 1985년 문지사에서 『무지개 사냥』으로 게재 간행, 1993년 지성과사상에서 『타인의 숲』이라는 제목으로 게재 간행 되었다.

42 이병주, 「작가의 말」, 「무지개 연구」, 『동아일보』, 1982. 3. 31.

43 이병주, 「작가의 말」, 『타인의 숲』, 지성과사상, 1993, 9쪽.

의 말처럼 당대는 배금주의가 만연한 사회였다. 이러한 시대를 인식시키기나 하려는 듯이 이 작품은 위한림이라는 중심인물의 삶의 가치 변화를 통해 배금사회의 모순을 그려내고 있다.

위한림이란 인물은 컨닝으로 서울대에 입학해 컨닝으로 졸업한 인물로 성공의 신화를 꿈꾸며 수많은 우여곡절을 겪는 인물이다. 먼저 그가 만났던 사람과 그가 머물렀던 공간을 주목할 필요가 있다. 처음 입사했던 평진 산업, 그리고 카지노, 외국계 회사라는 공간과 그 과정에서 만난 딜러, 해결사 등은 자본주의 사회가 만들어낸 공간과 직업들이다. 이러한 공간과 직업의 생성 의미는 다음과 같은 병리적 시대 상황 속에서 선명해진다.

> 병리적인 틈서리만 노리고 있는 눈엔 서울은 사건의 더미로 되고 그 더미를 이용하여 먹고 사는 사람의 수가 부지기수라고도 했다.
>
> 일본인들의 이른바 현지처를 용케 농락하여 뜯어먹고 사는 사나이가 있는가 하면, 아르바이트 홀에 나타나는 유한부인들의 약점을 잡아 그것을 미끼로 사는 사나이들이 있고, 외지에 남편을 보내놓고 있는 여자들만 전문으로 하는 사나이도 있다고 했다.
>
> 여자를 술집에 내보내 끄나풀 노릇을 하는 사나이들의 얘기는 이미 흔해 빠진 상황이고……44

텍스트 내에서 그려지는 공간과 인물들의 정점엔 시대의 물질 숭배가 자리하며 이것은 다시 당대의 가치척도로 작용하면서 인물들의 갈등을 유발한다. 위한림이 스위스계 회사인 슈나이더에 입사하면서 형

---

44 이병주, 「무지개 연구」, 『동아일보』, 1982. 9. 2 (이후 날짜와 쪽수만 표기)

성되는 갈등구조는 노골적으로 백인 우월주의적 발언을 내뱉는 스위
스계 간부들과의 대립, 그리고 승진과 상여금을 담보로 위한림과 회
사 직원들을 이용한 이규진과의 대립을 통해 형성된다. 이들의 갈등
원인은 인종과 계급상승이었으며 이러한 외적 갈등은 위한림이 "세치
혀와 양심의 마비"를 무기로 '세계정부수립'이란 목표 아래 하청업을
시작하면서 내적 갈등으로 선회한다. 그리고 갈등의 구도 역시 '도덕
적 양심↔물신획득'이란 구조로 치환된다. 위한림이 도덕적 양심을
포기한 채 물신을 쫓게 된 원인을 염두에 둘 때 '독사, 고슴도치, 다람
쥐, 두더지, 지렁이, 심지어는 음모가발'까지 수출품목이 되어 버린 당
시의 사회적 상황을 묵과할 수 없다.

> 그는 순진무구한 공순이들이 보기 좋게 미학적으로 그려진 패턴대로
> 한 오라기 한 오라기씩 음모를 심고 있는 작업 과정을 상상하곤 키득키
> 득 웃으며 그 공장 문을 나설 수밖에 없었다. 이런 체험을 통해 위한림
> 이 확인한 것은 지상만물 어느 것인들 상품으로서의 가치를 지니지 않
> 는 것이 없다는 것과, 그런 까닭에 특수한 시각 장치를 가진 사람에겐
> 돈이 하늘에도 길에도 깔려 있다는 사실이었다. (「무지개 연구」, 1983.
> 1. 12)

위한림의 삶의 방향 전환은 모든 것이 상품화되어 가는 배금주의
사회의 악영향에서 비롯된다. 그리고 물신과 도덕 사이에서 그의 갈
등은 정점을 향해 치닫는다.

「황백의 문」[45] 역시도 기업풍토와 관련하여 1970년대 사회에 대해

---

[45] 이 작품은 「황백의 문」이라는 제목으로 1979년 9월부터 1982년 8월까지 46부
작으로 『신동아』에 연재 되었다. 그리고 1983년 동아 일보사에서 『황백의 문』

다루고 있는 작품이다. 이 소설은 22년 전에 발생했던 재벌 사위 경진호의 죽음에 이어 또다시 발생한 경진호 아들 경대윤의 죽음으로 시작한다. 연이은 죽음에 이상한 낌새를 느끼고 범인을 찾아 나선 경동윤의 행적 속에서 형성된 대립구조를 통해 사건의 전말이 밝혀진다.

이 작품에서 모든 대립갈등의 중심에 있는 인물은 현재 갑산실업의 회장으로 있는 모철주이다. 모철주는 과거 주중철 형제들과 공모해 경진호를 죽음으로 내몬 후 경진호 아내 우선혜와의 재혼을 통해 갑산실업의 회장이 되면서 갑산실업의 재산을 은닉했다. 연이어 갑산실업을 완전히 자신의 것으로 만들기 위해 모철주는 경진호의 아들 경대윤까지 청부살해한다. 경동윤이 아버지와 형의 죽음에 관한 내막을 밝히기 시작하면서 경동윤과 모철주의 갈등이 시작된다. 그리고 이 갈등은 금권유지와 도덕적 윤리 간의 갈등으로 모철주와 백창수, 주중철과 윤형숙 간의 부수적 갈등을 파생시킨다. 여기서 백창수는 다른 인물들과는 다르게 과거에 대한 복수를 위해 모철주와 대립한다. 즉 한국전쟁 때 괴뢰군 치하에서 살아남기 위해 친구인 자신의 형을 정치보위부에 밀고해 죽음으로 몰고 간 모철주를 단죄하고자 의도적으로 그의 아내에게 접근하는 인물이다.

이처럼 이병주는 다양한 대립들의 갈등 원인을 제시하면서 재산에 얽힌 부모 자식 간의 법정 싸움을 묘사하기도 하고, 주식, 비밀요정, 사채, 종합상사의 만연 등 당대를 풍미했던 사회·문화적 현상들을 자연스레 제시한다. 이러한 사회현상들은 물신숭배가 배태한 필연적인 요소들로써 인물들 간의 갈등을 유발하며 도덕적 윤리의식과 대척점에 위치한다.

으로 간행되었고, 이후 제목만 바뀌어 1988년 기린원에서 『황금의 탑』으로 재간행 되었다.

살펴본 바와 같이 네 작품은 모두 사건의 중심축에 부정한 방식으로 '부'를 축적해온 재벌들이 위치해 있고, 이들의 재산축적 과정에서 희생당한 인물들의 복수로 인해 대립구도가 형성된다. 이들의 갈등은 돈이 가치판단의 원리로 격상되는 과정에서 비대해지고, 필연적으로 충돌하는데, 이 인물들의 충돌은 '물신'의 갈등구조로 나타난다. 그리고 이 작품들은 '선/악'의 단순한 도식의 테두리 내에 머물러 있지 않고 계급, 부, 젠더 등의 다양한 준거틀에 의해 변형된 갈등구조를 생성해 내고 있다.46 이것은 자본주의 사회구조가 초래한 물신에의 인간 예속화와 윤리의식과 도덕성이 마비되어가는 당대의 사회 병리적 풍경들을 읽어낼 수 있는 지점이 된다.

이 작품들은 갈등 해결 방식도 유사하며, 그 과정을 통해 드러나는 사회를 바라보는 작가의 인식태도 또한 비슷한 양상을 띤다.

먼저 「배신의 강」은 박철구가 비윤리적 행위를 일삼았던 인물들을 단죄하면서 갈등이 해소된다. 끝까지 물질에 대한 욕심을 놓지 못했던 도명섭의 추한 죽음이나 위선과 계략으로 일관했던 최용문의 자살에서 보여지듯이 작가는 자기 잘못을 깨닫지 못한 악한 인물들을 응징한다. 「황백의 문」도 「배신의 강」과 마찬가지의 갈등 해결구조를 가지고 있다. 사건의 전말이 탄로나 자신이 소유한 것을 모두 잃게 되는 모철주의 결말은 '악'에 대한 응징으로 작품의 갈등을 해결하는 열

---

46 이는 에코가 설명했던 세 가지 대중소설의 특성 중 '상황적 시나리오'와 같은 맥락이다. "상황적 시나리오는 동일한 장르의 작품일지라도 사건이 전개되는 상황을 상이한 방식으로 조합하여 서로 다른 이야기를 만들어 낸다. 대중소설의 플롯이 공식을 따라 끊임없이 재생산되는데도 불구하고 작품이 다양한 것은 '상황적 시나리오'에 의한 변이의 가능성 때문이다. 요컨대 공식성은 지켜지되 부수적인 규칙이 무수하게 변조됨으로써 공식의 메커니즘이 유지되면서 이야기들이 무한적으로 생산될 수 있는 것이다."(Umberto Eco, 『소설속의 독자』, 김운찬 역, 열린책들, 1996, 126~129쪽 참고)

쇠가 된다. 이러한 도덕적 범주로서의 응징은 텍스트 내에서 독자로 하여금 소설의 "재미"를 획득할 수 있는 제반조건으로 작용한다.[47] 그러나 「무지개 연구」나 「그들의 饗宴」은 이 작품들과는 다른 결말구조를 보인다. 다른 작품들이 악에 대한 응징 및 악한의 파멸로 작품이 종결되고 있다면 「그들의 饗宴」은 악한의 상징인 기업주는 단죄를 받지 않고 기업주를 향한 복수를 위해 도덕적 윤리를 무시했던 인물의 인간회복으로 마무리되고 있다. 또한 「무지개 연구」의 경우 자본주의 시대에 편승해 수단과 방법을 가리지 않고 물신을 쫓던 위한림의 파산을 통해 당대의 물신숭배 현상에 경각을 불러일으키는 방식을 취하고 있다.

> "가령 정직하라는 말이 있잖아? 교실에서 어찌 부정직(不正直)하란 말을 할 수 있겠나. 교실에서 교사는 어디까지나 정직한 사람이 되어야 한다고 말해야 하거든. 그런데 학생들이 선생님 말만 믿고 정직하게만 살려고 들면 어떻게 되겠나? 생존경쟁에 이겨나갈 수 있겠나? 역설 같지만 정직하기 위해서 부정직해야 할 경우도 있잖겠어? 긴급한 이익을 지키기 위해서 거짓말을 해야 할 경우도 있잖겠어? 만일 참말만 하고 산다면 며칠을 지탱하겠나. 그런 것을 알면서도 교사는 학생들이 자기 나름대로 적당하게 할 것을 믿고, 정직해야 한다, 내일 죽어도 옳은 일

---

47 "재미있는"요소 중 가장 안정적인 것은 의문의 여지없이 도덕적인 재미라고 할 수 있다. 이때 "안정적"이란 말은 특정한 의미로, 즉 구체적인 도덕적 내용으로서가 아니라 "도덕적 범주"로서 이해되어야 한다. 소설이나 시 또는 희곡의 도덕적 내용. 도덕적 갈등을 극히 직접적이고 극적으로 전달하는 수단이라는 특수한 의미에서의 "기교적"요소 또한 이와 긴밀하게 결부되어 있다.(Antonio Gramsci, 『그림시와 함께 읽는 문화: 대중문화 언어학 저널리즘』, 조형준역, 새물결, 1992, 32쪽)

을 해야 한다고 떠벌린다는 얘기다."[48]

"협박과 공갈을 전문으로 하는 범죄가 부쩍 늘었어요. 회사에서 중역으로 있던 자가 나와선 탈세를 미끼로 기왕 자기가 몸담아 있었던 회사의 사장을 협박하는 일, 관청이나 업체의 부하로 있던 자가 과거지사를 들춰 옛날의 상사를 협박하는 일, 심지어는 학부형이 자기 아들의 선생의 비행을 적발해서 협박하는 일, 제자가 선생을 협박하는 일, 정을 통한 여자에게 바로 자기와의 관계를 미끼로 협박하는 일, 지금 우리들이 파악하고 있는 숫자는 실제로 발생하고 있는 건수의 10분의 1, 아니 백분의 1도 안 되는 빙산의 일각이라고 생각하면 기가 막힙니다. 세상이 이 모양으로 된다면 참으로 앞날이 걱정입니다."[49]

"정직하게 산다는 건 사회의 희생자가 될 뿐이오. 정직하게 살아 집 한 칸을 장만할 수 있는 세상입니까? 정직하게 살아 아이들 공부나 제대로 시킬 수 있는 사회입니까? 공무원도 그렇습니다. 정직하게 근무하다가 정년퇴직을 당한 사람들, 그 정황이 답답하더만. 공무원 노릇 할 때 요령껏 해쳐 먹은 놈들은 그만둔 뒤에도 자가용 굴리고 삽디다. (중략) 수단 불구하고 돈을 벌어라. 돈만 있으면 붙들려가도 놓여나올 희망이 있다, 이겁니다."(「무지개 연구」, 1988. 11. 17.)

위 인용문은 당대 사회가 필연적으로 악인이 출몰할 수밖에 없었던 시대였음을 환기시킨다. 그러나 작가는 그러한 악인에게 연민을 느끼거나 동조하지 않는다. 어떠한 상황이든 기본적인 도덕과 윤리는 고

---

48 이병주, 「배신의 강」, 『부산일보』, 1970. 3. 15.
49 이병주, 「황백의 문」, 『신동아』, 1981. 11, 462쪽.

수해야 한다는 입장에서 비윤리적인 인물들을 거침없이 응징한다. 이러한 응징은 "금지된 죄악을 저지를 사람들에 대한 형벌과 복수를 꿈꾸는" 대중들의 "오랜 공상"[50]을 부추기기기도 하고 받쳐주기도 하는 동시에 공감을 유발하기도 한다.[51] 이때 독자들은 환상을 통해 자신의 욕망을 대리 충족하고 모순된 현실을 극복할 수 있다는 희망을 갖게 된다. 이러한 결말 방식은 대중소설적 성격이 드러나는 지점이기도 하다.

대중소설은 위안적인 것이 되어야 하기 때문에 만약에 사회적 모순들이 있다면 그것을 치유할 수 있는 힘들이 존재한다는 것을 가르칠 수밖에 없다. 그런데 그러한 힘들은 민중적인 것이 될 수는 없다. 왜냐하면 민중은 권력을 갖고 있지 않으며, 또한 만약에 권력을 잡는다면 그것은 혁명이며 따라서 위기가 되기 때문이다. 치유자들은 헤게모니 계급에 속해야 한다. 그들은 헤게모니 계급으로서 좀 더 방대하고 좀 더 조화로운 정의를 예상하는 심판자들의 무리에 속해야 한다.[52]

이들 소설에서 공통적으로 심판자 역할을 하는 인물은 사건과 갈등의 외부에 존재하는 중립적 인물들이다. 네 작품에 등장하는 중립적 인물은 모두 당대 지식인으로서 사건에 적극적으로 개입하지는 않는다. 대립자들을 통해 드러나는 사회의 병리적 현상들을 알기 쉽게 정

---

50 Antonio Gramsci, 『대중문학론』, 박상진 해제, 책세상, 2003, 75쪽.

51 연재소설은 보통 사람의 환상을 보상하여 주는데 (생략) 이 경우 대중의 백일몽은 (사회적)열등콤플렉스 때문에 생긴다. 이것은 한층 확장된 형태로 자신이 겪고 있는 불행에 책임이 있다고 생각되는 자들에게 복수하고 그들을 처벌해야 한다는 복수를 불러일으킨다. (Antonio Gramsci, 『그림시와 함께 읽는 문화: 대중문화 언어학 저널리즘』, 앞의 책, 88쪽.)

52 Umberto Eco, 『대중의 슈퍼맨』, 앞의 책, 122쪽 참고.

리해주고, 인간이 추구해야 할 도덕적 방향으로 독자들을 선도하는 길잡이 역할을 할 뿐이다. 물론 가치판단은 독자들에게 맡기고 있으나 그 가치판단의 준거틀은 텍스트 내의 지식인들의 몫으로 작용하고 있는 것이다. 즉, 텍스트 내에서 중립적 입장(지식인)의 인물들은 "도덕적·지적 생활의 변혁을 결정·조직화"[53]하여 실천의 영역에 조화시키는 역할을 한다. 이때 권력자들과 대립하는 인물들의 현실상황에 대한 인식은 중립적 입장의 인물들에 의해 다시 한 번 확인되는 동시에 타당성을 부여받는다.

지금까지 이병주의 몇몇 작품들에 공통적으로 드러나는 기업생태를 통해 인식된 현실을 작가가 어떤 식으로 당대사로 기록하는지에 대해 살펴보았다. 살펴본 바에 의하면 자본주의 산업화가 한창 진행 중이던 70년대 전·후의 시대적 상황이 인물의 개성적 성격과 맞물려서 극단적 갈등의 양상으로 표출되고 있었다. 그리고 당대의 다양한 인물들을 통해 드러나는 당대의 모습을 서사화하는 과정은 미시사적인 측면으로, 당대사 구축의 한 방법이 되고 있음을 포착할 수 있었다.

70년대 산업화는 수많은 사회적 병리 현상을 배태하는 결과를 가져왔다. '부'의 불평등한 분배로 인해 계층간의 갈등이 야기되었고, 인간을 속물적 이기주의로 유인해 도덕성과 정신적 가치를 퇴화시켜 인간을 도구로 전락시켰다. 이러한 정신적 성장을 유보한 배금주의적 사고는 전통적 윤리관의 혼란을 야기하면서 동시에 물질중심적인 왜곡된 가치관을 심어주는 계기로 작용했다. 결국, 70년대 산업화는 목적 달성을 위해서는 수단과 방법을 가리지 않는 '결과론적 목적 지향'의

---

53 Antonio Gramsci,『그람시의 옥중수고 2』, 이상훈 역, 거름, 1993, 326쪽.

사고방식을 양산했고, 이러한 사고는 당시 일반 대중의 삶을 지배하는 이데올로기로 자리 잡았다.

작가는 이러한 자본주의의 논리에 지배받고 있는 인간의 갈등 양상을 통해 몇 가지 사회적 문제들을 환기시킨다.[54] 먼저 이 절에서 다룬 이병주의 작품들은 당대 사회의 제반 현상들 중에서도 특히 기업의 생태나 사회적 부에 천착하여, 일부 기업가들의 비윤리적인 자본 획득의 실태를 고발하는 서사유형을 취하고 있다. 이러한 기본적인 서사를 바탕으로 둘째, 금권을 중심으로 한 대립 속에서 권력 획득과 신분상승의 통로로서 강조되고 있는 '물신'의 절대성을 이야기한다. 그리고 셋째, 금권을 유지, 획득하기 위해 수단과 방법을 가리지 않는 과정을 통해 도덕성과 윤리의식의 붕괴 및 가치관의 혼란이 팽배한 사회 위기를 인지시킨다. 마지막으로 도덕성과 윤리의식이 마비될 때 한 가족의 해체와 더 나아가 한 인간이 파멸할 수 있다는 점 등을 경각시킨다. 아울러 도덕적 선에 의해 악이 응징되는 결말구조를 택함으로써 텍스트 내의 모든 문제를 인간세계의 진정성의 문제로 귀착시킨다. 이러한 결말은 이병주의 휴머니즘적 문학관의 반영이라 할 수 있다.

---

54 텍스트 내의 갈등양상 분석을 통해 주체와 객체의 관계가 속해있는 사회변화까지 감지할 수 있다. 이러한 접근은 갈등의 원인을 희소한 자원을 획득하는 과정에서 발생하는 사회구성원간의 불평등에서 찾는 사회학적 접근과도 맞물리는 지점이다. 사회학에서는 갈등이 혁신과 새로운 창조를 위한 압력이 될 수 있고, 기존 사회체제의 경직화를 방지해주며 창의적이면서 점진적으로 새로운 상황에 대응할 수 있는 능력을 높여준다고 본다. 즉, 기존의 이익과 새로운 가치와의 갈등, 현실과 당위적 가치사이의 갈등, 기득권을 소유한 계층과 기득권을 요구하는 계층사이의 갈등 따위가 사회적인 활력을 충전시키기도 한다는 것이다. (Lewis A. Coser, *Conflict: Social Aspect, International Encyclopedia of the social Secience,* New York: Macmillan, Vol3, 1967, 235쪽.)

사실 이데올로기만으로 우리 사회 전체를 말할 수는 없지 않습니까? 예를 들어 사회를 하나의 地圖라고 설정한다면 이데올로기라는 어떤 형상만 가지고는 그 구석구석의 지리를 완전히 파악하지 못하는 점이 있기 때문이지요. (중략) 인생에 있어 진리를 알아야 하고 또, 사람을 분류하는 해부학적인 지식이 아니라 바로 뜨거운 피가 흐르고 있는 인간의 마음을 알아야 하고, 그리고 생활의 여러가지 패턴이나 종류 등의 분류를 알 것이 아니라 인간 생활 그 자체를 알아야 하는 것이니까 그런 의미에서도 文學이라는 것은 흑백의 논리를 말하는 것보다 그리고 그것이 犯하는 너무나 밝고 치밀한 논리적인 과오 등을 배제하면서 그것을 이겨내는 자세, 그러한 노력으로 이루어져야 한다고 생각합니다.[55]

이병주의 소설은 당대의 사회적 현실상황을 재현하여 독자로 하여금 객관적인 현실을 인식할 수 있는 토대를 마련해 주고 있다. 동시에 휴머니즘적 갈등해소 방식을 통해 독자들의 대리충족과 자기 위안을 생성할 뿐만 아니라 인간의 도덕성을 고취시키고 있다는 점에서 의미가 있다고 할 수 있다. 이러한 결말은 "한편으로는 사회의 구성 집단들 간의 상충되는 이해관계와 다른 한편으로는 개인 내부의 가치관의 혼돈에서 비롯되는 긴장과 갈등에 가상의 해결을 제공한다."[56]는 대중소설의 전형적인 특성을 보여 주기도 한다. 그러나 사회의 제반 현상에 대한 중립적 인물(지식인)들의 객관적인 증언을 통해 선/악에 대한 무비판적인 수용에서 벗어나 사회를 보는 시각을 확대시키고 있다는 점은 다른 대중소설들과 변별되는 지점이기도 하다.

결국, 이병주의 소설은 개별적인 갈등양상을 인간의 본질적인 문제

---

55 이병주, 남재희 대담, 「灰色群像의 論理」, 『세대』, 1974. 5, 243쪽.
56 박성봉, 『대중예술의 이론들』, 동연, 1994, 106~107쪽.

로 귀착함으로써 사회현실의 폭로나 특정 시대의 한정된 문제에 머무르지 않고 인간 세계의 진정성을 밝히는 데까지 나아가고 있다. 하지만, 중립적 인물들의 시대 분석적 목소리는 독자들에게 가치 판단의 잣대로 적용될 순 있으나, 한편으론 가치판단의 능동성을 차단하는 폐쇄적인 성격을 갖는다는 데 문제성을 수반한다. 또, 선의 승리, 악의 패배라는 도식적인 결말구조로 인해 독자들이 악은 반드시 응징된다는 "환상에 빠짐으로써 자신들의 삶의 방식에 대한 무력함과 통제 결여에 동의"[57]하는 결과를 초래할 우려가 있다는 점은 이병주 소설의 문제점으로 남는다.

3. 지식인의 시대 응시와 역사 쓰기

이병주 소설에서 지식인 인물유형은 빠지지 않고 등장한다. 이 인물유형은 소설 내에서 서사의 주변에 위치하면서 중립적인 입장을 고수한다. 그리고 소설에서 주로 다루고 있는 현실문제나 정치, 역사의 문제에 대해 객관적으로 정리·분석하는 역할을 한다. 앞 절에서 다룬 작품 역시 지식인 인물 유형이 중심 텍스트의 외부에서 사회의 문제에 대해 정리해 주는 역할을 담당하고 있었다. 이 절에서는 이러한 인물 유형이 중심이 되어 소설의 주된 서사를 이끌어 가고 있는 작품들에 대해 살펴볼 것이다. 그리고 지식인의 시선을 통해 제기되고 있는 당대의 문제와 그것이 어떤 식으로 역사로 기록되고 있는지에 대해

---

57 Renata Holub, 『그람시의 여백』, 이후, 2000, 165쪽.

고찰해 보고자 한다.

1) 정치현실의 퇴행적 복고, 과거사 청산 문제

「패자의 관」은 서술자의 회상기억에 의해 과거의 인물을 소환해 내어 그 인물을 통해 시대를 응시하는 작품이다. 이 소설은 K씨의 선거운동을 한 '나'가 K씨의 낙선을 보고 '노신호'라는 인물을 회상하는 것이 주된 서사를 이룬다. K씨의 낙선 이후 그의 선거운동을 했던 사람들은 한 자리에 모여 낙선 이유에 대해 반추한다. '스포츠의 정치적 표현'을 선거라고 보는 '나'는 "이번 K씨는 비록 패배일지라도 인생궁극의 승리로 전환할 수 있는 계기가 된다는 뜻에서" K씨가 패배했다고 생각하지 않는다고 피력한다. 그러나 그곳에 모인 사람들은 당당한 인물에게 진 것이 아니기에 패배를 인정하기 어렵다고 응대한다. 이러한 대화가 한참을 오고 간 후 '나'는 자신이 과거에 선거운동을 했던 1954년의 노신호를 기억해 낸다.

당시 '나'는 P라는 항구도시에서 교사노릇을 하다가 피난 겸 지리산 밑에 있는 고향으로 돌아와 다시 직장으로 돌아갈 생각을 포기하고 있었다. 전쟁을 겪고 나니 세상이 허망하게 느껴져 궁색하나마 노부모와 하루라도 더 함께 지내야겠다는 생각에서였다. 그러던 어느 날 중학교 1년 선배가 낯선 사람을 동반하고 '나'를 찾아왔는데, 그 낯선 사람이 '노신호'였다. 그날 밤 셋은 긴 이야기를 하며 밤을 지새웠고, 이야기 끝에 노신호는 3대 국회의원 선거에 출마할 것이라는 의사를 밝힌다. 한국전쟁에 심한 충격을 받은 노신호는 정치의 힘으로서만이 나라를 구할 수 있다는 생각에서 정치생활을 시작해 볼 발심을 했다는 것이다. 그는 국회의원이 되면 남북통일을 서두는 방향으로 노력할 것이라며 나름대로의 방책을 언급한다.

"다시는 이런 참화가 없게 하기 위해선 국민들도 통일에 성의를 가져야 하고 국회의원의 제일의적(第一義的)인 의무가 통일의 성취라고 생각해요."

이렇게 말한 노신호의 눈빛과 말투는 진지했다. 노신호는 가혹한 법률을 없앨 것과, 특히 부역(附逆)했다는 죄목으로 중형(重刑)을 받은 사람들의 구제를 서둘겠노라고 했다.

"국민의 일부가 부역을 하도록 하는 상황을 만든 책임을 먼저 물어야 하지 않겠습니까. 만일 그 책임을 따질 수 없다면 부역했다는 명목으로 국민을 벌할 수 없죠. 국민의 생명과 재산을 보전하는 책무를 다하고 나서야 범법자를 다룰 수 있는 명분이 서는 겁니다. 일제에 아부하고 편승한 사람들을 불문에 부쳐놓고 참담한 전란통에 부역했다는 명목으로 중형을 과한다는 건 아무래도 불합리합니다. 부역자는 이를 벌할 것이 아니라 부둥켜안고 울어야 합니다. 허기야 그 가운덴 악질도 있겠죠. 양민을 해친 놈들 말입니다. 그런 부류만을 가려내면 되는 겁니다."[58]

노신호가 주목하고 있는 것은 남북통일 외에 법률과 부역에 관한 무분별한 처벌이다. 이것은 과거 부역을 했다는 오명으로 피해당한 적이 있는 작가적 체험의 발로이면서,[59] 해방 공간에서의 이념 대립과 그로

---

58 이병주, 「패자의 관」, 『정경연구』, 1971. 7, 170쪽. (이후 쪽수만 표기)
59 프로이트에 의하면 과거의 체험이 생생한 기억으로 의식에 남기에는 너무 고통스러운 경우 그것은 무의식으로 추방–억압된다. 그러나 이 경우 과거는 진정으로 망각된 것이 아니라 무의식 속에 고스란히 '상흔(Trauma)'으로 남아서 끊임없이 고통을 야기한다. 따라서 정신의 건강을 회복하기 위해서는 무의식 속에 억압되어 있는 과거를 다시금 불러내어 분명하게 의식되도록 하는 과정이 필요하다. (Sigmund Freud, 『무의식에 관하여』, 윤

인한 수많은 피해자들을 대변하는 목소리가 된다. 또한 올바른 기준 없이 행해지고 있는 과거사 청산에 대한 문제제기이기도 하다. 노신호의 이러한 문제의식은 문학으로까지 그 적용 범위가 확대된다.

> 노신호는 우리의 문학이 청산문학(淸算文學)의 고된 가시덤불의 길을 걸어야 했었는데 좌·우익 문학의 정치투쟁 때문에 그런 진지한 문제가 묵살되고 말았다고 하면서 언젠가는 우리나라의 문학이 이 때문에 비싼 값을 치러야 할 것이라고도 했다.
> "남의 힘으로 얻은 독립에 편승한 채 우리 스스로 독립운동을 추체험(追體驗)하는 시련을 포기했기 때문에 六·二五동란 같은 참화가 생겨났다고 보아야 할 때 문학도 보상 없인 전진하지 못할 겁니다." (180쪽.)

결국 문학이든 세상이든 파란만장한 역사를 거쳐 오면서 청산되어야 할 과거사 문제가 제대로 해결되지 않았기에 현실의 다양한 병폐들이 초래되고, 잘못된 과거의 모습들이 현재의 시간 위에서 반복되고 있는 것이다. 이병주의 분신이라 할 수 있는 노신호는 이병주가 과거에 그랬던 것처럼 그런 현실을 바꿔 보고자 대학교수에서 정치가로 선회한 것이다. 물론 여기에는 대학교수보다는 정치가가 가장 빠른 영달의 길이라는 인식도 포함되어 있다. 그리고 그러한 사실을 솔직히 말하는 노신호의 태도는 그의 본격적인 선거운동에 '나'를 가담시키게 한다.

이윽고 노신호는 "자유당이나 민주당은 보수할 것도 갖지 못한 보수정당이고 부패의 경사가 곧 보수인 줄 아는 부류니 가담할 의사가

희기 역, 열린책들, 1980, 162쪽 참조)

없고" 이념정당에 가입하는 것도 탐탁지 않다는 생각에서 '생신한 민주적 의욕을 가진' 무소속으로 출마한다. 합동정견발표회를 시작으로 노신호의 지지율은 압도적이 되어 간다. 그러나 자유당이 경찰을 시켜 노신호의 운동자를 닥치는 대로 잡아들이는가 하면 동리마다 산재된 공무원들이 노신호에게 투표하면 뒷일이 좋지 않을 것이라는 협박을 일삼기 시작한다. 투표일을 일주일 쯤 앞둔 어느 날 급기야 노신호의 선거 운동자에게 일대 검거 선풍이 분다. "6·25동란 때의 부역사실 여부를 재조사"한다는 명분 아래 사람들을 체포하기도 하고, "산의 공비와 내통이 있다는 명목으로" 노신호의 사무장을 비롯해 '나'에게 노신호를 소개해준 Y선배도 체포했다. 또한 투표 사흘 전에는 '재산(在山) 빨치산 일동' 또는 '김일성'이라는 서명이 붙어 있는 '노신호 동무를 대한민국 국회로 보내자'는 삐라가 뿌려지기도 했다. 이러한 자유당의 횡포로 인해 노신호 대신 "말 한마디 제대로 못하고 제국주의가 민주주의보다 낫다고 생각하고 있는" 자유당 공천을 받은 노인이 국회의원으로 선출되었다.

노신호는 자신의 패배를 "국가나 민족을 위한 실적이 없는" 자신의 탓으로 돌리며 겸허히 받아들인다. 그러나 문제는 선거 후에도 여전히 노신호가 빨갱이라는 낙인에서 벗어날 수 없었다는 데 있다. 일단 노신호를 빨갱이로 낙인 찍은 당국은 선거 후에도 계속해서 그가 빨갱이라는 증거가 될 수 있는 사실들을 수집했던 것이다. 그렇게 조작된 기록은 노신호가 가는 곳마다 따라다녔기에 노신호는 온전한 직장 하나 구하지 못한 채 떠돌아다닐 수밖에 없었다. 뿐만 아니라 4대 선거 때는 출마조차 하지 못하기에 이른다.

그럼에도 불구하고 노신호는 게으름 없이 학문에 정진했고, 자유당 정권이 무너진 5대 선거에 재출마를 하게 된다. 그러나 "노 선생을 빨갱이라니 터무니없는 소리 마시오. 노선생은 진정한 애국잡니다. 부역자를 찾아내는 데 공로가 컸고 보련을 죽이는 데도 큰 도움을 했으니까요.”라는 식의 전술로 맞서는 민주당의 횡포로 인해 또 다시 낙선의 고배를 마시게 된다. 결국 자신이 국회의원이 되면 억울하게 부역자로 몰린 사람들을 구원해 줄 방법을 모색하겠다던 뜻을 품고 출마했던 노신호는 당에 의해 날조된 빨갱이라는 낙인과 부역자를 밀고했다는 누명을 쓰고 낙선하게 된 것이다. 이후 그는 그런 중상과 모략에 충격과 환멸을 느껴 정치를 단념하고 서울 공사장에서 날품팔이를 하다가 50세도 안 되는 나이에 돌연 생을 마감하게 된다.

노신호의 선거 과정은 이승만 정권기 정계에 대한 은유로서, 당시 정계의 부정·부패를 여실히 보여준다. 남한만의 단독정부를 수립하고 국가의 권력자가 된 이승만은 한국전쟁 발발에 힘입어 그의 명맥을 이어가면서 “이데올로기 면에서는 철저한 반공주의와 표면적인 반일주의를 기반으로 했다. 또한 경찰·군부와 청년단체, 그리고 사조직이나 마찬가지인 자유당 등을 기반으로 하여 명맥을 유지하면서 많은 폭정을 거듭했다.”[60] 이렇듯 이승만의 종신집권을 위한 정치 폭력 중 노신호의 선거 과정은 마치 ‘사사오입’ 개헌으로 인해 정권을 또 다시 유지할 수 있었던 3대 국회의원 선거의 한 단면을 연상시킨다. 작가는 노신호의 선거 과정을 통해 이승만 정권기의 정치현실을 다시 불러와 당시 정치현실에서 희생당하고 역사에서 배제된 인물을 역사의 맥락에서 다시 기록하고 있다. 그리곤 어떤 의미에선 역사의 피해자일 수 있는 노신호에게 ‘패자의 관’을 씌워주며 그를 추모한다. 또한 비슷한 맥락에서의 K씨의 낙선을 과거의 반복으로 인지하며 ‘모든 죽음은 패

---

60 강만길, 『고쳐 쓴 한국현대사』, 창작과비평사, 1994, 228~229쪽.

배이므로 모든 존재는 패배자'라는 논리로 노신호와 K씨를 위무한다.

이처럼 작가는 당대의 이념과 정치현실에 대한 부조리 현상의 원인을 청산되지 않고 있는 과거사 문제에서 찾고 있으며 과거의 과오를 그대로 답습하고 있는 당대 정치현실의 문제점을 지적하고 있다. 이러한 문제의식은 소설 「내 마음은 돌이 아니다」, 「삐에로와 국화」, 「그를 버린 여인」에서도 공통 테마로 이어지고 있다.

「내 마음은 돌이 아니다」는 「겨울밤」에서 '문학'이라는 화두로 작품 속 '나'와 응수했던 그 '노정필'이 중심인물이다. 「겨울밤」에서 노정필과 만난 후 몇 년이지나 '나'는 우연히 노정필의 집을 찾아가면서 작품은 시작된다. 「겨울밤」에서 '나'는 노정필을 '민족의 수난이 만들어낸 수난의 상징으로 보고 소중히 감싸주려'했었다. 그러나 그 때의 노정필은 사람들과 단절된 삶을 살고 있었기에 '나'의 그런 아량도 달갑지 않게 여겼었다. 그러나 사상운동가로 몰려 수감생활을 마친 후 세상과 단절된 채 살아가던 그는 이제 '나'와는 물론이고, 세상과의 소통까지 시도하기 시작한다. '나'는 노정필과 만나 솔제니친의 책을 함께 읽고 마르크스주의나 공산주의에 관해 서로의 견해를 주고받는다. 노정필을 공산주의자로 보며 공산주의에 대한 부정적인 면을 비판하고 우리 현실에서 이념이 어떤 방향으로 나아가야 할지에 대해 정열적으로 토로하는 '나'에 비해 노정필은 회의주의적 태도로 일관한다. 그런 노정필은 '인도에서 간디를 떠메고 올 정도로' '나'에겐 정열이 있기에 '나'는 행복한 사람이라며 지금 자신에겐 목수로서 그저 '이조(李朝)의 장롱 같은 목물(木物)을 만들 수 있었으면 하는 소원'만 있을 뿐이라고 첨언한다.

이처럼 노정필은 꽤 오랜 시간이 걸려 과거의 상처를 봉합하기 시작했지만 얼마 지나지 않아 '사회안전법'에 의해 또 다시 세상과 단절하게 된다. 처음 사회안전법 제정에 관한 이야기가 떠돌 때 노정필은 일제 때 '보호관찰법'을 예로 들며 우리나라에서 일본의 그런 법률의 본을 안 본 게 이상하다고 생각했다면서 반드시 사회안전법은 제정될 것이라 예언했었다. 그리고는 만약 법률이 제정되면 '나'와 함께 행동의 제한을 받을 것이며, 자신은 어떤 법률이든 순종하고, 소크라테스처럼 철저하게 나라에 충성할 것이라는 뜻을 밝혔었다.

결국 노정필은 「패자의 관」에서의 노신호와 같이 역사의 희생자였던 셈이고, 그것이 현실의 삶에까지 이어져 현재의 역사에서도 희생자일 수밖에 없는 것이다. 또한 과거의 이념과 정치현실은 현재에 그대로 답습되고 있으며 "나라가 살고 많은 사람이 살자면 노정필 같은 인간이야 다발 다발로 역사의 수레바퀴에 깔려 죽어도 소리 한 번 내지 못한들 어쩔 수 없는" 현실에 대한 작가 인식이 드러나는 지점이기도 하다.

「삐에로와 국화」는 국선변호사인 강신중이 간첩 사건을 맡게 되면서 시작된다. 강신중은 도청자를 암살하라는 명령을 받고 남파한 간첩 임수명의 변호를 맡게 되어 먼저 그의 신문기록을 살펴보던 중 뭔가 석연치 않은 부분을 발견한다. 과거 간첩으로 왔다가 전향한 도청자의 수기 내용에 모두 공감한다면서 전향을 거부한 채 죄 값을 치루겠다고 버티는 임수명의 태도에서 강신중은 그가 간첩이 아니든지, 간첩이면 특수한 간첩일 것이라 판단한다. 임수명을 찾아간 강신중은 임수명에게 뚜렷한 대답을 듣지 못하자 그가 공감했다던 도청자의 수기를 읽는다. 그러던 중 도청자가 자신의 친구인 소설가 Y와 같은 고향이라는 사실을 발견하고, Y를 만나 도청자에 대해 물어본다.

Y에 의하면 도청자의 단독 전향으로 인해 수많은 사람들이 죽었다고 한다. 죽은 사람들 중 Y의 중학교 선배인 박복길이란 자가 있는데

그는 6·25 직전까지 굉장한 부호로 4형제 중 셋째였다고 한다. 그러나 좌익에 정치자금을 대 주는 등 거의 전 재산을 공산당에게 바치고 한국전쟁 때 박복길과 그의 어머니, 그리고 막내 동생의 아내만 남고 나머지 세 형제는 월북했다고 한다. 그런데 간첩으로 남파한 도청자가 박복길의 집을 거점으로 활동을 했고, 이것이 화근이 되어 박복길은 사형을 당한 것이란다. 이런 사연과 도청자의 수기를 통해 공산당에게 전 재산을 다 바치고 월북한 세 형제가 그곳에서 거지꼴이 되어 학대를 받으며 살고 있다는 사실을 안 강신중은 다음과 같이 이념의 비참함을 느낀다.

어떤 주의를 가지는 것도 좋고, 어떤 사상을 가지는 것도 좋다. 그러나 그 주의, 그 사상이 남을 강요하고 남의 행복을 짓밟는 것이 되어서는 안 된다. 자기 자신을 보다 인간답게 하는 힘으로 되는 것이라야만 한다. 인간답다는 것은 첫째 자기가 존재함으로써 남을 불행하게 하는 일이 없도록 한다는 마음먹이며 실천이다. 어떤 고상한 목적으로서도 남을 희생시킬 순 없다는 각오다. 자기가 행복을 바라고 있는 그만큼 남도 행복을 바라고 있다는 사실에 대한 공감(共感)이며 이해다. 그러기 위해선 부득불 평범한 생활을 소중히 할밖엔 없다. 요컨대 이상(理想)이 아무리 높다고 하더라도 거기에 이르는 데 부자연한 수단이 필요하다면 포기해야 하는 것은 이상이다. 그 증거를 우리는 공산주의에서 볼 수가 있다. 공산주의는 그들이 만들어낸 성과가 설사 얼마나 눈부시다고 하더라도 그들이 저지른 죄악을 보상할 순 도저히 없을 것이다. 그 실례가 로서아(소련)에 있고 북한에 있다. 도청자 같은 인간을 있게 한 것도, 임수명 같은 인간을 있게 한 것도 모두 그들의 수작이 아닌가. 우리는 우리의 평범한 생활을 지키기 위해서도 그들을 용납할 순 도저

히 없다. [61]

강신중은 박복길 일가와 임수명이 관련이 있지 않을까라는 생각에 최선을 다해 그의 변호에 임할 것을 다짐하지만 임수명의 자백과 대한민국을 부정하고 김일성 만세를 외치는 행위로 인해 임수명에게 사형 판결이 내려진다. 사형이 집행된 후 강신중에게 임수명이 남긴 박복영이라는 본명을 통해 그가 박복길의 막내 동생이었음이 드러난다. 사건의 전말은 형의 사형소식을 접한 임수명은 형에 대한 복수도 하고 어려운 집안에 보탬이 되고자 도청자를 죽이겠다고 자청해서 남파한 것이다. 남파한 임수명은 도청자가 이미 죽었다는 사실을 알고 북한 정부와 교섭을 시도하지만 실패한다. 그리곤 날품팔이를 하며 숨어 살다가 우연히 남한에 남아있던 아내가 재가한 후 어렵게 살아가고 있음을 알게 된다. 아내의 궁핍한 삶을 외면할 수 없었던 임수명은 아내를 돕기 위해 간첩이 있는 주소와 만약 편지를 받고도 신고하지 않으면 불고지죄에 걸린다는 협박이 담긴 편지를 아내에게 보냈던 것이다.

결국 임수명은 북쪽에 있는 가족들과 남한에 있는 옛 아내를 돕기 위한 수단으로 자기자신을 이용한 것이다. 그리고 그런 선택을 할 수밖에 없었던 임수명의 배경엔 당대의 현실모습과 이념 대립의 모순이 자리한다. 임수명 가족의 해체, 남한과 북한 어디에서도 제대로 뿌리내릴 수 없었던 그들의 삶은 모두 이념 대립으로 인한 한국전쟁이 몰고 온 폐해들이다. 또한 이념적 갈등에 의한 사회적 모순들은 한국전쟁이 끝난 당대의 시간 위로도 여전히 반복되고 있다. 작가는 과거로

---

61 이병주, 「삐에로와 국화」, 『한국문학』, 1977. 9, 59~60쪽.

퇴행하고 있는 현재의 문제로 '반공'을 국시로 삼고, 그와 관련된 법률이 제정될 정도로 국가 전체의 방향 및 사회분위기를 조장하는 당대의 정치현실을 지적하고 있다.

「그를 버린 여인」은 박정희의 여성 편력사에 접근하여 박정희 정권기의 사회·정치적 문제들을 다루고 있는 장편소설이다. 신문기자인 신영길은 '독재자의 생성 과정을 알기 위해' '그'와 관련 있는 '한수정전'을 계획한다. "어디 시대, 어느 정권의 성격을 파악하려면 그 정권이 수행한 공적인 일보다 그 배후에서 진행된 스캔들을 적발하는 것이 효과적"이라고 생각했던 신영길은 '그'의 스캔들과 밀접한 관련이 있는 '한수정전'을 계획하게 된 것이다. 동시에 이것은 작가 이병주가 소설 「그를 버린 여인」을 집필하게 된 동기이면서 그의 소설관의 일부가 된다.

> "세상이란 게 호락호락하지 않다는 것을 보여주고 싶은 거요. 한을 남기고 죽은 사람들을 대변하고 싶다는 거요. 옛날의 말에 '하늘이 알고(天知之) 네가 알고(汝知之) 내가 안다(我知之).'는 것이 있는데 너와 나 이외에 명백히 알고 있는 또 하나의 뚜렷한 존재가 있다는 것을 세상에 알리고 싶은 거요. 흔히들 역사가 심판할 것이라고 하지만 역사는 너무나 대강적이어서 심판의 효과를 다하지 못해요. 우리는 역사 이전의 사실로 고발하자는 거요. 역사는 결과만을 따지는 것이지만 우리 연구소는 동기와 경로와 스캔들까지를 따지자는 거요."[62]

'증언 위주의 글', '기록으로서의 문학'은 이병주를 대표하는 수식어

---

[62] 이병주, 「그를 버린 女人」, 『매일경제』, 1989. 5. 19. (이후 날짜와 쪽수만 표기)

이다. 위 인용은 작가 이병주를 따라다니는 수식어의 의미와 작가관을 짐작해 볼 수 있는 부분이다. 즉 이병주는 일상사와 같이 공적인 역사가 배제하고 있는 사적인 역사에 주목하고, 그것까지도 아우르는 역사를 당대의 역사로 기록하고자 하는 것이다. 이러한 의도에서 작가는 『그들의 饗宴』에서 그랬듯이 이 작품 속에서 또 다시 '현대시조연구소'를 배치시켜 놓는다. 이것은 "나라가 또는 정부가 하고 있지 않은 또는 할래도 할 수 없는 영역"에 대한 사료를 집성하기 위해 설립된 단체로 공산권 조사와 연구, 5·16 이래 사형당한 사람과 무기징역 받은 사람들의 가족을 돌보는 것을 주 업무로 삼고 있다.

한수정 역시 '현대시조연구소'와 같은 맥락에서 설정된 인물이다. 그녀는 독립운동가 한근우의 손녀로 인생이 역사의 파란만장한 질곡으로 엮어진 여자다. 한수정은 '황국신민의 서사를 외고, 일본 천황이 있는 동쪽을 향해 宮城遙拜라는 것을 하고, 애써 일본어만을 사용하며' 식민지 시기를 보냈다. 또한 그녀의 아버지는 독립운동가들에게 사무실을 내주어 반동으로 몰려죽고, 횡포에 시달리는 아버지를 말리다 큰 오빠 또한 죽었다. 집안이 위태로워지자 한수정의 어머니는 그녀를 서울 고모 집으로 피신시키지만 고모의 두 아들이 모두 좌익이란 사실을 알고 한수정은 그 집을 나온다. 할아버지, 아버지, 그리고 오빠를 죽인 자들이 모두 좌익이었다는 사실에 그녀는 좌익을 부정적으로 생각했기 때문이다.

고모네 집에서 나온 한수정은 동대문에서 장사를 했는데, 화재로 가게는 다 타버리고 빚만 떠안게 되면서, 빚쟁이에게 몸을 바쳐 연명한다. 이후 그녀가 몸을 바치던 빚쟁이가 좌·우익의 싸움으로 인해 죽자 그녀는 자유로운 몸이 되어 학교 선배와 다방 '금성'을 운영하게 된다. 사이좋게 차를 마시고 있다간 고함을 지르며 난투극이 벌어지기

일쑤였고, 누가 좌익인지 누가 우익인지 알 수 없으니 말조심을 해야 할 정도로 해방 직후 다방 풍경은 이상했다. 좌익군인의 소굴이 된 다방을 운영하면서 그녀는 전창제와 박소위를 비롯해 여러 인물들을 만나며 친분관계를 쌓아간다.

전창제는 정치학과 교수로 작품에서 신문기자인 신영길과 소설가 Y, 그리고 언론인 S와 함께 작가의 분신으로 존재한다. 전창제의 도움으로 하숙을 하게 된 한수정은 박소위의 끈질긴 구애로 하숙을 나와 그와 동거생활을 하게 된다. 한수정과 동거생활을 통해 드러나는 박소위의 성품과 한수정의 주변 사람들로부터 회자되는 박소위의 전력은 다음과 같다.

"그런데 해방이 되었다고 해서 돌아와 보니 엉망이었다. 옛날 만주에서 아편을 팔던 자가 독립투사 행세를 하고 독립투사를 왜놈경찰에 밀고한 놈이 애국자연 하며 큰 소리를 치고 있단 말이지. 자넨 똑똑히 알아야 한다. 지금 대동 뭐란 신문을 발행하고 있는 이모란 자는 일본 관동군의 밀정 권(勸)이란 놈이다. 어떻게 그런 놈이 과거를 속이고 민중을 현혹할 수 있게 된 것인지 불가사의한 일이여. 그와 유사한 놈이 비일비재하니 사람을 사귈 땐 각별히 조심을 해야 한다."

"그 다까기란 자는 뭐 했습니까. 헌병이었나요?"

"헌병보다 더한 놈이었어. 그는 열하에 주둔하고 있는 만군(滿軍) 특별수사대의 대장이었는데 놈들의 주된 임무는 한국 독립군을 수색하고 체포하는 거였지."

"악질이구먼요."

"악질이다마다. 보다도 한심스러운 것은 중등교육을 받은 놈들이 일본에 빌어 붙어살겠다는 그 정신상태가 글러먹은 거여. 보통학교밖에 안 나온 철도 없고 지각도 없는 놈이면 그래도 용서할 수가 있지. 그런데 명색이 지식청년에 속한다는 게 그런 짓을 한다는 건 한심스럽기 짝이 없어." (1988. 11. 22)

위 인용은 한수정의 할아버지 한근우 밑에서 독립운동을 도왔던 강영태의 발언이다. 인용에서 식민지 시기 일본군 밑에서 한국 독립군을 수색하고 체포하는 임무를 맡았던 '다까기'란 '그'를 말한다. '그'에 대한 이러한 과거 전력은 비단 이 소설뿐만 아니라 이병주의 다른 작품 속에서도 끊임없이 언급되는데, 이것은 쿠데타를 통해 정권을 잡아 독재정치를 이끌었던 박정희를 심판하는 데 영향을 미친다. 박정희가 그간 공적인 역사에서 독재정치 혹은 경제개발 등의 화두로만 다루어져 왔다는 사실을 감안해 본다면 정권을 잡기 이전의 전력은 '그'에 대한 평가 범위를 확장시키는 데 일조하고 있음을 알 수 있다. 이러한 '그'의 전력은 한수정의 얘기를 골자로 해서 실제 조사와 상상을 섞어 쓴 신영길의 기록을 통해 다시 한 번 강조된다. 1948년 10월 여순사건이 발생한 후 한수정은 당시 좌익으로 몰린 '그'와 동거생활을 했기 때문에 체포되어 고문을 당한다. 그녀는 곧 오해에서 벗어났고 '그' 역시 '군대내의 좌익세력을 뿌리째 뽑아 버리려면 자기가 좌익으로 가장하여 그 조직 내에 침투하여 실상을 파악해야겠다'는 생각에 스스로 세포책임자가 되었다는 사실을 증명하기 위해 군내 좌익세포의 전모를 털어놓음으로써 위기를 모면한다.

신영길이 한수정을 통해 '그'에 대한 기록을 준비하는 동안에도 '썩어가는 시체에다 향수를 뿌려놓고 아, 아 향기롭다고 쓰라고 강요하는 유신체제의 언론정책'은 '독재'를 향해 맹렬히 치달아 간다. 뿐만 아니라 독재 권력의 이익을 중심으로 흘러가는 국가 안에서 전창제를 비롯한 지식인들의 의식은 방관자적 태도로 기울어져 간다.

"언제부터인가 나는 세상이 내가 바라는 대로 되지 않는다는 걸 깨달 았소. 해방 직후엔 중도적인 정부가 섰으면 했는데 그게 그렇게 되지 않 데요. 어떤 일이 있어도 내란은 피해야 한다고 생각했는데 내란이 터지 고 말데요. 군사 쿠데타 같은 것은 없어야 한다고 생각 했는데 5·16같 은 것이 발생하데요. 요컨대 내가 바람직하다고 생각한 것과는 반대방 향으로 나가더란 말요. 4·19후 온건한 사회주의 정당 하나쯤은 충분한 존재이유가 있다고 생각하고 모처럼 마음을 다져 보았는데 그 결과 나 는 된서리를 맞고 말았소. 뿐만 아니라 그런 사상 자체가 뿌리째 뽑혀버 리고 말았소. 그래서 나는 정치엔 관심을 갖지 않기로 한 겁니다."

"허무주의자가 되셨다, 그 말씀이군요."

신영길이 시니컬하게 말했다.

"허무주의자조차도 아니지요. 허무주의도 일종의 이데올로깁니다. 나는 아무 이데올로기도 갖고 있지 않아요." (1989. 7. 24~7. 25)

정치학자였던 전창제는 위와 같은 이유로 평생을 철저한 방관자로 살 작정을 했고, 그에겐 5·16이건, 유신체제건 구경거리에 불과할 뿐 이라고 언급한다. 그런 전창제의 의식을 허무주의가 아니냐며 반문하 는 신영길에게 그는 제정말기 러시아의 테러리스트를 예로 들면서 허 무주의자에겐 뭔가를 말살하려는 정열이 있지만 방관자에겐 그런 정 열도 없거니와 완전히 행동을 포기하는 것이라고 응수한다. 또한 소 설가 Y는 현실에 맞서는 대신 기록자를 겸하기 위해 소설가가 되기로 했고, 언론인 S는 "서명이건 연설이건 정치적인 일엔 일체 손을 끊"자 고 권유한다. 즉 자신은 정치에 기대할 건 아무것도 없다고 생각한다면서 자신들이 "반대한다고 해서 동으로 흐를 물이 서로 흐를 까닭도 없고, 우리가 관여한다고 해서 흐를 물이 흘러가지 않을 까닭이 없을" 뿐더러 자신들이 다치기 쉬운 처지임을 피력한다.

여기서 소설가 Y나 언론인 S는 모두 역사의 된서리를 맞아 온 몸으로 풍파를 겪어온 사람들로서 작가 이병주의 과거 이력을 분유하고 있는 인물들이다. 이들을 통해 작가는 역사의 피해자로 존립했던 자신의 과거를 소환해 다시 기억하기를 시도한다. 뿐만 아니라 결코 망각할 수 없는 과거의 기억을 안고 살아오면서 회의주의 혹은 나름의 보신주의로 삶을 지탱해 갈 수밖에 없었음을 토로하고 있는 것이다. 그러나 작가는 기록을 통한 소설 쓰기를 통해 허무주의로 자신의 삶을 일관하려는 자세에서 벗어나고자 하는 태도를 보인다. 소설가 Y의 경우가 이러한 작가의식을 대변하고 있는데, 세 사람 모두 '일종의 허무주의적 사상과 기분이 깔려 있지만 Y는 그 허무에서 이겨내려는 노력이 있어 보인다'는 신영길의 평가가 이를 증명한다. 이것은 곧 작가 이병주가 시대를 견뎌온 방식이면서 그의 소설 쓰기의 목적과 연결되는 지점이다.

한편, 신영길은 한수정을 통해 4대 의혹 사건, 삼분사건, 비합리적인 한일협정과 2차 대전 피해 유족 문제, 소급법 등 박정희 정권의 문제점들을 꼼꼼히 기록해 나간다. 박정희 정권에 관한 기록을 해 가면서 신영길은 "비록 탁류이긴 하지만 '그'와 '그'가 이끄는 세상은 도도하고 절대적인 한 시대의 흐름이다. 그것을 그 흐름 속에서 아니 흐름 밖에서 이러쿵저러쿵 코멘트를 한다는 것 자체가 부질없는 일 아닌가."라는 자문을 하기도 한다. 그러나 그는 "징기스칸의 말발굽에 짓밟힌 들꽃에 비유할 수 있을지 모르는 한수정"을 파악하는 것이 현대사를 파악하는 것일지도 모르겠다는 생각으로 계속해서 기록에 매진한다.

(가) "눈물이 많은 사람이 죄 없는 사람들을 감옥 속에 몰아넣어? 위대한 애국자가 50억 달러를 받아도 시원찮을 대일청구권을 포기하고 3억 달러의 협력자금을 받고 이에 반대하는 학생데모를 막기 위해 계엄령을 선포해? 위대한 정치가가 수많은 국군을 베트남의 전쟁터에 보내? 인간적인 악센트를 느끼게 하는 무슨 정책이 있었어?" (1989. 5. 13)

(나) 학생들의 핵심세력은 이미 '그'를 적으로 돌리고 있다. '그'가 학생들을 적으로 취급하고 있는 것처럼. 근로자의 희생 위에 대기업은 날로 성장하여 빈익빈 부익부에 예각적인 대조를 이루었다. 상대적 빈곤은 노동자의 의식에 어떻게 반영되어 있을 것인가. 저층(底層) 근로자들의 비참한 사정은 그들로 하여금 '그'에게 등을 돌리게 했다. 농민 또한 어떠한가. 농민도 이미 '그'의 지지 세력이 아니다. 이러한 정세를 지탱하고 있는 것은 다음다음으로 선포되는 긴급조치이다. 나라는 지금 백성들의 갈망과 전연 반대되는 방향으로 향하고 있다. '그'는 과연 아돌프 히틀러의 운명을 밟을 것인가. 역사에서 배울 것이 없다고 '그'는 작정해 버린 것일까. 이승만의 비극은 바로 어제 있었던 일인데. (1989 .12. 13)

(다) "내가 노리는 자는 첫째 민족의 적입니다. 일본제국의 용병(傭兵)이었으니까요. 둘째 민주주의의 적입니다. 쿠데타로서 합헌 민주정부를 전복한 자니까요. 셋째, 윤리(倫理)의 적입니다. 자기 하나의 목숨을 살리기 위해 자기의 친구를 모조리 밀고해서 사지(死地)에 보낸 자이니까요. 넷째, 현재 국민의 적입니다. 자기가 장악하고 있는 정권을 유지하기 위해 언론과 비판 활동을 봉쇄하고 자기에게 반대하는 사람이라고 보면 학생이건 지식인이건 정치가이건 경제인이건 인정사정없이 탄압하는 자이니까요. (1990. 3. 20)

위 인용들은 박정희 정권기의 모습을 집약해 놓은 부분이다. (가)의 인용은 반공법 혹은 소급법 등을 만들어 죄 없는 사람들을 체포·살상한 권력의 횡포와 한일협정, 계엄령, 베트남 파병 등의 문제를 지적하고 있다. 앞서도 언급한 바 이병주는 반공법과 소급법에 의해 무고하게 투옥된 경력이 있다. 그리고 이 일은 그의 인생 방향을 바꿔 놓았으며 동시에 평생 치유될 수 없는 상처로 남았다. 또한 1951년 한일 간의 비공식 접촉에서부터 시작된 한일회담은 1965년 타결되기까지 긴 세월이 소요되었다. 그 원인 중에 하나는 기본문제, 청구권 문제, 어업평화선 문제, 재일교포의 법적 지위 문제 등 복합적 현안을 동시에 다루었다는 데 있다.[63] 이런 배경으로 회담이 공전을 거듭하다가 1961년 박정희에 의해 활기를 띠게 된다. 1965년 회담이 급속히 타결되어 가는 과정에서 그에 대한 반대운동도 광범위하게 확산되었다. 이에 박정희는 계엄령, 휴교령, 위수령 등 강권적인 방법으로 반대운동에 맞서면서 회담 타결을 강행했다. 문제는 회담 타결 내용과 회담 타결을 반대하는 운동가들에 대한 정부의 대적 방법이었다. 작가는 과거 한일협정이 그랬듯이 1965년 한일회담은 사안에 대한 진지한 성찰이 선행되지 않았다는 데 문제가 있었고, 그 과정 중에 무고한 희생자들이 국가 폭력에 의해 희생되었다는데 이의를 제기한다.

(나)인용에서 드러나듯이 박정희 정권의 경제정책 또한 빈익빈/부익부라는 자본주의의 전형적인 폐해를 가져왔다. 이 과정 속에서 소외된 대중들은 당국과 대치하게 되었는데, 당국은 긴급조치 선포로 대중들과 맞서며 국가 권력을 이어갔다. 이러한 모든 권력 행태 속에서 작가가 가장 주목하는 것은 과거의 정치현실이 현재에도 그대로

---

63 이원덕, 「한일협정의 경과」, 『한일협정을 다시 본다』, 민족문제연구소, 1995, 62쪽.

반복되고 있다는 점이다. 그리고 그러한 과거의 반복은 역사를 무시한 결과였음을 강조한다. 결국 국가 폭력을 다양한 형태로 보여준 박정희 정권은 (다)의 인용에서 언급되는 이유로 역사의 심판만을 남겨둔 채 사라져 갔다.

2) 불가항력의 체제 모순과 아래로부터의 역사구현

「虛像과 薔薇」[64]는 4·19라는 과거 역사를 안고 1970년대를 살아가는 인물들의 이야기이다. 전호는 십년 전 4월 19일 경무대 앞에서 왼쪽 허벅다리에 총탄을 맞고 위험에 처했었으나 윤숙의 오빠 덕기가 병원 순서를 양보해 준 덕택에 살아 남았다. 그러나 전호에게 순서를 양보해준 덕기는 죽었고, 그로 인해 전호는 덕기 몫까지 열심히 살아내야겠다는 각오로 살아간다. 이승만 정권이 물러섰을 때 그는 그것이 승리라는 것을 확신하는 동시에 그 승리를 마련하기 위해 엄청난 대가를 치렀다는 슬픔을 느꼈다. 그런데 지금, 그 승리의 뜻은 간 곳 없고 잃은 생명에 대한 슬픔만 남았기 때문에 그에게 그날의 역사에 대한 망각이란 있을 수 없게 되었다. 십년이 지났음에도 불구하고 심경의 변화가 있을 때마다 불쑥불쑥 찾아오는 허벅다리의 통증도 그의 기억을 부추긴다. "고통이 기억술의 가장 강력한 보조수단"이라는 니체의 말대로 전호의 허벅다리 통증은 4·19라는 사건이 그의 몸에 기록되어 있다는 것을 의미한다. 즉 이것은 정신의 기억보다 더 신빙성을 갖는 몸의 기억이 된다.[65] 때문에 전호는 허벅다리의 통증으로 '국

---

64 이 작품은 1970년 5월 1일부터 1971년 2월 27일까지 『경향신문』에 게재된 후 1990년 『그대를 위한 종소리』라는 제목으로 바뀌어 상, 하로 출간된 작품이다.
65 Aleida Assmann, 『기억의 공간』, 변학수 외 역, 경북대학교출판부, 2003, 318~

가폭력을 상기해 결코 망각하지 않고 그것을 타자에게 말하는 행위를 반복한다.' 작가가 소설쓰기를 통해 자신의 역사체험에 관한 기억을 분유하고자 하는 것과 같이 전호도 4·19라는 '역사적 사건의 기억을 나누어 갖고자 하는 것이다.'[66]

> "또 4·19를 들먹이는 것 같아 미안하지만 나는 4·19를 잊고는 살 수가 없어. 4·19의 의미가 어떤 것인진 아직 아무도 몰라. 알 까닭이 없지. 일정량의 의미라는 것이 주어져 있는 것이 아니니까. 그러니 4·19의 의미는 4·19에 참여한 우리들이 앞으로 만들어 내야 하는 거다. 우리 하나하나가 훌륭하게 깨끗하게 삶으로써 4·19의 의미를 훌륭하게 만들 수 있는 거야. 우리가 타락하면 4·19도 타락해. 그렇게 되면 살아 있는 우리들은 우리가 저지른 일이니까 어떠한 책망도 감당할 수 있지만 이미 죽어 없어진 사람은 어떡허지? 더욱이 내 경우는 윤숙이 잘 알고 있지 않아? 윤숙의 오빠는 나 때문에 죽었어. 그러니까 나는 윤숙의 오빠 몫까지 훌륭하게 깨끗하게 살아야 한단 말이다."[67]

전호에게 4·19라는 과거는 봉합되지 않은 상흔이면서 현재의 삶을 지탱해 주는 원동력이다. 과거를 망각하지 않고, 역사로서 4·19의 의미를 만들어가야 하는 의무를 이행하는 것이 전호의 삶의 이유인 것이다.[68] 사범대학을 나와 교사가 된 현재의 삶은 모두 과거에 의해 만

320쪽.

66 Oka Mari, 『기억·서사』, 김병구 역, 2004, 109~110쪽.

67 이병주, 「虛像과 薔薇」, 『경향신문』, 1970. 6. 27. (이후 날짜만 표기함)

68 '민주적 기억을 활성화함으로써 타성적 사고방식을 깨뜨릴 수 있는 비판은 현재에 대한 신선하고 고무적인 시각을 개발할 수 있다. 그리고 때때로 그 비판은 망각될 위험에 처해 있는 그 무엇인가를 기억해내는 방식을 통해서 이루어진

들어진 것이라 할 수 있다. 그는 세속적인 것을 쫓지 않고 청렴하게 살아가는 것이 하나의 방법이라 생각하며 살아가는데 이런 전호의 삶의 방식에 독립지사 형산의 손녀인 윤숙은 답답함을 토로한다.

형산은 "부와 귀라는 세속적인 가치를 부인하고 역사 속에서의 정당한 자리를 차지하려 노력"한 인물이다. 그는 "세속을 따라 노예가 되는 길을 박차고 스스로의 주인이 될 수 있는 길을 택했다." 그러나 이러한 그의 신념을 알 리 없는 사람들은 그의 일생을 실패한 것으로 볼 수밖에 없다. "조국의 독립을 위해 목숨을 건 적도 있었고 동포의 해방을 위해 자기 나름대로 노력도 했지만 그런 노력에 대한 보상도 없었고 평생을 날품팔이나 다름없는 처지로서 셋집과 셋방을 돌았기" 때문이다. 윤숙은 이러한 현실에서 벗어나고자 세속적인 성공을 추구하며 집착하게 된다. 그도 그럴 것이 그녀가 대학 때 사귀던 사람에게 결별 통보를 받은 것도, 해외유학의 기회에서 제외된 것도 모두 가난한 독립운동가 손녀라는 이유때문이었다. 역사에 의한 보상은커녕 '과거'가 현재 삶의 장애물로 작용하는 것을 피부로 체감한 윤숙이 '성공'으로 눈을 돌리게 된 것은 어떻게 보면 당연한 결과인지도 모른다. 형산은 윤숙의 그런 행동을 보며 자신의 신념을 지키기 위해 일생을 돈에 대한 반속적인 태도로 일관한 것이 그의 가족들을 곤궁하게 하고 그 반발이 윤숙의 태도로 드러난 것이 아닌가 하는 생각에 자책하기도 한다.

이처럼 형산의 삶이나 전호의 삶, 그리고 윤숙의 삶의 모습은 조금씩 다르지만 그들의 현재가 과거와 직결되어 있다는 점만은 분명하다. 또한 '과거'를 어떻게 기억하고 수용하느냐에 따라 다양한 형태의

다.'(Harvey J. Kaye, 『과거의 힘』, 앞의 책, 226쪽)

현재가 구축되고 있다.

"보다도 저는 4·19때 희생된 전체를 생각하는 겁니다. 그들의 죽음의 의미가 뭘일까 하구요. 왜 죽어야 했나, 그들을 죽인 총탄의 의미는 뭔가, 무엇을 지키기 위한 어떻게 하자는 총탄인가. 차라리 적의 총탄에 맞아 죽었으면 명분이라도 있죠. 그러나 이건 아무리 생각해도 까닭을 알 수가 없단 말입니다. 그때 총을 쏜 자, 총을 쏘게 한 자를 적으로 보아야 하나, 적으로 보지 않으면 뭣으로 보아야 하나. 이와 같은 딜레마가 항상 저를 괴롭히는 겁니다." (1970. 8. 8)

10년 전에 총탄에 맞은 다리의 상처가 아직도 남아 가끔씩 과거에 대한 기억을 흔들어 놓듯이 전호의 현재 삶은 역사에 의해 희생된 순국열사들을 잊지 않고 추모하는 데 있다. 그리고 그들의 죽음이 무색할 만큼 그들은 무섭게 잊혀 가고 그들이 죽음과 맞바꾸면서도 이루고자 했던 결과는 당대 어디에서도 찾아 볼 수 없다는 인식에서 전 호는 4·19의 의미 찾기에 천착한다.

4·19는 반공 이념과 흑백 논리가 극단적인 형태로 사회 전체를 통제하고 자유민주주의 이념은 물론 민족주의 사상까지도 질식시키는 이승만 정권 하에서의 억압적 상황에 의해 발생한 것이다.[69] 그러나 국가 민족주의와 사회 민족주의 간의 괴리로 인해 5·16이 초래되었으며, 5·16 주도세력들의 강력한 위로부터의 국가 민족주의의 추진에 밀려 미완의 혁명이 되고 말았다.[70] 그럼에도 불구하고 4·19는 한

---

69 오유석, 「4·19혁명의 역사적 성격과 그 한계」, 유병용 외 공저, 『한국현대사와 민족주의』, 집문당, 1996, 121쪽.

70 김동춘, 「4·19혁명의 역사적 성격과 그 한계」, 『1950년대 한국사회와 4·19혁명』, 태암

국전쟁을 계기로 전후 단절된 자유 민주주의를 복원하고 한국전쟁 이후 자유민주주의의 새로운 건설을 구축하는 분수령이 되었다는 점에서 여전히 중대한 역사적인 의미를 담고 있다. 작가 역시도 군사정부 아래에서 이러한 4·19의 의미가 퇴색되거나 망각되지 않게 하기 위해 10년이 지난 1970년대란 시간 위로 그날을 다시 불러오고 있는 것이다. 아울러 4·19라는 역사 복원을 통해 4·19의 의미가 또 다시 절실하게 필요하게 된 당대의 현실에 문제를 제기하고, 문학적 형상화를 통해 그것을 기록하려는 시도를 하고 있다. 전호라는 인물이 끊임없이 과거를 기억하고, 그 과거를 통해 현재의 삶을 구축하는 행위들은 기억을 매개로 과거와 현재와의 연동 관계를 구축하고 나아가 당대를 서사화하는 일련의 과정이 된다.

4·19에 의해 희생된 자들은 자신들의 영달을 위해서도 아니었고, 그들의 투쟁은 적의 목숨을 노린 것도 아니었다. 그저 좀 더 나은 현실에서 살고자 현실의 모순과 부조리한 제도를 변화시키고자 한 움직임이었다. 그런데 현실정부는 그들의 순수한 투쟁에 총탄으로 맞섰다. 때문에 전호는 그 총탄이 '무엇을 위한 어떻게 하자는 총탄인지' 총탄을 쏜 자를 어떻게 바라봐야 할지, 그리고 그 총탄에 의해 희생된 자들의 죽음의 의미가 무엇인지에 대해 계속해서 반문한다. 여기에 작가가 작품을 통해 말하고자 하는 의미가 있다.

작가는 "4·19의 만사(輓詞)를 써서 그때 희생된 젊은 사자들을 위한 진혼(鎭魂)의 뜻을 다하기" 위해 이 소설을 썼다고 밝힌 바 있다. 왜냐하면 1970년대란 시점에서 "4·19는 배신당하고 횡령당하고 사악한 세력에 유린된 채 전설로서의 빛깔마저 퇴색한 지경에 이르렀기

출판사, 1991, 256~257쪽.

에 어떤 곡절로 배신당하고 어떤 사정으로 횡령당하고 심지어 짓밟히기까지 했는지의 문제가" 절실한 과제로 남기 때문이다.[71] 이러한 절실성을 일깨우는 계기로서 작가는 이 작품의 의미를 찾고 있다.

이런 의미에서 본다면 민윤숙의 요정 마담으로서의 세속적 성공은 과거가 만든 현실세계의 한 단면을 보여준다. 앞서도 잠시 언급한 바 민윤숙은 불이익을 경험한 후 세속적 성공으로 현실에 맞서는 인물이다. 그러나 그녀의 노력에도 불구하고 당대 사회에서 그녀가 성공할 수 있는 형태는 요정마담에 불과했다. 민윤숙이 요정마담이 되기까지의 과정과 결과는 당대의 한국 현실을 투영한다. 1970년대 초반 한국에서는 이른바 기생 관광이 붐이었다. 1970년 6월 7일 한국의 부산과 일본의 시모노세끼(下關)를 연결시키는 부관(釜關) 페리호의 취항이 있은 지 딱 한 달 후 경부고속도로가 개통된 것도 한국 관광의 매력에 기여했다.[72] 이것을 필두로 외국 관광객 수가 증가함에 따라 1973년 외화벌이를 위해 매매춘의 국책 사업화가 본격적으로 시행된다. 즉 박정권은 1973년부터 관광 기생들에게 허가증을 주어 호텔 출입을 자

---

[71] 실제로 박정희 정권은 4·19를 자신들을 정당화하고 미화하는 용도로 이용했다. 다음의 4·19 2주년 기념사는 이를 극명히 보여준다. "5·16 혁명은 4·19의거의 연장이며 조국을 위기에서 구출하고 멸공과 민주수호로서 국가를 재생하기 위한 긴급한 비상조치"(「5·16 혁명은 4·19의거의 연장─박정희 의장 기념사」, 『동아일보』, 1962. 4. 19)였으며 "도의와 경제의 재건은 바로 여러분들이 4월 의거 때 품었던 염원이었으며, 우리는 지금 이것을 계승 실천하자는 것이다."(전재호, 「군정기 쿠데타 주도집단의 담론분석」, 『역사비평』 55호, 2001, 117쪽) 뿐만 아니라 박정희 정권은 4·19 3주기엔 355명의 상이자 및 140명의 '4·19 지도자'에게 건국포상을 수여하였다. 문제는 이러한 분위기 속에서 상이자를 제외하고 많은 사람들이 변절했다는 점에 있다. 이들 중에선 3선 개헌과 유신을 지지하고, "10월 유신이야말로 4·19 정신의 계승"이라고 주장하는 이들도 속출했다.(고성국, 「4·19, 6·3세대 변절·변신론」, 『역사비평』 22호, 1993. 가을, 65쪽./ 김삼웅, 『한국현대사 뒷얘기』, 가람기획, 1995, 38쪽.)
[72] 강준만, 『한국현대사 산책─평화시장에서 궁정동까지』, 앞의 책, 57쪽.

유롭게 했고, 통행금지에 관계없이 영업을 할 수 있도록 했다. 또한 여행사들을 통해 '기생관광'을 해외 선전했을 뿐 아니라 문교부 장관은 1973년 6월 매매춘을 여성들의 애국적 행위로 장려하는 발언을 하기도 했다.[73] 이러한 노골적인 매매춘 장려 정책은 일제의 식민화 정책과 유사한 구조로서[74] 1970년대를 살아가는 국민을 '경제동물화'[75] 하기에 이른다.

이처럼 국민들이 경제동물이 되어 가는 1970년대 한복판에 민윤숙이 자리한다. 경제개발을 빌미로 '자본' 중심의 사회로 탈바꿈하던 당대 현실에서 민윤숙이 성공을 이룰 수 있는 길은 요정마담이 되는 것이었다. 이러한 설정은 민윤숙 같은 당대 여성들이 선택할 수 있는 전형적인 길이었을 지도 모른다. "10년을 지켜내려 오던 '4·19의 4월'이었던 달이 금년에는 갑자기 '관광의 4월'로 탈바꿈했다."[76]라는 리영희의 개탄처럼 이병주는 요정 마담으로서의 민윤숙의 성공을 '4·19의 낙착점'으로 상정하고 있다. 이것은 4·19의 순수한 정신은 온데간데없이 사라지고, 독재 권력에 의해 자본주의로 변모해 가는 당대에 대한 비유가 된다.

한편 전호는 과거를 끌어안고 4·19의 의미 찾기에 몰두하며 혼란스러워하면서도 민윤숙과는 다르게 혼탁한 시대에 물들지 않고 깨끗

---

73 이효재,『한국의 여성운동: 어제와 오늘』, 정우사, 1989, 182, 251쪽.
74 "중요한 사실은 그들이 매매춘을 조선 식민지정책의 일환으로 인식했으며 시장 구조를 전국 규모로 체계화하여 정치적 반향이나 반일 감정의 무마·전환 수단으로 악용하려 했다는 것이다. 특히 지식인들 보편의 비관주의를 더욱 증폭시키고 정치적 강압에 대한 현실 도피의 발판으로 매매춘 문화를 선별·심화하려 했던 식민당국에게 매매춘을 권하는 사회적 무드의 조성은 무엇보다 긴요한 전제가 된다."(박종성,『권력과 매춘』, 인간사랑, 1996, 61~62쪽.)
75 강준만,『한국현대사 산책─ 평화시장에서 궁정동까지』, 앞의 책, 63쪽.
76 리영희,「외화와 일본인」,『전환시대의 논리』, 창작과 비평사, 1974, 182쪽.

이 살아가는 형산을 보며 위안을 삼는다.

> "참으로 깨끗한 일생이었다. 우리나라처럼 혼탁한 세상에서 그처럼
> 깨끗하게 일생을 마칠 수 있었다는 것은 기적에 가까운 일이다." (중략)
> 일제의 밀정노릇을 한 자가 해방이 되자 독립운동을 한 양으로 꾸민
> 사기꾼들은 제쳐놓고, 독립운동을 했다는 경력을 내세워 으스대는 사람
> 이 없지 않은 가운데 형산은 자기의 경력을 숨기려고 애썼다는 것, 그런
> 경력을 가진 사람에게 있기 쉬운 비분강개하는 자세가 형산에겐 전연
> 없었다는 것 등은 전호와 옥동윤이 이미 알고 있는 일인데 원촌 선생을
> 통해 새로운 사실을 알았다.
> 박정희 대통령이 집권한 직후, 독립유공자에 대한 서훈문제(敍勳問
> 題)가 제기되었을 때 형산은 끝끝내 서훈을 사양하고 연금까지도 거절
> 했다는 얘기다. 서훈을 사양한 사람 가운데 박 대통령의 전력을 들먹여
> "그런 자로부터 서훈받기 싫다."고 공언하는 사람도 있었지만 형산은
> 그런 내색은 전연 없이 자기의 노력이 독립에 유공한 실적을 만들지 못
> 했다고 했을 뿐이라는 것이다.[77]

형산과 전호는 역사의 중심에서 제도나 시대의 모순을 바꾸어보려

---

77 이병주, 『그대를 위한 종소리』 下, 서당, 1990, 263쪽.(이 부분은 『경향신문』에
연재될 때에는 없었던 부분으로 단행본으로 출간되었을 때 새롭게 첨가된 부분
이다. 다른 부분은 연재된 것과 같은데 마지막 에필로그 부분만 차이점을 보인
다. 연재되었을 때는 민윤숙이 아빠도 모르는 아이를 가졌기에 형산의 기일에
참여하지 못하면서 통장에 쌓여 가는 돈을 보며 위안을 삼는다는 결말을 취하고
있다. 반면 단행본에서는 민윤숙의 임신은 생략되어 있으며 형산의 기일에 참여
하지 못한 이유 또한 언급되고 있지 않다. 그저 민윤숙이 현재의 자신의 삶은 인
간으로서의 삶이 아니라고 자책하는 부분을 보고 짐작할 뿐이다. 단행본은 위
인용과 같이 형산에 대한 평가로 결말을 맺고 있다.)

고 시도했던 인물로 그러한 과거를 안고 현재를 살아가고 있다는 공통점을 갖는다. 그러나 형산은 과거의 가치관과 실천력을 현재에도 이어가고 있는 반면 전호는 현실에 타협 아닌 타협을 하며 살아가고 있다. 물론 자신의 신념을 지키기 위해 현실과 타협하지 않는 자의 모습은 곤궁과 궁핍한 생활의 연속이라는 점에서 시대의 비극을 안고 있지만, 자괴감이나 허무의식은 없다. 반면 시대와 타협한 채 침묵하며 살아가는 나약한 지식인은 늘 공허함과 자괴감에 빠져 혼란스런 삶을 살아간다. 현실에 타협하며 성공을 이룬 윤숙 역시 인간답지 못한 삶을 살아가고 있다는 자책감으로 후회한다. 여기서 형산, 전호, 윤숙은 과거를 안고 1970년대를 살아가는 다양한 군상들을 대변하며, 그들의 일상사는 당대를 역사화하는 데 일조한다. 현재의 위치에서 과거가 아닌 현재의 문제를 다루고 있기 때문에 과거 역사의 문제를 다룬 다른 작품과는 달리 작가는 당대에 대한 평가나 비판을 보류한 채 당대의 다양한 생존 방식을 보여주기만 한다. 그리곤 당대가 공적으로 역사화되는 과정 속에서 의도적으로 배제되거나 탈각되기 쉬운 일상사를 기록하는 데 역점을 둔다. 아울러 역사는 과거와 현재와의 길항을 통해 구축되어야 하는 것이며 거시사를 비롯해 미시적인 부분까지도 아우르는 통합적인 시각으로 이해되고 평가되어야 한다는 인식을 보여준다. 이처럼 작가는 당대에 대한 해석학적인 '이해'를 계몽적인 '비판'의 원리와 조화시킴으로써 당대를 역사화한다.[78]

---

78 브로샤트에 따르면 역사기술은 인식대상을 객관적으로 파악하기 위해서 비판적인 거리를 두면서도 동시에 역사적 행위자의 의도와 그 과정 및 결과를 가능한 당사자의 입장에서 이해함으로써 한 시대를 다면적으로 포착할 수 있어야 한다. 역사화란 이처럼 해석학적인 '이해'를 계몽적인 '비판'의 원리와 조화시킴으로써 비로소 달성되는 역사인식의 지평을 의미한다. (전진성,『역사가 기억을 말하다』, 앞의 책, 172쪽.)

「행복어사전」의 윤두명이나 김소영 같은 인물 역시 과거에 대한 트라우마를 가지고 있으며 그것이 현재의 삶을 지배한다. 먼저 김소영은 서재필이 거리에서 우연히 만난 술집여자로 어릴 적 간첩인 삼촌이 집에 왔었는데 신고를 하지 않았다는 이유로 집안이 풍비박산이나 화류계에 뛰어든 인물이다. 삼촌으로 인해 집안 남자들이 모두 감옥에 가서 아버지는 옥사하고 대학교수였던 백부는 10년의 형을 마치는 등 하루아침에 집안이 몰락했다. 어머니가 집안 생계를 책임지다가 김소영의 동생이 병으로 죽자 목을 매고 자살을 했다. 그 이후로 김소영은 거리의 여자가 되어 자신에게 호의를 베푸는 사람들을 간첩이라 의심하고 그들의 호의를 경계하며 살아간다. 그러던 중 서재필을 만나 하룻밤을 보내고 이후 서재필을 만났던 술집에서 매일같이 서재필을 기다리다 자신과 동행한 남자를 간첩이라 신고해 무고죄로 연행된다. 김소영이 의심되는 사람을 신고하라는 법에 충실했을 뿐 자신은 잘못이 없다고 버티는 통에 일이 점점 꼬여가지만 서재필은 끝까지 소영을 돕겠다며 그녀를 설득시킨다. 그럼에도 불구하고 소영은 "아버지는 간첩인 동생을 신고 안 했디고 옥살이 하다가 죽고, 딸은 간첩 아닌 사람을 신고했다고 옥살이하다가 죽으면 될 것 아녜요?"라며 타협을 거부한다. 이러한 소영의 말 위로 '무장간첩을 체포했다는 기사가 실리고, 회식자리에서 술 마시고 있을 때 어느 곳에서는 무장공비라는 이유로 같은 민족끼리 총을 쏘는 일이 발생하는' 1970년대 사회의 한 단면이 펼쳐진다.

한편 윤두명은 서재필이 신문사 교정부에 들어가서 알게 된 수재에 가까운 사람으로 옥황상제교라는 신흥종교를 만들어 신봉하는 데 일생을 바친다. 그가 옥황상제교를 신봉하는 데에는 과거의 상흔이 중요한 자리를 차지한다. 윤두명이 6살 되던 때 그의 아버지는 좌익운동을 했다는 이유로 학살당한다. 이후 그의 할머니는 그의 어머니에게 재가를 권하였고, 어머니가 집을 나간 후 윤두명은 '얼른커서 아버지의 원수를 갚아야 한다'는 말을 들으며 할머니 손에서 자랐다. 그런 할머니의 유언이 옥황상제를 모시며 살라는 것이었기에 윤두명은 할머니의 유언을 받들어 옥황상제교를 구축하고 포교하는 것을 업으로 삼으며 살아간다. 그러나 얼마 가지 않아 교도 중에 간첩이 있다는 점과 미등록 재단이라는 이유로 윤두명은 체포되기에 이른다. 반년의 감옥생활을 하면서도 윤두명은 자신의 종교를 포기하지 않고 여유롭게 지내다가 집행유예 3년을 선고받고 풀려나 변함없이 포교활동을 이어간다.

"물론 병리적 현상이겠죠. 그러나 그 해석만으론 어림이 없죠. 나는 가끔 이렇게 생각하기도 했습니다. 윤두명 씬 비범한 사람입니다. 두뇌가 좋다는 그런 정도가 아닙니다. 일종의 신통력(神統力) 같은 것도 가지고 있지요. 그런 사람은 어떤 뜻으로건 정상을 노립니다. 정상을 노리긴 하지만 힘은 없는 거죠. 금력도 병력(兵力)도 체제(體制)를 통해 사다리를 기어오르기 위해선 체제가 탐탁스럽지 않고, 그렇다고 해서 체제를 부인하는 혁명을 일으킬 수 없고, 그러니 자연 제삼의 길을 모색하지 않을 수 없었다로 된 것인데 그것이 교단의 창설이 아니겠는가 하는 겁니다. 조금 건방지게 말을 보태면 윤두명 씨는 자기 나름의 방법으로 나폴레옹이 되려고 하는 것이 아닌가……."[79]

위 인용은 가이아나의 인민사원 사건을 일으킨 교주 짐 존슨을 윤두명과 동궤로 보고 있는 양춘배에게 서재필이 하는 말이다. 윤두명이

---

[79] 이병주, 「행복어사전」, 『문학사상』, 1981. 7, 360쪽. (이후 날짜와 쪽수만 표기)

탐탁지 않은 체제에 타협하지도 않고 저항하지도 않으면서 정상에 설수 있는 제3의 방법으로 선택한 길이 신흥종교의 창설일 수밖에 없었다고 이해하는 태도는 체제 인식의 일부가 된다. 그러나 신흥종교에 집착하는 것은 비단 현 체제에 대한 자구책으로만 이해해선 안 된다.

　윤두명은 사상이나 체제에 의해 부모를 잃었고, 집안의 몰락을 경험했다. 그리고 성장하는 내내 아버지의 원수를 갚아야 한다는 할머니의 말을 주문처럼 들으며 자랐다. 여기서 좌익으로 몰려 총살당한 아버지의 원수 갚기란 윤두명 일생의 목표가 되는 동시에 그것이 어떤 방식인가에 대한 문제가 남는다. 서재필의 입을 통해 언급되고 있듯이 정상에 서는 것이 원수 갚기의 한 방법이 될 터인데, 그의 '과거'에 대한 사회적 제약과 체제의 모순은 넘기 힘든 견고한 벽과 같다. 때문에 그는 할머니의 유언을 받들어 국가와 비슷한 조직의 성격을 띤 종교 설립을 시도한 것이다. 그 종교적 테두리 안에서 국가가 간과했던 제반 문제들을 해결함으로 인간성 회복을 실천해 나간다. 그러나 윤두명의 종교행위를 모두 긍정적으로 치부해 버릴 순 없다. 교주가 존재하고, 그 교주의 모든 말과 행동들을 신성시하며 맹목적으로 신봉하는 모습들은 일면 공산주의 체제를 연상시키기도 한다. 때문에 작가는 신흥종교를 출현시킨 당대의 현실을 문제 삼을 뿐 그것에 대한 옳고 그름에 대해선 비중 있게 다루지 않는다.[80]

---

[80] 윤두명의 신흥종교에 관한 내용은 이후 『나르바나의 꽃』이라는 작품에서 구체적으로 다시 다루어지게 된다. 작가는 이 작품의 후기에서 신흥종교 자체에 대해 전적으로 공감할 순 없으나 신흥종교에 몰두하게 만든 허무감엔 동정을 한다고 전제한다. 그리곤 세속의 성공을 바래 애쓰고 있는 사람들 중 자멸을 기도하는 자가 더러 있다는 것을 윤두명을 통해 말하고자 했음을 밝히고 있다.(이병주, 『나르바나의 꽃』2권, 행림출판, 1987, 526~527쪽.) 즉 윤두명은 자본주의 사회에서 도태된 인물을 은유하고 있다고 할 수 있다.

윤두명이나 김소영이 '과거'에 대한 기억의 문제와 그들의 현재 삶 역시 과거에 의해 구축된 것임을 보여주는 인물이라면 그들과 연계되어 그들을 바라보는 서재필은 당대를 살아가는 지식인을 대변하는 인물이라 할 수 있다. 신문사 교정부 직원이었던 그는 틀린 것을 고칠 수 없는 언론계의 현실에 무력감을 느껴 교정일을 그만두고 소설쓰기를 시도하려 한다. 그리곤 우연히 알게 된 서상범이란 인물을 대상으로 정치범에 관한 연구를 하고 그것을 소설화 해 보려고 한다.

"잘은 몰라도 서상복은 정치범인 것 같애. 나는 그를 통해서 정치범이란 것을 연구해볼 참이야. 어떻게 해서 사람은 정치범이 될 수 있는 건가. 그 범죄의 구성요건이 사회에 있는 건가, 사람에게 있는 건가, 말하자면 인생에 있어서 정치범이란 무엇이냐, 사회에 있어서 정치범이란 무엇이냐, 법률에 있어서의 범인을 도의적으론 용납할 수 있는 건가 없는 건가, 만일 도의적으로 용납될 수 있는 행위라면 법률의 도의적인 의미는 뭔가, 이런 문제를 추상적으로 연구하는 것이 아니라 육신(肉身)을 가진 개개인의 문제로 다루어보는 재료로서 서상복을 대상으로 해볼 만한 일이 아닌가……."(1979. 8, 262쪽.)

위와 같은 서재필의 생각은 서상복을 만난 후 바뀌게 된다. 서상복은 사상운동과 병역 거부로 인해 수감생활을 하고 있는 지식인의 한 유형으로 자신의 처지를 불행하다는 말로 일축하는 서재필을 향해 "적어도 나는 나의 주인입니다. 비굴한 노예완 다릅니다."라는 말로 응수한다. 그런 서상복을 바라보며 서재필은 "어떻게든 자부를 강직하지 않고선 장장 이십 년의 어두운 나날을 메워 나가지 못하리란 짐작에" 안타까워하며 그와의 면회를 끝낸다. 서재필은 서상복을 통해 당대의 현실에서 주인으로 살아간다는 것은 불가능하며, 체제에 저항한다는 것은 결국 한 개인만의 파국을 초래할 뿐이라는 결론을 내린다. 그리고 현 체제에서 서상복과 같은 행동이 얼마나 무모한 것이었는지에 대해 다음과 같이 언술한다.

문제의 서상복 씨를 만나 보았습니다. 한마디로 말해 그와 나와는 전연 다른 천체에 살고 있다는 것을 확신했습니다. 나는 그의 저항정신, 바꾸어 말해 현실부정(現實否定)을 무지의 소치가 아니면 오만의 소치라고 생각합니다. '현실적인 것은 합리적'이라고 한 헤겔의 말을 그대로 믿고 있는 것은 아니지만, 나는 오늘의 현실이 이처럼 되어 있기 위해선 역사 이래의 인과가 축적된 강력한 바탕이 있는 것이며 역사의 심처에까지 그 뿌리가 박혀 있는 것이라고 일단 생각합니다. 그렇지 않고서야 이 세상이 다르게 되어 있지 않고 오늘처럼 이 모양 이 꼴이 되어 있겠습니까. (중략)

나는 혁명의 뜻을 품을 수도 있고 개혁의 의지를 가꿀 수가 있다고도 생각하지만 일단은 우리를 둘러씬 현실에 대한 일차적(一次的)인 긍정은 있어야 할 줄 압니다. 그것은 역사에 대한 존경까진 못 되더라도 역사에 대한 겸손은 되겠지요. (중략)

역사에 대한 겸손이란 것을 나는 문제를 문제의 크기대로 보아야 한다는 말로 바꾸어 말할 수도 있습니다. (중략)

대중은 어떻게 하건 이 현실 속에서 살아갈 수 있는 방도를 찾아내려고 애쓰고 있습니다. 그러니 일단은 현실을 긍정하고 살고 있는 것입니다. 그런데 서상복 씨는 이 현실을 부정되어야 한다는 것으로만 취급하고 있는 것입니다. 사람은 저마다의 생각을 가질 수 있는 것이니 서상복 씨의 생각에 대해서 이러니저러니 할 건덕지는 없습니다만 그의 생각만을 옳다고 하고 이 현실 속에서 살 자리를 찾으려는 대중을 멸시하는 오만에 대해선 용서할 수가 없습니다. (1979. 11, 113~115쪽)

위 인용에서 서재필은 무조건적 저항만이 1970년대라는 특수한 시대에서 살아가는 최선의 방법이 될 수 없음을 지적한다. 현실 속에서 나름대로의 이유로 설 자리를 찾으려는 대중들 또한 동시대를 살아가는 일부분을 차지하기 때문이다. 즉 저항하지 않고 타협하며 사는 사람들의 삶을 노예의 삶이라 단정 짓는 것은 그들에 대한 오만이라는 것이다. 역사에 대한 겸손이 전제가 된 후에라야 개혁의 의지를 가꿀 수 있다고 생각하는 서재필에게 문제의 정도를 잘못 파악하고 덤비는 서상복의 모습은 '현실이 마음에 안 들어 보채는 어린아이처럼' 보인다. 또한 저항을 하는 데 있어서 구체적인 방법 또한 모색되고 있지 않다는 데 서상복의 실패 원인이 있다고 지적한다. 결국 "부정적인 면을 창조하는 나머지 긍정적인 면까질 보지 못하는 것이 곧 무지의 탓이며, 달걀로써 철벽을 깨려고 덤비는 노릇에 동조하지 않는다고 해서 일반 대중을 무시하는" 서상복의 태도는 서재필로 하여금 그를 동정할 수조차 없게 만든다.

서재필은 서상복의 형수로부터 그의 집안 내력을 듣고는 서상복을 대상으로 한 소설 쓰기를 포기한다. 서상복의 고·증조부는 독립운동을 하다 옥사했고, 그의 할아버지는 6·25때 옥사했다. 그리고 서상복 역시 현재 사상범으로 수감생활을 하고 있다. 서상복의 할머니는 평생을 옥바라지만 하며 살아왔음에도 "대장부는 옳은 일을 하다가 감옥에 갈 수도 있다."는 생각으로 현재에도 서상복의 옥바라지를 하며 살아간다. 이런 사정을 들은 서재필은 "극한 상황만 갖고 쌓인 인물이나 사건엔 드라마가 개재될 틈서리가 없다"고 판단했다. 하지만 소설의 소재만 포기했을 뿐 소설 쓰기에 대한 그의 신념에는 변함이 없다. 서재필은 박문혜에게 보내는 편지에서 그가 소설을 쓰고자 하는 이유와 목적, 자세에 대해 세밀하게 밝히고 있다.

당신은 여기서 비겁자의 논리, 또는 변명을 읽으실지도 모릅니다만 나의 입장이 소설을 쓰겠다고 하는 사람의 입장이라는 것을 알아주시기 바랍니다. 저항의 수단으로 쓰는 소설도 물론 가능하고, 더러는 그런 소설이라야만 진정한 문학일 수 있다는 견해를 가지고 있습니다. 그런데 나는 저항보다도 더 소중한 것이 인생엔 있다고 믿는 소설가가 되려는 것입니다. 그것은 가족에 대한 사랑일 수도 있고 친구에 대한 우정일 수도 있습니다. (중략)

이렇게 말하고 있으면 단번에 반론이 있을 것을 나는 예상할 수 있습니다. "그것은 사람의 노예근성에 편승하는 노예의 문학이며, 비겁자의 문학이며, 인류의 진보를 믿지 않는 퇴보의 문학이며 동시에 인류를 모독하는 패배주의의 문학이다. 그러니 일고의 가치도 없는 문학이다." 하는.

그러나 나는 알고 있습니다. (중략) 일제 이래의 이른바 저항파라고 할 수 있었던 문학자들은 '진보적'이라고 믿었던 북한의 체제 속에서 모조리 숙청되고 말았습니다. (중략)

그렇다고 해서 대의가 소중하지 않다는 얘기가 아닙니다. 이데올로기가 필요 없다는 것도 아닙니다. 저항 또한 중요한 일이라고 알고 있습니다. 그런데 나는 그러한 사실을 알고 있는 정도로 문학자는 충분하다고 생각하는 것입니다. (중략) 그러니 소질이 없어서 포기했던 정치가의 노릇, 용기가 없어서 못한 혁명가가 할 짓을 문학의 힘을 빌려 하자는 말이 바탕적으로나 심성적으로 가능한 일이겠습니다. "그러니까 그런 문학이 무슨 소용이 있느냐."는 말이 들리는 것 같습니다. 그래도 내겐 할 말이 있습니다. 정치가가 안 되고 혁명가가 안 된 패배한 인간군(人間群) 속에 나의 문학의 원칙이 있을 것입니다. 나를 비겁자라고 해도 좋습니다. 왜 나는 비겁자가 되지 않을 수 없었던가를 밝히는 것만으로도 나는 문학이 가능하다고 생각합니다. (1979. 11, 115~116쪽)

다소 길지만 위 인용은 당대의 현실 속에서 살아가는 지식인의 내면 심리와 나아가 작가의식이 함축되어 있는 부분이다. 결국 "철저한 패배자로서 자신을 소설로 증명해 보이겠다는 것, 모순된 세상을 개혁하지 못하고 그것에 마음 놓고 저항하지 못하는 이 현실을, 자신의 비루함을 그대로 펼쳐 보임으로써 고발하겠다는 무용인의 철학"[81]이 그를 소설가로 변모시킨 것이다. 즉, 현실 모순으로 인한 주변의 불행은 자신의 힘으론 어떻게 할 수 없는 일이라는 회의주의적 태도와 이러한 지식인의 무력감 위에 그의 소설 쓰기가 놓인다. 그러나 그는 소설 쓰기를 실천하지 못한 채 아내에게 기생해 무위도식하며 지낸다. 그의 의식 속에선 항상 현실에 저항하며 살았던 역사속의 서재필과 자신과의 저울질이 멈추질 않는다. 갑신정변을 주도하고 독립협회를 조직하는 등 우리 근대사의 한 부분을 차지하고 있던 서재필은 그러한 과정 속에서 가족을 잃고, 그에 대한 정당한 대접을 받지 못한 채 비참한 말년을 보내다 생을 마감했다. 때문에 소설 속의 서재필은 "필립 제이슨으로서의 서재필이 이자택일의 기로에 섰을 때 언제나 버렸던 길, 가지 않았던 길을 택하기로 은근히 결심"한다.

---

81 최혜실, 「한국 지식인 소설의 계보와 「행복어사전」」, 『행복어사전』, 한길사, 2006, 367쪽.

그래서 나는 필립 제이슨으로서의 서재필이 이자택일(二者擇一)의 기로에 섰을 때 언제나 버렸던 길, 가지 않았던 길을 택하기로 은근히 결심했던 것이다. 그 길은 안일의 길이고, 무의지(無意志)의 길이고, 사건이 없는 무풍의 길이고, 나 때문에 부모 형제가 절대로 학살당할 염려가 없는 길이고 감옥(監獄)으로 가는 길과는 반대쪽을 향한 길이고, 민족과 국가를 위한 대도를 피해 초가삼간으로 이끄는 오솔길이다. (중략) 제이슨 서재필이 관철동의 작부 김소영과 어우를 수 있었을까? 천만의 말씀이다. 제이슨 서재필이 양공주 김소향과 하룻밤을 같이 지낼 수 있었을까? 절대로 '노'이다. 제이슨 서재필이 임선희와 원 타임 원 먼스의 랑데부로 놀아날 수 있을까? 천지가 무너져도 가당치 않은 일이다. 그렇다면 나의 행동은 의식하지 않았던 사이에도 나와 제이슨 서재필과의 동명이인을 증명하기 위한 수작이었을지 모른다.

아무튼 나도 제이슨 서재필이 포기하고 금기하고 돌보지 않았던 길을 걸음으로써 그의 인생을 보완하는 것이 될 수 있을 것이 아닌가. 서재필(徐載弼)과 서재필(徐在弼)을 합해 하나의 인생을 만들면 시간은 백60년 이상의 스펜으로 늘어나고, 내용은 민족의 애환이 골고루 섞인 것으로 다채롭게 될 것이 아닌가. (1981. 11, 260쪽)

개화기 서재필이 당대 현실의 모순에 맞서 저항했던 인물이라면 1970년대 서재필은 창녀나 양공주와 유희를 즐기고, 회사의 여직원들과 삼각관계를 형성하며 일상인으로서 무위도식하며 살아가는 인물이다. 작가가 그런 일상인으로서의 서재필에게 주목하는 이유는 통시적인 시각으로 새로운 역사를 쓰기 위함이다. 즉 영웅이나 정권 중심의 공적인 역사와 일반 대중들의 사적인 역사를 통합하여 우리 과거를 조망해 보고자 하는 것이다. 우리 역사는 우리가 학습을 통해 체득한 공적인 역사만을 가지고 평가할 수 없다는 인식에서 일반 대중들의 일상사에 관심을 갖고,[82] 그것을 통해 당대를 역사로 기록하고자 하는 것이다.

작가의 이러한 의식이 투영된 서재필이란 인물은 결국 길고 지루한 방황을 끝내고 스웨덴으로 망명한다. 그리고 당대 체제의 모순은 그의 망명에 기폭제로 작용한다. 서재필은 철저한 일상인으로 지내던 어느 날 돌연 이유도 모른 채 경찰에게 연행된다. 고문을 당하면서 그는 자신이 간첩 혐의를 받아 신고 되어 연행되었음을 인식하고 끝까지 결백을 주장하는데, 그 과정에서 밝혀진 간첩 혐의는 다음과 같다. 첫째, 정치범인 서상복의 면회를 갔던 점, 둘째, 자신을 찾아와 도움을 청한 강석우에게 돈을 주었다는 점, 그리고 구두닦이 하던 하준호의 어머니가 아프다는 사정을 듣고 딱해서 이십 만원을 주었다는 점이 그 이유이다. 서상복과 관련해 오해를 받았다는 점은 차치하고서라도 강석우나 하준호를 경제적으로 도왔다는 점이 간첩 혐의가 된다는 것은 일반적인 상식으로는 쉽게 납득할 수 없는 부분이다. 이를 통해 서재필은 과거의 전력이 주홍글씨처럼 따라다니고, 주홍글씨가 새겨진 사람과는 접촉을 해서는 안 되는 시대를 응시하게 된다. 즉 이유 없는 순수한 호의가 국가의 죄인으로 오인 받을 수 있다는 체제의 모순이 그가 살고 있는 현실에 산재되어 있는 것이다.

---

[82] 과거, 현재 그리고 미래를 하나의 역사적 연관 관계로 포섭했던 거대담론으로서의 역사는 그러한 연관관계로는 포착할 수 없는 과거의 사실들을 역사 밖으로 내몰음으로써 거대담론으로서의 역사와 차이를 드러내는 역사들을 배제했다. 이러한 차이의 역사들을 재발굴하고자 하는 문제의식을 표현하는 말이 '아래로부터의 역사'이며, 이것을 철저하게 구현하고자 하는 역사 서술이 미시사이다. 그리고 같은 맥락에서 사회과학적 개념과 이론에 따라 재단된 민중의 역사적 경험의 복잡다단한 연관관계를 복원하는 것에 중점을 두는 것이 일상사이다. (김기봉 외, 『포스트모더니즘과 역사학』, 푸른 역사, 2002, 52~53쪽.)

이러한 당대의 현실 속에서 나름대로 부딪치지 않고 살아갈 것을 다짐했지만 결국 피해자가 되었던 서재필은 "우리나라가 놓인 비극적인 상황이 이런 일을 있게 한 것이니 누구도 원망하지 않겠"다며 구치소 문을 나선다. 이후 그는 '감옥이라고 하는 그 거대한 불행한 집합체'에 대한 경험으로 우울증에 빠져 무기력하게 일상을 견디어 나간다. 감옥에 대한 경험은 "행복을 추구하는 것은 의미가 없다."는 사고 방식으로 그의 인식을 전환시킨다. "선량하게만 살아가려는 하나의 인간을 철저한 불행에 빠뜨리기 위해 그 삶이 전연 알지도 못하는 곳에서 음모와 책략이 꾸며지기도 하는 것이 세상이고 인생이라면 어떻게 그런 속에서 행복을 꿈꾸기나"하겠냐는 인식이 서재필을 더욱 무기력하게 몰아간다.

서재필이 결국 할 수 있는 선택이란 갑신정변의 실패를 뒤로 한 채 미국으로 망명했던 서재필처럼 모순의 땅을 떠나 스웨덴으로 망명하는 것이었다. "말 한마디에 투옥되고 고문당하며 가족이 고초를 겪는 암울한 한국"에 비해 스웨덴은 언론의 자유, 학문의 자유가 보장되어 있기에 서재필은 그곳에서 다시 미래를 꿈꾸어 볼 수 있는 것이다.[83]

---

83 이병주는 모 지면에서 스웨덴에 대해 다음과 같이 언급한 바 있다.
  "우리완 反對極에 있는 고민- 사회보장(社會保障)이란 말을 들으면 스웨덴을 생각하고, 스웨덴이라고 하면 사회보장제도를 생각한다. (중략) 스웨덴의 감옥은 이른바 오픈 프리즌, 즉 개방감옥(開放監獄)이다. 가족들이 자유롭게 드나들어 하루 종일 같이 지내다가 문한시각(門限時刻)이 되면 돌아간다. 감옥 내엔 바아도 있고 텔레비전·라디오 기타 오락시설이 갖추어져 있어 기거하는 데 조금의 부자유도 없다. 사회생활과 다른 점은 단 한 가지, 소정(所定)의 장소에서 자고 기침(起寢)과 취침의 시간을 규칙대로 지켜야 한다는 것뿐이다. (중략) 스웨덴은 빈부의 차가 줄어들었다. (중략) 스웨덴에는 쾌락적 생활과 자살과 간통과 알콜 중독밖엔 없다고 극언할 만한 현상이 나타나는 것도 일반의 생활이 너무 윤택하기 때문이다. (중략) 그러나 스웨덴 국민의 모두가 이러한 찰나주의자(刹那主義者)나 쾌락주의자는 아니다. 이 문제에 대해서는 부단한 경각을 일깨

「행복어사전」에는 다양한 지식인 군상들이 출연한다. ‘과거’의 역사에 대한 상흔이 현재의 삶을 지배하는 윤두명이나 서상복 같은 인물이 있는 반면 현실의 모순 속에서 방황하는 서재필류의 인물도 존재한다. 이들의 생존방식 또한 가지각색이다. 윤두명은 신흥종교를 만들어 나름대로 현실의 모순을 바로 잡으려 시도하는 반면 서상복은 현실 체제에 정면으로 저항하다 현재엔 감옥에서 생활한다. 또한 서재필은 체제에 저항하지도 타협하지도 않으면서 어떤 변화를 시도할 엄두도 내지 못한 채 그저 일상인으로 무위도식하다가 결국 체제의 모순을 직접 경험한 후 망명한다.

「행복어사전」이 과거를 안고 살아가는 지식인들을 통해 시대를 인식하고 그것을 역사화하고 있다면『悲愴』은 과거를 안고 살아가는 지식인의 정체성 찾기의 여정이 주 테마를 이룬다.『悲愴』[84]은 대중적 색채가 다분히 강한 서사적 특징을 지닌 소설로 아내의 외도로 절망에 빠진 주인공이 자신을 찾기 위해 길을 떠나면서 시작된다. 주인공 구인상은 아내의 외도를 눈치 채고 쪽지 한 장을 남긴 채 대구로 향한다. 그리고 그곳에서 우연히 여러 여자들을 만나게 되면서 통속적인 갈등구조가 펼쳐진다.[85] 그러나 여기서 표면적인 갈등관계를 통해

우고 있는 엘리트들이 있다. 이 엘리트층 가운데의 일부에 으프사라 엘리트란 것이 있다. 으프사라 대학 출신을 중심으로 한 학자들, 예를 들면 해부학의 세계적 권위 렉스트, 생화학(生化學)의 권위 치게류스 같은 인물들인데, 이들은 자기 나라의 정책을 지지하면서도 그 결함을 찾아내어 이를 대치(對治)하기에 진지한 노력을 쏟고 있다는 것이다. 우리와는 정반대면에 있어서의 고민이라는 데 흥미와 교훈이 있다.(이병주,『이병주 칼럼: 1979』, 세운문화사, 1978, 205~207쪽) 1970년대 우리 한국 사회와는 반대극에 있는 스웨덴의 환경이 작품 속에서 스웨덴을 이상향 혹은 서재필의 망명지로 설정하게 했다는 것을 추측할 수 있다.

84 이 작품은 「和의 의미」라는 제목으로『매일신문』에 1983년 1월부터 1983년 12월까지 연재되었고, 이후 1984년『悲愴』이란 제목으로 개제 출간되었다. 이 글에서는 단행본『悲愴』을 대상 텍스트로 삼았음을 밝혀둔다.

통속성이 드러나고 있는 데 반해 인물의 내적 갈등은 역사나 현실에 대한 진지한 성찰과 정체성 찾기를 중심으로 구축된다는 점을 간과해선 안 될 것이다.

흔히 통속성의 의미 영역은 진지성의 의미 영역과 이분법적 구도 속에서 인식되어 왔던 게 사실이다. 이를테면 지적 통찰, 윤리적 가치, 인간과 세상에 대한 인식과 비전 제시 등이 포함된 영역을 진지성의 영역에 포함시키며, 천편일률적이고 도식적인 관습에 실려서 일상의 착취에 탈진되고 소외된 대중을 위안하는 영역을 통속성의 영역에 포함시켜 왔다. 그리고 통속적 영역이 말하는 세상은 인간의 육체적인 감각에 쉽게 굴복하는 결함과 속물성이 보상심리, 대리체험, 도피주의와 연루되어 있다고 인식되어 왔다. 즉, 우리가 정해놓은 준거의 틀로 세상을 인지하며, 방향을 제시하는 것이 진지성의 영역에서의 삶의 기록방식이라면, 기준이나 준거의 틀 이면에 존재하는 세상과 인간의 삶을 기록하는 것이 통속성의 영역이 된 셈이다. 이렇게 볼 때, 나름대로의 차이는 있지만 두 영역이 서로 적대적으로 대립하고 있지 않다는 점을 감지할 수 있다. 결국 척도의 문제이지 두 영역 모두 세상을 인식하고 읽어내며 인간의 삶을 기록한다는 점에서 그 지향하는 바가 같다고 할 수 있다. 때문에, 통속적인 것은 진지한 것에 비추어 이해될 수 있고, 진지한 것은 통속적인 것에 비추어 이해될 수 있다.[86]

---

85 이를테면 구인상을 연모했던 하숙집 주인 딸이 구인상에게 다른 여자가 있다는 사실을 안 후 자살기도를 하는 설정이나 아내의 내연남인 기병열의 아내 진숙영이 구인상을 좋아하게 된다는 설정, 그리고 술집 주인 명국회와 사랑에 빠지는 구인상의 모습 등은 지나치게 통속적인 부분들이다.

86 박성봉, 『대중예술의 미학』, 동연, 1995, 60~63쪽.

"학자님은 무슨 공부를 하시는지요?"

계향이 이번엔 묻는 편이 되었다.

"역사철학이란 걸 공부하고 있습니다만 아직은 애송입니다."

"역사철학이 어떤 것인지 알고 싶군요. 이렇게 늙어도 호기심이 많답니다."

이런 계향의 말이라서 술좌석에서 쑥스러운 줄을 알면서도 상대방이 알아들을 수 있게 설명해주려는 충동을 느꼈다.

"한마디로 말해 역사란 신뢰할 수 있는 것인가 없는 것인가, 또는 어느 부분을 신뢰하고 어느 부분은 신뢰해서 안 되는 것인가, 그런 걸 따져보자는 게 역사철학입니다. 가령 일제 때 많은 애국자들이 장차 있을 역사의 심판, 다시 말하면 역사가 정당하게 평가해줄 것이다, 현실에선 패배했지만 역사의 마당에선 승리자가 될 것이라고 믿고 혹은 생명을 버리기도 하고 옥고(獄苦)를 감수하기도 했을 것인데 그런 기대대로 역사가 움직이는 것인가 아니면 우연의 연속으로 끝장이 나는 것인가, 그것을 알고자 하는 게 역사철학입니다."[87]

구인상이 위와 같이 역사인식에 관심을 두고 있다는 것은 결과론적으로 그의 뿌리 찾기와 연동한다. 위 인용은 구인상이 계향을 만나 자신의 전공 분야인 역사철학에 대한 견해를 피력하는 부분이다. 여기서 계향은 "한일병합으로 관찰사제도(觀察使制度)가 없어질 무렵의 관기(官妓)였던 어머니에게서 태어나 열세 살 때 달성권번의 동기"가 된 여성이다. 그녀는 기생이라는 자신의 운명에 순응했으나 "그 운명 속에서도 최선을 다해 여성으로서의 품위를 지키"며 살아온 인물이

---

87 이병주, 『悲愴』, 문예출판사, 1984, 181쪽.

다. 그러나 그의 기억 속에는 항상 "기생의 딸로 태어났다고 하면 그로서 인생의 반을 잡친 상태에서 인생을 시작하는거나 다를 게 없다는" 과거에 대한 인식이 자리 잡고 있다. 때문에 그녀의 '기생'이라는 현재의 삶 역시 과거가 그대로 존치되어 있는 형태로 지속된다. 계향은 역사에 대해 토로하는 구인상의 모습을 통해 과거 본인이 몸담고 있는 기생집을 아지트로 좌익운동을 했던 한문수라는 인물을 기억해 낸다. 계향의 기억을 통해 언급되고 있는 한문수의 사상과 행적에 대해 들으며 구인상은 막연히 자신의 친아버지가 아닐까라는 생각에 한문수의 무덤이 있는 곳을 찾아 나설 생각까지 한다. 물론 계향의 단편적인 말만 듣고 자신의 아버지가 아닐까라고 추측하는 구인상의 모습은 일반적인 서사구조의 맥락에서 쉽게 납득할 수 없는 우연성을 띤다. 그러나 이러한 문제적 서사구조만을 가지고 대중소설로 이 작품을 폄하하기엔 구인상의 정체성 찾기 노정과 그를 통해 소환되는 그의 뿌리 한문수에 대한 과거는 간과할 수 없을 만한 슬픈 역사의 무게를 싣고 있다.

구인상 어머니의 기억을 통해 소환되는 한문수는 구인상의 어머니 서창희와 좌익운동에 가담해 활동하다가 구인상의 현 아버지인 구만택에 의해 체포되어 총살당했다. 이 사실을 모른 채 서창희는 자신에게 호의를 베푸는 구만택과 결혼해 구인상에게 '구'라는 성을 얻게 한 것이다. 결국 구인상은 구만택에 의해 아버지를 잃었고, 그의 성마저 빼앗긴 채 원수의 '성'으로 반평생을 살아온 것이다. 환언하면 한문수의 죽음과 구인상의 정체성에 대한 혼란은 과거 역사로부터 기인한 것이 된다. 구인상은 과거 역사의 희생자인 아버지 한문수의 무덤에 찾아가 그를 추모한다. 이때의 추모행위는 구인상을 비롯한 살아 있는 자들의 기억을 위한 것이다. 그리고 이 기억은 상실되고 실종된 흔적을 찾아내고 현재에 의미 있는 증거들을 재구성한다.[88] 즉 한문수의 억울한 죽음이 표면화되고, 그로 인해 구인상이 자신의 정체성을 찾아가는 것이 그것이다.

살펴본 바와 같이 소설 『悲愴』은 "불행하게도 젊은 나이로 죽은 한문수와 그가 죽은 후에도 변함없이 사랑을 간직한 방화의 스토리를 통해 해방 후의 혼란. 6·25의 참변으로 병든 우리의 생활주변에 어쩌다 기적처럼 남아있을지 모르는 비화를 모방해 본" 작품이다. 물론 한문수와 관련된 서사 외부에 구인상과 명국희의 애정관계에 관한 서사도 존재한다. 이들 애정관계에 관한 서사가 주로 통속적인 관점에서 해석될 수 있다면 한문수와 관련된 내부 서사는 소설로서의 진정성의 맥락에서 해석될 수 있다. 즉 역사에 의해 소중한 사람과 결별하고 사형으로 생을 마감했으면서도 그들에게 자신이 묻힌 곳조차 알려줄 수 없었던 일생은 과거의 역사에 의해 희생당한 무고한 진혼들을 기억하게 만든다.

「그 테러리스트를 위한 輓詞」의 정람 선생 역시 역사에 의해 희생된 인물이면서 과거 역사의 편린 속에서 현재 삶의 목적을 찾고 있는 전형적인 모습을 띤다. 이 작품은 서술자인 소설가 '이'씨가 과거 역사를 안고 살아가는 인물들을 만나면서 벌어지는 사건에 관한 서사이다. 소설가 이씨는 항일투사로서 독립운동을 한 전적을 가진 경산선생을 통해 정람을 소개받는다.

여러분이 지금 박수를 보낸 그 음악을 만든 천재는 지금 한반도 어느 두메에 조용히 잠들고 계십니다. 자기의 음악에 보낸 이 갈채 소리도

---

88 Aleida Assmann, 『기억의 공간』, 앞의 책, 39쪽, 61쪽.

듣지 못하고서. 그는 고아로 자랐습니다. 그가 조국으로부터 받은 거라곤 가냘픈 육신밖에 없었습니다. 고통의 조건, 가난의 조건, 박해의 조건 이외의 아무것도 그에게 조국이 준 것이라곤 없었습니다. 강보에 싸인 채 버려진 그 아이를 기른 것도 하얼빈의 어느 러시아인이었습니다. 그러고 보니 그가 조국으로부터 받은 것은 완전히 아무것도 없는 것입니다. 낫싱이었습니다. 프랑스어론 네앙. 그런데 그 소년은 자라 조국의 독립을 위해 싸운 투사가 된 것입니다. 노예 상태에 있는 조국을 해방시키려고 했던 것입니다. 그 생활은 피나는 노력의 연속이었으며 검은 공포의 연속이었습니다. 그런데도 그는 그 사이에 이처럼 청순하고 감미롭고 고상하고 박력있는 생명력이 횡일한 음악을 창조해낸 것입니다.[89]

위와 같은 이력을 가진 정람은 테러리스트로서 일제시대에 앞잡이 노릇을 한 관동군 밀정을 단죄하는 것을 인생의 목적으로 삼고 산다. 그러던 중 과거 경산 부인을 욕보여 자살로 몰고 간 임두생이란 자의 거처를 알게 된다. 임두생은 일제시대 철저한 일본의 앞잡이로 수많은 우리 민족을 헌병대에게 바쳤고, 해방 후에는 자신은 "빨갱이를 잡기 위해 일본군과 협력"했을 뿐이기에 "대한민국의 적이 공산당이면 나는 대한민국을 위한 공로자"라고 떠벌리고 살아가던 인물이다. 그렇게 "좌·우의 투쟁 속에서 미꾸라지처럼 용케 살아남은" 임두생의 거처를 수소문 끝에 알아낸 정람은 그를 단죄하기 위해 찾아간다. 그러나 임두생의 현재 처지를 보고는 그에 대한 단죄 여부를 놓고 고민에 빠진다. 임두생은 서른 살 가량 어린 부인에게 구박을 받으며 살고

---

89 이병주, 「그 테러리스트를 위한 輓詞」, 『한국문학』, 1983. 1, 116~117쪽. (이후 쪽수만 표기)

있는데, 문제는 이웃집 미장이 부부가 연탄중독으로 사망한 후 그 부부의 홀로 남은 딸을 데려다 지극 정성으로 돌보고 있다는 데 있다. 정람은 자신이 임두생을 단죄해 버리면 그 여자아이는 아버지를 두 번 잃게 되는 것이라는 점에서 망설이고 있는 것이다.

정람은 스스로 "테러리스트란 원한에 사무친 인간들을 대표하는 엘리트"로서 신을 대리한 섭리의 집행자이며 이미 죽은 자를 죽이는 자들이라고 일축한다. 여기서 이미 죽은 자란 이미 죽었어야 하는 사람으로 임두생 같은 자를 말한다. 하지만 테러리스트로서의 정람은 '인간회복'의 실천 앞에선 과거의 죄를 용서해 줄 줄 아는 휴머니스트이기도 하다. 비록 정람을 위해 경산이 꾸민 일이기는 하지만 이를 알리 없는 정람은 임두생의 현재의 모습을 '인간회복'의 과정으로 받아들이며 그를 용서한다.

그런데 오히려 임두생에게 직접적인 피해를 당했다고 할 수 있는 경산이 친구 정람을 지키기 위해 거짓을 꾸미면서까지 임두생의 단죄를 막았다는 사실은 선뜻 납득하기 힘들다. 이것은 과거의 밀정 한 사람을 단죄한다고 해서 지나간 역사의 희생양이 다시 부활하지 않을뿐더러 그로 인해 역사나 현실이 크게 변화하지도 않을 것이라는 의식의 한 표출로 보인다. 경산은 개인적 감정만을 가지고 판단을 왜곡할 수 없으며 일본의 침략 근성은 나쁘지만 그들을 훌륭한 민족이라 인정하는 태도를 보인다. 또한 아무리 훌륭한 사람이라도 그 삶의 노예가 될 수 없다는 의식에서 항일운동은 생존권과 위신의 문제 이상도 이하도 아니라고 언급한다. 이러한 일련의 태도와 언술은 경산이 임두생의 단죄를 막은 것에 대한 납득할 만한 근거가 된다. 경산의 이런 의식과 비슷한 생각을 가지고 있는 정람은 다음과 같이 자신에게 가장 중요한 것에 대해 언술한다.

"솔직하게 말하면 나는 나의 통소 이외의 것을 사랑해본 적이 없어. (중략) 나라, 민족? 나는 나라를 마음으로 소중하게 여길 만큼 나라의 혜택을 받은 적이 없어. 나는 나라 때문에 몇 번이고 그 죽음의 위협을 받긴 했지. 민족도 마찬가지야. 러시아의 혁명은 민족끼리의 혈투였어. 만주나 시베리아에서의 우리 독립군은 우리 독립을 방해한 적에 대한 투쟁이기에 앞서 동족끼리의 투쟁만을 일삼고 있었어. 오늘날 이 나라가 독립이 된 것은 독립지사들의 덕택만은 아니거든. 독립지사로서의 그들의 투쟁이 오늘날의 독립에 얼마만한 보탬이 되었을까 하고 생각하면……."

나는 정람의 그런 논법엔 이의를 달지 않을 수 없었다. 서로가 서로를 죽이는 비극을 연출했던, 독립을 해야겠다는 기치가 소중하다는 것, 그 기치라도 있었기 때문에 민족의 체면이 섰다는 것, 그와 같은 의미를 말살했기 때문에 우리는 다시 비극을 겪어야 했다는 것 등등을 들먹이며 나는 나의 의견을 고집했다. (63~64쪽)

정람에게 중요한 것은 국가나 민족이나 독립도 아니다. 또한 이념에 따라 변하는 진리도, 악을 수반하는 정의도 아니다. 늘 변함없이 자신의 순수한 마음이 왜곡 없는 소리가 되어 표현되는 '통소'인 것이다. 정람 역시 경산과 마찬가지로 과거 역사체험을 통해 자신들의 노력에도 불구하고 커다란 변화가 없는 제도의 한계를 인식하고, 현실에서 한 발짝 물러나 앉는 자세를 취한다. 그리곤 평범한 일상인으로서 살다가 생을 마감하는데, 이들의 이야기는 소설 내에서 그들의 과거에 관심을 갖고 있었던 소설가 '이'씨에 의해 진혼을 위한 기록으로 쓰인다. 이때 소설가 '이'씨의 진혼을 위한 기록 작업은 애도의 한 방식이 된다. 애도란 과거에 대한 겸손함을 전제로 삼고 있으며 과거의 원형적 체험을 객관화하면서도 동시에 그에 대한 슬픔과 연민의 감정을 유지한다. 때문에 그것은 역사화 개념과 결부된 과학적·비판적인 과거규명과, 개인의 기억에서 비롯되는 도덕적인 문제를 연결시킬 수 있는 통로가 된다. 이런 점에서 이병주 소설 속에 빈번하게 설정되어 있는 '애도'의 행위는 한편으로는 과거에 대해 비판적 거리를 두면서도 동시에 과거에 대한 끊임없는 관심과 연민의 감정을 유지하는 방식이 된다. 즉 이병주는 작품 속에서 '애도'라는 의식적인 '작업'을 통해 상실되어 버린 과거를 우리 안에 계속 존재하도록 유도하고 있는 것이다.[90]

살펴보았듯이 대중성이 강한 소설이라 취급되었던 이병주의 일부 작품들은 과거 역사의 기억이 어떤 식으로든 현재와 연루되어 있다. 즉 현재는 과거 집적의 산물로, 당대를 살아가는 사람들의 일상사는 역사로서 기록되고 있다. 이것은 "역사현상이란 착잡다기(錯雜多岐)한 인과(因果)의 축적"[91]이라는 그의 울림이 되살아나는 지점이면서 '새로운 역사 혹은 새로울 것 같은 역사 만들기에 기여하기 위해서 행해지고'[92] 있는 것이라 할 수 있다.

이병주는 공적인 역사에서 배제되어 왔던 사적인 역사를 통해 공적인 역사에 균열을 내고 역사를 새롭게 재구축하려고 시도하였다. 공적인 역사와 사적인 역사의 조합을 통해 역사의 재구축을 실현하고자 했던 작가의식은 당대의 일상사에까지 시각을 확대해 나갔고, 그것은 당대 역사의 한 부분으로 기록되고 있었다. 이러한 과정을 통해 그의 역사인식과 현실인식은 상관관계를 이루고 있으며, 이것은 그가 세상

---

90 전진성, 『역사가 기억을 말하다』, 앞의 책, 177~180쪽.
91 이병주, 『대통령들의 초상』, 서당, 1991, 15쪽.
92 Harvey J. Kaye, 『과거의 힘』, 앞의 책, 204쪽.

을 보는 인식방법이면서 기록으로서의 소설을 쓰는 방식이라는 결론
에 도달할 수 있었다. 또한 이병주는 공적인 역사에서 배제되어 왔던
인물들의 일상을 통해 과거 역사를 재평가 하고 의도적인 배제와 생
략이 존재하지 않는 새로운 역사를 구축하고 있었다. 이로 인해 미시
적인 측면을 포함하여 역사의 대상과 범위를 확대시켜 나갔으며 역사
의 행간에 묻힌 인물들을 복원해 내어 역사적 진실을 밝혀내는데 일
조했다.

5장

이병주 소설의 특징과 문학적 의의

5장 이병주 소설의 특징과 문학적 의의

이병주는 1965년 마흔이 넘은 나이에 『세대』지에 「소설·알렉산드리아」를 발표하면서 창작활동을 시작해 1992년 타계 전까지 80여 편에 달하는 소설을 발표한 다산의 작가이다. 그러나 그의 창작활동에 비해 본격적인 연구가 소홀해 왔던 건 주지의 사실이다. 연구자들마다 연구가 저조했던 원인에 대해 많은 언급들을 하고 있는데, 정식 절차 없이 문단에 데뷔했다는 점과 단기간에 대량의 작품을 양산해냈기에 작품성이 골고루 포진해 있지 않다는 지적이 보다 설득력을 지닌다. 하지만 실로 그의 작품에는 100년의 한국 현대사가 관통하고 있고 그에 따른 시대와 역사인식이 자리한다. 뿐만 아니라 인간세계의 다양한 현상들 속에서 인간의 진정성을 모색하고자 하는 작가의식이 공존한다. 이런 점을 감안해 볼 때 이병주의 작품 전반을 아우르는 정당한 재평가의 필요성이 인지되었다. 따라서 이 책은 '역사인식'이라는 키워드로 이병주 소설의 전반적인 조망을 시도하였다.

1장에서는 이병주의 작품이 기존 연구에서 소홀해 왔던 원인을 분석한 후 재조명의 필요성과 연구 목적에 대해 언급하였다. 또한 그간의 연구들을 재검토하는 과정을 거쳐 기존 연구의 문제점과 성과들을 추수하였다. 연구 방법은 이병주 소설 전체를 관통하는 키워드가 '역사'임을 감안해 먼저 역사소설의 장르론적 특징에 대해 살펴본 후 웨슬링과 이재선의 견해를 부분적으로만 수용할 것임을 밝혔다. 전거성에 기준을 두고 있는 대부분의 역사소설의 장르론적 논의가 공적인 역사의 우위를 인정하고 있다는 점에서 문제가 되기 때문에 역사소설의 유형론적 자장 안에서 벗어나고자 한 것이다. 그리고 역사소설의 유형론적 접근방식의 한계를 극복하고, 이병주 소설의 역사인식을 드러내기 위해 기억이론을 주요 방법론으로 선택했다. 이에 서구의 기억이론을 개괄적으로 살펴본 후 역사와 기억을 상보적 관계로 인지하는 알라이다 아스만의 이론을 주된 방법론으로 적용할 것임을 부연했다.

연구 대상은 대다수의 이병주 소설이 '역사'와 관련되어 있다는 전제 하에 역사와 관련된 작품들을 선별했다. 역사가 전면에 드러나는 작품들을 비롯해 대중적인 성향이 강해 연구대상에서 소홀히 다뤄져 왔던 작품들도 포함시켰다. 대중적인 성향이 강한 작품들은 대부분 소설이 창작된 시기와 가까운 과거 혹은 당대를 시대적 배경으로 하고 있다. 때문에 시대나 역사의 문제를 전면에 드러내기란 쉽지 않았을 것이다. 이런 점을 감안해 그의 작품에서 보이는 대중소설의 특징적인 면모와 강한 픽션을 역사와 시대의 문제를 다루는 작가의 글쓰기 전략으로 이해했다.

2장에서는 이병주의 소설이 대부분 그의 체험에 근거하고 있다는 전제 하에 작가의 역사체험에 대해 개괄적으로 살펴보았다. 1절에서는 이병주의 성장과정과 그의 자의식의 근원인 학병체험에 대해 짚어 보았다. 그는 식민지 시기 폭넓은 독서와 경험을 통해 문학과 역사에 대해 인식하기 시작했고, 얼마 후 학병징집에 동원된다. 이로 인해 자신은 역사적 과오를 저지른 것이라며 '노예의식'에서 벗어나지 못한다. 그리고 이것은 평생의 트라우마로 각인되어 그의 소설에서 주된 모티브로 사용된다.

2절에서는 해방 후 극심한 이데올로기 대립 속에서 회색인으로 위치하고 있는 이병주의 모습을 살펴보았다. 교사로서 한 명의 학생도 낙오시키지 않는 것이 우선이었던 이병주의 모습 속에서 회색의 사상과 휴머니즘적 면모도 볼 수 있었다. 또한 한국전쟁 당시 두 번의 체포를 겪고, 국민을 보호해주지 못하는 국가를 보며 '조국의 부재'를 절감하는 이병주의 모습도 포착할 수 있었다. 이 때 겪은 두 번의 체포는 주홍글씨가 되어 평생 그를 따라다니게 된다.

3절에서는 전쟁 후 신문사 주필로 재직할 당시 겪었던 5.16필화 사건에 대해 살펴보았다. 이병주는 진보당 고문이라는 이유로 좌익으로 몰려 혁명검찰부에 체포되었다. 그러나 적절한 근거가 나오지 않자 두 편의 논설이 문제로 부각된다. 여러 소설들에서도 언급되고 있듯이 이병주는 소급법에 의해 2년 7개월 동안 수감생활을 했다. 이때의 옥고체험을 통해 그의 글쓰기는 소설로 선회하게 되며, 소설을 통해 공적인 역사가 기록하지 않은 틈을 메우고자 하는 의지를 다지게 된다. 출옥 후 이병주는 사업 실패를 겪고 신동문의 권유로 「소설·알렉산드리아」를 『세대』지에 발표하면서 본격적인 창작활동을 개진한다.

3장에서는 역사적 사실을 전면에 배치하고 있는 작품들을 대상으로 공적인 역사와 원체험의 서사적 결합을 통한 역사서술 양상에 대해 살펴보았다. 1절에서는 공적인 역사에서 배제된 인물과 사건의 복원 양상에 대해 살펴보았다. 이병주는 공적인 역사에서 침묵되어 왔던 인물들에게 끊임없이 천착하는 양상을 보였다. 역사에 의해 희생당한 존재들을 소환해 내어 과거의 기억이 망각되지 않게 글로써 기억을 저장하며 그 당위성을 망각에서 끌어내오고 있었다. 이것은 망각된 자들에 대한 추모 행위이면서 공적인 역사와 사적인 역사를 아우르는 역사인식의 방식임을 밝혀내었다.

2절에서는 한국전쟁 전·후 시기를 배경으로 한 작품들을 대상으로 역사와 사적 기억을 재해석하는 양상에 대해 고찰하였다. 이병주는 공적인 역사는 기록이나 사료에 의거해 소설 속에서 역사를 재현하고, 사적인 역사는 개인적 체험과 다양한 기록을 통합하여 역사를 다시 쓰려고 하였다. 여기서 사적 체험으로 기술되는 역사에 대한 증언은 기존 담론을 넘어서서 역사적 기억을 재구성하려는 시도의 일환으로 보였다. 이는 이미 고정되고 공식화된 기억들, 즉 이데올로기로 고착된 '역사적' 기억들에 대한 저항을 지향한 것이라 볼 수 있다.

3절에서는 이승만 정권기부터 박정희 정권기를 배경으로 한 작품을 대상으로 사료의 재검증을 통해 역사를 논평하는 태도를 살펴보았다. 작가는 대부분의 소설 속에 중립적 인물을 배치해 놓았다. 이 인물유형은 시대나 역사를 객관적으로 판단하고 정리해 주는 역할을 한다. 특히 이 절에서 다룬 「山河」나 「그해 5월」의 경우 작품의 상당부분을 중립적 인물들이 차지하고 있으며 작가는 이 인물들을 통해 사료들을 재검증하여 시대나 역사에 대해 서술하고 있었다. 또한 작가의 체험을 재현하고, 이를 기반으로 역사적 사료를 재검증하고 논평하는 과정을 통해 기록자로서의 작가의 소명의식을 밝혀낼 수 있었다.

4장에서는 '픽션'을 전면화시켜 작가가 당대를 역사로 기술하는 방식에 대해 살펴보았다. 이 장에서 다룬 작품들 대부분은 발표시기와 작품의 시간적 배경이 근접해 있다. 때문에 작가는 역사를 전면에 내세우거나 직접적인 시대비판에서 자유로울 수 없었다. 필자는 이러한 시대적 제약을 극복하기 위해 이병주가 선택한 것이 '픽션'을 중심으로 한 대중적 글쓰기라고 판단했다.

1절에서는 과거 역사가 구축해 놓은 당대를 살아가고 있는 인물들의 일상을 탐색하였다. 이 절에서 다루는 대부분의 작품들은 전쟁 이후 시기의 과거와 연루되어 있었다. 이데올로기 대립과 전쟁의 폭력으로 인해 대다수의 소시민들은 지난한 삶을 살아갔다. 「예낭 풍물지」의 서술자 '나'를 비롯한 예낭 사람들, 「여인의 백야」에 등장하는 성필녀와 자매집 여자들, 그리고 「花園에 사상」에서의 옹덕동 사람들이 모두 이 경우에 해당된다. 이병주는 이처럼 과거와 연루된 삶을 살고 있는 인물들의 삶의 방식에 주목했다. 왜냐하면 그들의 현재 삶은 과거와 연동하며 당대의 현실을 인식하는 하나의 지표가 되기 때문이다. 공적인 역사에서 배제된 부분을 복원해내고 그것을 공적인 역사와 함께 기술하는 것이 올바른 역사서술이라 여겼던 이병주는 이들의 일상을 당대 역사의 한 부분으로 기록하고 있었다.

2절에서는 기업 문제를 다루고 있는 작품들을 대상으로 기업의 생태를 통해 당대 사회의 문제점에 대해 살펴보았다. 이 절의 대상 텍스트들은 대부분 1970년대를 시대적 배경으로 하고 있으며 대중적 성향이 강했다. 때문에 대중소설의 도식적 갈등구조를 바탕으로 작가가 작품을 통해 고발하고자 하는 1970년대 사회 모습에 대해 살펴보았다. 기업의 생태를 다루고 있는 만큼 이병주는 주로 자본주의의 물신숭배와 타락한 사회윤리에 대해 문제를 삼고, 이러한 문제를 1970년대 역사로 기술하고 있었다.

3절에서는 지식인 인물을 중심으로 과거를 통해 구축된 당대를 역사화하는 양상에 대해 살펴보았다. 이 절에서 다룬 작품들에 등장하는 인물들은 대부분 과거 역사에 대한 상흔을 가지고 있었다. 그리고 그 상흔은 현재의 삶으로 고스란히 이어져 있었다. 그러나 과거의 상흔을 치유하는 방법 면에서는 인물들 간에 다양한 양상을 보였다. 적극적으로 극복하려는 인물이 있는가 하면 과거를 잊지 않고 애도하는 인물도 있었고, 현실을 허무주의로 일관하며 살아가는 인물도 있었다. 이들 모두의 삶은 과거 역사와 어떤 식으로든 연루되어 있었고, 현재의 역사로 구축되고 있었다.

살펴본 바와 같이 이병주는 소설을 통해 한국 현대사를 재구축하고 있다. 그의 글쓰기는 역사적 '사실'을 전면에 내세우는 방식과 '픽션'을 중심으로 구축하는 방식으로 양분되어 있다. 전자의 경우 자신의 역사체험 기억을 통해 공적인 역사에서 배제되어 왔던 사건과 인물을 복원하고, 역사적인 사료를 재검증하는 방식으로 역사적 진실을 밝혀냈다. 반면 후자의 경우에는 창작시기와 작품의 시간적 배경이 근접해 있기 때문에 '픽션'을 전면에 배치하여 우회적인 방식으로 당대의 문제를 지적하고 그것을 역사로 기술하고 있다. 역사의 행간에 묻힌 인물들을 되살려 내어 공적인 역사의 틈을 메우고 있는 이병주의 소설은 역사에 대한 인식의 폭을 확장시켰다는 점에서 작품의 의의를 찾을 수 있다.

이 책은 역사의식과 관련하여 이병주 소설을 분석하고 있는 기존 논의의 연장선상에서 출발하였다. 그러나 기존의 한정되어 있는 대상 범위를 확장시키고, 역사의식과 역사인식을 아우르는 방식으로 이병주 소설 세계를 조망했다는 점에서 기존의 연구 성과와 변별점을 갖는다. 또한 그간 연구대상에서 제외되어 왔던 대중적 성향의 작품들에 대한 연구를 최초로 시도했다는 점도 새로운 점이다. 기존의 논의가 일부 작품에만 한정되어 있고, 대부분 '역사의식'의 한정된 틀로 이병주 소설에 대해 접근하고 있다는 점을 감안해 본다면 이러한 시도는 의미 있는 작업이라 할 수 있다. 그러나 이병주의 소설 전반을 조망하는 데 있어 대상 텍스트를 선별해야 하는 한계가 있었다. 작품양이 워낙 방대할뿐더러 '기억'과 관련해 '역사인식'이라는 키워드로 접근하다보니 이와 같은 한계는 필연적으로 따라올 수밖에 없었다. 이와 더불어 많은 텍스트를 대상으로 했기 때문에 소설 미학적 측면에서의 분석은 정치하게 이루어지지 못했다는 한계를 자인하면서 이를 추후의 연구 과제로 남긴다.

이병주 소설과 역사 횡단하기

참고문헌 

1. 기초 자료

1) 소설

「내일 없는 그날」, 『부산일보』, 1957. 8. 1~1958. 2. 25.

「소설·알렉산드리아」, 『세대』, 1965. 6.

「關釜連絡船」, 『월간중앙』, 1968. 4~1970. 3.

「마술사」, 『현대문학』, 1968. 8.

「배신의 강」, 『부산일보』, 1970. 1. 1~1970. 12. 30.

「허상과 장미」, 『경향신문』, 1970. 5. 1~1971. 2. 28.

「예낭 풍물지」, 『세대』, 1972. 5.

「패자의 冠」, 『정경연구』, 1971. 7.

「智異山」, 『세대』, 1972. 9~1977. 8.

「여인의 백야」, 『부산일보』, 1972. 11. 1~1973. 10. 31.

「辨明」, 『문학사상』, 1972. 12.

「山河」, 『신동아』, 1974. 1~1979. 8.

「낙엽」, 『한국문학』, 1974. 1~1975. 12.

「겨울밤 – 어느 황제의 회상」, 『문학사상』, 1974. 2.

「내 마음은 돌이 아니다」, 『한국문학』, 1975. 10.

「여사록」, 『현대문학』, 1976, 1.

「행복어사전」, 『문학사상』, 1976. 4~1982. 9.

「삐에로와 국화」, 『현대문학』, 1977. 9.

「추풍사」, 『한국문학』, 1978. 10.

「황백의 문」, 『신동아』, 1979. 9~1982. 8.

「세우지 않은 碑銘」, 『한국문학』, 1980. 6.

「8월의 사상」, 『한국문학』, 1980. 11.

「무지개 연구」, 『동아일보』, 1982. 4. 1~1983. 7. 30.

「그해 5월」, 『신동아』, 1982. 9~1988. 8.

「그 테러리스트를 위한 輓歌」, 『한국문학』, 1983. 1.

「화(和)의 의미」, 『매일신문』, 1983. 1. 1~1983. 12. 30.

「서울1984」, 『경향신문』, 1984. 1. 1~ 1984. 7.31.

「南勞黨」, 『월간조선』, 1984. 12~1987.8.

『悲愴』, 문예출판사, 1984.

『그들의 향현』, 기린원, 1988. 2.

「그를 버린 여인」, 『매일경제신문』, 1988. 3. 24~1990. 3. 31.

『이병주 소설 전집』, 한길사, 2006.

2) 논설 및 대담

이병주 남재희 대담, 「灰色群像의 論理」, 『세대』, 1974. 5.

이병주, 「조국의 부재」, 『새벽』, 1960. 12.

金柱演, 「政治的 敗北와 人間補償」, 『서울평론』73호, 1975. 4.

송우혜 인터뷰, 「이병주가 본 이후락」, 『마당』, 1984.

3) 수필 및 수필집

이병주, 『백지의 유혹』, 남강출판사, 1973.

______, 『이병주 칼럼:1979』, 세운문화사, 1978.

______, 『허망의 진실 – 나의 문학적 편력』, 기린원, 1979.

______, 「고통스런 暗中摸索」, 『소설문학』, 1980.

______, 『나 모두 용서하리라』, 집현전, 1982.

______, 「나의 30代」, 『동아일보』, 1984. 3. 14.

______, 「나의 6.25체험」, 『군사/국방군사연구소』 제9호, 국방군사연구소, 1984. 12.

______, 『청사에 얽힌 홍사』, 원음사, 1985.

______, 『사상의 빛과 그늘』, 신기원사, 1986.

______, 『불러보고 싶은 노래』, 正岩, 1986.

______, 『산을 생각한다』, 서당, 1988.

______, 『잃어버린 시간을 위한 문학적 紀行』, 서당, 1988.

______, 『美와 眞實의 그림자』, 명문당, 1988.

______, 『행복한 이브의 肖像』, 원음사, 1988.

______, 「잃어버린 時間을 위한 메모―1944~1945년 蘇州·上海(上)」, 『문학정신』, 1989. 4.

______, 『대통령들의 초상』, 서당, 1991.

______, 『동서양 고전탐사』, 1, 2권, 생각의 나무, 2002.

4) 기타 자료

朴潤圭, 「나는 빨치산이었다.」, 『월간조선』, 1994. 6.

李政勳, 「그는 빨치산이 아니었다」, 『월간조선』, 1994. 7.

『국제신문』, 『경향신문』, 『동아일보』, 『매일신보』, 『민국일보』, 『조선일보』, 『新天地』, 『매일경제』

2. 논문 및 평론

강경선, 「이병주의 『관부연락선』 연구」, 경성대 석사학위 논문, 2005.

강심호, 「이병주 소설 연구 ― 학병세대의 내면의식을 중심으로」, 『관악어문연구』 27권, 서울대학교 국어국문학과, 2002.

강영주, 「한국 근대 역사소설 연구」, 서울대 박사학위 논문, 1989.

고성국, 「4·19, 6·3세대 변절·변신론」, 『역사비평』, 역사문제연구소, 1993.

고인환, 「이병주 중·단편 소설에 나타난 현실인식 변모 양상」, 『국제어문학회 학술대회 자료집』, 국제어문학회, 2009.

權錫永, 「'한일합방조약논쟁'에 대한 분석과 비판」, 『한국근현대사연구』 10집, 한울, 1999.

김기용, 「이병주 중·단편 소설 연구」, 원광대 석사학위 논문, 2010.

김병길, 「역사, 역사소설, 역사소설론에 대한 네거티브」, 『현대문학의 연구』, 한국문학 연구학회, 2004.

김병로, 「多聲的 서사담론에 나타나는 현실인식의 확장성 연구 ― 이병주의 「소설·알렉산드리아」을 중심으로」, 『韓國言語文學』 36호, 한국 언어문학회, 1996.

김복순, 「지식인 빨치산 계보와 『지리산』」, 『인문과학연구논총』, 명지대 인문과학연구소, 2000.

김영목, 「역사적 기억과 망각된 역사」, 『뷔히너와 현대문학』 23호, 한국뷔히너 학회, 2004.

김영범, 「알박스의 기억사회학 연구」, 『사회과학 연구』, 대구대학교 사회과학연구
　　소, 1999.

김영화, 「이병주의 세계 – 「소설 알렉산드리아」을 중심으로」, 『인문학연구』 5집,
　　제주대학인문과학연구소, 1999.

김윤식, 「작가 이병주의 작품세계」, 『문학사상』, 문학사상사, 1992. 5.

김윤식, 「학병세대 글쓰기의 유형과 범주: 이병주의 놓인 자리」, 『한국문학』, 한국
　　문학사, 2006.

______, 「'위신을 위한 투쟁'에서 '혁명의 열정'에로 이른 과정」, 『한국문학평론』,
　　범우사, 2007.

______, 「이병주의 단편 3부작론」, 『한국문학』, 한국문학사, 2007. 겨울.

______, 「이병주의 처녀작 「내일 없는 그날」과 데뷔작 「소설·알렉산드리아」 사이
　　의 거리재기」, 『한국문학평론』, 범우사, 2008. 상반기.

김외곤, 「격동기 지식인의 초상 – 이병주의 『관부연락선』」, 『소설과 사상』, 고려
　　원, 1995. 가을.

______, 「이병주 문학과 학병 세대의 의식 구조」, 『지역문학연구』, 경남부산지역
　　문학회, 2005.

김종회, 「근대사회 격량을 읽는 문학의 시각」, 『나림 이병주 선생 10주기 기념 추모
　　선집』, 나림 이병주선생 기념사업회, 2002.

______, 「이야기성의 회복과 이병주 문학의 재발견」, 『문학사상』, 문학사상사,
　　2006. 4.

______, 「한 운명론자의 두 얼굴 – 이병주의 「소설·알렉산드리아」에 대하여」, 『
　　디아스포라를 넘어서』, 민음사, 2007.

______, 「이병주의 「소설·알렉산드리아」 고찰」, 『비교한국학』, 국제비교한국학
　　회, 2008.

김주연, 「歷史와 文學– 李炳注의 「辨明」이 뜻하는 것」, 『문학과 지성』 봄호, 문학
　　과지성사, 1973.

______, 「敗北한 知識人의 冠」, 한국문인협회, 『한국단편문학대계』, 삼성출판사,
　　1976.

박중렬, 「실록소설로서의 이병주의 『지리산』론」, 『현대문학이론연구』 29권, 현대
　　문학이론학회, 2006.

반성환, 「루카치의 歷史小說理論과 우리의 歷史小說」, 『외국문학』, 열음사, 1984.

백낙청, 「歷史小說과 歷史意識」, 『창작과 비평』, 1967. 봄.

송백헌, 「한국 근대 역사소설 연구」, 단국대 박사학위 논문, 1982.

송하섭, 「李炳注 小說研究」, 『진주산업대학교 논문집』, 대전간호전문대학, 1978. 12.

심송무, 「르뽀 100만명 돌파의 '관광한국'」, 『신동아』, 동아일보사, 1979. 2.

안경환, 「이병주와 그의 시대」, 『2009 이병주 하동 국제 문학제 자료집』, 이병주기
　　　념사업회, 2009.

용정훈, 「이병주론 – 계몽주의적 성향에 대한 비판적 고찰」, 중앙대 석사학위논문,
　　　2001.

이　경, 「남로당의 게릴라전: 남북한 통합의 역사적 준거」, 경북대 박사학위논문,
　　　2009.

이광훈, 「歷史와 記錄과 文學과」, 『한국현대문학전집』42권, 삼성출판사, 1979.

＿＿＿, 「다양한 소재, 다양한 구성」, 『한국단편문학』16권, 금성출판사, 1990.

이동재, 「분단시대의 휴머니즘과 문학론 – 이병주의 『지리산』」, 『현대소설 연구』
　　　24권, 한국현대소설학회, 2004.

李甫永, 「歷史的 狀況과 論理 上, 下」, 『현대문학』, 현대문학사, 1977. 2.

이진경, 「조선민족청년당 연구」, 성균관대 석사학위논문, 1994.

李炯基, 「이야기의 재미와 휴머니즘– 李炳注의 작품세계」, 『李炳注대표 중·단편
　　　선집』, 책세상, 1998.

이형기, 「遲刻작가의 다섯 가지 기둥」, 『나림 이병주 선생 10수기 기념 추모선집』,
　　　나림 이병주선생 기념사업회, 2002.

이혜복, 「한국 매춘문제 오늘의 실태」, 『여성계』3월호, 1958.

임상우, 「역사서술과 문학적 상상력」, 『문학과 사회』, 문학사상사, 1992. 가을.

임헌영, 「이병주의 작품세계」, 강명채, 『한국문학전집』, 삼중당, 1996.

정주아, 「김원일 소설에 나타난 기억방식 연구」, 서울대 석사학위논문, 2005.

전재호, 「군정기 쿠테타 주도집단의 담론분석」, 『역사비평』, 역사문제연구소, 2001.

전진성, 「기억의 정치학을 넘어 기억의 문화사로」, 『역사비평』, 역사문제연구소,
　　　2006.

정병준, 「1946~1947년 좌우합작운동의 전개과정과 성벽변화」, 『한국사론』29호,
　　　서울대학교 인문대학 국사학과, 1993.

정찬영, 「역사적 사실과 문학적 진실 –『지리산』론」, 『문창어문논집』, 문창어문

학회, 1999.

정호웅, 「해방 전후 지식인의 행로와 그 의미」, 『현대소설연구』, 한국현대소설학
　　　회, 2004.

조갑상, 「이병주의 『관부연락선』 연구」, 『현대소설연구』 11권, 한국현대소설학
　　　회, 1999.

한수영, 「소설·역사·인간 – 이병주의 초기 중·단편에 대하여」, 『지역문학연구
　　　』, 경남부산지역문학회, 2005.

홍성암, 「歷史小說 硏究方法論 序說」, 『한국학논집』, 한양대학교 한국학연구소,
　　　1986.

______, 「한국 근대 역사소설 연구」, 한양대 박사학위 논문, 1988.

홍인숙, 「건국준비위원회에 관한 연구」, 이화여대 석사학위 논문, 1984.

황병주, 「기억의 역사화·통합의 서사전략과 분열증적 기억들」, 『문학동네』,
　　　2003. 봄.

황의서, 「해방후 좌우합작운동과 미국의 대한정책」, 『한국정치학회보』 30집, 한국
　　　정치학회, 1996. 12.

3. 단행본

1) 국내 논저

강만길, 『고쳐 쓴 한국현대사』, 창작과비평사, 1994.

강만길 외, 『우리 역사 속 왜?』, 서해문집, 2002.

강영주, 『역사소설의 재인식』, 창작과 비평사, 1991.

강준만, 『한국현대사 산책 – 평화시장에서 궁정동까지』 1,2,3권, 인물과 사상사,
　　　2002.

공임순, 『우리 역사소설은 이론과 논쟁이 필요하다』, 책세상, 2000.

권기숙, 『기억의 정치』, 문학과지성사, 2006.

권영민, 『한국현대작가연구』, 문학사상사, 1991.

김경학 외 공저, 『전쟁과 기억』, 한울, 2005.

김기봉, 『'역사란 무엇인가'를 넘어서』, 푸른역사, 2000.

김기봉 외, 『포스트모더니즘과 역사학』, 푸른역사, 2002.

김남식, 『남로당연구』, 돌베개, 1984.

김동춘 외, 『1950년대 한국사회와 4·19혁명』, 태암출판사, 1991.

김삼웅, 『한국현대사 뒷얘기』, 가람기획, 1995.

김윤식, 『한국 근대소설사 연구』, 을유문화사, 1986.

______, 『한국문학의 근대성과 이데올로기 비판』, 서울대학교 출판부, 1987.

______, 『한국 근대 소설사 연구』, 을유문화사, 1986.

______, 『일제말기 한국인 학병세대의 체험적 글쓰기론』, 서울대학교 출판부, 2007.

김윤식 외, 『역사의 그늘, 문학의 길』, 한길사, 2008.

김점곤, 『한국전쟁과 노동당 전략』, 박영사, 1973.

김종회, 『디아스포라를 넘어서』, 민음사, 2007.

김천혜, 『소설 구조의 이론』, 문학과 지성사, 1990.

김학이·김기봉 외 공저, 『현대의 기억 속에서 민족을 상상하다』, 세종출판사, 2006.

나림 이병주선생 기념사업회, 『나림 이병주 선생 10주기 기념 추모선집』, 나림 이병주선생 기념사업회, 2002.

리영희, 『전환시대의 논리』, 창작과 비평사, 1974.

리영희·임헌영 대담, 『대화 ─ 한 지식인의 삶과 사상』, 한길사, 2005.

民族問題研究所, 「昭和19年 第86回 帝國議會 說明資料」, 『日帝下 戰時體制 期 政策史料叢書』, 第 22卷, 한국학술정보주식회사, 2000.

민경자, 『한국여성인권운동사』, 한울아카데미, 1999.

박갑동, 『박헌영』, 인간사, 1983.

박성봉, 『대중예술의 이론들』, 동연, 1994.

박종성, 『한국의 매춘: 매춘의 정치사회학』, 인간사랑, 1994.

박종성, 『권력과 매춘』, 인간사랑, 1996.

서중석, 『비극의 현대지도자』, 성균관대 출판부, 2002.

송근호, 「루카치의 『역사소설론』과 역사소설의 문제」, 『다시 읽는 역사문학』, 평민사, 1995.

송재영, 『현대문학의 옹호』, 문학과지성사, 1979.

역사학연구소, 『강좌한국근현대사』, 풀빛, 1995.

유병용 외 공저, 『한국현대사와 민족주의』, 집문당, 1996.

유종호 외, 『현대 한국문학 100년』, 민음사, 1999.

이강수, 『반민특위 연구』, 나남, 2003.
이귀원, 『시민을 위한 부산의 역사』, 부산경남역사연구소, 늘함께, 1999.
이재선, 『현대 한국소설사』, 민음사, 1991.
이원덕, 『한일협정을 다시 본다』, 민족문제연구소, 1995.
이형기, 「소설 『관부연락선』과 40년대 현대사의 재조명」, 권영민, 『한국현대작가
　　　연구』, 문학사상사, 1991.
이효재, 『한국의 여성운동: 어제와 오늘』, 정우사, 1989.
임헌영, 「현대소설과 이념문제」, 이남호, 『한국대하소설연구』, 집문당, 1997.
장세진, 『한국대하역사소설연구』, 훈민, 1998.
장백일, 『한국 현대문학 특수소재 연구』, 탐구당, 2001.
전진성, 『역사가 기억을 말하다』, 휴머니스트, 2005.
정범준, 『작가의 탄생』, 실크 캐슬, 2009.
정찬영, 『한국증언소설의 논리』, 예림기획, 2000.
정호웅, 「『智異山』론」, 『1970년대 문학연구』, 예하, 1994.
＿＿＿, 『경남의 작가들』, 박이정, 2006.
정해구, 『10월 인민항쟁』, 열음사, 1988.
조병옥, 『나의 회고록』, 해동, 1986.
조희연 편, 『국가폭력, 민주주의 투쟁, 그리고 희생』, 함께 읽는 책, 2002.
차하순 외, 『역사와 문학』, 서강대학교 인문과학연구소, 1981.
최문규 외, 『기억과 망각』, 책세상, 2003.
한국혁명재판사 편집위원회, 『한국혁명재판사』3집, 한국혁명재판사 편집위원회,
　　　1962.
翰林大學아시아文化硏究所, 「駐韓美軍情報日誌」, 『翰林大學校아시아 文化硏究
　　　所 자료총서』, 1988.
허　정, 『우남 이승만』, 태극출판사, 1976.

2) 국외서 원전 및 번역본

Aleida Assmann, 『기억의 공간』, 변학수 외 역, 경북대학교출판부, 2003.
Antonio Gramsci, 『그람시와 함께 읽는 문화: 대중문화 언어학 저널리즘』, 조형준
　　　역, 새물결, 1992.
＿＿＿, 『그람시의 옥중수고 2』, 이상훈 역, 거름, 1993.

______, 『대중문학론』, 박상진 해제, 책세상, 2003.

Antony Easthope, 『문학에서 문화연구로』, 임상훈 역, 현대미학사, 1994.

Arnold Hauser, 『역사와 사회의식』, 김대웅 역, 인간사, 1983.

Auge. M, 『망각의 형태』, 김수경 역, 동문선, 1998.

Avrom Fleishman, *The English Historial Novel*, Blatinore and London: The Johns Hopkins Press, 1971.

Walter Benjamin, 『발터 벤야민의 문예이론』, 반성완 편역, 민음사, 1983.

E. H. Carr, 『역사란 무엇인가』, 김택현 역, 까치, 1997.

Elisabeth Wesseling, *Writing History As a Prophet: Postmodernist Innovation oh the Historical Novel*, John Benjamins pub. co, 1991.

Georg Lukacs, 『소설의 이론』, 반성완 역, 심설당, 1985.

______, 『역사소설론』, 이영욱 역, 거름, 1987.

Gerard Genette, 『서사담론』, 권택영 역, 교보문고, 1992.

Harry E. Show, *The Forms of Historical Fiction*, London: cornell uni press, 1983.

Harry Harootunian, 『역사의 요동― 근대성, 문화 그리고 일상생활』, 윤영실·서정은 역, 휴머니스트, 2006.

Harvey J. Kaye, 『과거의 힘』, 오인영 역, 삼인, 2004.

Hayden White, 『19세기 유럽의 역사적 상상력』, 문학과지성사, 1991.

Horst Steinmetz, 『문학과 역사』, 서정일 역, 예림기획, 2000.

John Berger, 『어떻게 볼 것인가』, 하태진 역, 현대미학사, 1995.

Joseph W. Turner, *The Kinds of Historical Fiction*, Genre Norman: University of Oklaho ma, 1979.

Leon Edel, 『작가론의 방법』, 김윤식 역, 삼영사, 1983.

Lewis A. Coser, *Conflict: Social Aspect, International Encyclopedia of the social Secience*, New York: Macmillan, Vol3, 1967.

Louis A Montrose, 『신역사주의론』, 김옥수 역, 한신, 1994.

Michel Foucault, 『감시와 처벌』, 오생근 역, 나남, 1994.

Oka Mari, 『기억·서사』, 김병구 역, 소명출판, 2004.

Patricia Waugh, 『메타 픽션』, 김상구 역, 열음사, 1992.

Paul veyne, 『역사를 어떻게 쓰는가』, 이상길 외 역, 새물결, 2004.

Renata Holub, 『그람시의 여백』, 이후, 2000.

Renate Lachmann, *Memory and Literature: Intertextuality in RussianModernism*, University of Minnesota Press, 1997.

Rene Wellek and Austin Warren, *Theory of Literature*, penguin ooks, 1966.

Shlomith Ri-mmon-Kenan, 『소설의 시학』, 최상규 역, 문학과지성사, 1985.

Sigmund Freud, 『무의식에 관하여』, 윤희기 역, 열린책들, 1980.

______, 『일상생활의 병리학』, 이한우 역, 열린책들, 1998.

______, 『문명속의 불만』, 김석희 역, 열린책들, 2003.

Tessa Morris-Suzuki, 『우리안의 과거』, 김경원 역, 휴머니스트, 2006.

Umberto Eco, 『대중의 슈퍼맨』, 김운찬 역, 열린 책들, 1994.

______, 『열린 예술작품』, 조형준 역, 새물결, 1995.

______, 『소설속의 독자』, 김운찬 역, 열린책들, 1996.

______, 『대중문화연구1: 스누피에게도 철학은 있다』, 조형준 역, 새물결, 1997.

______, 『대중문화연구2: 대중의 영웅』, 조형준 역, 새물결, 2005.

W.martin, 『소설이론의 역사』, 김문현 역, 현대소설사, 1991.

부록

이병주 생애 연보

1921 경남 하동군 북천면에서 출생. 부친 이세식과 모친 김수조.

1927 하동군 북천공립보통학교 입학

1931 북천공립보통학교 졸업(4년 과정)

　　　하동군 양보공립보통학교 입학(5학년)

1933 양보공립보통학교 졸업.

　　　보통학교 졸업 후 진주중, 광주일중 등 인문계 시험을 보았는데

　　　부친 이세식의 반대로 몇 년 동안 방황.

1936 진주공립농업학교 입학(5년제)

1940 진주공립농업학교에서 퇴학.

　　　이후 일본 교토로 가서 전검(專檢)시험을 치룬 후 중등학교 졸업자격 취득.

1941 메이지대학 전문부 문예과 입학.

1943 이점휘와 결혼.

　　　메이지대학 전문부 문예과 졸업.

　　　와세다 대학 불문과에 입학한 것으로 추정.

1944 학병동원(대구의 제20사단 제80연대의 통신대에 배치)

　　　신체검사 후 중국 소주(蘇州)의 제60사단 치중대로 최종 배치.

1945 현지 제대 후 상해로 이동.

　　　희곡「流氓 – 나라를 잃은 사람들」집필.

1946 부산으로 귀국.

　　　진주농림중학교 교사 발령.

1948 진주농과대학 강사로 발령.

1949 진주농과대학 개교 1주년 기념으로 오스카 와일드의 '살로메' 연출.

　　　진주농과대학 조교수 발령.

　　　진주농림중학교 사임.

1950 한국전쟁 발발 시 아내와 자녀를 데리고 처가인 고성군으로 피난.

　　　부모가 있는 하동군으로 단독 이동.

　　　정치보위부에 체포되었다가 권달현의 도움으로 석방.

　　　집현면으로 피신.

　　　이동연극단을 이끌고 전선으로 이동하는 도중 인민군 퇴각으로 연극단 해산.

　　　진주농과대학 조교수직 사임.

　　　부역문제로 진주로 가서 자수. 불기소처분 받아 다시 부산으로 이동.

　　　부산에서 미군방첩대(CIC) 요원에게 체포. 불기소처분으로 풀려남.

1951 지기의 사망소식을 접한 후 승려로 출가하기 위해 해인사 입산.

1952 해인대학 강사 발령.

1954 하동군에서 제 3대 민의원 선거에 출마 후 낙선.

1956 마산으로 거주지 이전.

1957 『부산일보』에 「내일 없는 그날」 연재 시작.

1958 『국제신보』 상임논설위원으로 발령.

1959 『내일 없는 그날』 단행본으로 출간. 동명의 영화로 제작.

　　　『국제신보』 주필로 발령.

　　　부친 이세식 타계.

　　　월간 『문학』에 희곡 「流氓 – 나라를 잃은 사람들」 발표.

1960 박정희와의 교류시작.

　　　제5대 국회의원 선거에 출마 후 낙선.

　　　월간 『새벽』에 논설 「조국의 부재」 발표.

1961 『국제신보』에 '통일에 민족역량을 총집결하자'라는 연두사 게재.

　　　쿠데타 세력에 의해 교원노조 고문이라는 명목으로 체포.

　　　교원노조 고문이라는 증거가 없자 혁명재판부는 논설 「조국의 부재」과 '통일

　　　에 민족역량을 총집결하자'라는 연두사를 문제 삼아 징역 15년 구형.

1962 징역 10년형 확정.

　　　부산교도소로 이감.

　　　교도소에서 사마천의 『史記』를 읽으며 소설 창작의지를 다짐.

1963 특사로 부산교도소에서 출감.

　　　폴리에틸렌 사업 시작.

1965 『국제신보』논설위원 취임.

　　　『세대』에 중편 「소설·알렉산드리아」 발표.

1967 『국제신보』논설위원에서 사퇴.

1975 장편 「花園의 사상」(『낙엽』)으로 한국문학작가상 수상.

1976 소설 『낙엽』 연극으로 공연.

1977 중편 「망명의 늪」으로 한국창작 문학상 수상.

1984 장편 『비창』으로 한국펜문학상 수상.

1989 장편 『바람과 구름과 비』KBS드라마로 방영.

1990 『신경남일보』의 명예 주필 겸 뉴욕지사장 발령으로 뉴욕으로 출국.

1991 건강 악화로 출국해 서울대학교 부속병원에 입원. 폐암 선고를 받음.

1992 지병으로 타계.

 이병주 소설과 역사 횡단하기

이병주 소설 목록

작품명	출처	간행일	비고
내일 없는 그날	부산일보	1957. 8~1958. 2	동명소설 출간
소설·알렉산드리아	세대	1965. 6	작품집으로 출간
매화나무 因果	신동아	1966. 3	
關釜連絡船	월간중앙	1968. 4~1970. 3	동명소설 출간
돌아보지 말라	경남매일신문	1968. 7~1969. 1	
마술사	현대문학	1968. 8	작품집으로 출간
쥘부채	세대	1969. 12	
배신의 강	부산일보	1970. 1~1970. 12	동명소설 출간
망향	새농민	1970. 5~1971. 12	=여로의 끝
허상과 장미	경향신문	1970. 5~1971. 2	=그대를 위한 종소리
화원의 사상	국제신문	1971. 6~1971. 12	=낙엽, 달빛 서울
패자의 冠	정경연구	1971. 7	
언제나 그 은하를	주간여성	1972. 1~1972. 2	동명소설 출간 =저 은하에 내 별이
예낭풍물지	세대	1972. 5	작품집으로 출간
목격자	신동아	1972. 6	
草綠	여성동아	1972. 7	
智異山	세대	1972. 9~1977. 8	동명소설 출간
여인의 백야	부산일보	1972. 11~1973. 10	=꽃이 핀 여인의 그늘에서
辨明	문학사상	1972. 12	

작품명	출처	간행일	비고
낙엽	한국문학	1974. 1~1975. 12	=화원의 사상, 달빛 서울
山河	신동아	1974. 1~1979. 8	동명소설 출간
겨울밤	문학사상	1974. 2	
칸나·X·타나토스	문학사상	1974. 10	
그림 속의 승자	서울신문	1975. 6~1976. 7	=서울 버마재비
중랑교	소설문예	1975. 7	
내 마음은 돌이 아니다	한국문학	1975. 10	작품집으로 출간
여사록	현대문학	1976. 1	
행복어사전	문학사상	1976. 4~1982. 9	동명소설 출간
철학적 살인	한국문학	1976. 5	작품집으로 출간
만도린이 있는 풍경	한전사보	1976. 6	
이사벨라의 행방	뿌리깊은나무	1976. 7	
망명의 늪	한국문학	1976. 9	작품집으로 출간
수선화를 닮은 여인	한전사보	1976. 12	
바람과 구름과 비	조선일보	1977. 2~1980. 12	동명소설출간
정학준	한국문학	1977. 5	
삐에로와 국화	한국문학	1977. 9	작품집으로 출간
계절은 그때 끝났다	한국문학	1978. 5	
추풍사	한국문학	1978. 11	
별과 꽃과의 향연	영남일보	1971. 1~1979. 12	=풍설, 운명의 덫
서울은 천국	한국문학	1979. 3	작품집으로 출간
꽃의 이름을 물었더니	새시대	1979. 9~1979.10	연재중단, 단행본 출간
황백의 문	신동아	1979. 9~1982. 8	동명소설 출간
인과의 화원	형성사	1980. 2	
코스모스 詩帖	어문각	1980. 3	

작품명	출처	간행일	비고
세우지 않은 碑銘	한국문학	1980. 6	작품집으로 출간
8월의 思想	한국문학	1980. 11	
流星의 賦	한국일보	1981. 2~1982. 7	동명소설 출간
피려다만 꽃	소설문학	1981. 3	
미완의 劇	중앙일보	1981. 3~1982. 3	동명소설 출간
황혼의 시	소설문학	1981. 8~1982. 7	
당신의 星座	주우	1981. 9	
去年의 曲	월간조선	1981. 11	
허망의 정열	한국문학	1981. 11	작품집으로 출간
허드슨강이 말하는 강변이야기	국문	1982. 1	=강물이 내 가슴을 쳐도
빈영출	현대문학	1982. 2	
무지개 연구	동아일보	1982. 4~1983. 7	동명소설 출간 =무지개 사냥,타인의 숲
세르게이 洪	주간조선	1982. 6	
그해 5월	신동아	1982. 9~1988. 8	동명소설 출간
그 테러리스트를 위한 輓詞	한국문학	1983. 1	작품집으로 출간
和의 의미	매일신문	1983. 1~1983. 12	=비창
우아한 집념	문학사상	1983. 3	
소설 이용구	문학사상	1983. 8~9	
박사상회	현대문학	1983. 9	작품집으로 출간
백로선생	한국문학	1983. 11	
서울 1984	경향신문	1984. 1~1984. 7	=그들의 향연
당신의 뜻대로 하옵소서	대학문화사	1984. 4	
강기완	소설문학	1984. 12	
남로당	월간조선	1984. 12~1987. 8	동명소설 출간

작품명	출처	간행일	비고
니르바나의 꽃	문학사상	1985. 1~1987. 2	동명소설 출간
지오콘다의 미소	신기원사	1985. 12	
어느 낙일	동서문학	1986. 4	
그들의 饗宴	한국문학	1986. 7~1987. 10	연재중단, 단행본으로 출간
소설 일본제국	문학생활사	1987. 3, 4	
소설장자	문학사상사	1987. 6	=장자에게 길을 묻다
그를 버린 여인	매일경제신문	1988. 3~1990. 3	동명소설 출간
허균	서당	1989. 7	
포은 정몽주	서당	1989. 12	
별이 차가운 밤이면	민족과문학	1989 겨울~1992봄	연재중단
소설 정도전	큰산	1993. 9	

〈정확한 수록날짜를 확인하지 못한 작품〉

작품명	출처	간행일	비고
미스山	선데이서울	1973	
제 4막	주간조선	1975	
유리빛 목장에서 별을 삼키다	동아문화	1977	
어느 독신녀	화랑	1979	
팔만대장경	불교사상	1983~	연재
악과 독	재경춘추	1984~	연재
명의열전·편작	건강시대	1986~	연재
소설 허균	史談	1986~	연재, 동명소설 출간
어느 인생	동녁	1988~	연재

찾아보기

ㄱ

감시제도 135, 137

감옥 48, 58, 74, 76, 164, 201, 203, 213,
    216, 220, 221, 228, 230, 231, 233,
    241, 242, 247, 251, 255, 300, 311,
    312, 316, 319, 321, 322

겨울밤 18, 27, 41, 216, 231, 232, 290

공간 23, 24, 29, 39, 52, 61, 90, 91, 94,
    96, 104, 121, 131

공적 기억 41, 83, 84, 215

공적 역사 11, 16, 33, 34, 41, 84, 85, 99,
    100, 101, 103, 113, 117, 124, 125,
    128, 141, 160, 171, 173, 189, 215,
    223, 235, 261, 264, 267, 295, 297,
    319, 330, 336, 337, 338, 339, 340

과거 12, 16, 20, 30, 31, 32, 33, 34, 36,
    38, 39, 41, 42, 43, 47, 57, 64, 83, 84,
    85, 91, 94, 106, 108, 111, 112, 114,
    117, 118, 121, 125, 127, 128, 137,
    146, 148, 149, 152, 155, 158, 163,
    164, 166, 171, 173, 174, 176, 188,
    195, 199, 205, 208, 209, 211, 213,
    214, 215, 218, 224, 226, 228, 240,
    241, 244, 245, 246, 247, 248, 250,
    251, 252, 254, 255, 256, 258, 259,
    260, 261, 262, 267, 268, 272, 273,
    276, 279, 285, 286, 287, 289, 290,
    291, 293, 296, 297, 299, 301, 302,
    303, 304, 305, 306, 307, 308, 310,
    311, 314, 319, 320, 322, 325, 326,
    327, 328, 329, 330, 336, 338, 339,
    340

과거사 청산 125, 208, 245, 285, 287

과거의 힘 29, 30, 100, 189, 205, 213,
    214, 260, 269, 304, 330

關釜連絡船 18, 19, 24, 27, 41, 59, 66,
    78, 85, 86, 87, 88, 89, 90, 91, 92, 93,
    94, 95, 96, 97, 101, 103, 107, 108,
    111, 128, 131, 182, 197, 209

그 테러리스트를 위한 輓詞 17, 27, 42,
    326, 327

그들의 饗宴 42, 262, 265, 278, 295

그를 버린 여인 42, 79, 290, 294

그해 5월 17, 79, 197, 199, 200, 201,
    215, 338

기념비 57, 122

기능기억 37, 40, 215

기록 12, 15, 16, 19, 25, 30, 31, 32, 33,
    36, 37, 41, 43, 47, 48, 51, 52, 67, 70,
    71, 75, 76, 77, 78, 79, 80, 84, 87, 97,
    99, 100, 103, 113, 120, 124, 125,
    131, 134, 141, 146, 147, 150, 152,
    156, 158, 159, 160, 162, 163, 164,
    165, 166, 171, 186, 198, 199, 200,
    201, 202, 203, 206, 213, 214, 215,
    218, 224, 229, 231, 233, 234, 239,
    240, 241, 249, 252, 255, 261, 266,
    267, 268, 281, 284, 288, 289, 291,
    294, 297, 299, 302, 310, 320, 323,

329, 330, 337, 338, 339

기록자   23, 24, 75, 76, 147, 148, 166, 189, 196, 200, 201, 203, 212, 213, 215, 233, 234, 298, 338

기억   12, 16, 29, 30, 34, 35, 36, 37, 38, 40, 41, 48, 49, 58, 72, 79, 83, 84, 85, 87, 89, 90, 91, 92, 93, 95, 96, 99, 100, 107, 108, 109, 111, 112, 115, 116, 119, 120, 124, 125, 127, 128, 131, 141, 148, 149, 151, 152, 165, 171, 174, 177, 189, 196, 197, 199, 200, 201, 203, 204, 205, 206, 209, 211, 215, 218, 219, 222, 224, 226, 227, 228, 231, 233, 240, 241, 246, 266, 267, 268, 285, 286, 299, 302, 303, 304, 305, 306, 314, 325, 326, 330, 336, 338, 340, 341

기업소설   43, 270

ㄴ

나르바나의 꽃   313

낙엽   18, 256

南勞黨   41, 125, 141, 142, 143, 146, 151, 152, 153, 154, 157, 158, 159, 160, 161, 162, 163, 164, 172, 173, 174, 178, 186, 193, 197

내 마음은 돌이 아니다   42, 290

내일 없는 그날   26, 27, 42, 71, 72, 241, 242

ㄷ

대중문화   240

대중소설   42, 240, 255, 258, 277, 280, 283, 325, 336, 339

대항기억   38, 100

ㄹ

르네 홀럽(Renata Holub)   284

ㅁ

마술사   17, 41, 78, 113, 114, 115, 116, 117, 217, 228

망각   12, 16, 35, 37, 38, 39, 41, 57, 83, 84, 85, 87, 92, 94, 101, 111, 112, 117, 121, 124, 196, 205, 209, 214, 219, 225, 227, 231, 235, 286, 299, 303, 306, 338

몸의 기억   302

무지개 연구   42, 270, 271, 272, 273, 275, 278

물신   42, 270, 271, 275, 276, 277, 278, 282, 339

물신숭배   276, 278, 339

미쉘 푸코(Michel Foucault)   100, 135

ㅂ

반민특위   176, 188, 190, 191

발터 벤야민(Walter Benjamin)   12, 35, 241

배금주의   274, 275, 281

배신의 강   42, 270, 271, 272, 277, 279

배제   12, 15, 16, 37, 41, 42, 83, 84, 85, 99, 100, 103, 113, 130, 141, 143, 144, 160, 171, 173, 177, 186, 214, 223, 226, 252, 261, 267, 268, 283, 289, 310, 320, 330, 338, 339, 340

辨明   18, 41, 119, 121, 123

별이 차가운 밤이면 27, 40, 49, 79

복원 12, 13, 16, 39, 41, 42, 78, 83, 86,
　　92, 97, 100, 101, 107, 113, 117, 124,
　　129, 130, 163, 189, 205, 214, 235,
　　246, 264, 306, 320, 331, 338, 339,
　　340

분유 219, 299, 303

브로샤트 310

悲愴 42, 322, 324, 326

삐에로와 국화 42, 290, 291, 293

ㅅ

4·19 11, 21, 72, 73, 244, 298, 302, 303,
　　305, 306, 307, 308

사사오입 176, 193, 194, 289

사적 기억 11, 16, 35, 36, 39, 84, 338

사적인 역사 33, 215, 295, 319, 330, 338

사진 36, 127, 128

사회적 망각 111

山河 17, 41, 79, 174, 176, 177, 178, 179,
　　196, 197, 215, 338

3·15 부정선거 196

상흔(Trauma) 92, 110, 230, 247, 248,
　　258, 286, 303, 311, 322, 340

세우지 않은 碑銘 41, 86

소설·알렉산드리아 13, 17, 18, 20, 22,
　　23, 27, 28, 41, 59, 78, 216, 222, 232,
　　241, 335, 337

식민지 11, 40, 49, 51, 52, 53, 59, 79, 85,
　　88, 89, 90, 92, 94, 98, 104, 107, 108,
　　109, 116, 126, 174, 211, 245, 253,
　　267, 295, 297, 308, 337

10월 폭동 156

ㅇ

안토니 이스트호프(Antony Easthope)
　　240

안토니오 그람시(Antonio Gramsci)
　　30, 278, 280, 281

알라이다 아스만(Aleida Assmann)
　　36, 91, 336

애도 39, 113, 170, 183, 188, 205, 235,
　　241, 329, 330, 340

애브럼 플래쉬먼(Avrom Fleishman) 31

얀 아스만(Jan Assmann) 36, 90, 131, 228

양가성 102

엘리자베스 웨슬링(Elisabeth Wesseling)
　　31, 32, 153

여순사건 106, 107, 159, 160, 161, 162,
　　163, 164, 167, 176, 188, 190, 297

여인의 백야 42, 253, 254, 258, 339

역사 쓰기 41, 83, 173, 174, 177, 178, 213,
　　261

역사 11, 15, 16, 18, 19, 20, 21, 23, 25,
　　28, 29, 31, 33, 34, 36, 37, 38, 40, 41,
　　43, 47, 48, 49, 50, 51, 52, 55, 56, 57,
　　59, 68, 70, 73, 74, 75, 76, 77, 78, 79,
　　80, 83, 84, 85, 86, 87, 92, 94, 96, 97,
　　99, 100, 101, 102, 104, 106, 107,
　　108, 109, 111, 112, 113, 116, 117,
　　119, 121, 122, 123, 124, 125, 127,
　　128, 129, 130, 131, 132, 136, 141,
　　143, 145, 146, 149, 152, 154, 156,
　　158, 160, 163, 164, 165, 170, 171,
　　172, 173, 174, 176, 179, 180, 182,
　　184, 186, 188, 189, 192, 195, 196,
　　197, 198, 199, 200, 201, 203, 204,
　　205, 206, 208, 209, 211, 213, 214,
　　215, 218, 219, 223, 226, 227, 228,
　　229, 230, 231, 233, 235, 239, 240,

241, 244, 245, 247, 248, 250, 251,
252, 254, 255, 256, 258, 259, 261,
263, 264, 266, 267, 268, 271, 273,
284, 287, 289, 291, 294, 295, 299,
300, 302, 303, 304, 305, 306, 309,
310, 315, 316, 318, 319, 323, 324,
325, 326, 328, 330, 331, 336, 337,
338, 339, 340

역사인식   16, 17, 30, 31, 34, 38, 40, 43,
100, 107, 128, 130, 131, 163, 170,
246, 310, 324, 330, 335, 336, 338,
340, 341

역사적 기억   36

역사체험   11, 16, 40, 80, 84, 177, 197,
214, 234, 303, 329, 336, 340

연루   34, 240, 245, 252, 254, 258, 259,
261, 323, 330, 339, 340

예낭풍물지   18, 242, 243, 250, 251

5·16 필화 사건   80, 200, 216

5·16   11, 76, 197, 198, 199, 201, 202,
203, 204, 206, 207, 209, 212, 220,
244, 245, 251, 252, 295, 298, 305,
307

오카 마리(Oka Mari)   219, 303

왜곡   41, 43, 92, 130, 131, 141, 142, 150,
160, 173, 174, 192, 195, 200, 206,
209, 213, 215, 229, 281, 328, 329

용병   27, 58, 62, 86, 108, 110, 112, 116,
119, 120, 300

용병의식   121

움베르트 에코(Umberto Eco)   240, 272,
277, 280

원체험   11, 19, 20, 22, 40, 41, 83, 100,
125, 131, 231, 337

유맹   59, 241

이념 대립   53, 60, 70, 80, 104, 117, 135,

144, 165, 242, 259, 286, 293

일상   18, 96, 111, 240, 241, 245, 248, 256,
261, 262, 264, 321, 323, 331, 339

일상사   43, 240, 252, 255, 261, 267, 295,
310, 320, 330

ㅈ

자전적 기억   36, 39

장소   36, 57, 90, 92, 93, 94, 125, 222,
321

재전유(再專有)   108, 109, 259

재현   12, 16, 40, 75, 80, 125, 131, 149,
152, 171, 176, 209, 283, 338

저장기억   37, 40, 87, 228

전진성   36, 38, 39, 149, 245, 246, 310, 330

정판사 위조지폐 사건   154

조셉 터너(Joseph W. Turner)   31, 146

중립적 인물   152, 186, 235, 271, 280, 283,
284, 338

증언   19, 22, 25, 30, 41, 66, 83, 120, 164,
177, 205, 215, 218, 233, 283, 294,
338

증언자   47, 52, 152, 230

지그문트 프로이트(Sigmund Freud)
111, 112, 286

智異山   19, 20, 25, 27, 125, 126, 127, 131,
132, 134, 140, 141, 142, 143, 147,
148, 153, 157, 159, 160, 161, 162,
170, 174, 178, 182, 184, 186, 197

지배적 기억   41, 83, 84

지식인   11, 18, 19, 21, 24, 27, 52, 53, 77,
86, 87, 94, 97, 99, 100, 102, 106,
109, 111, 121, 137, 148, 167, 178,
179, 192, 196, 211, 212, 248, 280,
281, 283, 284, 298, 300, 308, 310,

314, 318, 322, 340
진혼 114, 169, 306, 326, 329
집단기억 11, 35, 37, 84

ㅊ

체험 12, 16, 19, 27, 39, 41, 47, 60, 61,
    66, 70, 77, 84, 101, 111, 115, 143,
    158, 164, 165, 177, 200, 204, 213,
    214, 215, 217, 220, 267, 275, 286,
    287, 323, 330, 336, 337, 338
추모 20, 101, 121, 122, 174, 231, 289, 305,
    325, 338
추풍사 61

ㅌ

테사 모리스(Tessa Morris-Suzuki)
    34, 125, 128, 174, 197, 252
통속성 242, 255, 323
트라우마 38, 39, 59, 90, 92, 111, 113,
    222, 311, 337

ㅍ

파르티잔 63, 66, 68, 69, 70, 86, 139, 141,
    143, 145, 148, 158, 159, 161, 162,
    163, 166, 168, 169, 170, 172, 173,
    174, 190, 288
八月의 思想 41, 86, 113
패자의 관 285, 286, 291

ㅎ

하비 케이(Harvey J. Kaye) 29, 30, 100, 189,

205, 208, 213, 214, 260, 269, 303,
    330
학병 11, 19, 24, 27, 48, 53, 54, 55, 56,
    57, 65, 79, 85, 86, 87, 100, 101, 107,
    108, 109, 110, 111, 112, 113, 115,
    124, 126, 131, 132, 134, 159, 181,
    267, 337
학병체험 27, 41, 59, 62, 83, 108, 112,
    113, 115, 116, 131, 132, 337
한국전쟁 11, 63, 80, 86, 101, 125, 158,
    167, 171, 176, 177, 188, 241, 242,
    244, 247, 254, 255, 256, 258, 267,
    276, 285, 289, 292, 293, 305, 337,
    338
한일병합 88, 91, 92, 97, 98, 99, 100, 128,
    197, 209, 324
행복어사전 18, 311, 318, 322
虛像과 薔薇 42, 302, 303
혁명적 기념비 122
현실인식 16, 19, 20, 28, 34, 38, 40, 43,
    178, 181, 229, 241, 262, 330
호르스트 슈타인메츠(Horst Steinmetz)
    158
花園의 사상 42, 138, 139, 256, 257
황백의 문 42, 270, 271, 272, 275, 277,
    279
회색의 사상 15, 16, 27, 41, 51, 53, 60, 61,
    67, 70, 79, 148, 217, 337
휴머니즘 15, 19, 26, 51, 61, 67, 137, 167,
    227, 232, 234, 282, 283, 337

손혜숙

중앙대학교 대학원 졸업. 문학박사.
중앙대, 군산대, 남서울대 출강.

주요논문
「최상규 소설연구」 - 석사학위논문
「이병주 대중소설의 갈등구조 연구」
「김사량 초기소설 연구」
「김사량 소설에 나타난 탈식민성 고찰」
「이병주 소설의 '역사인식' 연구」 - 박사학위논문

이병주 소설과 역사 횡단하기

초판 인쇄 ┃ 2012년 8월 31일
초판 발행 ┃ 2012년 9월 10일

저　　자　손혜숙

책임편집　윤예미

발 행 처　도서출판 지식과교양
등록번호　제 2010-19호
주　　소　서울시 도봉구 창5동 262-3번지 3층
전　　화　(02) 900-4520 (대표)/ 편집부 (02) 900-4521
팩　　스　(02) 900-1541
전자우편　kncbook@hanmail.net

ISBN 978-89-94955-99-5　93810　　　　　　　　정가 23,000원